suhrkamp taschenbuch 5299

Maximilian Grauke hat seine Frau ohne Erklärung verlassen. Ein Schuster, der sein eintöniges Leben hinter sich lassen will – so scheint es zumindest. Doch Grauke ist nicht zum ersten Mal verschwunden. Und die Befragung seiner Frau und ihrer Schwester lässt mehr Fragen offen, als sie beantwortet. Je tiefer Kommissar Tabor Süden in die Welt des verschwundenen Mannes eintaucht, umso mehr erscheint sie ihm in einem völlig neuen Licht.

Friedrich Ani, geboren 1959, lebt in München. Er schreibt Romane, Gedichte, Jugendbücher, Hörspiele, Theaterstücke und Drehbücher. Sein Werk wurde in mehrere Sprachen übersetzt und vielfach prämiert, u. a. mit dem Deutschen Krimipreis, dem Adolf-Grimme-Preis und dem Bayerischen Fernsehpreis. Friedrich Ani ist Mitglied des PEN Berlin.

Aus der Süden-Reihe sind zuletzt bei Suhrkamp erschienen: *Der Luftgitarrist* (st 5298), *Der Straßenbahntrinker* (st 5297) und *Der Narr und seine Maschine* (st 5020).

Friedrich Ani

DAS GELÖBNIS DES GEFALLENEN ENGELS

Ein Fall für Tabor Süden

Suhrkamp

Der hier vorliegende Text erschien zunächst 2001
unter dem Titel *Süden und das Gelöbnis des gefallenen Engels*
bei Droemer Knaur, München.

Klimaneutral
Druckprodukt
ClimatePartner.com/14438-2110-1001

Erste Auflage 2023
suhrkamp taschenbuch 5299
Neuausgabe

Umschlaggestaltung: Lübbeke, Naumann, Thoben, Köln
Umschlagfoto: Oscar Wettersten/DEEPOL by plainpicture
Druck und Bindung: CPI books GmbH, Leck
Printed in Germany
ISBN 978-3-518-47299-6

www.suhrkamp.de

DAS GELÖBNIS DES GEFALLENEN ENGELS

Ich arbeite auf der Vermisstenstelle der Kripo und kann meinen eigenen Vater nicht finden.

Tabor Süden

1

Die Frau, die mir die Tür öffnete, kam mir winzig vor. Ich schaute auf sie hinunter wie auf ein Kind. Sie legte den Kopf in den Nacken.

Sie trug ein schwarzes Kleid mit weißem Spitzenkragen. Und feste schwarze Schuhe. Sie mochte Mitte fünfzig sein.

»Wer sind Sie?«, fragte sie.

»Wir haben telefoniert.«

»Sie sind Tabor Süden?«

»Glauben Sie mir nicht?«

»Zeigen Sie mal Ihren Ausweis.«

Ich gab ihr eine Visitenkarte.

»Was soll das denn?«, sagte die Frau, nachdem sie sich die kleine Karte dicht vor die Augen gehalten hatte.

Manchmal war ich übermütig.

»Haben Sie keinen richtigen Ausweis? So eine Karte kann ja jeder drucken!«

Ich zog den blauen Ausweis aus der Tasche.

»Müssen die nicht grün sein?«, sagte die Frau.

Ich sagte: »Die Farbe wurde modernisiert.«

»Darauf sehen Sie aber anders aus«, sagte die Frau.

»Sind Sie Frau Grauke?«

»Sie haben doch bei mir geklingelt. Sind Sie betrunken?«

»Nein.«

»Wie viel haben Sie getrunken? Geben Sie's zu, ich hab Verständnis für Säufer, mein Mann ist auch einer.«

»Nur Kaffee und Mineralwasser«, sagte ich.

Es war heiß. Mindestens achtundzwanzig Grad. Die Sonne schien mir direkt auf den Hinterkopf.

»Dann kommen Sie endlich rein!«, sagte Frau Grauke.

Wir gingen durch den nach Lorbeer riechenden Flur. Auf dem Tisch im Wohnzimmer standen drei Teetassen, eine Kanne und ein Teller mit Plätzchen.

»Mein Mann ist weg«, sagte Frau Grauke unvermittelt.

»Wo ist er hin?«, fragte ich. Ich wusste nicht, was mit mir los war. Schon beim Aufstehen hatte ich mich von Ute an mein Alter erinnern lassen müssen. Aus Gründen, die ich nicht verstand, war sie der Meinung, erwachsen zu sein habe etwas mit Ernsthaftigkeit zu tun, zumindest in den wesentlichen Dingen.

Ich fand, dass alles, je älter man wurde, immer weniger ernsthaft schien. Immer weniger.

»Wie bitte?«

»Was?«, sagte ich.

»Sie sind doch betrunken.«

Ich rührte mich nicht. Zuerst musterte sie meine braunen Lederstiefel. Dann kletterte ihr Blick meine speckige, an den Seiten geschnürte Lederhose hinauf. Verweilte auf meinem weißen Hemd und der Lederjacke. Schließlich starrte sie mir ins Gesicht.

»Sie müssen sich mal rasieren, Sie.«

»Ja«, sagte ich.

»Und zum Friseur müssen Sie auch.«

»Nein.«

Heute Morgen hatte ich wieder keine Zeit gehabt, mir die Haare zu waschen. Wegen Utes Monolog. Ich hörte ihr zu. Dann musste ich los.

»Und Sie haben grüne Augen, weil Sie Polizist sind«, sagte Frau Grauke.

»Unbedingt«, sagte ich.

»Und Sie heißen tatsächlich Tabor Süden?«

»Wollen Sie's noch mal lesen?«

Frau Grauke setzte sich auf die Couch. Und goss Tee in beide Tassen.

»Mein Mann ist weg«, sagte sie wieder. »Und jetzt hab ich die Polizei im Haus.« Sie sprach zu ihrer Tasse. Hielt sie hoch, ohne aus ihr zu trinken.

Es klingelte an der Tür.

»Wären Sie so freundlich?«, sagte Frau Grauke.

Ich ging zur Tür. Draußen stand eine Frau, die nicht viel größer war als Frau Grauke.

»Grüß Gott, großer Mann«, sagte sie mürrisch.

»Grüß Gott.«

»Ich bin Frau Trautwein.«

»Ich bin Herr Süden.«

»Süden wie Norden?«

»Wie Norden, Osten und Westen«, sagte ich.

»Gibts neuerdings Humorausbildung bei der Polizei?«, sagte Frau Trautwein finster, schob mich beiseite und ging eilig ins Wohnzimmer.

Ich schloss die Tür. Und roch an dem Lorbeerkranz, der an der Innenseite hing.

»Sie haben keinen Durchsuchungsbefehl«, sagte Frau Trautwein, als ich ins Zimmer kam.

»Das ist meine Schwester«, sagte Frau Grauke.

»Mir wär's lieber, Sie hätten eine Kollegin mitgebracht«, sagte Frau Trautwein.

»Die kommt gleich«, sagte ich. »Sie hat noch einen Termin.«

»Setzen Sie sich«, befahl Frau Grauke.

»Ich steh lieber.«

»Bevor Ihre Kollegin nicht hier ist, fangen wir nicht an«, sagte Frau Trautwein und nahm neben ihrer Schwester Platz. Frau Trautwein trug ein dunkelblaues Kostüm, dazu eine weinrote Handtasche, die sie ständig an ihrem Handgelenk zurechtrückte. Frau Trautwein schien etwas älter zu sein als ihre Schwester, Ende fünfzig.

»Wollen Sie eine Tasse Tee?«, fragte Frau Grauke.

»Ja.«

»Im Vergleich zu Ihrer Figur auf dem Foto haben Sie ganz schön angekörpert«, sagte sie, während sie mir die eingeschenkte Tasse reichte.

Ich sagte: »Auf dem Foto ist hauptsächlich mein Gesicht zu sehen.«

»Sie haben auch im Gesicht angekörpert.« Ein verhutzeltes Grinsen huschte über ihren Mund.

Ich stellte die Tasse mit dem Unterteller auf meine flache Hand und sah die beiden Frauen an. Sie mussten lange geübt haben für ihre Vorstellung.

»Können wir jetzt anfangen?«, sagte Frau Trautwein. Sie meinte mich.

Ich sah meine Kollegin an und konnte keinen Unterschied zu ihrem Aussehen am Morgen feststellen. Außer dass sie blasser wirkte. Angespannter. Abwesender.

Zwanzig Minuten nachdem ich die Wohnung in der

Jahnstraße betreten hatte, war sie aufgetaucht, die Ledertasche über der Schulter, Schweiß in den Haaren.

Das fiel mir auf, weil sie angekündigt hatte, sich von einer Freundin die Haare schneiden zu lassen. Und als sie vor mir stand, waren ihre Haare so lang wie vorher, fast so lang wie meine.

Natürlich war ich es gewesen, der ihr die Tür geöffnet hatte.

»Tut mir leid«, sagte sie leise.

Und ich sagte: »Sie haben nichts versäumt.«

Dann setzte sie sich auf einen Stuhl im Wohnzimmer, lehnte ihre Tasche ans Stuhlbein, stellte sich vor und nahm von Frau Grauke eine Tasse Tee entgegen.

Währenddessen schaute ich sie an.

Es war das erste Mal, dass ich sie anschaute. Nicht dass ich sie zum ersten Mal sah, ich sah sie jeden Tag. Seit einer Woche. Davor war ich ihr nur zufällig ein paar Mal begegnet, im Flur, bei einer Pressekonferenz, einmal in einer Sonderkommission, in der wir aber nicht für dieselbe Gruppe eingeteilt worden waren. Ich wusste, sie arbeitete bisher beim Mord und war früher beim Rauschgift gewesen. Und ich wusste, dass sie mit Karl zusammenlebte. Jeder im Dezernat wusste das. Karl leitete das Dezernat 11.

Wir redeten nicht viel miteinander, er und ich. Wir redeten fast nie. Trotzdem verstanden wir uns. In gewisser Weise lebten wir im selben Haus auf verschiedenen Stockwerken. Wir mussten beide jeden Tag durch denselben Eingang. Nachts lag jeder an seiner Wand, die kalt war und abweisend. Seine Wand sah genauso aus wie meine, und wir arbeiteten hart daran, uns nicht einschüchtern zu lassen. Es war eine reale Wand, und wenn sie kippte, dann kippte sie nicht nur in unserer Vorstellung. Unsere Ängste waren real.

Vermutlich deshalb verteidigte er mich oft, wenn ich wieder einmal bewies, dass ich im Grunde für den Polizeidienst ungeeignet war. Wir duzten uns. Und es kam vor, dass er mir etwas mitteilte, was mich nichts anging.

An so etwas musste ich denken, während ich Sonja anschaute.

Ihr Name war Sonja Feyerabend. Sie hatte eine hohe Stirn und eine schmale Nase, deren Spitze leicht nach oben zeigte. Ihre Haare waren braun und fast schulterlang und ihre Augen grün wie meine. Und: Sie hatte die Angewohnheit, ihr Mineralwasser nie in den Kühlschrank zu stellen.

Das hatte mir Karl eines Nachts erzählt, als wir auf einen Anruf vom Erkennungsdienst warteten. Ich sagte: Na und? Und er sagte: Später erinnert man sich nur noch an solche Sachen.

Ich erinnerte mich schon jetzt daran. Eine ausgeliehene Erinnerung. Davon kriegt man keine Wunden.

»Können wir jetzt anfangen?«

»Was ist?«, sagte Sonja zu mir.

Ich sagte: »Das ist Frau Trautwein, das ist Frau Grauke.«

Sonja bückte sich und holte ein kleines Aufnahmegerät aus ihrer Tasche. Ich benutzte kleine Blocks, nur in Notfällen einen Recorder. Falls zu viele Widersprüche zu erwarten waren. Damit rechnete ich jetzt nicht. Noch nicht.

»Dürfen Sie das?«, fragte Frau Trautwein.

»Möchten Sie es nicht?«, fragte Sonja.

Frau Grauke schüttelte den Kopf, kurz, als Zeichen, dass sie einverstanden war.

»Mein Schwager ist seit vier Tagen spurlos verschwunden«, sagte Frau Trautwein.

Sonja hatte eine dünne Akte aus der Tasche genommen und sie aufgeschlagen. »Ich hab hier Ihre vorläufige Vermisstenanzeige …«

»Wieso vorläufig?« Frau Trautwein nestelte an ihrer Handtasche.

»Nach vier Tagen wissen wir nicht, ob Ihr Schwager tatsächlich vermisst wird«, sagte Sonja.

»Ich weiß es«, sagte Frau Trautwein. Sie warf mir einen Blick zu, den ich geduldig erwiderte. Am Anfang hatte sie darauf bestanden, von einer Frau befragt zu werden. Nun zweifelte sie deren Fähigkeiten an und wartete darauf, dass ich mich einmischte.

Ich stellte ungern Fragen. Ich sagte gern: Erzählen Sie!, und meist hatte ich damit Erfolg. Wer die Chance bekam, erzählen zu dürfen, nutzte sie. Alles andere waren Aufschneider oder Wichtigtuer oder Geheimniskrämer ohne interessantes Geheimnis.

Obwohl ich selbst am liebsten schwieg, traute ich dem Schweigen anderer selten. Vielleicht war ich selbstgefällig. Vielleicht misstrauisch. Oder bloß faul.

»Lieselotte Grauke …«, begann Sonja.

»Lotte«, sagte Frau Grauke.

»Sie haben Lieselotte eingetragen.«

Über die Fähigkeiten meiner Kollegin wusste ich nichts.

Dies war ihr erster Fall in der Vermisstenstelle, an dem sie direkt beteiligt war. Sofern es sich um einen Fall handelte. Und nicht um eine der üblichen Hupfauf-Vermissungen: Jemand läuft weg und ist schneller wieder da, als ein Kind einmal mit dem Seil springen kann.

»Wollen Sie sich nicht endlich hinsetzen, Herr Süden?«, fragte Frau Trautwein.

»Nein«, sagte ich.

»Hat Ihr Mann einen Koffer mitgenommen?«, fragte Sonja.

Hatte er nicht, das stand in der Akte. Ich war neugierig auf Sonjas Strategie.

»Nein«, sagte Lotte Grauke.

»Ich weiß, meine Kollegen haben Sie das schon gefragt, aber es ist wichtig, dass Sie es mir auch noch einmal sagen: Hat Ihr Mann jemals Selbstmordabsichten geäußert?«

»Niemals«, sagte Frau Trautwein.

Ich zog meinen Block aus der Tasche und machte mir Notizen.

»Gut«, sagte Sonja. »Ich hab heut Morgen mit Dr. Felbern gesprochen, er sagt, Ihr Mann war wegen Rückenbeschwerden bei ihm, in letzter Zeit häufig.«

»Ja«, sagte Lotte Grauke. »Er ist Schuster, er hockt da auf seinem uralten Schemel und macht sich den Rücken kaputt.«

»Der Arzt hat ihm Massagen verschrieben.« Sonja wandte mir den Kopf zu. Ich nickte. Schrieb weiter.

»Für so was hat Maximilian keine Zeit«, sagte Frau Grauke.

»Er ist am vergangenen Donnerstag gegen halb zehn Uhr abends aus dem Haus gegangen und nicht wiedergekommen«, sagte Sonja.

»Max wollte im Rumpler noch ein Bier trinken«, sagte Frau Trautwein.

Sonja legte die Akte auf den Tisch und stellte ihre Tasse darauf. »Sie haben ferngesehen, Frau Grauke, Sie und Ihr Mann. Dann ist er aufgestanden und gegangen. Was genau hat er gesagt? ›Ich geh noch ein Bier trinken?‹ Was genau?«

Die beiden Frauen sahen sich an. Frau Trautwein spielte am Verschluss ihrer Handtasche, ihre Schwester faltete die Hände im Schoß und blickte dann in ihre Tasse, die leer war.

»Er hat nichts gesagt«, sagte sie nach einer Weile.

»Er ist einfach aufgestanden und gegangen«, sagte Sonja.

»Ja.«

»Er hat seine Windjacke angezogen, die Schuhe und ist gegangen.«

Mehrere Sekunden verstrichen in Stille.

Ich stand am Fenster. Das Fenster war geschlossen, die Gardinen rochen frisch gewaschen. Die beiden Grünpflanzen sahen aus wie poliert. Von unten drangen Straßengeräusche herauf. Kinderrufe. Sommergesang.

Dieser zwölfte Juli war ein Tag, wie es nicht viele gab in dieser Stadt. Fehlte nur das Meer. Und die andere Sprache.

»Was haben Sie dann gemacht, Sie beide?«, fragte Sonja.

Im ersten Moment dachte ich, ich hätte die Frage selbst gestellt.

Frau Trautwein reagierte am schnellsten: »Wie meinen Sie das, wir beide?«

Ihre Schwester konnte ihren Schreck nicht verbergen.

In der VVA stand kein Wort davon, dass sie an jenem Abend zu dritt vor dem Fernseher gesessen hatten.

»Ich meine …«, sagte Sonja. Ich konnte ihr Gesicht nicht genau sehen, aber was ich sah, wäre in Gottes Schar der reinen Unschuldigen nicht weiter aufgefallen. »Ich meine, haben Sie darüber gesprochen, wieso er plötzlich weggeht, was das soll, wieso er keinen Ton sagt. Waren Sie sauer auf ihn?«

»Warst du sauer?«, fragte Frau Trautwein ihre Schwester.

»Ich?« Sie sagte tatsächlich: »Ich?«

Jeder lügt, das lernt man schon auf der Polizeischule. Und doch war es auch nach Jahren immer wieder verblüffend, wie viel Mühe manche Leute darauf verwandten sich zu verstellen, um dann jämmerlich zu scheitern.

Dass wir sie durchschauten und deshalb der Wahrheit näher kamen, war jedoch ein Irrtum.

Die Wahrheit ist nicht das Gegenteil von Lüge. Die Wahrheit ist eine andere Kategorie. Die Lüge ist Teil der Wahrheit. Und das macht es oft schwer, die Zusammenhänge zu begreifen, den Menschen und sein Zimmer, das er unsichtbar mit sich herumträgt und in dem nur er sich auskennt. Wenn wir nicht begreifen, welche Art Zimmer jemand bewohnt, begreifen wir nichts. Dann müssen wir uns am Ende mit der Variante der Wahrheit zufriedengeben, die uns beruhigt und den Fall beendet.

»Ich war schon sauer auf ihn«, sagte Lotte Grauke.

»Und Sie?«, fragte Sonja.

»Ich war doch gar nicht hier!«, sagte Frau Trautwein.

Die Frauen redeten noch eine halbe Stunde, dann versprachen wir, die Meldung in den Computer des Landeskriminalamtes einzugeben. Was weniger der konkreten Suche diente. Vielmehr konnten die Kollegen auf diese Weise sämtliche unbekannten Toten mit dem vermissten Maximilian Grauke abgleichen.

Aber das sagten wir den beiden Schwestern nicht.

In der engen, auf beiden Seiten vollgeparkten Jahnstraße drängten sich die Autos aneinander vorbei, und ich schaute ihnen einige Zeit zu. Der stumme Kampf ums Nachgeben gefiel mir. Ein Fahrer musste immer bremsen, sogar stehen bleiben, sonst ging es nicht weiter. Der andere drückte dann stolz aufs Gas. Wenn ich selber fuhr, gehörte ich nicht zur netten Abteilung. Allerdings fuhr ich selten. Meist nahm ich ein Taxi. Oder ich ließ Martin ans Steuer. Der fuhr so vorsichtig, als wäre unser Dienstwagen goldverchromt und außerdem sensibel. Wer öfter mit Martin unterwegs war, sparte sich das Geld für einen achtwöchigen Aufenthalt in einem buddhistischen Kloster. Mehr Demut und Geduld war nirgends als in einem Opel, den Hauptkommissar Heuer lenkte.

»Warum haben Sie nichts gesagt?«, fragte Sonja.

Über ihr Handy hatte sie im Dezernat einen E-Bogen mit den Namen der Hausbewohner bestellt. Vielleicht gab es Verbindungen, Namen, die zusammenpassten, Hinweise auf das Ehepaar Grauke.

»Was machen wir jetzt?«, fragte sie.

Wieder schaute ich sie an. Sie war irritiert. Wegschauen konnte ich nicht. Sie trug hellblaue Jeans, einen weißen Pullover mit V-Ausschnitt und Turnschuhe. Sie war schlank. Sie hatte einen kleinen Bauch und einen weniger kleinen Busen. Und volle, helle Wangen. Einen schmalen Mund, Fältchen rechts und links.

»Ich hab Sie mir früher anders vorgestellt«, sagte sie.

Ich sagte: »Warum?«

»Bitte?«

»Warum haben Sie sich mich vorgestellt?«

Sie wich einem Mädchen aus, das mit dem Fahrrad vorbeipreschte. Wir standen vor einem Laden, dessen Tür- und Schaufensterrollo heruntergezogen war. Die Beschichtung bröckelte ab. Vor der Tür lag ein ausgetretener brauner Fußabstreifer.

»Waren Sie nicht neugierig auf Ihre neue Kollegin?«, sagte sie.

»Doch, aber ich weiß ja, wie Sie aussehen.«

Sie lächelte. Länger, als es nötig gewesen wäre. Stete Nahrung für die Fältchen.

»Wollten Sie sich nicht die Haare schneiden lassen?«, sagte ich.

Sie sagte: »Ich hab Sie angelogen.«

»Sie haben unsere Assistentin angelogen.«

»Stimmt.«

Über dem Schaufenster des alten Ladens hing ein Messingschild, verrostet, mit geschwungener Schrift: »Schusterei M. Grauke.« Der Laden wirkte wie eingequetscht zwischen dem Haus Nummer 48, in dem das Ehepaar wohnte, und dem Haus Nummer 50.

»Sieht trübsinnig aus«, sagte Sonja.

Ich rüttelte am Rollo. Verschlossen.

»Hab ich auch schon versucht«, rief jemand.

Auf dem Bürgersteig gegenüber stand eine Frau mit einem Aluroller.

»Ich brauch dringend meine Schuhe«, rief sie herüber. »Seit einer Woche ist zu beim Max, so was ist noch nie vorgekommen. Und seine Frau sieht man auch nicht. Hoffentlich ist nichts passiert.«

Sonja ging zu ihr.

»Ich hab auch Schuhe bei ihm, die wollt ich grade holen. Ist er krank?«

»Das weiß ich nicht«, sagte die Frau. »Ich war letzten … Dienstag da … und letzten Freitag, immer zu. Ich war sogar schon bei Alex und hab nach ihm gefragt. Aber da war er auch nicht …«

»Wer ist Alex?«

»Der Wirt vom Stüberl vorn. Ich brauch die Schuhe wirklich dringend, ich versteh das nicht … Ich wohn jetzt über zehn Jahre hier im Viertel, und der Max hat nie so lange zugehabt. Der macht doch nie Urlaub …«

Bevor wir noch einmal in die Wohnung gingen, besuchten wir Alex.

Er betrieb eine dieser Kneipen, bei denen die Sonne draußen bleibt wie ein braver Hund. Zwei Tische, ein u-förmiger Tresen, ein Spielautomat, eine elektronische Dartscheibe, Schlagermusik, keine Zapfhähne, das Bier gibt es aus der Flasche.

So ein Lokal wäre mein Ort, wenn ich keine Arbeit hätte.

»Ein Helles«, sagte ich.

Sonja sah mich missmutig an.

»Das Helle ist hier ein Lichtblick«, sagte ich. Das war ein Spruch von Martin, der anders als ich ein wahrer Gasthausbewohner war. Ich ging immer nur mit.

»Einen Kaffee für mich«, sagte Sonja.

»Schlecht«, sagte Alex. »Ist grad aus.«

»Dann ein Wasser.«

An dem Tisch beim Durchgang zu den Toiletten saß ein junger Mann, rauchte und trank Weißbier. Mit seinem Schweigen beerdigte er die Welt. The Sweet sangen »Love Is Like Oxygen«. Wenigstens die siebziger Jahre waren unsterblich.

Ich wandte mich zu Sonja um. Und ahnte, was sie dachte. Erstens: Wieso säuft der jetzt? Zweitens: Sind wir dienstlich hier? Wie ist das in einem Vermisstenfall?

Beim Mord zückten sie alle sofort ihren Ausweis. Sie wussten, das schüchterte die Leute ein. Als ich noch im K 111 war, machte ich es genauso. Es war wie ein Reflex, ich schraubte mich in eine Autorität hinein, und es funktionierte. Die Leute reagierten oft untertänig, entgegenkommend, sogar gespannt, bisweilen begeistert darüber, endlich einmal von der Polizei wahrgenommen zu werden.

»Ich such den Max«, sagte ich zu Alex. Er war Anfang vierzig, trug eine Brille und ein schwarzes Hemd und drehte sich seine Zigaretten selbst.

»Seine Frau hab ich heut gesehen, beim Vorbeifahren, ich wollt sie schon fragen, ob ihr Mann krank ist.«

»Warum haben Sie sie nicht gefragt?« Ohne weitere

Erklärung hielt ihm Sonja ihren Dienstausweis hin. Reflexe kann man nicht innerhalb einer Woche abstellen.

»Polizei«, sagte Alex. »Ist was passiert?«

»Herr Grauke ist als vermisst gemeldet«, sagte Sonja.

»Von wem?«, fragte Alex.

Endlich einmal eine ehrliche Aussage.

»Von seiner Frau und seiner Schwägerin«, sagte ich.

Alex zupfte sich einen Papierkrümel von der Lippe und zündete die Zigarette an. »Keine Ahnung. Ich kenn ihn, aber ich weiß nix von ihm. Ich kauf meine Schuhe im Kaufhaus, und ich brauch nicht viele. Ich lauf ja nicht viel rum.«

»Wann war er zum letzten Mal hier?«, fragte Sonja.

Ich lehnte mich an den Tresen.

Der junge Mann am Tisch versenkte den Rest Weißbier in sich. Vielleicht ging die Beerdigungszeremonie langsam zu Ende und der gemütliche Teil fing an. Wenn geredet wurde. Und gelobt. Und laut gelacht. Und die Leiche endlich einen Sinn ergab.

»Letzte Woche«, sagte Alex.

»Wann genau?«

Er rauchte, öffnete eine Flasche Spezi, goss ein Glas voll und trank.

»Donnerstag«, sagte er, »am Donnerstag, stimmt's, Klausi? Weil am Donnerstag füll ich immer den Lottoschein aus.«

Klausi hob den Kopf. Und gleichzeitig das Glas. Ich schaute zur Decke. Der Marionettenspieler war unsichtbar.

»Klausi«, sagte ich laut.

Er zuckte zusammen. Es zuckte ihn zusammen. Vermutlich kam jetzt sein sechstes Weizen.

»Bring mir noch eins«, sagte er gut verstehbar. Das war auch eine von Martins gehaltvollen Lehren: Egal, wie viel man getrunken hatte, das Wichtigste war, die Bestellung immer astrein auszusprechen. Ich fragte ihn: Wieso ist das wichtig? Er sagte: Wegen der Höflichkeit.

»Hast du den Max am Donnerstag gesehen?«, fragte ich vom Tresen aus.

Klausi brauchte eine Weile, bis er seinen Blick auf die Entfernung eingestellt hatte. Uns trennte ungefähr ein Meter.

»Am Donnerstag ... möglich wär's ... ja ...«, sagte er. »Scheiße war der drauf. Er ist in den Rumpler rein und hat einen Fernet bestellt. Und noch ein Fernet. Scheiße sah der aus. Er hat gesagt ... es kotzt ... kotzt ihn alles an ... Er hat ... Er wollt sich umbringen, ich schwör's, der wollt sich umbringen, so war der drauf ...«

»So ein Scheiß«, sagte Alex und stellte das frische Weißbier hin, nahm das leere Glas, drehte sich zu mir um. »Der spinnt, der Klausi. Der Max war hier, er hat seine drei Bier getrunken, wie immer, der war ganz normal ...«

»Und das war sicher am Donnerstag«, sagte Sonja. Sie suchte nach einem Stift und einem Stück Papier.

»Ich merk mir das«, sagte ich.

»Bitte?«

»Der Max, der ist doch ... der ist doch aus der Jahnstraß nie rausgekommen, oder?« Der junge Mann sprach mit seinem Weißbierglas. Vielleicht sparte er auch nur

Kraft. Manchmal muss man sich entscheiden: Arm oder Kopf heben. Er hob den Arm mit dem schäumenden Weißbier am Ende. »Der ist … ist in seinem Loch … und der ist … Mein Alter hat bei dem schon seine Schuhe machen lassen … Der ist …«

Er trank und redete weiter. Von Dingen, die in unwegsamem Gelände spielten. Die Beerdigung in seinem Kopf war definitiv vorbei.

Vor dem Stüberl legte Sonja den Kopf in den Nacken und ließ sich von der Sonne bescheinen.

»Obwohl sein Geschäft letzte Woche geschlossen war, hat Grauke am Donnerstag hier seine Biere getrunken«, sagte ich. »Und Fernet im Rumpler.«

Das Lokal lag nur ein paar hundert Meter entfernt und wir gingen hin. Niemand konnte uns etwas Neues berichten.

»Wir wissen nicht, ob die Schusterei die ganze Woche zu war«, sagte Sonja hinterher. Wir überquerten die Baumstraße und gingen zurück in die Jahnstraße. Es war halb drei nachmittags und heiß. Sonja hatte die Ärmel ihres Pullovers hochgekrempelt, ich mein Hemd bis zum Kragen zugeknöpft. Ich fror nicht. Ich mochte es so.

»Er steht auf, sagt, er geht jetzt Bier trinken, trinkt es und verschwindet«, sagte ich.

Sie sagte: »Und warum sperrt er die Schusterei zu? Die Frauen haben nichts davon erzählt.«

»Er hat sie zugesperrt, weil er abgehauen ist.«

»Sie meinen, er ist schon Anfang der Woche weg?«, sagte Sonja.

»Warum nicht«, sagte ich.

»Das würde aber bedeuten, er ist noch einmal zurückgekommen«, sagte Sonja, »und zwar am Donnerstag.«

»Warum nicht?«, sagte ich.

Die Schwestern standen beide an der Tür und machten nicht den Eindruck, als würden sie uns reinlassen.

»Mein Mann fühlte sich nicht gut«, sagte Lotte Grauke. »Ich hab ihm verboten runterzugehen.«

»Das stimmt«, sagte Frau Trautwein. »Max hatte … hatte Durchfall und Fieber und …«

»Warum glauben Sie uns nicht?«, sagte Lotte Grauke. Sie hatte noch immer das schwarze Kleid an und auch die Ausgehschuhe. Aber sie war durcheinander. Aufgewühlt. Wahrscheinlich hatten die Frauen gestritten.

»Wir glauben Ihnen«, sagte ich, »wir sammeln nur Informationen.«

»Die Leute in den Lokalen haben Ihre Angaben bestätigt«, sagte Sonja. »Ihr Mann hatte keinen Koffer dabei, er hatte seine Windjacke an und wirkte wie immer. Wie Sie es gesagt haben.«

»Ja«, sagte Lotte Grauke.

»Wir melden uns morgen«, sagte ich.

»Ja«, sagte Lotte Grauke wieder.

Ungewöhnlich an dieser Vermissung war, dass es schon nach so kurzer Zeit einen Berg Merkwürdigkeiten gab. Die beiden Frauen hatten zuerst unsere Grünen, bei denen sie Anzeige erstattet hatten, angelogen, dann uns. Und anscheinend auch etliche Leute aus dem Viertel, das nach einem Bach benannt war, der dort nicht mehr floss und in dem jetzt die Schusterei M. Grauke geschlossen war, die sonst nie zu hatte, außer am Samstagnachmittag und am Sonntag.

»Die Idylle bröckelt«, sagte ich.

Sonja schaute mich an, und es war einer dieser Blicke, mit denen sie mich später noch oft bedenken sollte.

Ich wollte jetzt allein sein. Wollte die Straße auf und ab gehen, eine Stunde, zwei Stunden, so lange, bis ich etwas begriff. Bis ich etwas sah. Manchmal dauerte diese Prozedur Tage. Vergeblich war sie noch nie gewesen. Wie Karl dem Nachwuchs auf der Polizeischule immer predigte: Trauen Sie Ihrer Intuition!

Ich wusste nicht, ob es Intuition war, die mich leitete. Ich schaute. Ich konnte sehen und hören, wie die Zeit verging, an den Schatten auf der Straße, an den Stimmen der Menschen, an der Musik aus den Fenstern, am Hupen, am Geschrei der Kinder. So wie ich kein Handy besaß, hatte ich auch keine Uhr. Die Zeit war da, ich nahm mir, so viel ich brauchte.

»Dann fahr ich allein zurück«, sagte Sonja.

Ich nickte.

»Und was sag ich Herrn Thon?«

Herr Thon war der Leiter der Vermisstenstelle, ein gepflegter, gut riechender Ehemann Mitte dreißig, dessen Seidenhalstuch selten verrutschte.

»Sagen Sie ihm, ich melde mich.«

Bei dieser Antwort würde er sich die Hände reiben, als habe er sie gerade eingecremt, und sich mit dem Zeigefinger am Hals kratzen.

»Auf Wiedersehen, Kollege Süden.«
»Wiedersehen.«
Sie hatte ihren blauen Lancia zur Hälfte auf dem Bürgersteig geparkt. Bevor sie einstieg, nahm sie den Strafzettel vom Scheibenwischer.
Martin und ich bezahlten unser Bußgeld nie. Schon aus Protest gegen das Wort nicht. Auch dieses Verhalten fand Ute hochgradig kindisch.
»Möchten *Sie* da wohnen?«, sagte ein älterer Mann. Er stand vor einem neugebauten, riesigen Altersheim, das garantiert nicht so hieß. Es wirkte wie ein modernes Hotel, warme Farben, viel Glas und Metall, Grünflächen, lichte Räume, soweit man das von außen beurteilen konnte.
»Kann sich doch keiner aus dem Viertel leisten«, sagte der Mann.
»Ex-Architekten vielleicht«, sagte ich.
Auf einer Tafel stand: »Wohnen und leben im dritten Lebensabschnitt«.
»In welchem sind Sie?«, fragte ich.
»Heut im vierten«, sagte der Mann und ging hustend und ächzend weiter.
Ich betrachtete das Schild, das in der Sonne glänzte. Ich verdiente fünftausend im Monat. Mein Alter würde woanders stattfinden.

2

Enorm »in« alles. Der griechische Tante-Emma-Laden, das alternative Theater, das engagierte Kino, die renovierten Altbauten, das Straßenleben, die Kneipen, die Schwulenbars, das Mylord, in das früher nur Lesben und seit Jahren auch Heteros durften, ohne dass der Umsatz deswegen eine innenarchitektonische Auslüftung erlaubte. Der Siebente Himmel, in dem Martin und ich uns Ende der siebziger Jahre weiße Hemden und speckige Westen gekauft hatten, Secondhand, billig, in Blau und Rot. Und natürlich der Bach, der Westermühlbach hieß. Der Glockenbach war wie die übrigen Bäche längst zugeschüttet worden.

Statt der Holzarbeiter und Glockengießer lebte und wohnte heute hier der zweite Lebensabschnitt, jene Abteilung dieses Abschnitts, die nicht bei Aldi einkaufte. Oder erst recht. Wenn demnächst der dritte Lebensabschnitt sein Domzil bezog, war die Münchenisierung auch dieses Viertels endgültig abgeschlossen.

Manchmal sehnte ich mich nach einer anderen Stadt.

Dann fiel mir keine ein.

Ich blieb in meinem Zimmer, unabhängig davon, wem ich die Miete bezahlte.

»Kennen Sie den Herrn Grauke?«, fragte ich die Bedienungen in der Gaststätte Faun. Sie kannten ihn nicht.

»Den Schuster, freilich«, sagte die Verkäuferin in der Bäckerei. »Aber der hat zu, das ist blöd, weil mein Mann hat seine Schuhe dort, die leichten für'n Sommer, und die tät er brauchen.«

»Seit wann ist zu?«

»Mindestens eine Woche«, sagte die Frau. »Was ist heut? Montag, freilich, man wird ganz blöd vor lauter Hitze, Montag. Ja, letzte Woche am … Dienstag war mein Mann dort, am Dienstag arbeit ich nicht, da war er dort und hat dann zu mir gesagt, da ist zu, und er hat jemand getroffen, der hat gesagt, gestern war auch schon zu. Dann war er noch mal am … Donnerstag … am Freitag da, und da war auch zu.«

»Kauft der Herr Grauke bei Ihnen ein?«

»Nein, seine Frau. Er sitzt in seiner Schusterei Tag und Nacht, der geht nicht einkaufen, das macht alles seine Frau. Oder seine Schwägerin.«

»Wohnt die auch hier?«

Sie sah mich an. Eine Kundin kam herein.

»Sind Sie von der Steuerfahndung?«, fragte die Verkäuferin.

Die Kundin verließ den Laden wieder. Ich schaute ihr hinterher. Sie drehte sich um und verschwand in der Hans-Sachs-Straße.

»Warum?«, sagte ich.

»Glauben Sie, der Grauke hat je einen Pfennig Steuern in seinem Leben bezahlt?«, sagte die Verkäuferin.

»Das geht mich nichts an«, sagte ich.

Sie sagte: »Aha.«

Ich kaufte eine Breze.

»Ofenfrisch«, sagte die Frau.

Ofenfrische Brezen sind eine Geschmacklosigkeit.

»Ich bin Polizist, Herr Grauke ist verschwunden.«

»So ein Schmarrn«, sagte die Frau. Sie hatte kurze

schwarz gefärbte Haare und schien den dritten Lebensabschnitt fast erreicht zu haben.

»Stimmt wahrscheinlich«, sagte ich. »Aber er ist weg.«

»Der geht doch nicht weg. Wo soll'n der hin? Wenn der nicht auf seinem Schemel sitzen und vor sich hin brummen kann, geht er ein wie eine Primel. Verschwunden! Der ist irgendwo ein Bier trinken, sonst nix.«

»Eine Woche lang?«

»Bei der Hitze kriegt man schon einen Durst«, sagte die Frau.

Ich nickte. Ich hatte einen Brezenklumpen im Magen. Fühlte sich an wie ein ganzer Ofen.

»Haben Sie ihn in letzter Zeit gesehen?«

»Ich nicht.«

»Ihr Mann?«

»Glaub ich nicht. Doch! Als er seine Schuhe abgegeben hat. Heut vor einer Woche ... nein, heut vor zwei Wochen. Vor zwei Wochen.«

Während ich die Jahnstraße zum fünften Mal hinunterging, dachte ich an den brummenden Mann auf seinem Schemel. Er hockte da, nähte, hämmerte, klebte, stellte die fertigen Paare ins Regal, nahm neue entgegen, brummte, kassierte, nähte weiter. Und trank zwischendurch Bier. Und von einem Tag auf den anderen hörte er damit auf. Ließ die verrosteten Rollos herunter und trollte sich. Und kehrte noch einmal zurück. Um was zu tun? Um zwei Fernets und mehrere Biere zu trinken?

Er hatte seine Frau besucht. Wieso hätte sie sonst ausgerechnet am Donnerstag aufs Revier gehen sollen? Und nicht am Mittwoch. Oder bereits am Dienstag. Er besuchte seine Frau. Und seine Schwägerin. Die war dabei, das war klar. Was wollte er von ihnen? Sich verabschieden?

Oder hatte er sich schon verabschiedet gehabt? War er zurückgekehrt, um zu bleiben? Und dann war etwas passiert? Was? Und wann? Nachdem er im Glockenbachstüberl gewesen war? Oder davor? Hatten die beiden Frauen etwas damit zu tun? Was, wenn sie trotzdem Anzeige erstatteten?

Beim Spielplatz gab es eine Telefonzelle.

»Ich bin's.«

»Hallo, Kollege Süden.«

»Was hat Thon gesagt?«

»›Ich hab's Ihnen doch gesagt‹, hat er gesagt. Ich hab mich nämlich vor unserem Treffen ein wenig über Sie erkundigt und …«

»Ja?«

»Er hat mir bestätigt, dass Sie … Eigenarten haben.«

»Sie nicht?«

»Hm … welche?«

»Sie stellen Ihr Mineralwasser nie in den Kühlschrank.«

»Das ist keine Eigenart, das ist eine Angewohnheit.«

»Stimmt wahrscheinlich.«

»Stimmt sicher.«

Sie sagte mir, was ich wissen wollte, dann setzte ich meinen Schauweg fort.

In unmittelbarer Nähe von Haus Nummer 48 befanden sich das Ragazza, ein Treffpunkt für Mädchen und junge Frauen zwischen zehn und fünfundzwanzig Jahren, und das Frauencafé. Beide hatten geschlossen. Daneben war das griechische Lokal Anti, eine der Kneipen, bei denen man hinterher nicht nur seine Kleider, sondern sich selbst über Nacht auslüften muss. Ich war einmal mit Martin dort gewesen, wir hatten gut gegessen und noch besser getrunken, aber der fünfte Ouzo veränderte vorübergehend unsere Persönlichkeit. Wir fingen an, Sirtaki zu tanzen, wir schwangen unsere Beine wie Cancantänzerinnen und grölten die Melodie. Irgendwann kamen zwei Grüne herein und forderten den Wirt auf, die Musik leiser zu stellen. Ich wankte nach draußen, stolperte und knallte mit dem Gesicht auf die Kühlerhaube des Streifenwagens. Einer der Grünen half mir auf. Wir kannten uns nicht.

»Ist noch zu«, sagte ein junger Grieche.

»Hier ist viel zu«, sagte ich.

Er nickte und trug zwei Kisten mit Orangen ins Lokal, dessen Tür angelehnt war. Ich folgte ihm.

Obwohl keine Gäste da waren, roch es nach Rauch und Fett. Ich bekam sofort Hunger.

»Sind Sie Kunde bei Herrn Grauke?«, fragte ich den jungen Mann, der die Orangen in den Ausguss kippte.

»Ja, manchmal. Wer sind Sie?«

»Polizei.«

»Was passiert?«

»Grauke ist verschwunden.«

»Hab mich schon gewundert, warum die ganze Zeit zu ist.«

»Wann haben Sie ihn das letzte Mal gesehen?«

»Lang her. Was ist mit seiner Frau? Ist er wegen ihr weg?«

»Warum?«

»Haben Sie die schon mal lachen sehen? Oder ihre Schwester? Da wird's finster, wenn die hier reinkommen.«

»Sie essen bei Ihnen?«

»Unser Essen ist gut.«

»Das weiß ich.«

»Ja«, sagte er, »die kommen schon mal, sitzen da vorn bei der Treppe, trinken Retsina und essen Gyros. Einmal im Monat.«

»Und der Mann?«

»Der Mann. Der Mann kaut Leder.«

Der Mann kaut Leder, sagte ich vor mich hin, als ich zurück zur Schusterei ging. Der Mann kaut Leder, die Frauen essen Schweinefleisch und trinken Wein.

Ich setzte mich auf die Steinschwelle vor der Tür, auf den ausgebleichten Fußabstreifer. Zog meine Lederjacke aus, legte sie über die Knie.

Guter Ort. Schatten. Kühle, die aus den Steinen strömte.

Zwei Kinder kamen vorbei, zwei Jungen, ungefähr neun Jahre alt. Der eine trug ein Einkaufsnetz mit einem Fußball darin, der andere eine Schachtel mit Mohrenköpfen. Sie blieben stehen und schauten zu mir herunter.

»Warten Sie auf den Schuster?«

»Ja.«

»Der kommt nicht«, sagte der mit der Schachtel.

»Kann ich einen Mohrenkopf haben?«, sagte ich.

»Mohrenkopf sagt man nicht, das ist rassistisch.«

»Wer sagt das?«

»Meine Mama.«

Als ich im ersten Lebensabschnitt war, hatten wir ein Wort wie rassistisch nicht im Repertoire. Und unsere Eltern auch nicht. Mein Vater sagte immer nur: Die dämlichen Schlesier, die dämlichen Schlesier. Er und meine Mutter waren aus dem Sudetenland geflüchtet.

»Kann ich trotzdem einen haben?«, fragte ich.

»Das ist eine Kühlbox«, sagte der Junge und klappte den Deckel auf. Er nahm einen Mohrenkopf heraus und hielt ihn mir hin. »Und das ist ein Schokokuss.«

Ich biss rein.

»Schmeckt wie ein Mohrenkopf«, sagte ich.

»Man sagt danke«, sagte der Junge.

Ich sagte: »Danke.« Und verschlang den Kuss. Der Junge mit dem Ball sah mir dabei zu. Über seinem linken Auge war eine Narbe.

»Wo ist der Schuster?«, fragte ich.

»Der kommt nicht mehr«, sagte der Junge mit der Schachtel.

»Der ist gestorben«, sagte der Junge mit dem Ball.

»Woher weißt du das?«

»Von meiner Mama.«

»Seid ihr Brüder?«

»Spinnst du?«, stieß der Junge mit dem Ball hervor.

»Wieso ist der gestorben?«

»Meine Mama sagt, für sie ist der gestorben.«

Ich leckte mir die Lippen. Es fiel mir schwer, nicht um Nachschub zu bitten.

»Die hat ihre Schuhe bei dem und kriegt sie nicht wieder.« Der Junge machte ein strenges Gesicht.

»Die hat doch hundert Paar«, sagte sein Freund.

»Du hast voll null Ahnung«, sagte der andere und ging weiter.

»Tschüss«, sagte der Junge mit der Schachtel.

»Das heißt servus oder ciao«, sagte ich.

Er sagte: »Bist du meine Mama?«

Mein Blick fiel auf meine Stiefel. Sie waren schmutzig.

Ich wartete.

Ich wollte nicht mit beiden Frauen sprechen.

Eine Stunde verging. Ich stand auf, überquerte die Straße und lehnte mich an die gelbe Mauer des dritten Lebensabschnitts.

Weitere fünfunddreißig Minuten vergingen.

Dann kam Paula Trautwein aus dem Haus. Sie bemerkte mich. Ihr Blick fegte die Spatzen vom Bürgersteig. Sie ging in Richtung Innenstadt davon.

An der Haustür gab es keine Sprechanlage. Ich klingelte und die Tür summte.

Frau Grauke war genauso erschrocken, wie ich es gehofft hatte.

Jetzt trug sie ein hellblaues einfaches Hauskleid und darüber eine weiße Kochschürze. Sie war barfuß.

Ich kam extrem ungelegen. Sie gab keine Vorstellung, die Bühne war leer, das Geschirr abgeräumt, abgespült, die Schauspielerin ungeschminkt. Und sie hatte Schwierigkeiten mit dem Text.

»Was wollen Sie?«, fragte sie.

Ich sagte: »Die Leute im Viertel machen sich Sorgen.«

»Ich … ich auch … natürlich.«

Wir standen im Flur, der nach Lorbeer roch.

»Kommen Sie mit rüber«, sagte sie.

»Ich möchte lieber hier bleiben.«

»Was?«

»Wir stehen einfach hier bei der Tür, das ist ein angenehmer Platz.«

»Ich will mich hinsetzen.«

»Wenn ich weg bin.«

Ich zog die Lederjacke an, weil ich sie nicht halten wollte, und verschränkte die Arme. Ich stand seitlich zur Tür und sog den Duft ein. Auch Frau Graukes Parfüm hing in der Luft, sie hatte sich frisch eingesprüht.

»Gehen Sie aus?«, sagte ich.

»Nein, ich bin … ich geh doch nicht aus, wohin denn? Was wollen Sie von mir?«

»Ich bin der Ihnen zugeteilte Polizist.«

»Wie bitte?«

Sie legte den Kopf in den Nacken und sah mir in die Augen, weil sie dachte, ich hätte einen Witz gemacht. Ich verzog aber keine Miene. Vielleicht hätte ich schmunzeln sollen. Aber schmunzeln konnte ich nicht. Dieses Gen war leer bei mir.

»Ihr Mann war schon einmal verschwunden«, sagte ich.

Sie sagte nichts. Dann wischte sie sich die Hände an der Schürze ab. Das war eine schöne Geste. Sie hatte schmale Finger, kurz geschnittene Nägel, weiße Halbmonde, runde Knöchel, ihre Hände wirkten weich und zugleich energisch. Berührt hatte ich sie bisher nicht. Vielleicht hielt sie nichts davon, den Leuten zur Begrüßung oder zum Abschied die Hand zu geben.

»Das ist … fünf Jahre her«, sagte sie.

»Sechs«, sagte ich.

Wir schwiegen beide. In ihrem Kopf rasselten wahrscheinlich die Worte, zerrten von innen an ihrer Stirn, die sich verschob, runzelig wurde, glättete, wieder verzerrte. Während ich darüber nachdachte, ob ich mich nicht doch mitten in einer Hupfauf-Vermissung befand.

»Ich dachte …«, sagte sie und senkte den Kopf, »ich dachte, die werden … die Daten werden gelöscht. Das ist mir damals gesagt worden …«

»Sie verschwinden aus dem LKA-Computer, aber wir bewahren sie auf, für alle Fälle, niemand benutzt die Daten, nach zehn Jahren verschwinden sie.«

»Ist das gesetzlich?«, sagte sie.

»Vermutlich«, sagte ich.

»Das müssen Sie aber wissen. Sie sind doch Staatsbeamter.«

»Sie hatten Angst, Ihr Mann würde sich umbringen.«

»Ja!«, sagte sie und wandte sich in Richtung Wohnzimmer. Ich versperrte ihr in dem engen Flur den Weg. Im ersten Moment wollte sie mich zur Seite schieben, sie hob schon die Hand. Dann änderte sie ihren Plan.

»Ja«, sagte sie, »ich hab mir Sorgen gemacht … In der Werkstatt lief's nicht gut, Maximilian fing an zu trinken … Er … er blieb über Nacht unten … er sperrte sich ein, er redete mit niemand, und wenn er was sagte, dann nur: Ich halt's nicht mehr aus, Scheißleben, ich spring in die Isar, solches Zeug. Und dann war er weg. Und wir sind in Panik geraten …«

»Ihre Schwester und Sie.«

»Ja natürlich …« Sie stockte. Strich wieder mit beiden Händen über die Schürze. »Wir sind sofort zur Polizei. Aber nach vier Tagen war er wieder da, Gott sei Dank, er hat sich rumgetrieben. Wo er war, wissen wir bis heut nicht. Jedenfalls hat er sich nicht umgebracht, das passt auch gar nicht zu ihm.«

Ich überlegte, zu wem ein Suizid passte.

»Wieso sagen Sie nichts?«, sagte sie.

Langsam wurde sie ungeduldig, zornig. Wahrscheinlich nicht nur wegen mir. Sondern weil ihre Schwester nicht da war. Nicht zurückkam und die Vorstellung wieder in die richtigen Bahnen lenkte.

»Frau Grauke«, sagte ich. Sie trat einen Schritt zurück, stemmte die Hände in die Hüften und kniff die Augen zusammen. »Abhauen ist nicht strafbar. Und ich muss auch nicht alles wissen, was bei Ihnen passiert. Das geht mich nichts an, Sie können mir erzählen, was Sie wollen, ich hör Ihnen zu, das ist mein Beruf. Sie lügen mich an und das dürfen Sie. Sie haben Ihren Mann als vermisst gemeldet, Sie haben diesmal nicht gesagt, dass Sie Angst haben, er bringt sich um. Er ist einfach weg. Er ist nicht am Donnerstag weg, sondern schon vorher. Anfang der Woche, vielleicht am letzten Wochenende. Sie müssen mir das nicht sagen. Ich finde es heraus. Und wenn Ihr Mann in vier Tagen wieder auftaucht, ist alles in Ordnung und wir sind erleichtert.«

Sie spitzte den Mund. Dann drehte sie sich um und ging in die Küche. Ich blieb noch eine Weile stehen.

»Wo bleiben Sie denn?«, rief sie aus der Küche.

Ich ging zu ihr. An der Garderobe hingen Jacken und

Mäntel in verschiedenen Größen. Frauengrößen, wie mir schien.

»Ja«, sagte sie. Sie goss Bier in ein Glas. »Ja. Ja. Okay.« Sie stellte die Flasche in einen Bastkorb und trank einen Schluck. »Sie sind ja im Dienst.«

»Natürlich. Und?«

»Sonst hätte ich Ihnen ein Bier angeboten.«

»Tun Sie's«, sagte ich.

Sie sagte: »Das ist doch ungesetzlich.«

Ich schwieg. Sie holte eine zweite Flasche aus dem Kühlschrank und ein Glas. Bevor sie einschenkte, nahm ich ihr beides aus der Hand. Ich trank aus der Flasche.

Lotte Grauke verkniff sich eine Bemerkung.

»Wann ist Ihr Mann wirklich verschwunden?«, fragte ich.

Sie setzte sich. Auf dem Tisch stand das abgespülte Teegeschirr, auf dem Herd ein Topf, daneben lag ein Holzbrett mit einem Fleischmesser. Die Einrichtung war alt, aber sauber, die Spüle glänzte, auf dem Küchenbord reihten sich bunte Dosen und Flaschen wie für ein Foto sorgfältig hindrapiert. Der Raum war eng, die ganze Wohnung war eng, aber sie wirkte nicht erdrückend, sie wirkte gut bewohnbar zwischen den einfachen Möbeln.

»Am Sonntag«, sagte sie. Sie nahm einen Schluck. Dann zog sie den Träger der Schürze über den Kopf und faltete die Schürze zusammen.

»Ist Ihnen nicht zu heiß in der Jacke?«, sagte sie.

»Nein«, sagte ich.

»Am Sonntag«, wiederholte sie.

»Und warum?«

Das hatte ich sie schon einmal gefragt und sie hatte nicht darauf reagiert, weil sie die Frage unangemessen fand. Das war sie auch. Warum ging einer weg? Darauf gab es nur vier Antworten. Er wollte sich umbringen, er wurde Opfer einer Straftat, er war in einen Unglücksfall verwickelt oder irrte hilflos umher, was vor allem auf ältere Menschen zutraf. Mehr Gründe gab es nicht. Für uns. Alle anderen Auslöser waren nicht wichtig. Nur wenn wir einen Punkt auf dieser Liste ankreuzen konnten, handelte es sich um einen Vermisstenfall. In den Statuten lautete die Formulierung: »Konkrete Gefahr für Leben oder körperliche Unversehrtheit«.

Liebeskummer zählte nicht dazu. Oder Ärger bei der Arbeit. Oder Überdruss. Oder Langeweile. Ohne konkrete Gefahr weinten die Angehörigen vergeblich. Natürlich nahmen wir ihre Anzeige auf und wir gaben sie auch in den Computer ein. Und wenn wir Zeit hatten, recherchierten wir ein wenig. Aber wir waren nicht zuständig.

Wenn Kinder verschwanden, begann die Suche sofort. Bei Kindern bestand immer eine konkrete Gefahr.

Erwachsene fielen unter das »freie Bestimmungsrecht«. Sie konnten, frei nach den Worten des Dichters, kräftig genährt aufbrechen, wohin sie wollten.

Und Maximilian Grauke hatte nichts anderes getan.

»Er will sich nichts antun«, sagte seine Frau, »ganz bestimmt nicht. Er ist weg, weil er's bei uns nicht mehr ausgehalten hat.«

»Bei Ihnen und Ihrer Schwester«, sagte ich.

»Nein«, sagte sie laut, »bei uns allen, er hatte seine Arbeit satt und alles, die Leute, das Viertel ...«

»Sie auch?«

»Mich auch.«

Sie trank aus, blickte zum Kühlschrank, strich über die zusammengefaltete Schürze auf ihren Knien.

»Und am Donnerstag ist er noch mal zurückgekommen«, sagte ich. Das Bier machte mich noch hungriger.

»Was?«

Sie stand auf, ging zum Ausguss, spülte das Glas, trocknete es ab und sah kein einziges Mal zu mir her.

»Am Donnerstag ist er noch einmal zurückgekommen, und als er weg war, haben Sie Anzeige erstattet. Sein Besuch war der Auslöser. Warum ist er noch mal zurückgekommen?«

»Das weiß ich nicht«, schrie sie. Sie ließ das Glas fallen und es zersplitterte. Ein paar Splitter trafen ihre nackten Füße. Mühsam unterdrückte sie einen weiteren Ausbruch. Und Tränen.

Ich kniete mich hin und zupfte behutsam die Glassplitter von ihren Füßen. Ihre Füße waren kalt.

Dann lief sie ins Bad und sperrte ab. Ich hörte Wasser rauschen. Ich lehnte mich im Flur an die Wand.

Nach wie vor bewegte sie sich in ihrem Lügenhaus, sie hatte etwas zugegeben, etwas. Etwas, das die Tür nicht aufstieß. Sondern aufs Neue verschloss. Ich hatte nichts erfahren. Nichts, was ich nicht schon geahnt hätte.

»Gehen Sie bitte«, sagte sie hinter der geschlossenen Tür.

»Warum haben Sie Anzeige erstattet?«, fragte ich.

Keine Antwort. Ich hatte Lust, zurück in die Küche zu gehen und das Bier auszutrinken. Und das tat ich dann auch. Anschließend stellte ich mich vor die Badezimmertür.

»Wir werden Ihren Mann nicht suchen«, sagte ich.

Sie sagte: »Dazu sind Sie verpflichtet.«

»Nein.«

Wir schwiegen. Stille. Die Fenster waren alle geschlossen. Im Flur brannte Licht. Die Fenster waren sauber geputzt, aber klein, in den zweiten Stock fiel keine Sonne. Ich betrachtete die Jacken und Mäntel an der Garderobe.

Dann klopfte ich an die Badezimmertür.

»Hat Ihr Mann einen Lieblingsplatz? An der Isar. Irgendwo in der Stadt. Ein Gasthaus.«

Ich bekam keine Antwort.

Ich klopfte wieder.

»Er hat keinen Lieblingsplatz.« Die Stimme klang, als würde sich Frau Grauke ein Handtuch vor den Mund halten.

Ich klopfte ein drittes Mal.

Ein Schlurfen war zu hören. »Seine Werkstatt ist sein Lieblingsplatz.«

»Ich möchte die Werkstatt sehen.«

»Jetzt?«

»Unbedingt.«

In der Schusterei hing der Geruch von Leder, Klebstoff und Gummi, von Moder und altem Gemäuer. In der Ecke stand ein klappriger Ölofen, die Regale waren voller Schuhe, ebenso die Ablage der Schleifmaschine. Vor dem Fenster ein Holztisch, übersät mit Utensilien, darunter ein Stapel Zeitungen.

Lotte Grauke war in der Tür zum Treppenhaus stehen geblieben, nachdem sie aufgesperrt und das Licht angeknipst hatte.

Ich schaute mich um. Und sog den Geruch ein. Schon als Kind auf dem Land, wo ich aufgewachsen war, hatte ich ganze Nachmittage beim Schuster Vollenklee verbracht, der immer dieselbe grüne Schürze trug, mit seinem runden Hammer um sich schlug und manchmal den Arm hob und in meine Richtung fuchtelte, was mich erschreckte.

Unter dem schweren Holztisch entdeckte ich zwei leere Bierflaschen.

»Trinkt Ihr Mann bei der Arbeit?«

»So wie Sie«, sagte Frau Grauke.

Ich stellte die zwei Flaschen auf den Tisch.

Frau Grauke atmete tief ein. Und schwieg.

An einer der Flaschen war ein Abdruck. Wie von Lippenstift. Ich roch daran. Dann roch ich an der anderen Flasche. Dann stellte ich die Flaschen wieder unter den Tisch.

»Kommen Sie oft hierher?«, sagte ich.

Sie sagte: »Nie.«

»Arbeiten Sie?«

»Manchmal. In einer Schneiderei. Ich helf da aus.«

»Wo ist die?«

Sie nannte mir die Adresse. Auf einem der beiden Schemel lag zusammengerollt eine braune Wolldecke und darauf ein Kissen. Ich sah zu Frau Grauke, die so tat, als beachte sie mich nicht. Ein paar Mal drehte sie den Kopf nach hinten. Anscheinend fürchtete sie, Nachbarn zu begegnen.

Neben der Nagelmaschine sah ich ein blaues Knäuel. Ich bückte mich. Ein Schlafsack, in die Ecke gestopft. Ich roch daran.

»Hat Ihr Mann hier geschlafen?«, sagte ich.

Sie sagte: »Wozu denn?«

Das reichte für heute. Ich ging ins Treppenhaus.

»Warum ist Ihr Mann weggegangen, Frau Grauke?«

Mittlerweile hatte sie sich wieder unter Kontrolle. Vielleicht hatte sie im Bad eine Tablette genommen. Sie sperrte ab und spielte mit dem Schlüsselbund.

»Ich kann's Ihnen nicht sagen«, sagte sie. Sie schaute zu mir hoch und grinste eine Sekunde lang. Kein Lächeln, ein Grinsen.

»Möchten Sie, dass er zurückkommt?«

Sie ging zur Treppe. Sie hatte jetzt Sandalen an. Sie legte die Hand aufs Geländer und blieb stehen.

Draußen fuhren die Autos schneller, die Kinderstimmen klangen aufgeregt, es waren keine Lastwagen mehr unterwegs, keine Mülltonnen und Container schepperten. Wer jetzt hupte, tat dies, weil er es eilig hatte, und nicht, um jemanden zu grüßen. Im Treppenhaus duftete es nach Essen.

»Wieso hätt ich sonst die Anzeige gemacht?«, sagte Frau Grauke. Sie drehte sich nicht zu mir um.

»Vielleicht weil Ihre Schwester Sie überredet hat.«

»Nein«, sagte sie und stieg die Stufen hinauf. Sie ging gebückt, mit der Hand fest den Holzlauf des Geländers umfassend. Als wäre sie auf einmal alt. Und zermürbt von allen Fragen.

Als hätte es für sie plötzlich keinen Sinn mehr, auf ihren Mann zu warten.

Und die Anzeige war nur eine Art eheliche Verpflichtung gewesen, die freundliche Einhaltung eines ungeschriebenen Paragrafen.

3

»Wenn es keine konkreten Hinweise gibt, lassen wir die Sache erst mal liegen«, sagte Volker Thon.

Ich hatte ihm von meinen Gesprächen berichtet, er hatte zugehört, ein Zigarillo geraucht und gelegentlich an seinem Halstuch genestelt. Thon liebte diese Zusammenkünfte kurz vor Dienstschluss. An einem Tisch zu sitzen, Informationen auszutauschen, Wertungen vorzunehmen, Meinungen offen darzulegen, daraus bestand für ihn das Wesen der Polizeiarbeit. Teamgeist plus Kommunikation ergab nach seiner Rechnung größtmögliche Effektivität.

Mir gegenüber saßen Martin Heuer und Sonja Feyerabend, die Thons Zigarillorauch mit der Hand wegwedelte, sich aber nicht zu protestieren traute. Neben mir saß Paul Weber, mit neunundfünfzig Jahren der älteste Kommissar der Vermisstenstelle. Insgesamt waren wir dreizehn Beamte im Kommissariat 114. Nach dem Ausscheiden von Klaus Grieg, der zum LKA Berlin gewechselt war, blieb dessen Stelle fast ein Jahr lang unbesetzt. Dann erfuhren wir, dass sich Sonja Feyerabend beworben hatte. Niemand stimmte gegen sie. Und Funkel hatte nichts dafür getan, ihre Bewerbung intern zu forcieren.

»Suizid ist hundertprozentig auszuschließen?«, fragte Thon.

Natürlich sagte ich: »Nein.« Obwohl ich vorher lange erklärt hatte, dass ich nicht damit rechnete und es keine Hinweise in dieser Richtung gebe. Davon war ich überzeugt. Trotzdem musste ich diese Frage mit Nein beantworten. Praktisch gab es keine einzige Vermissung mit einem eindeutigen Nein am Anfang.

Dies war eine Angst, die wir nicht zuließen. Eine Angst, die uns beigebracht worden war, vom ersten Fall an. Eine Angst, die berechtigt war und uns vor Fehlern schützte. Vor Fehlern, die nicht zu korrigieren waren.

Diese Form der Angst teilten wir mit den Kollegen vom K 112. Sie waren hauptsächlich zuständig für Polizeileichen und Selbsttötungen. Wenn sie bei einer Person, die nicht eines natürlichen Todes gestorben war, ein winziges Detail übersahen oder den Beteuerungen von Hinterbliebenen eines Suizidenten vorschnell glaubten, kam möglicherweise ein Täter unentdeckt davon. Für immer.

Wenn wir bei einer Vermissung überzeugt davon waren, es handele sich um eine Hupfauf-Sache oder um einen Langzeitaussteiger, der sein Verschwinden exakt geplant und seine Spuren penibel verwischt hatte, die Person aber später tot aufgefunden wurde, gab es niemanden, den wir dafür verantwortlich machen konnten. Niemanden außer uns selbst. Bei einem Verbrechen ebenso wie bei einer Selbsttötung. In den Augen der Angehörigen waren wir dann Gottes elendste Versager. Und vielleicht waren wir das wirklich. Vielleicht hätten wir den Tod verhindern können. Vielleicht hätten wir den Tod verhindern müssen. Warum hatten wir zu lange gezögert? Warum hatten wir die Lage falsch eingeschätzt? Warum waren wir zu routiniert gewesen?

Davor hatten wir Angst.

Es war eine antrainierte Angst.

Seit ich in der Vermisstenstelle arbeitete, seit zwölf Jahren, hatten wir immer Glück gehabt. Wir waren wachsam und in keinem Fall nachsichtig gewesen.

Und dennoch hatten wir viele Selbstmorde nicht verhindert. Und Verbrechen an Verschwundenen.

Wir machten uns deswegen Vorwürfe. Wir sagten nicht, wir hätten alles richtig gemacht, wie sollten wir das jemandem sagen? Entschuldigen Sie, wir haben alles richtig gemacht, wir sind nicht schuld am Tod Ihres Mannes, Ihrer Frau, Ihres Bruders, Ihrer Geliebten?

Was Selbstmord betraf, so glaubte ich nicht daran, dass man jemanden, der entschlossen dazu war, an seiner Tat hindern konnte. Das war wie bei den Langzeitaussteigern, sie tüftelten und arrangierten, monate-, vielleicht jahrelang. Und dann waren sie wie vom Erdboden verschluckt. Manche von ihnen hatten längst ein zweites Leben geführt, abseits des offiziellen, allgemein bekannten.

Nein, ein Selbstmord in der Sache Grauke war nicht auszuschließen.

Aber ich glaubte nicht daran.

Ich sagte: »Ich führe morgen ein paar Vernehmungen durch.«

Genauso gut hätte ich sagen können: Morgen komme ich wieder zur Arbeit.

Ich wollte hier raus. Es war fast sieben Uhr. Ich hatte meine Aufzeichnungen getippt und ausgedruckt und kopiert, ich hatte mir den E-Bogen mit den Namen der Hausbewohner durchgesehen, ich hatte einen Plan für den nächsten Tag skizziert, ich wollte hier raus.

»Du arbeitest weiter mit Frau Feyerabend«, sagte Thon.

Ich sagte: »Ja.«

»Ist was?«

Ich hob die Hand und lehnte mich zurück. Martin schob seine Salem mit der Zunge von einer Ecke des Mundes in die andere. Sonja drehte sich von ihm weg. Was er endlich bemerkte.

»Entschuldige.« Er drückte die Zigarette aus. »Musst halt was sagen!«

Martin duzte ohne Umschweife. Er war ein Gasthausbewohner.

»Was macht dein Dichter?«, fragte Thon.

Martin kratzte sich am Kopf. Seine restlichen Haare formierten sich zu einem Kranz, den er jedes Mal ordnete, wenn er sich am Kopf kratzte.

»Spinnt immer stärker«, sagte er.

Zu unseren Aufgaben im K 114 gehörte auch die Beschäftigung mit den Werken verhaltensgestörter Briefeschreiber.

Martins aktueller Poet beschimpfte eine siebenundvierzigjährige alleinstehende Frau in Harlaching. Sie hatte sich vor zwei Jahren scheiden lassen und lebte seitdem in einer hundertfünfzig Quadratmeter großen Wohnung – für fünfhundert Mark. Die restlichen siebzehnhundert bezahlte ihr Exmann. Sie arbeitete als Redakteurin bei einem Frauenmagazin, in dem sie ihr Briefproblem schon in mehreren Berichten ausgebreitet hatte.

Natürlich meldeten sich eine Menge Frauen, die ähnliche Briefe erhielten.

Wir kannten sie alle.

Wir kannten auch die Absender. Den meisten von ihnen konnten wir nichts nachweisen. Die Übrigen wurden dazu verurteilt, sich in psychologische oder psychiatrische Behandlung zu begeben.

Chardonnay zu überführen war kompliziert. Er war Rechtsanwalt, gewieft, charmant, zuvorkommend. Martin benannte die anonymen Autoren nach Getränken. Einer hieß Obstler, ein anderer Silvaner, ein dritter Korn. Dr. Harlaching hatte den Spitznamen Chardonnay, weil er diese Sorte Wein schätzte, wie Martin bei einem seiner Besuche in der Kanzlei festgestellt hatte.

Im Angesicht der untergehenden Sonne auf dem Nockherberg las Martin mir aus dem jüngsten Brief vor. Der Biergarten war voll besetzt, und wir achteten darauf, nur dann eine frische Maß zu holen, wenn die Schlange am Ausschank kurz war.

Chardonnay hatte die Fäkalebene erreicht.

Martin faltete die Kopie des Briefes zusammen und steckte sie ein.

»Möge es nützen!«, sagte er und hob das Glas. Irgendwo hatte er gelesen, dass dies die Übersetzung von Prost sei. Wir stießen an und tranken.

»Wie war's mit Sonja?«, fragte er.

Ich sagte: »Gut.«

»Seid ihr euch nähergekommen?«

»Nein.«

Die Sonne schien mir genau ins Gesicht. Als würde sie mich meinen.

Martin zeigte mir einen Artikel in der Zeitung vom nächsten Tag, die er kurz zuvor gekauft hatte.

»Einsamkeit macht krank«, las er vor, »kann Depressionen und Ängste auslösen. Soziale Kontakte dagegen können heilen.«

»Grüße an Chardonnay«, sagte ich.

»Die Psychologin sagt«, sagte Martin, »nicht jeder, der allein lebt, ist gleich ein Fall für den Therapeuten. Das sagst du auch immer.«

Ich hatte die Augen geschlossen.

»Die Zahl der Angst- und Depressionspatienten steigt an. Schuld an der Vereinsamung trägt zum Teil sicher die exzessive Nutzung des Internets. Unsinn. Aber die Therapeutin sieht nett aus. Trinken wir noch eine?«

»Unbedingt.«

Ich hörte Papiergeraschel und Gläsergeklirre. Dann Schritte auf dem Kies. Wie von einer alten schweren Person. Aber Martin war dünn. Er war dürr. Er war immer schlank gewesen, doch seit einigen Jahren körperte er ab, wie Frau Grauke vielleicht gesagt hätte. Wir waren beide in Taging aufgewachsen und er war es gewesen, der mich überredet hatte, Polizist zu werden. Von meiner Zukunft hatte ich nie eine Vorstellung gehabt. So wenig wie er. Wenn es nach ihm gegangen wäre, wären wir bei der Schupo geblieben, doch das wollte ich nicht. Ich wollte nicht mein Leben lang eine Uniform tragen und in einem uniformierten Auto fahren.

Sollte Martin allerdings den Dienst quittieren, würde ich ihm nicht folgen. Vielleicht würde ich eines Tages gezwungen sein aufzuhören, dann würde ich nicht zögern. Selbst zu kündigen hatte ich nicht vor. Bis zu diesem Zeitpunkt jedenfalls. Die Ordnung meiner Arbeit befreite mich aus der Arktis der Wände, zwischen denen ich in vielen Nächten hauste.

Ich schlug die Augen auf. Und las: »Die Bedeutung der Gruppe für Krankheit und Gesundheit.«

Die Sonne war untergegangen.

Mit zwei Maß in der Hand kam Martin zurück. Er knallte die Glaskrüge auf den Tisch, setzte sich und stöhnte. Er schwitzte. Auf seiner Knollennase traten die Adern dunkel hervor. Seine Haut war grau.

»Zu wenig Gruppe«, sagte ich.

Er sagte: »Möge es nützen.«

Wir tranken.

»Da macht das Beamtensein Sinn«, sagte Martin. Er warf einen letzten Blick auf das Foto der netten Therapeutin und stellte seinen Krug auf die Zeitung. »Glaubst du, die Schwestern wissen, wo der Mann ist?«

»Nein.«

»Wieso nicht?«

»Weil sie dann keine Anzeige erstattet hätten.«

»Vielleicht wollen sie ihn auf diese Weise zwingen zurückzukommen.«

»Kann sein. Trotzdem müssen sie nicht wissen, wo er ist.«

»Und der Lippenstift auf der Flasche?«, sagte er.

Ich sagte: »Das ist die Spur.«

»Er war also gar nicht so einsam in seiner Schusterei.« Martin trank schnell. Das bedeutete, er hatte noch etwas vor.

»Schläfst du wieder nicht?«, sagte ich.

»Doch.«

Das sagte er immer.

»Wo geht's hin?«, fragte ich. Ein Rest der großen Breze, die wir zu den Schweinswürsteln gegessen hatten, war noch übrig und ich biss ein Stück ab.

»Muss sehen«, sagte er.

»Komm mit mir mit.«

Merkwürdige Idee. Eigentlich hatte ich vorgehabt, erst morgen noch einmal in die Kneipe zu gehen, in der ich heute schon gewesen war. Aber wenn ich Martin ansah, wollte ich plötzlich mit ihm zusammenbleiben, auf ihn aufpassen. Lächerlich. Er war dreiundvierzig, er passte selbst auf sich auf, seit er denken konnte, er hatte immer die Pläne geschmiedet, nicht ich. Er hatte damals dafür gesorgt, dass wir gut bezahlte Ferienjobs bekamen. Er hatte mich davon abgehalten, nach einem Jahr als Kommissar die Sache bleiben zu lassen. Er passte schon auf.

Vielleicht wollte ich wegen mir, dass wir zusammenblieben. Vielleicht wollte ich nur nicht in meine Wohnung zurück. Vielleicht hatte mich die verlassene, staubige Schusterei mit dem zusammengeknüllten Schlafsack in der Ecke an etwas erinnert, das die Sonne, das Bier, der blühende Tag nicht verdrängen konnten. An einen Sonntag, an eine Küche.

»Ich komm nach«, sagte Martin. Er hatte seine Maß ausgetrunken, wischte sich übers Gesicht und zündete sich eine Salem an.

Ich erklärte ihm, wo sich die Kneipe befand.

Er sagte: »Weiß ich doch.«

Dann schwiegen wir. Um uns herum wurde gegessen, getrunken, geredet, Karten gespielt. Kinder weinten,

Hunde bellten. Die Bäume waren übervoll von grünen Kastanienigeln. Der Geruch von gegrillten Fischen und Hühnern zog durch den Biergarten. Niemand hatte es eilig.

Außer Martin.

»Wieso war Sonja nicht bei ihrer Freundin zum Haareschneiden?«, sagte ich, als könnte ich ihn aufhalten. Er war schon aufgestanden.

»Das hat sie nur so gesagt, sie hatte einen Termin wegen der Wohnungsauflösung.« Er stellte unsere schmutzigen Teller auf das orangefarbene Tablett und hielt nach jemandem Ausschau, der es abholte.

»Sie trennen sich?«, sagte ich.

Er sagte: »Im Urlaub kommt's raus.«

»Lass stehen«, sagte ich. »Ich bleib noch da.«

Er klopfte mir auf die Schulter und ging. Vor morgens um vier würde er nicht zu Hause sein. Auf diesen Touren wollte er für sich sein. Hinterher erzählte er mir davon. Falls ich ihn fragte. Von sich aus sagte er nichts. In den Bars wussten alle, dass er von der Polizei war, die meisten hielten ihn für einen Alkoholiker.

Das war er nicht. Er war Trinker.

So wie ich. Nur dass ich weniger trank als er.

Aber die Gründe waren die gleichen.

4

Die Tür stand offen, und ich ging rein. Lauter Frauen. Sie saßen an Tischen und redeten. Als sie mich sahen, verstummten sie synchron. Hörte sich gut an.

»Grüß Gott!«, sagte ich.

Eine Frau sagte: »Was wollen Sie?«

»Kennt jemand von Ihnen den Schuster Grauke?«

Alle schwiegen. Ich auch. So verging eine halbe Minute in Harmonie.

Die Räume des Ragazza waren karg eingerichtet, ein funktionaler Aufenthaltsort, kein Wohnzimmer. Die elf Frauen, die heute da waren, schätzte ich auf ungefähr zwanzig Jahre. Viele rauchten, einige tranken Orangensaft.

»Ja«, sagte eine Frau in einem grauen Pullover, der viel zu warm war für diesen Abend.

»Er ist verschwunden«, sagte ich.

»Sind Sie von der Polizei?«

»Ja.«

»Zeigen Sie uns Ihren Ausweis!«, sagte eine Frau, die aus dem Nebenraum kam. Sie war älter als die anderen, Ende dreißig, und hatte einen fast kahl geschorenen Kopf. Was ihrer zarten Erscheinung nichts Abstoßendes gab, ihr Gesicht wirkte dadurch eher weicher, durchsichtiger.

»Okay«, sagte sie und gab mir das blaue Plastikteil zurück. »Ich bin Sina Frank.«

»Kennen Sie Herrn Grauke, Frau Frank?«

»Sina«, sagte sie.

Ich sagte: »Tabor.«

»Flüchtig.«

»Gibt es eine Frau hier, die ihn näher kennt?«

Einige schüttelten den Kopf.

»Waren Sie mal bei ihm?«, fragte ich Sina.

»Ich bin mal vorbeigegangen, schon öfter, er saß immer da und hat gearbeitet, ich hab mir immer gedacht, wenn ich mal Schuhe zum Richten hab, geh ich zu ihm. Hat sich aber nicht ergeben. Elke war, glaub ich, mal dort.«

»Ist Elke eine von Ihnen?«, fragte ich.

»Nein«, sagte Sina.

»Kommt sie heut noch?«

Sina sagte: »Das weiß man bei der nie. Die kommt nur so vorbei, sie ist … sie ist schon siebenundzwanzig, sie hat einen Job, manchmal wenigstens … Und sie nimmt auch keinen Rat an …«

»Was für einen Rat?«, fragte ich.

»Zum Beispiel, was den Umgang mit Männern betrifft.«

Wir redeten noch über andere Frauen, die Grauke vom Sehen kannten, aber noch nie in seiner Werkstatt waren, dann verabschiedete ich mich.

Es war fast dunkel. Vielleicht zweiundzwanzig Grad warm. Ich kam am Haus der Graukes vorbei, an der Werkstatt. Ich stellte mich vor die Tür und spürte einen kühlen Hauch, der durch das Blechrollo, durch die Scheibe, aus dem Innern des dunklen Kabuffs drang. Ich lehnte meine Stirn gegen das Rollo.

»Probleme?«

Ich drehte mich um. Im ersten Augenblick dachte ich, es sei Martin.

»Servus«, sagte ich.

Klausi nickte. Er hatte die gleiche klapprige Gestalt wie Martin und eine ähnlich farblose Jacke an.

»Ich geh ins Stüberl, kommst mit?«

Wir gingen hin. Er torkelte, bemühte sich aber um einen aufrechten Gang.

Eine junge Frau, die Susi hieß, beschimpfte einen jungen Mann mit Brille, der Peter hieß und den sie ununterbrochen beim Namen nannte. Es ging um ihren Freund, der auch Peters Freund war und offenbar eifersüchtig auf Peter war, obwohl Susi ihm keinen Grund dafür gab, auch wenn er, Peter, sie ständig anmachen würde, was Peter abstritt. Meiner Meinung nach überzeugend.

Ich saß am Tresen, Klausi an seinem Fensterplatz. Er trank Weißbier, ich Helles. Drei Striche waren schon auf meinem Deckel.

»Oft war die nicht hier«, sagte Alex und trank Spezi. Im Gegensatz zu mir schien er Susis Keifen nicht einmal von ferne zu hören. Dabei stand sie direkt neben uns.

»Kam sie mit ihrer Schwester?«, fragte ich.

»Was hast'n du gemacht, als ich aus der Dusche gekommen bin, hm?«, sagte Susi.

»Die Paula«, sagte Alex. »Glaub schon, ja, mit ihrer Schwester, der Lotte, die ist ja nett. Die Paula macht immer rum, nörgelt schnell ...«

»Gar nix«, sagte Peter, »ich hab den Winnie angerufen und ihm gesagt, er soll herkommen ...«

»Der Grauke war aber nie dabei«, sagte ich.

»Der kommt allein«, sagte Alex. Er schaute zu Klausi, nickte und holte eine neue Flasche Weißbier aus dem Kühlschrank. »Der trinkt nicht in Gesellschaft, der Max, der stellt sich hier hin, bestellt seine drei bis vier Bier, trinkt die und geht wieder. Was soll der auch groß reden, der erlebt ja nichts, sitzt in seiner Werkstatt und fertig.«

Er hatte das Bier eingeschenkt und brachte es Klausi.

»Der Winnie ist so blöd und gibt dir unsern Schlüssel«, sagte Susi, »und du übernachtest bei uns, wenn er nicht da ist …«

»Ich hab dich vorher gefragt!«, sagte Peter.

»Und was war, als ich aus der Dusche gekommen bin in der Früh? Was war da?«

»Nix war da«, sagte Peter. »Ich hab den Winnie angerufen und dann bin ich gegangen.«

»Du lügst, weißt du das? Du bist ein Lügner, Peter, du lügst nur rum, du lügst sogar deinen besten Freund an.«

»Hör auf, Susi, lass mich in Ruhe, ich hab dir nix getan …«

»Magst noch eins?«, fragte Alex Susi.

»Was meinst du, von wem ich die blauen Flecken hab? Ha? Was, Peter? Was ist? Du weißt genau, der vertragt nix, der Winnie, das weißt du genau, und trotzdem gehst du mit ihm immer zum Saufen.«

»Magst noch eins?«, fragte Alex wieder.

Susi ignorierte ihn. »Weißt du, wie viel Geld der im Monat auf'n Kopf haut, Peter? Der vertragt nix, und das weißt du genau.«

»Lass mich in Ruhe.«

»Noch eins?« Diesmal meinte Alex mich.

Ich nickte.

»Ich trink aus der Flasche«, sagte ich.

»Bei mir nicht«, sagte Alex. Er schenkte ein, machte den Strich, zündete sich eine Zigarette an.

»Und der ist so gutmütig und gibt dir auch noch unsern Schlüssel«, sagte Susi laut und dann schwieg sie abrupt.

Ungestört sang Tina Turner »Nutbush City Limits«.

Dann fing Susi wieder an. »Du bist echt das Letzte, Peter, du kommst zu mir in die Wohnung, wenn der Winnie nicht da ist …«

»Hab ich dir was getan?«, sagte Peter. »Hab ich dir was getan? Hab ich dir was getan …«

Er wiederholte die Frage noch ungefähr vierzehnmal, und ich setzte mich zu Klausi. Der lud mich zu einem Obstler ein.

»Es ist ganz klar ein Unterschied, ob die Taliban da in Afghanistan ein Weltkulturgut zerstören oder ob die Russen unsere Beutekunst nicht rausrücken«, sagte Klausi.

»Unbedingt«, sagte ich.

Es kamen die Obstler.

Neue Obstler kamen.

Im Dezernat hatte jemand eine Diskette für mich abgegeben. Thon gab sie mir. Er sah mir dabei zu, wie ich sie in den Computer schob. Die Datei hieß Grauke. Ich konnte sie nicht öffnen. Etwas klemmte. Ich nahm die Diskette heraus und versuchte es ein zweites Mal. Nichts zu machen. Ich war wütend. Ich suchte Martin, der in der Lage war, die Technik auszutricksen.

Während ich von einem Büro zum nächsten ging, überlegte ich, ob das überhaupt stimmte, dass Martin auf diesem Gebiet ein Ass war. War er nicht vielmehr genauso ratlos wie ich, wenn es Probleme mit dem Rechner gab? Ich war verwirrt.

Paul Weber sagte, Martin sitze im Café Maxi. Das türkische Lokal befand sich im Untergeschoss unseres Gebäudes. Ich lief die Treppe hinunter. Martin war nicht im Café. Niemand hatte ihn gesehen. Ich kehrte in mein Büro zurück und probierte es noch einmal.

»Lass mich das machen!«, sagte Thon. Er setzte sich an meinen Schreibtisch, tippte eine Weile und gab dann auf. Viele Kollegen liefen herum, aber keiner hatte Zeit.

Ich versuchte es weiter. Und endlich klappte es. Ich klickte die Datei an und sie ließ sich öffnen. Ich druckte sie sofort aus.

Als ich mich umdrehte, lagen die Ausdrucke schon auf meinem Tisch. Sehr merkwürdig. Noch merkwürdiger war, dass es sich bei den Ausdrucken um zwei große runde Pizzastücke handelte, mit dünnem Boden und einer Menge geschälter Tomaten, Gewürzen und frischem Basilikum. Selten zuvor hatte ich eine so appetitliche Pizza gesehen. Ich bestaunte sie. Meine Kollegen nahmen keine Notiz von mir. Also fing ich an zu essen. Auch Martin nahm sich ein Stück, der mir plötzlich gegenübersaß.

»Jetzt kommen wir endlich weiter«, sagte er.

Diese Lampe hatte ich noch nie gesehen. Und seit wann gab es hinter meinem Bett eine Holzwand?

Ich schreckte hoch. Eine braune Wolldecke rutschte von meinem Oberkörper. Ich lag auf der Bank am Fenster, wo ich mit Klausi gesessen hatte. Die Kneipe war dunkel. Wie spät? Langsam beugte ich mich vor. Mein Kopf summte bestialisch. In meinem Mund schien kein Tropfen Speichel mehr zu sein. Vage dachte ich an den Pizzatraum.

Ich hustete. Dann drehte ich mich zur Tür. Sie war abgeschlossen.

Alex hatte mich eingesperrt. Ich konnte mich nicht daran erinnern, dass ich mich hingelegt hatte.

Ich hob die Decke auf. Sie sah aus wie die in Graukes Schusterei.

Mir blieb nichts anderes übrig, als bis zum Morgen zu warten. Wann machte das Stüberl auf?

Aus dem Kühlschrank holte ich mir eine Flasche Wasser und trank sie aus. Neben den Toiletten gab es einen Hinterausgang, der natürlich auch abgeschlossen war.

Warum hatten sie mich nicht geweckt? Wieso war ich eingeschlafen? Dachten sie, einen Polizisten dürfe man allein zurücklassen? Er würde schon nichts klauen? Nicht randalieren? Ganz falsch.

Der Mann vom Schlüsseldienst, den mir die Kollegen vom Bereitschaftsdienst organisiert hatten, war nach zwanzig Minuten da. Er hatte keine Mühe damit, das Schloss am Hintereingang zu knacken und anschließend wieder abzusperren.

Für die Biere, die Schnäpse und das Telefongespräch legte ich Alex fünfzig Mark auf den Tresen.

Durch den dämmernden Tag ging ich nach Hause. Getöse im Kopf, ein Zucken in den Beinen. In einem Raum zu sein, den ich nicht aus freien Stücken verlassen konnte, versetzte mich in blanke Panik.

Immer wieder blieb ich stehen und atmete mit weit offenem Mund.

5

Anders als Martin, der, wie er mir erzählte, um halb fünf nach Hause gekommen war und dann sechs Stunden geschlafen hatte, lag ich zwar schon um vier im Bett, konnte aber nicht einschlafen. Um halb sechs stand ich auf, zog mich an, ging den Weg, den ich aus dem Glockenbachviertel zwei Stunden zuvor in umgekehrter Richtung gegangen war, wieder zurück und setzte mich auf eine Bank am Isarhochufer. Ich schaute hinüber zum Fluss. Es dauerte nicht lang, bis die ersten Jogger auftauchten, die ersten Hunde, die ersten Hundebesitzer.

Zwei grüne Kollegen verlangten meinen Ausweis. Danach entschuldigten sie sich. Wofür, war mir nicht klar.

Ich saß da und übte Schweigen.

Ich dachte an den Fluss. Isara rapidus. Flussnamen waren immer maskulin. In diesen Wochen war er grün, die Chemikalien hatten eine wunderbare Tarnfarbe. Das Baden war seit Jahren verboten. Im Sommer kamen die Flöße aus dem Oberland, voll beladen mit Gaudiburschen und Blaskapellen. An den Ufern brannten Grillfeuer, auf jeder Brücke konnte man die Schwaden riechen. Nach einer langen Reise mündete der Fluss in die Donau und mit ihr ins Schwarze Meer. Ich wurde an einem Bach geboren, der in einen Fluss überging, welcher sich wiederum mit der Isar vereinigte. So stellte ich mir als Kind oft vor, dass ich in einem Schlauchboot eines Morgens das Schwarze Meer erreichen würde, wo immer das sein mochte, jedenfalls am Ende der Welt. Und dort würde ich dann bleiben.

Weit war ich bisher nicht gekommen. Sechzig Kilometer. Und es sah nicht so aus, als würden es viel mehr Kilometer werden.

Ich dachte an den gestrigen Abend auf dem Nockherberg, an diese immer gleichen Momente, jedes Jahr von neuem, an die Sommertage, die diese Stadt veredelten. Wenigstens in meiner Vorstellung. An die Langsamkeit, an das Dasitzen und Zeit-verstreichen-Lassen, an die Ordnung der Dinge, die aus nichts als einem Stuhl und einem Tisch bestand, an die vertrauten Geräusche, Schritte auf Kies, Stimmengebrumm, das Klirren der schweren Glaskrüge, Rufe, wenn einer zu spät kam und in der Menge Ausschau hielt.

Sicher gab es diese Orte und Momente in jeder Stadt. Aber ich kannte keine andere als diese, ich hatte nie woanders gelebt, ich war es gewohnt, hier zu sein.

So wie Maximilian Grauke gewohnt war, auf seinem Schemel zu sitzen und seinem Handwerk nachzugehen.

Für die Qual der meisten Menschen, die ich als Polizist traf, hatte ich ein Wort: Zimmerlastigkeit. Es war mir in der Straßenbahn eingefallen. Ute behauptete, wenn es diesen Zustand tatsächlich gäbe, dann hätte mich eine der schlimmsten Formen erwischt.

Ich war mir nicht sicher. Ich bildete mir ein, unbehaust zu sein, ein Draußener, einer, der sich vor fremden Wohnungen fürchtete, vor Gemeinschaften und jeglicher Tischgesellschaft. Einer, dem es passierte, dass er, wenn er umarmt wurde, ein klaustrophobisches Empfinden hatte.

Und der dennoch in einem Beruf arbeitete, der auf

Teamgeist und Kommunikationsfähigkeit basiert. Und der ständig gezwungen war, in fremde Wohnungen zu gehen, sich mit den unterschiedlichsten Menschen auszutauschen und eine Autorität darzustellen.

Wie Kris Kristofferson in meiner Jugend sang: »I'm a walking contradiction, partly truth and partly fiction ...«

Doch der Grund, warum ich ausgerechnet in der Vermisstenstelle der Kripo mein Leben verbrachte, hatte mit alldem nichts zu tun.

»Geflogen ist er nicht«, sagte Sonja Feyerabend, die ich von einer Telefonzelle am Rand des Viktualienmarktes aus anrief. Sie hatte mit einer Reihe von Reisebüros und Flughäfen telefoniert, nicht nur in Deutschland, auch in Österreich und der Schweiz. Sie hatte noch einmal mit Frau Grauke gesprochen und erfahren, dass deren Mann zwar einen Führerschein besaß, aber nie das Auto benutzte. Mit dem alten Audi fuhren entweder seine Frau oder seine Schwägerin. Der Wagen stand angeblich in der Ickstattstraße. Sonja hatte zur Kontrolle eine Streife hingeschickt.

Dann hatte Sonja noch etwas herausgefunden, das Frau Grauke so verstörte, dass sie anfing zu weinen. Sonja musste zu ihr fahren und neben ihr stehen, während sie mit ihrer Bank telefonierte.

Der Filialleiter persönlich bestätigte, Herr Grauke habe zwanzigtausend Mark vom Konto abgehoben, und zwar am vergangenen Freitag.

Das war genau die Hälfte ihrer Ersparnisse.

»Das darf der doch gar nicht«, sagte Frau Grauke.

Genauso, wie er einfach weggehen durfte, durfte er so viel Geld vom Konto abheben, wie er mochte. Er hatte die Vollmacht, er brauchte seine Frau nicht zu fragen.

Anstatt wie geplant in die Kreuzstraße, ging ich in die Müllerstraße und sprach selbst mit dem Filialleiter.

Das hätte ich nicht tun müssen. Jemand, der sich zwanzigtausend Mark auszahlen ließ, hatte nicht vor, sich umzubringen. Jedenfalls war die Wahrscheinlichkeit sehr gering. Blieb die Möglichkeit eines Verbrechens. War Grauke gezwungen worden, das Geld zu besorgen? War er womöglich entführt worden? War er in illegale Geschäfte verwickelt? Wurde er bedroht? Hatte er Schulden?

»Er war mufflig wie immer«, sagte Eberhard Vocke. »Er hat vorher angerufen und gesagt, er hätte gern das Geld.«

»Wann hat er angerufen?«

»Ende vorletzter Woche, glaub ich.«

»Könnten Sie das rausfinden?«

Er ließ mich allein in seinem Büro. Mit den Duftrückständen seines Rasierwassers. Dann kam er zurück, mit einem frohen Gesichtsausdruck, so froh, als wäre er soeben einstimmig in den Vorstand gewählt worden.

»Er hat nicht angerufen«, sagte er und ließ sich in seinen Ledersessel fallen wie in Gegenwart von jemandem, dem er Lässigkeit demonstrieren musste. »Er war da. Er war da. Er war da.«

Seine rote Krawatte lag halb auf dem Tisch. Vocke beugte sich vor und sein ordentlich rasiertes Gesicht duftete schlicht. Ich beugte mich ebenfalls vor. Es gelang ihm nicht zu verbergen, dass er meine Fahne bemerkte.

Ich wusste, dass ich eine Fahne hatte, obwohl ich mir die Zähne geputzt hatte. Ute machte mich jedes Mal darauf aufmerksam, wenn ich Bier und Schnaps getrunken hatte und am Morgen mit ihr frühstückte.

Vielleicht hatte ich heute auch keine Fahne und den Filialleiter widerte nur mein unrasiertes Gesicht an. Er ließ sich zurückfallen, schlug die Beine übereinander und sagte: »Er ist selber vorbeigekommen.«

»Das hab ich verstanden«, sagte ich.

Er sagte: »Und zwar am Donnerstag. Sonst noch was?«

Er war hier der Chef, er kehrte zurück in seine Rolle. Und wir Banken, wir schützen unsere Kunden, unsere Kunden sind Könige, wir erteilen nicht einfach so Auskünfte an unrasierte, unangemeldete Polizisten.

»Haben Sie ihn gefragt, was er mit dem Geld vorhat?«

»Nein.«

»Interessiert Sie das nicht? Vielleicht geht er zu einer anderen Bank.«

»Wohl kaum.«

»Haben Sie mit ihm gesprochen?«

»Kurz. Es ist sein Geld, er kann es abheben, wann er will, das wissen Sie doch.«

»Das weiß ich. Und einen Tag später, am Freitag, kam er wieder, um das Geld abzuholen. Wie haben Sie es ihm ausbezahlt? In kleinen Scheinen?«

Das Telefon klingelte. Er nahm den Hörer, sagte: »Gleich«, und legte auf.

Lausige Vorstellung. Da trug er extra einer seiner Angestellten auf, bei ihm anzurufen und einen dringenden Termin vorzutäuschen, und dann spielte er die Situation nicht einmal aus.

Ich stand auf. Sofort erhob er sich ebenfalls.

»Hundertmarkscheine?«, sagte ich.

Er sagte: »Hunderter, Fünfziger …«

»Wie hat er das Geld transportiert?«

»In einem Rucksack. Ich hab es leider eilig, Herr … Sind Sie dann so weit?«

Ich sagte: »Wie sah der Rucksack aus?«

»Das weiß ich nicht.« Er ging zur Tür und öffnete sie.

Ich ging an ihm vorbei in die Schalterhalle und drehte mich zu ihm um. »Dann würde ich Sie bitten, in zwei Stunden im Polizeirevier zu sein.«

Einen solchen Satz hatte ich vor zwanzig Jahren das letzte Mal gesagt, als ich noch auf Streife war und Phasen von Wichtigtuerei hatte.

Die Bankkunden sahen zu uns her, die Angestellten nur sehr kurz.

»Der war schwarz, der Rucksack«, sagte Vocke. Zu seinem weißen Hemd und der roten Krawatte trug er hellblaue Jeans. Leute, ich bin der Eberhard, ich bin der Chef, aber lässig, haha.

»Hat er ihn sich umgeschnallt?«

Vocke sah mich an.

»Hat er sich den Rucksack umgeschnallt oder hat er ihn in der Hand getragen?«

»Was?«

Ich blickte zur Uhr an der Wand.

»Er hat ihn … ich glaub, er hat ihn … er hat ihn … Er hat das Geld reingetan, dann hat er ihn zugemacht und dann … dann hat er ihn so rüber, über die Schulter … Aber dann … ja, dann hat er ihn in die Hand genommen, genau, wie eine Tasche. Genau. So ist er raus. Den Rucksack in der Hand.«

»Rucksack in der Hand«, sagte ich.

Dann sagte ich danke und ging.

Ein Lastwagen hielt an einer roten Ampel, und seine Abgase fegten den Duftschweif von Vockes schlichtem Rasierwasser weg.

Der Mann, der sein Leben auf einem Schemel in einem Zwölf-Quadratmeter-Raum verbracht hatte, entpuppte sich als schlauer und lässiger Trickser.

Nachdem er offenbar einige Tage dazu gebraucht hatte, einen Plan zu zimmern, tauchte er am Donnerstag in seiner Bank auf, um anzukündigen, dass er am nächsten Tag zwanzig Mille haben wollte, in Hundertern und Fünfzigern. Niemand stellte Fragen, und wenn, dann hätte er jederzeit sagen können, er wolle seine Werkstatt renovieren, das hätte ihm jeder geglaubt. Was freilich absurd gewesen wäre.

Eine Veränderung war das Letzte, was sich Grauke auf seinem Schemel gewünscht hätte. Bis jetzt.

Und weil er schon mal in der Nähe war, besuchte er seine Frau. Garantiert stritten sie. Vielleicht hatte er sich inzwischen so eingelebt in seine Rolle, dass er ihr vorspielte, er würde nachgeben, würde wieder zurückkommen. Als täte ihm alles sehr leid. Dann sagte er, ich geh schnell ein Bier trinken, mach dir keine Sorgen!

Falsch. Sie wäre ihm sicher nachgegangen. Oder ihre Schwester, die ja dabei war. Falsch. Grauke ging *zuerst* in den Rumpler und das Stüberl und *danach* zu seiner Frau. Und dann verschwand er endgültig. Und sie wusste es.

Sie wussten es beide. Er war noch einmal zurückgekommen, um sich auszusprechen. Das war der einzige Grund gewesen. Er wollte den Druck loswerden.

Und einen Tag später spazierte er ein zweites Mal in seine Bank. Mit einem schwarzen Rucksack. Mit dem er nicht zurechtkam. Er hatte ihn sich ausgeliehen.

Und er war sich so sicher, dass er seiner Frau nicht begegnen würde. Er kannte alle ihre Wege, auch wenn er sie nie begleitet hatte, weil er immer nur auf seinem Schemel saß. Sie hatte ihm tausendmal erzählt, wo sie einkaufte und welche Wege sie nahm. Lieselotte und Maximilian Grauke waren dreiunddreißig Jahre lang miteinander verheiratet, bei der Hochzeit war sie zwanzig und er sechsundzwanzig gewesen. Sie kannten sich beide auswendig.

Vielleicht leistete er sich ein Taxi, nachdem er in der Bank gewesen war.

Nein. Er wurde abgeholt. Jemand wartete auf ihn. Der Besitzer des Rucksacks. Eine Frau. Die Frau, die mit ihm in der Werkstatt Bier getrunken hatte.

Vielleicht.

Ich musste die Schwester zum Sprechen bringen.

6

»Sie sehen doch, dass ich keine Zeit hab, Sie gehen mir im Weg um.«

Paula Trautwein dekorierte einen Regalschrank. In dem Geschäft in der Kreuzstraße, wo sie arbeitete, gab es außer Gläsern in hundert Varianten Seidenblumen, Vasen, Tischsets, Schalen, Kerzen, Dosen und andere Alltagsdinge. Sie polierte Sektflöten, Cocktailschalen und Longdrinkgläser, wischte Staub aus den Regalen und ordnete die Gläser.

Ich stand ihr wirklich im Weg. Auch Ute beschwerte sich immer darüber.

»Erzählen Sie mir etwas über Ihren Schwager.«

»Der hat das ganze Geld abgehoben, das Schwein!«, sagte sie.

Ich sagte: »Warum haben Sie mich angelogen?«

Was sollte sie darauf antworten? Und sie sagte das, was alle sagten: »Es ging nicht anders.«

»Natürlich«, sagte ich.

Ich schaute sie an. Sie trug einen weißen Kittel, hatte ihre Haare am Hinterkopf zusammengebunden und sich stark geschminkt. Ihre Wangen waren zu rosa, ihre Lider zu dunkel.

»Leben Ihre Eltern noch?«

»Was?«

Die Frage verwirrte sie. Sie hörte vorübergehend mit der Putzerei auf. »Keine Ahnung«, sagte sie dann. »Ich mein, unser Vater, der hat uns gezeugt und das wars dann. Wahrscheinlich haben wir irgendwo eine Horde Geschwister.«

»Und Ihre Mutter?«

»Meine ist tot.«

»Sie haben verschiedene Mütter?«, sagte ich. Auch davon hatten die beiden uns bisher nichts erzählt.

»Gehen Sie mal da weg.«

Ich ging da weg. Sie hob einen Karton vom Boden auf und stellte ihn ins Regal.

»Lotte hat wenig Kontakt zu ihrer Mutter, die lebt immer noch in Schwabing. Allein. Wir sind Familienkrüppel.«

»Sie und Ihre Schwester sind doch enge Freunde«, sagte ich. »Und Maximilian ist nicht abgehauen wie Ihr Vater. Bis jetzt.«

»Maximilian«, sagte Frau Trautwein und machte ein verbissenes Gesicht.

Die beiden Frauen unterschieden sich elementar in ihrer Reaktion auf Graukes Verschwinden. Lotte Grauke war fassungslos, dennoch erschien sie mir eher besorgt als beunruhigt, sie nahm sich zusammen, sie klammerte sich an den Gedanken, dass bald alles so wie früher sein würde.

Paula Trautwein dagegen war wütend. Als habe Grauke sie mit seinem Weggehen persönlich beleidigt. Sie machte ihn nieder und mich hielt sie für einen Versager, weil ich ihren Schwager noch nicht gefunden hatte. Und zurückhaben wollte sie ihn wohl nur deshalb, um ihm von Angesicht zu Angesicht die Meinung zu sagen.

Aber warum?

»Mehr kann ich Ihnen nicht sagen«, sagte sie und putzte weiter. »Rasieren Sie sich eigentlich auch mal?«

»Ja«, sagte ich.

Eine Kundin fragte sie nach Weißbiergläsern, und Paula schickte sie in den ersten Stock.

Mir fiel ein, dass ich Alex anrufen wollte.

Als ich ins Dezernat kam, klebte ein gelber Zettel an meinem Computer: »Bitte Alex zurückrufen.«

»Mach das nie wieder«, sagte ich zu ihm. Ausführlich hatte er mir erklärt, wie gut er es mit mir gemeint habe.

»Du warst total am Ende, Mann«, sagte er zum fünften Mal.

Ich sagte: »Sei froh, dass du den Schlüsseldienst nicht bezahlen musst.«

»Ja, ja. Hör mal, ich wollt dir noch was andres sagen: Der Franticek ist da.«

»Herzlichen Glückwunsch.«

»Das ist ein Freund vom Max, die haben früher Schafkopf gespielt, als der Max noch unter Leute gegangen ist. Der Franticek kennt den schon ewig, ich hab ihm gesagt, dass der Max verschwunden ist, und der Franticek sagt, das ist kein gutes Zeichen.«

»Gib ihn mir mal.«

»Er ist grad aufm Klo.«

»Sag ihm, er soll auf mich warten.«

Ich legte auf.

»Wir müssen ein Mädchen suchen.« Thon war ins Büro gekommen. Heute mit blauem Halstuch.

»Wen?«, sagte ich.

Er sagte: »Bettina Eberl.«

»Das ist allerdings unsinnig.«

Bettsy war eine Dauerläuferin. Sie war vierzehn und haute seit ihrem elften Lebensjahr regelmäßig von zu Hause ab. Ihr Vater war Lehrer, im Elternbeirat stellten einige Mitglieder inzwischen seine Qualifikation als Pädagoge in Frage, da er es offensichtlich nicht einmal schaffte, seine eigene Tochter zu erziehen. Seine Frau hatte wegen Bettsy eine Therapie begonnen, sie starb jedes Mal fast vor Angst.

»Herr Eberl hat mir gesagt, seine Frau hat heut Morgen Schnaps getrunken, mehrere Gläser, sie ist völlig fertig. Also, machen wir uns auf die Suche.«

»Sie kommt wieder, wie immer«, sagte ich.

»Bring sie zurück.«

»Sie ist am Stachus oder am Hauptbahnhof. Wie immer.«

»Die Kollegen waren schon dort, sie ist nicht da, niemand hat sie gesehen. Nimm Sonja mit!« Er nickte ihr zu und verließ das Büro.

Sonja studierte die neuesten LKA-Mitteilungen über unbekannte Tote.

»Weißt du, wo sie steckt?«, fragte sie.

Ich sagte: »Ja. Du brauchst nicht mitzukommen.« Dann rief ich im Glockenbachstüberl an. »Gib mir den Franticek.«

»Hier ist Kellerer«, sagte er.

»Süden. Wie lang sind Sie noch in der Kneipe?«

»Ich war grad in der Gegend, ich wohn ja eigentlich am Hasenbergl …«

»Wie lange bleiben Sie noch in der Kneipe, Herr Kellerer?«

»Lang wahrscheinlich. Das heißt nix Gutes, dass der Max verschwunden ist.«

»Warum?«

»Weil der nicht einfach so verschwindet. Meiner Meinung nach ist der depressiv, verstehen S'?«

»Wann haben Sie ihn zum letzten Mal gesehen?«

»Mei … vor fünf Jahren vielleicht, vor sechs Jahren. Du, Alex …«

»Wir sprechen später«, sagte ich.

Erst musste ich Bettsy in ihr geliebtes Elternhaus zurückbringen.

Obwohl die Kollegen schon dort gewesen waren, ging ich noch einmal zum Hauptbahnhof, gleich gegenüber unserem Dezernat, und anschließend ein paar hundert Meter weiter zum Stachus. Dort trafen sich die Jugendlichen im Untergeschoss oder auf dem Platz vor dem Brunnen. Wer schnelle Drogen brauchte, konnte sie hier kriegen.

Bettsy war nicht auf Drogen, sie haute nur ab, weil sie etwas erleben wollte. Was, wusste sie nicht. Achtmal war sie inzwischen ausgerissen, einige Male war sie freiwillig zurückgekommen, ansonsten hatten wir sie eingesammelt.

Ich sammelte sie ein.

Ich brachte ihre Freunde zum Sprechen.

Seitdem hielt sich das Gerücht, ich könne gut mit Kindern umgehen.

Was sollte ich dazu sagen? Dass das nicht stimmte? Dass ich mit Kindern nichts anfangen konnte? Sie wären bestimmt ein toller Vater, sagte einmal eine Mutter zu mir. Ich sagte: Wieso? Sie sagte: Das spür ich.

Mit Kindern hatte ich allerdings wenig zu tun. Vor allem mit Jugendlichen. Mit jungen Erwachsenen. Trotzdem wurden sie Kinder genannt, von den Eltern, von den Angehörigen, von meinen Kollegen: Das Kind ist weg.

Bettsy.

Einer ihrer Freunde, Hindu, stand wie immer neben der Eingangstür des McDonald's am Stachus. Er bettelte nicht. Er stand nur da und machte ein schmerzensreiches Gesicht. Er war fünfzehn, dürr und hatte seinen Kopf zur Hälfte kahl rasiert.

»Wo ist Bettsy?«, sagte ich.

Er sagte: »Stör mich nicht.«

»Wobei?«

Er sah den Leuten, die das Restaurant verließen, in die Augen, aber niemand reagierte.

»Soll ich dich mitnehmen?«, sagte ich. »Ich hab's eilig.«

Seine schwarzrot karierte Hose war etwas stärker zerrissen als beim letzten Mal, und sein linkes, siebenmal gepiercte Ohr sah entzündet aus.

»Da kriegst du aber sauber Ärger mit meinem Alten«, sagte er.

Hindu, der eigentlich Sebastian hieß, war kein Jugendlicher. Er war kein Kind. Er war ein Baby. Abgesehen davon, dass er Haschisch rauchte und Bier trank, kehrte er brav jede Nacht nach Hause zurück. Sein Vater war Beamter im Innenministerium, der manchmal im Dezernat anrief, wenn sich sein Sohn über die Behandlung durch meine Kollegen beschwert hatte. Auch über mich gab es eine Aktennotiz, vom Staatssekretär des Innenministers persönlich unterschrieben.

Als ich auf der Suche nach Bettsy erstmals mit Hindu zu tun gehabt und er den Ahnungslosen gemimt hatte, fuhr ich mit ihm zur Großhesseloher Brücke. Seit dem Neubau zweigte von der Brücke ein langer Seitenarm ab, auf dem man bis ans Ende gehen konnte. Diese Art Steg in ungefähr zehn Metern Höhe bestand aus Holzbohlen mit Zwischenräumen. Unten floss die Isar.

Ich nahm Hindu wie ein Kleinkind an der Hand und führte ihn auf den Steg. Schon nach wenigen Metern geriet er außer sich, eine Mischung aus Höhenangst und Agoraphobie. Er versuchte sich loszureißen, er fing an zu zittern, er weinte. Und ich ging einfach weiter. Mit einer Hand klammerte er sich ans Geländer. Zwecklos. Ich zerrte ihn hinter mir her. Dann ließ er sich auf den Boden fallen. Ich kniete mich neben ihn. Er schien kurz davor zu hyperventilieren.

»Wo ist Bettsy«?, fragte ich ihn. Er nannte mir den Namen eines Freundes, eine Adresse, Bettsys Lieblingskneipe, er händigte mir seine Ration Hasch aus, er klammerte sich an mich. Später, im Auto, bedankte ich mich bei ihm. Natürlich erzählte er seinem Vater davon, der informierte seinen Freund, den Staatssekretär, und der rief Funkel an und behauptete, sogar der Minister sei bereits in Kenntnis gesetzt worden.

Was ich Hindu nicht gesagt hatte, war, dass ich genauso viel Angst gehabt hatte wie er. Niemals wäre ich freiwillig über diese Brücke gegangen, schon gar nicht auf diesen aberwitzigen Steg. Auf einem Spaziergang waren Ute und ich einmal an dieser Brücke vorbeigekommen. Wir wollten auf die andere Seite des Flusses. Es blieb mir nichts anderes übrig, als loszurennen. Mir war schwindlig, ich bildete mir ein, magnetisch an den Rand gezogen zu werden, den Boden unter den Füßen zu verlieren, vom Wind davongetragen zu werden wie der fliegende Robert, sogar ohne Schirm.

»Willst du einen Ausflug machen?«, fragte ich Hindu jetzt.

Er sagte: »Willst du arbeitslos werden?«

Ich schwieg. Blieb neben ihm stehen. Minutenlang. Er machte sich auf den Weg zum Brunnen. Einige Jugendliche hatten ihre Hemden ausgezogen und kühlten sich mit Wasser ab. Ich schlich hinter Hindu her wie ein unrasierter Schatten. Er wusste, dass er es nicht schaffen würde mich abzuschütteln.

Schließlich nannte er den Namen eines Mannes, bei dem Bettsy sein könnte. Bei dem war sie noch nie gewesen. Es war ein Kerl, zu dem man nur ging, wenn man dringend Drogen brauchte, harte Drogen.

»Du kommst mit«, sagte ich.

»Nein.«

Kurz darauf saßen wir auf dem Rücksitz eines Taxis.

Im Schatten der Pappeln entlang der Leopoldstraße standen die Junkies dicht beieinander. Sie redeten. Sie waren auf dem Sprung. Sie sahen mich kommen und niemand hielt mich für einen Polizisten.

Hindu war im Auto geblieben. Ich hatte den Fahrer gebeten, auf ihn aufzupassen.

»Ich such Silvio«, sagte ich zu einem der jungen Männer. Er starrte mich an, er schwitzte. Eine Frau in einer abgeschabten schwarzen Lederjacke kam näher.

»Was willst'n von dem?«, sagte sie. Ihre Stimme war kaum zu verstehen.

»Ich will ihn was fragen, ist privat.«

Der junge Mann drehte sich um. Ein anderer gab ihm eine brennende Zigarette. Die Frau kratzte sich den Daumen wund.

»Der ist bei seiner neuen Freundin«, sagte sie.

Ich sagte: »Wo?«

Sie sagte: »Am Siegestor in der Pension. Hast du was zu rauchen?«

»Nein.«

»Gib mir fünf Mark.«

Ich gab ihr zwei Mark und ging zum Taxi zurück.

Hindu schlug mir gegen den Arm. »Ich will jetzt gehen, das ist Freiheitsberaubung«, brüllte er.

»Schrei hier nicht rum!«, sagte der Taxifahrer.

»Losfahren«, sagte ich.

Ich wollte nicht in diesem Taxi sitzen, in dem es nach Zigaretten roch, weil Hindu rauchte, und nach Schweiß, den der Fahrer ausdünstete. Ich fand es sinnlos, dieses Mädchen einzufangen. Natürlich litt der Vater, die Mutter betrank sich, sie zweifelten an sich und ihren Fähigkeiten und verzweifelten. Natürlich war es meine Pflicht zu handeln. Jedes Jahr hauten fünfzigtausend Kinder von zu Hause ab, einige von ihnen landeten auf dem Straßenstrich und in der Drogenszene, einige fielen Verbrechen zum Opfer, einige verschwanden für immer. Die anderen trieben sich herum, wurden von Streetworkern begleitet, vom Kindernotdienst versorgt, holten sich regelmäßig ihre Päckchen mit Lebensmitteln in der Bahnhofsmission ab, schafften sich Hunde an, überlebten irgendwie.

Dabei ging es nicht um jene Kinder, die von Sexualstraftätern verschleppt, misshandelt und getötet wurden, es ging nicht um die grauenhafte Leere, die ein Mädchen oder ein Junge hinterließen, wenn sie nicht von der Schule zurückkehrten. Es ging nicht um den Schmerz der Eltern, die ahnten, dass nichts mehr so sein würde wie vorher.

Was ich mit einem Mädchen wie Bettsy anfangen sollte, wusste ich nicht. Oder mit Hindu. Ich redete mit ihnen und sie redeten mit mir. Wir benutzten dieselben Worte, aber wir verstanden uns nicht, weil wir zu weit voneinander entfernt waren. Sie hausten auf ihrem und ich auf meinem Planeten.

»Du wartest hier«, sagte ich und stieg aus.

Hindu sprang auf der anderen Seite aus dem Taxi und wollte losspurten. Durchsichtiger Plan. Bevor er Luft holen konnte, schnitt ich ihm den Weg ab, packte ihn an der Schulter und schob ihn auf den Beifahrersitz.

»Passen Sie bitte noch mal auf ihn auf«, sagte ich zum Fahrer.

Der Fahrer sagte: »Und was krieg ich dafür?«

»Fünfzig Mark extra.«

»Okay«, sagte er.

Hindu schlug die Knie aneinander. Für einen zweiten Fluchtversuch war er definitiv zu feige.

Im dritten Stock des alten Gebäudes an der Akademiestraße lag die Pension. Früher hatte ich öfter hier übernachtet, wenn mir die Wände in meiner Wohnung zu nahe kamen. Inzwischen quartierte ich mich in solchen Nächten in einer Pension ein, die nicht so weit entfernt lag wie diese.

»Servus, Süden«, sagte Nielsen, der Pächter.

Ich sagte: »Du vermietest immer noch an Junkies.«

»Niemals.«

»Silvio ist einer.«

»Kenn ich nicht.«

»Der Kerl, der mit dem Mädchen hier ist.«

Nielsen bohrte in seinem Ohr. »Der ist schon wieder weg. Die Mädels sind noch da.«

Er zeigte mir das Zimmer. Auf dem blassroten Teppich waren meine Schritte nicht zu hören. Die Garderobe, die Stühle, die Bilder, alles wirkte verstaubt. Doch die Zimmer waren sauber, auch die Bäder und Duschen, die sich auf dem Gang befanden. In den Zimmern gab es nur ein Waschbecken mit kaltem und warmem Wasser. Keine Bar, keinen Kühlschrank.

Ohne anzuklopfen trat ich ein.

Auf dem Bett saß ein Mädchen an die Wand gelehnt, die Decke bis zum Hals hochgezogen, mit aufgerissenen Augen. Neben dem Bett stand ein zweites Mädchen mit gelben Haaren und einem Ring in der Nase. Bettsy.

»O nein«, sagte sie.

Ich schloss die Tür.

»Wenn du näher kommst, spring ich aus dem Fenster, ich schwör's dir, ich spring raus.«

Ich ging zu ihr. Und drückte sie an mich. Ich drückte sie so fest an mich, dass sie keine Chance hatte, sich zu befreien. Nach einer Minute gab sie auf. Ich hielt sie fest. Ihr Rücken war weich, sie trug einen schwarzen Pullover und schwarze Jeans. Ihre Lederjacke lag auf dem Tisch. Ihre Haare rochen nach Sommer. Und nach einem merkwürdigen Farbstoff.

So standen wir da, und das Mädchen auf dem Bett wagte nicht, sich zu bewegen.

Dann ließ ich Bettsy los.

»Fang an«, sagte ich. Noch immer hielt ich ihre kalte Hand fest. Sie machte sich los, stieg aufs Bett und lehnte sich stehend an die Wand, neben ihre Freundin. Bettsy trug schwere Lederstiefel.

Das Mädchen hieß Maja. Wie Bettsy war sie abgehauen und an Silvio geraten, der ihr versprach, das Kokain, das sie dringend brauchte, zu besorgen. Vorausgesetzt, sie schlief mit ihm. Bettsy hatte die beiden miteinander bekannt gemacht und darauf bestanden mitzukommen. Während die beiden dann im Bett waren, wartete sie vor der Tür. Maja ging in dieselbe Schule wie Bettsy. Ihren Eltern war es mehr oder weniger egal, wann sie nach Hause kam, Hauptsache, sie schwänzte nicht dauernd.

Ich rief im Dezernat an und informierte Funkel. Er bestellte drei Zivilfahnder zum U-Bahnhof Giselastraße. Sie sollten Silvio, sowie er auftauchte, festnehmen. Verdacht auf Drogenhandel und schwere Körperverletzung.

Die schnelle Nummer, die Maja erwartet hatte, hatte sich als Horrortrip entpuppt. Ich ließ sie ins Schwabinger Krankenhaus bringen, verständigte ihre Eltern, bezahlte den Taxifahrer und forderte ihn auf, Hindu zurück zum Stachus zu fahren.

»Normalerweis fahr ich keine Fixer«, sagte er.

Der Junge grinste mich durch die Heckscheibe an.

Ich ging mit Bettsy zu Fuß. Die Ludwigstraße entlang zur Von-der-Tann- und Prinzregentenstraße und rechts ab in den noblen Stadtteil Lehel. Dort wohnten ihre Eltern.

In der Nähe des Wohnhauses war eine Trambahnhaltestelle.

»Setz dich«, sagte ich.

Sie verzog den Mund und fläzte sich auf einen der blauen Gittersitze.

»Diesmal ging's schnell«, sagte ich.

Sie sagte: »Man darf sich halt nie um andere kümmern, nur um sich selber.«

»Erklär mir was«, sagte ich.

Sie sagte: »Erklär's dir selber.«

»Ich bin nie abgehauen.«

»Du lügst«, sagte sie.

Sie hatte Recht.

Sie hatte nur geraten. Aber sie hatte Recht. Ich war zehn gewesen. Und vier Tage unauffindbar. Meine Mutter hatte sich Tränen von meinem Vater geborgt, sie hatte keine mehr.

Später, viel später hörte ich von einem Psychologen einen Ausdruck für das, was damals mit meiner Mutter geschah: Mein Verschwinden hatte bei ihr einen Riss im seelischen Bindegewebe verursacht.

Und dieser Riss war ein Abgrund.

Und ich sah diesen Abgrund in ihren Augen, als ich nach vier Tagen wieder vor ihr stand.

»Geh zu deiner Mutter«, sagte ich hilflos.

»Warum denn?«, sagte Bettsy.

»Geh einfach zu ihr und sprich mit ihr.«

»Echt nicht.«

Wir saßen noch eine halbe Stunde an der Haltestelle. Straßenbahnen kamen und fuhren ab, Leute setzten sich neben uns. Wir schwiegen. Die Sonne schien. Das Schutzdach warf einen Schatten über uns. Dann begleitete ich Bettsy zum Haus. Sie klingelte. Ihr Vater meldete sich über die Sprechanlage. Grußlos drückte sie die Tür auf und ging hinein.

Ich stellte mich auf die Stufe und lehnte die Stirn gegen das Eisengitter vor dem Fenster. Ich schloss die Augen. Dann drehte ich mich um und schrie.

7

Ich schrie so laut, dass drei Minuten später ein Streifenwagen vorfuhr. Da war ich schon wieder still.

Ich hatte die Türschwelle verlassen und stand auf dem Gehweg. Die Leute an der Straßenbahnhaltestelle starrten zu mir herüber. Ich schrie in den blauen, klaren Himmel hinauf. Vielleicht vierzig Sekunden lang.

Nachdem ich den Kollegen meinen Ausweis gezeigt hatte, bat ich sie, mich in die Drachenseestraße zu fahren.

Hier hatte Inge Thaler eine kleine Änderungsschneiderei. Und manchmal half ihr Lotte Grauke bei der Arbeit.

Von Graukes Verschwinden wusste sie nichts.

»Sie hat Sie nicht angerufen?«, sagte ich.

Sie sagte: »Ich hab seit drei Wochen nichts von ihr gehört.« Inge Thaler nähte mit einer alten Singer-Maschine den Reißverschluss an eine Jacke. Abrupt hörte sie damit auf, dachte nach und nahm ihre Brille ab. »Hoffentlich hat er sich nichts angetan.« Sie machte eine Pause.

Ich stand eingezwängt zwischen niedrigen Schränken und einem Tisch, der den engen Raum beinah ausfüllte.

»Sie hat manchmal so Andeutungen gemacht ... Dass er nicht mit ihr redet, dass er nur noch arbeitet ... viel trinkt ...«

»Er geht ins Wirtshaus«, sagte ich, als wäre das ein Widerspruch.

»Ja, das auch ... Ehrlich gesagt, ich fand's nicht verwunderlich, weil ... Wenn Lotte von daheim erzählt hat, dann eigentlich nur von ihrer Schwester ... Paula ... So, als wär sie mit ihr verheiratet und nicht mit ihrem Maximilian … Mich geht's nichts an …«

»Hat sie das letzte Mal, als sie hier war, von ihrem Mann oder ihrer Schwester gesprochen?«, sagte ich.

In dem Raum war es kühl. Überhaupt war es nicht so heiß wie am Vortag, ein leichter Wind wehte, und ich hätte den Spaziergang mit Bettsy noch zwei Stunden fortsetzen können. Ich wollte mich jetzt beeilen.

»Sie hat kaum was geredet«, sagte Frau Thaler. »Ich hab sie gefragt, und sie wollt nicht rausrücken damit … Sie haben sich anscheinend gestritten, sie und ihr Mann. Oder sie und ihre Schwester, oder alle drei. Ich bin nicht schlau aus ihr geworden, sie machte einen ziemlich bedrückten Eindruck, ja …« Sie zog die Stirn in Falten und strich sich mit Daumen und Zeigefinger über die Mundwinkel. »Ja, sie hat gesagt, sie weiß nicht, was mit ihm los ist, mit ihrem Mann, mein ich, sie hat sich Sorgen um ihn gemacht, aber so in der Richtung, dass sie … dass sie nicht versteht, warum er was nicht versteht … Verstehen Sie?«

»Unbedingt«, sagte ich.

»Bitte?«

Ich versuchte, sie dazu zu bringen, sich genauer zu erinnern. Aber sie meinte, Lotte Grauke habe nur Andeutungen gemacht, irgendetwas trieb sie um, über das sie nicht sprechen konnte. Oder wollte.

An der Tür sagte Frau Thaler: »Ehrlich gesagt, so richtig wunder ich mich jetzt nicht, wenn ich hör, dass der Maximilian verschwunden ist. Hoffentlich finden Sie ihn schnell.«

Von unterwegs rief ich Sonja an. Sie hatte mit weiteren Nachbarn gesprochen. Ich bat sie, mit der Mutter von Lotte Grauke einen Termin zu vereinbaren, danach sollte sie ins Glockenbachstüberl kommen.

»Ich mag nicht in eine Kneipe«, sagte sie. »Es ist so schön draußen, und wir hocken uns in den Qualm.«

Als sie kam, stand der Campingstuhl schon parat.

»Nur weil du von der Polizei bist«, hatte Alex gesagt. »Die Leute beschweren sich, das wirst du sehen, die mögen das nicht.«

Er hatte Recht. Die Leute beschwerten sich. Die Frauen. Männer kamen selten vorüber, und die wenigen beachteten uns nicht. Vor allem Frauen mit Kinderwagen taten so, als würden wir sie in bösartiger Absicht dazu zwingen, Slalom auf dem Gehsteig zu fahren. Dabei hatten sie genügend Platz. Und jedes Mal, wenn Alex ein frisches Bier und ein Mineralwasser brachte, sagte er: »Siehst du? Gleich hab ich die Bullen hier.«

»Ich sitz doch schon da«, sagte ich.

Neben mir saß Franticek Kellerer, zweiundsechzig Jahre alt, ehemaliger Postangestellter, jetzt im Ruhestand. Mit Maximilian Grauke hatte er früher Schafkopf gespielt, als er noch hier im Viertel wohnte und im Postamt an der Fraunhoferstraße arbeitete.

Von Alex hatte er sich extra einen Bierdeckel geben lassen, den er auf sein Glas legte. Die Attacken trunksüchtiger Wespen hielten sich jedoch in Grenzen.

Da Alex sich weigerte, seine normalen Holzstühle vor die Kneipe zu stellen, musste er auf meine Anweisung hin nach Klappstühlen suchen. Er fand drei verstaubte Exemplare und einen völlig ausgebleichten Liegestuhl. Diesen stellte ich parallel zur Hauswand, die Stühle daneben.

Kellerer legte sich in den Liegestuhl. Immerhin war *er* der Rentner. Als Sonja um die Ecke kam und uns sah, lächelte sie. Wegen diesem Lächeln richtete sich sogar Kellerer ein Stück auf.

Wir saßen in der Sonne. Der Wind fächelte uns die Stimmen vom nahen Kinderspielplatz zu. Manchmal winkte ein Radfahrer, manchmal beschwerte sich eine kinderwagensteuernde Mutter. Dann war es Minuten lang still. Nur die Vögel sangen. Sogar die Kinder waren verstummt.

Ich wünschte, Martin wäre hier gewesen. Auch wenn die Gefahr bestand, dass er vor lauter Idylle erst einmal einen Enzian bestellt hätte.

Ich wünschte, er wäre hier gewesen, damit er nicht allein sein musste an diesem sonnenvollen Julitag. Vermutlich saß er im Büro. Oder im Büro von jemandem, den er vernehmen musste. Auf jeden Fall in einem geschlossenen Raum.

Und wir waren draußen. Dank Sonja.

»Arbeiten wir?«, sagte sie.

»Ja«, sagte ich.

Dann tranken wir einen Schluck Mineralwasser aus unserem Halbliterglas, stellten die Gläser zwischen unsere Füße auf den Boden und holten beide wie abgesprochen unseren Notizblock aus der Tasche.

»Ich hab Grete Holch nicht erreicht«, sagte Sonja. »Sie hat kein Telefon.«

»Vielleicht ist sie nicht eingetragen.« Ich wollte nur kindisch sein.

Sie schaute mich von der Seite an. Das war der K-111-Blick. Sogar wenn jemand unsichtbar war und unter der Erde lebte, würden die Kollegen von der Mordkommission herausfinden, ob er ein Telefon hatte oder nicht. Sie gaben niemals auf.

»Dann fahren wir hin«, sagte ich. Die Mutter von Frau Grauke wohnte in der Hiltenspergerstraße in Schwabing.

»Erzähl das noch mal, wie das war mit Grauke«, sagte ich zu Kellerer, der die Hände hinter dem Kopf verschränkt hatte.

»Der ist depressiv«, sagte er, »der hockt da in seiner Schuhschachtel, und wenn er abends zu seiner Alten kommt, ist die Schwester da. Und die bleibt dann über Nacht da. Hat er mir gesagt. Die bleibt einfach da. Wir haben zu ihm gesagt, dann nimmst halt beide, das fand er nicht komisch. Ich glaub, der hat nicht mal seine Alte gehabt, Verzeihung, die Dame … Da ist nichts mehr gelaufen. Wir haben oft zu ihm gesagt, gönn dir was, trau dich was … Kannst vergessen bei dem. Der nagelt lieber seine Schuhe als eine Frau. Verzeihung …«

Mit einem Stöhnen streckte er den Arm nach seinem Bierglas aus.

»Sie können sich nicht vorstellen, dass er mit einer Frau durchgebrannt ist«, sagte Sonja.

Kellerer drehte den Kopf. »Wirklich nicht, Frau Feyerabend!«

Der Ausdruck gefiel mir: durchgebrannt. Ein Mann auf einem Pferd, eine Frau mit wehendem Haar, Nacht,

Nebel, Wölfe heulen, jemand steht hinter dem Fenster und beobachtet heimlich das Geschehen, sieht die beiden, die durchbrennen …

»Hallo«, sagte Sonja.

Ich öffnete die Augen.

»Träumen Sie?«, sagte sie.

»Ja.«

Sie beugte sich vor, damit sie Kellerer besser sehen konnte. »Wussten Sie, dass die beiden Frauen Halbschwestern sind?«

»Im Ernst?« Kellerer trank sein Bier aus, schaute sich um, stöhnte, stellte das Glas auf den Boden und ließ sich in den Liegestuhl fallen. »Das heißt, er hätt dann nicht mal ein schlechtes Gewissen haben müssen, der Maxi. Weil wenn die nicht richtig verwandt sind …«

»Haben Paula und Max ein Verhältnis gehabt?«, sagte ich.

»Das hätt er uns erzählt, aber sauber.«

»Was wissen Sie noch über die beiden Frauen?«, sagte Sonja.

»Dass sie den Maxi fertigmachen, dass die den ausbremsen, auf der ganzen Linie, dass der froh ist, wenn er in seiner Werkstatt hockt, dass das ein beschissenes Leben ist mit zwei so Weibern, anders kann ich das nicht sagen, Verzeihung, ein Scheißleben ist das. Ich bin geschieden, seitdem bin ich gesund. Ich leb allein, mir kommt niemand blöd. Das ist doch irre, da arbeitest du den ganzen Tag und dann kommst du heim und da sitzen zwei Weiber, die sich einen Dreck scheren um dich. Die stellen dir den Teller hin, dann darfst du was essen und dann kannst du dich wieder verziehen. So schaut's aus, so geht's zu bei denen, weiß ich doch. Wir haben jahrelang Schafkopf gespielt, der Maxi, der Schorsch, der Werner und ich. Wenn der an unsern Tisch gekommen ist, haben wir den erst mal psychologisch betreuen müssen, so schaut's aus, Frau Feyerabend. Der hat nix geredet, der hat seine fünf bis sieben Bier getrunken, die Karten gemischt, gespielt, und er war ein guter Spieler. Aber er hat das Maul nicht aufgebracht. Er war verstockt. Wie ein Kind. Erst haben wir ihn aufgezogen, später waren wir stinksauer, weil er sich so hat behandeln lassen. Vor allem ich, ich hab ihm immer wieder gesagt, er soll sich wehren, er soll endlich was ändern. Hat er aber nicht. Dann ist der Werner gestorben, ich bin weggezogen … Nie wieder was gehört vom Maxi …«

Er wuchtete sich aus dem Liegestuhl, nahm sein Glas, schnaufte und wischte sich den Schweiß von der Stirn.

»Soll ich euch was mitbringen?«

»Nein«, sagte ich.

Er verschwand in der Kneipe.

»Jetzt hat er was geändert«, sagte Sonja.

»Warum jetzt?«, sagte ich.

»Es hat ihm gereicht.«

»Warum jetzt?«

Wir schwiegen lange.

Mit einem schäumenden Bier kam Kellerer aus der Tür, gefolgt von Alex. Im Hintergrund trommelte Cozy Powell »Dance with the devil«.

»Wir zahlen«, sagte ich.

»Und wer stellt mir die Stühle rein?«

»Lass die doch hier!«, sagte ich. Dann gab ich ihm das Geld.

Kellerer sagte: »Der Maxi, der hat sich entweder aufgehängt, oder er ist weg. Weit weg. Und zwar mit keiner Frau. Darauf kannst wetten. Eine Frau braucht der nicht, der braucht eine Freiheit. Verstehst? Tot oder lebendig.«

Kellerer hielt seine schaumgekrönte Nase in die Sonne.

Kurz bevor wir das Auto erreichten, blieb ich stehen.

»Ich will noch eine Runde gehen«, sagte ich.

Sie sagte: »Sie sind ein merkwürdiger Polizist.«

Ziellos machten wir uns auf den Weg.

»Was war das heute mit dem Mädchen?«, sagte Sonja.

»Ich hab sie zurückgebracht«, sagte ich.

»Und warum haben Sie so rumgebrüllt?«

Ich schwieg.

Vor einem indischen Restaurant standen zwei Inder und sprachen indisch.

»Mögen Sie indische Küche?«, fragte Sonja.

»Manchmal.«

Sie betrachtete die Häuser. Ich wollte sie fragen, in welchen Stadtteil sie ziehen würde, nachdem sie dabei war, die gemeinsame Wohnung mit Karl aufzulösen. Doch dann interessierte mich die Antwort plötzlich nicht mehr. Zumindest im Moment.

»Haben die anderen Nachbarn auch Streit gehört?«, fragte ich.

Irritiert sah sie mich an. »Ja … sie … die Nachbarn, ja. Eine Frau behauptete, es habe sich angehört wie ein Ehestreit.«

»Wieso?«

»Sie sagte, die beiden Schwestern hätten sich im Treppenhaus angeschrien, wie sich normalerweise nur Eheleute anschreien.«

»Wie klingt das?«, fragte ich.

Sie sagte: »Woher soll ich das wissen?«

»Sie waren doch praktisch verheiratet. Und Sie haben sich gestritten.«

»Woher wollen Sie das wissen?«

Ich warf ihr einen K-114-Blick zu. Egal, was uns die Leute erzählen, wir von der Vermisstenstelle durchschauen ihr Spiel. Mit oder ohne Wohnungsauflösung.

Sie erwiderte nichts.

Wir bogen in die Westermühlstraße ein. Aus dem Gasthaus am Eck drangen laute Stimmen. Ein Mann schrie irgendwas. Ich sah durch die offene Tür. Der Mann schrie niemanden an, er erzählte etwas. Ein anderer stand neben ihm am Tresen und hörte zu.

»So klingt es nicht, wenn ein Ehepaar sich anschreit.«

»Eher nicht«, sagte sie.

Was genau hatte die Nachbarin gemeint? Wie war sie auf diesen Vergleich gekommen?

Es war nicht weit bis zur Jahnstraße 48.

Frau Aldinger wohnte im ersten Stock. Sie trug ein Kopftuch und braune Hausschuhe, in denen sie barfuß war. Aus der Wohnung kam Bratengeruch.

»Wie ein altes Ehepaar«, flüsterte sie und blickte vorsichtig im Treppenhaus nach oben. »In letzter Zeit immer öfter. Nicht dass ich horch!«

»Nein«, sagte ich. »Wie streitet denn ein altes Ehepaar?« Auch ich senkte die Stimme.

»Das hört man doch«, sagte Frau Aldinger.

»Haben sie bestimmte Ausdrücke gebraucht?«, sagte Sonja. Sie sprach in normaler Lautstärke.

»Was für Ausdrücke?« Frau Aldinger faltete die Hände, spitzte die Lippen. »Sie haben keine Ausdrücke gebraucht. Jedenfalls keine unanständigen, wenn Sie das meinen. Die eine hat ein paar Mal gesagt, dass sie die andere dann verlässt …«

»Wie bei einem Ehepaar«, sagte ich schnell.

»Genau, wie bei einem Ehepaar. Wenn du das und das nicht machst, verlass ich dich, dann ist Schluss, endgültig.«

»Hat eine der beiden Schwestern das gesagt?«, wollte ich wissen.

Ich sah sie ihn, sie mich auch, aus kleinen Augen.

»Ja, ja«, sagte sie. Noch leiser als zuvor. »Es war von Schluss die Rede, Schluss und endgültig, ja …«

»Was noch?«, sagte Sonja.

»Sie haben sich gezankt, basta«, sagte Frau Aldinger.

Kaum waren wir ins Auto gestiegen, hupte jemand. Sonja hatte das Fenster runtergelassen und winkte den Fahrer vorbei. Er hupte noch einmal, diesmal heftiger, und ließ den Motor aufheulen.

»Und dann mach ich Schluss mit dir«, sagte Sonja.

»Klingt nicht nach Ehepaar«, sagte ich, »klingt nach Beziehung.«

Sie seufzte, lehnte sich zurück, umklammerte das Lenkrad, blickte hinüber zum grünen Haus, in dem wir gerade gewesen waren. Nebenan, in einem Neubau, befand sich im Parterre ein Kosmetikstudio. Frauen gingen ein und aus.

»Wenn ich in meiner neuen Wohnung bin, lasse ich mir die Wimpern und die Augenbrauen färben«, sagte Sonja.

Ich schwieg.

Meine schwarzen Jeans waren mir zu eng. Ich nestelte am Gürtel, dann öffnete ich den obersten Knopf. Sonja sah hin. Sagte aber nichts.

»Ich hab angekörpert«, sagte ich.

Sie sagte: »Ich kannte Sie früher nicht.«

Langsam ging die Sonne unter. Aus der griechischen Taverne wehte der übliche Geruch herüber, mindestens zweihundert Meter weit. Sonja verzog das Gesicht.

»Hunger?«, sagte ich.

»Nicht darauf.« Sie wandte mir den Kopf zu, verharrte und sah wieder nach vorn. »Ich bin weg vom Mord, weil ich mich auch mal mit den Biografien von Lebenden beschäftigen wollte. Aber es ist offenbar sehr seltsam, sich mit den Biografien von Verschwundenen zu beschäftigen, die sind sehr widersprüchlich. Jeder Freund, jeder Angehörige, sogar der Ehepartner, scheint eine eigene Version zu haben. Dieses Mädchen, das Sie heute eingefangen haben, was hat die Ihrer Meinung nach für eine Biografie?«

»Ich weiß, wie alt sie ist«, sagte ich, »ich weiß, auf welche Schule sie geht, welche Noten sie hat, was ihre Eltern beruflich machen. Ich weiß, dass sie keine Drogen nimmt, noch nicht, und ich weiß, dass sie eine Dauerläuferin ist.«

»Aber warum?«

Ich sagte: »Das weiß ich nicht. Unsere Aufgabe ist es,

Vermisste zu finden. In ihr Leben zurückkehren müssen sie schon selbst.«

»Sie sind schon lang im Hundertvierzehner.«

»Elf Jahre.«

»Warum haben Sie auf der Straße so geschrien?«

Wieder hupte jemand. Sonja streckte den Arm aus dem Fenster und winkte. Der Fahrer hupte zweimal und ließ den Motor aufheulen. Vielleicht war das in diesem Viertel so Sitte.

»Kennen Sie die Geschichte von Echo?«

Sonja sah mich an. Schüttelte den Kopf.

»Ich hatte plötzlich den Eindruck, in mir nimmt ein Echo Gestalt an. Ich konnte es nicht verhindern.«

»Ah ja«, sagte sie. Dann sagte sie nichts mehr.

»Sie wollte nichts Böses«, sagte ich.

Sie sagte: »Wer?«

»Echo«, sagte ich.

Sonja wandte den Blick ab, sank in den Sitz des Wagens und wartete. Als ich nicht anfing zu sprechen, gab sie mir mit der Hand ein Zeichen.

»Echo, die Nymphe«, sagte ich. Streckte die Beine aus, hakte meinen rechten Daumen in den Gürtel, versuchte diesen zu lockern. Erfolglos. »Sie wollte ihrem Gott eine Freude machen. Er war ein Charmeur, die Mädchen und Frauen mochten ihn sehr, er konnte gut erzählen und sah besser aus als jeder andere in der Gegend. Echo hatte mitgekriegt, dass Jupiter sich in den schattigen Winkeln der Berge mit den Nymphen traf, mit mehreren auf einmal, daran hatte er besonderen Spaß, sie amüsierten sich alle, und Echo störte sie nicht. Sie hatte nämlich etwas Wichtigeres zu tun, sie musste Jupiters Frau daran hindern, ihrem untreuen Gatten auf die Schliche zu kommen. Echo machte das freiwillig. Jupiter hatte sie nicht beauftragt, es war ihr Zeitvertreib. Sie war eine übermütige Nymphe, sie foppte gern Leute, und meistens gelang ihr das auch. Dann kicherte sie die halbe Nacht vor sich hin und ihr Gekicher hallte über das Tal, und manche Bauern glaubten, ihre Ziegen hätten sich losgerissen und irrten umher. An einem Tag im Sommer bekam Echo wieder einmal mit, wie sich einige ihrer Freundinnen mit dem schönen Gott verabredeten. Wie immer wünschte sie allen Beteiligten ein schönes Schäferstündchen. Wenig später sah sie Juno. Die näherte sich dem Berg, auf dem Jupiter schon in seinem Element war. Echo hielt Juno auf. Sie fing ein Gespräch an und laberte und laberte, so wie manche Leute, mit denen wir es im Dezernat zu tun haben, und die Zeit verging, und Juno hörte neugierig zu. Echo kannte die besten Klatschgeschichten. Irgendwann aber fiel Juno wieder ein, weswegen sie den Weg durch den dornigen Wildwuchs überhaupt angetreten hatte, und sie verabschiedete sich von Echo, eher harsch. Echo kannte sämtliche Abkürzungen und rannte los, um die Göttin, falls es sein musste, ein zweites Mal aufzuhalten. Doch die Nymphen waren bereits verschwunden und Jupiter saß unter einem Apfelbaum und las in einem Buch. Echo wollte ihm gerade komplizenhaft zuwinken, da erschrak sie: Aus dem Gebüsch krabbelte eine junge Nymphe und steckte sich eine goldene Spange ins Haar. ›Hast du sie endlich gefunden!‹, rief Jupiter ihr zu und er wehrte sich nicht, als die Nymphe, die natürlich wie alle anderen in ihn verliebt war, ihn ein letztes Mal ausdauernd auf die Schulter küsste. Dann huschte sie davon, genau in Richtung Echo, der ein Schrecken in die Glieder fuhr. Hinter dem Apfelbaum, an dem Jupiter lehnte und las, war Juno aufgetaucht. Und Echo hatte keinen Zweifel daran, dass die Göttin die Nymphe bemerkt hatte. Dämliche, selbstgefällige Kuh, dachte Echo, aber ihr Schicksal war besiegelt. Juno stellte sie zur Rede. Echo flunkerte ein wenig, mehr aus Gewohnheit und nicht, um die Göttin anzulügen. Doch die Göttin kannte keine Gnade. Sie war ausgetrickst worden und das durfte sie sich nicht gefallen lassen. So nahm sie der Nymphe die eigene Sprache weg und ließ die Zunge Echos nur noch vorgesprochene Worte sagen. Von diesem Tag an war Echo dazu verbannt zu wiederholen. Eine Wiederkäuerin des Windes zu sein, der fremde Stimmen mit sich brachte.«

Ich schwieg.

Sonja sah mich an. »Das war's?«

Ich sagte: »Eine dieser Stimmen gehörte einem schönen Jüngling, in den Echo sich sterblich verliebte. Doch er wollte nichts von ihr wissen. Er war zu sehr in sich selber verliebt. Auf diese Weise gedemütigt, verzehrte Echo sich immer mehr. Und am Ende löste sich ihr Körper auf. Zurück blieben nur noch Knochen. Und ihre Stimme. Ihre Knochen, heißt es, wurden zu Steinen, bloß ihre Stimme blieb bis heute in der Welt.«

Sonja setzte sich aufrecht hin, nach vorn gebeugt.

»Und dieser Schönling«, sagte sie, »wer war das?«

Ich sagte: »Er war wirklich schön. Es war Narziss.«

»Und wie geht die Geschichte weiter?«

»Das wissen Sie doch«, sagte ich, »er verliebt sich in sein Spiegelbild und stirbt.«

Nach einer Weile sagte Sonja: »Hab ich schon erwähnt, dass Sie ein merkwürdiger Polizist sind?«

Nie zuvor hatte ich jemandem diese Geschichte erzählt. Oder eine ähnliche Geschichte.

»Woher kam das Echo in Ihnen?«, sagte sie.

Ich sagte: »Von meiner Mutter.«

Sie sah mich nicht an. Sie fragte nichts. Sie steckte den Zündschlüssel ins Schloss und fuhr los.

Jemand hupte.

8

Im Treppenhaus roch es nach frisch gebackenem Kuchen. Auf einem Fenstersims stand ein blühendes Veilchen. Im dritten Stock wurde eine Tür geöffnet.

»Mein Name ist Tabor Süden«, sagte ich.

»Sonja Feyerabend.«

Die alte Frau sagte: »Bitt schön?«

Ich zeigte ihr meinen Ausweis. »Dürfen wir Ihnen ein paar Fragen stellen?«

»Ich hab gern Gesellschaft«, sagte Grete Holch.

Später saßen wir im Wohnzimmer, tranken Tomatensaft und warteten auf die Vögel.

Die eine Hälfte des Fensters war ein Stück geöffnet, die weiße Gardine vorgezogen. Auf das Fensterbrett hatte die alte Frau Sonnenblumenkerne und Brotkrumen gestreut.

»Dauert noch, die Vesper«, sagte sie.

Sonja und ich saßen auf der Couch.

Das Zimmer war klein. Der Schrank mit den Glastüren, der Tisch, auf dem eine Fernsehzeitung lag, der Fernseher auf dem Kästchen, die Stehlampe, der Lehnstuhl und die Couch hatten gerade Platz. Alles sah aus, als wäre es extra wegen uns gereinigt und ordentlich hingestellt worden.

Grete Holch war Ende siebzig, kleiner als ihre Tochter, dürr und bleich. Sie trug eine rote Bluse, eine blaue Strickjacke und einen dunkelblauen Rock. Im Lehnstuhl wirkte sie wie eine Zwergin. Ihre Füße reichten nicht bis zum Boden. Deshalb hatte sie eine Fußbank vor den Stuhl gestellt.

»Ich hab da keine Idee, wo der Max sein könnte«, sagte sie mit kräftiger Stimme. Sie leckte sich oft die Lippen und schmatzte leise.

»Haben Sie mit Ihrer Tochter gesprochen?«, sagte Sonja.

»Sie war da, das erste Mal seit Monaten.«

»Und sie hat Ihnen gesagt, was passiert ist.«

»Nein«, sagte Frau Holch und hustete kurz. »Sie hat mir gar nichts gesagt, *Sie* haben mir gesagt, dass Max verschwunden ist.«

»Was wollte Ihre Tochter?«, fragte Sonja.

»Wenn ich das wüsst.«

Sie schaute zum Fenster. Die Gardine bewegte sich leicht im Wind.

»Das Einzige, was sie gesagt hat, war, ich soll mir doch endlich mal ein Telefon anschaffen. Ich hab ihr gesagt, wofür denn? Ich kenn niemand. Und wegen Lotte kauf ich mir kein Telefon, die kann bei den Nachbarn anrufen, wenn's was Dringendes gibt. Und was Dringendes gibt's nie.«

»Jetzt schon«, sagte ich.

»Anscheinend nicht«, sagte sie.

Die Couch war schmal, wenn Sonja und ich uns bewegten, stießen unsere Beine aneinander. Wir hatten dieselben schwarzen Jeans an. Zumindest sehr ähnliche. Meine waren einige Nummern größer. Und zu eng.

»Warum, glauben Sie, hat Ihre Tochter nichts vom Verschwinden ihres Mannes erzählt?«, sagte Sonja.

Grete Holch zuckte mit den Achseln. »Wir haben keinen Kontakt, sie lebt da, ich leb hier, hat sich so ergeben, ich leide da nicht drunter, keine Sorge.«

»Sie sind nicht verheiratet«, sagte ich.

Sie sagte: »Doch. Mein Mann ist übrigens auch verschwunden. Seit ungefähr fünfzig Jahren. Er hat Paulas Mutter geschwängert, dann mich, dann noch ein paar andere Frauen, vermut ich, und dann hat er sich aus dem Staub gemacht.«

»Sie waren also mit ihm verheiratet«, sagte Sonja.

»Ja. Wir haben kurz vor Lottes Geburt geheiratet. Und kurz vor ihrem dritten Geburtstag war er weg. Tschüss.«

»Und Sie haben nicht wieder geheiratet«, sagte ich.

»Ich hatte Saisonbeziehungen. Wie die Kormorane. Nichts Festes, nichts für die Ewigkeit.«

»Wie haben Sie Paula Trautwein kennengelernt?«, sagte Sonja.

»Die beiden Mädchen gingen in dieselbe Volksschule. Paulas Mutter kam ab und zu hierher, und wir verfluchten den Vater unserer Kinder. Ich leb ja seit Anfang der Fünfziger in dieser Wohnung. Wir waren zu zweit, meine Tochter und ich. War angenehm, Schwabing, früher. Ich bin in Sendling aufgewachsen, aber ich hab mir schon als Kind geschworen, dass ich mal in Schwabing wohn, wenn ich groß bin. Das ist mir gelungen.«

Sie sah uns ernst an. Dann legte sie die Hände flach in den Schoß.

»Das ist doch nicht seine Art … einfach weggehen.«

Weder Sonja noch ich machten uns Notizen. Und ich vermutete, sie hatte ebenso wie ich vergessen, aus dem Auto das Aufnahmegerät mitzunehmen.

Ich wusste nicht, wie oft ihr das passierte. Mir passierte es oft. Seit zwanzig Jahren. Ich benutzte lieber meinen Block. Das wollte ich jetzt nicht. Ich wollte bloß dasitzen und zuhören.

»Er ist schon einmal weggegangen«, sagte Sonja.

»Wirklich?« Frau Holch schüttelte den Kopf. »Davon weiß ich ja gar nichts. Wann denn?«

»Vor sechs Jahren.«

»Vor sechs Jahren? Das kann nicht sein. Das wüsst ich doch. Das hätt Lotte mir doch gesagt. Oder Paula. Wie lange soll er denn damals weggewesen sein?«

»Vier Tage.«

»Glaub ich nicht.« Sie blickte zu Boden. »Und wo war er da?«

»Das wissen wir nicht.«

»Nein«, sagte Frau Holch.

»Wann haben Sie das letzte Mal mit Paula gesprochen?«, fragte ich.

»Vor … vor einem Jahr? Vor über einem Jahr. Wir haben uns zufällig in der Stadt getroffen. Sie hatte grade Mittagspause, ich hab gedacht, ich geh mal auf den Marienplatz, da war ich schon lang nicht mehr. Hab mir das Glockenspiel angehört. Lauter Japaner. Oder Chinesen. Und die knipsen das in einer Tour. Aber auf den Fotos hört man doch gar nichts. Und das ist doch das Wichtigste beim Glockenspiel, dass man es hört, oder nicht?«

»Unbedingt«, sagte ich.

»Ja, und dann hab ich mir gedacht, ich könnt auf den Viktualienmarkt gehen und einen Salat kaufen, wenn er nicht zu teuer ist. Es war ein warmer Tag. Im Biergarten wars rappelvoll, bei Nordsee standen die Leute Schlange. Ich hab mir dann keinen Salat gekauft, das ist ja Unsinn. Ich fahr mit der U-Bahn, und da muss ich ja auch noch umsteigen am Hauptbahnhof, und da hab ich dann einen Kopfsalat unterm Arm, das ist ja Unsinn.«

Mit ernster Miene sah sie erst mich an, dann Sonja.

»Bin noch so rumgeschlendert, hab überlegt, ob ich mir eine Salzgurke kaufe, wie früher, aber da standen auch Leute an. Ich mag das nicht, wenn Leute anstehen, ich bin so viel angestanden früher, wegen Lebensmittel, wegen allem Möglichen, immer anstehen und warten, und jeder sieht einen, das mag ich nicht, ich bin lieber unauffällig. Ich wollt trotzdem noch bleiben auf dem Viktualienmarkt, gibt ja tolle Sachen da, die Früchte, die Oliven, gab's früher alles nicht. Zufällig bin ich an der Suppenküche vorbeigekommen und da saß sie, Paula, allein, und hat eine Suppe gegessen. Ich hab mir dann ein Lüngerl geholt und eine Scheibe Schwarzbrot dazu. Hat gut geschmeckt. Die können das, das war eine pfiffige Idee von der Frau, die die Suppenküche erfunden hat. Paula hat eine Nudelsuppe mit Ochs gegessen, da wenn man nicht aufpasst, spritzt einem bei jedem Löffel alles aufs Kleid. Die Nudeln rutschen runter und platschen in die Suppe. Und man hängt ja da mit dem Kopf drüber. Anders kann man nicht Suppe essen. Da kommt's auf Schönheit nicht an. Hat meine Mutter immer zu mir gesagt, wenn sie geschlürft hat, das musste sein, das war ein Zeichen von Anerkennung für die Köchin. Bei uns musste man sich dem Essen widmen, da wurde nicht rumgeziert, da wurden auch die Hände benutzt und abgeschleckt am Schluss.

Paula hat mir von ihrer Arbeit erzählt, sie hat auch gesagt, es ist schade, dass wir uns so selten sehen. Das macht nichts, hab ich zu ihr gesagt, und sie hat sich bedankt. Das weiß ich noch, sie hat danke gesagt. Jetzt fällt's mir wieder ein. Wieso hat sie das gesagt? Kann sie ja mal fragen. Wenn ich sie das nächste Mal treff. Wir haben natürlich über Lotte gesprochen, aber es gab nichts Neues, alles wie immer, Max in der Werkstatt, Lotte zu Hause, oder sie geht zu dieser Frau am Harras, sie hätte eine gute Schneiderin werden können, die Lotte, aber sie hatte keinen Ehrgeiz. Überhaupt keinen Ehrgeiz. Aus ihr hätt was werden können. Und sie hat sich mal überlegt, nach Paris zu gehen, wegen der Mode. In den sechziger Jahren war das, da hat sie darüber nachgedacht. Dann hat sie es gelassen. Sie hing ja immer mit Paula zusammen, die beiden waren unzertrennlich. Paula …«

Ruckartig drehte sie den Kopf und blickte zum Fenster. Das Licht war schwächer geworden. Die Gardine bewegte sich kaum noch. Das Gezwitscher wurde leiser.

»Die beiden waren schon damals eng befreundet«, sagte Sonja. Sie sah mich an. Ich nickte.

»Ja, Paula war …« Grete Holch trank Tomatensaft, leckte sich die Lippen und schmatzte leise. »Das ist vorbei … Sie hat eine Zeit lang als Frau gearbeitet … als Frau, ja? Sie hat das verkauft, dass sie eine Frau war, eine junge Frau. Eine Frau ist sie ja immer noch, was red ich denn da?«

»Sie hat als Prostituierte gearbeitet«, sagte Sonja.

»Nicht direkt«, sagte Frau Holch. Sie stellte das Glas hin und verharrte vornübergebeugt. »Nicht offiziell. Illegal. Eigentlich illegal. Oder ist das immer illegal? Sie hatte jedenfalls keinen … keinen solchen Mann … Später hatte sie eine Anstellung in einem Lokal, auf der Schwanthaler Höh, sie hat gut Geld verdient …«

»Wie lange hat sie das gemacht?«, fragte Sonja. Unabsichtlich schlug sie mit ihrem Knie gegen meines. Ich schlug absichtlich zurück. In diesem kindischen Augenblick fiel mir ein, dass ich Ute versprochen hatte, sie anzurufen.

»Nicht lange«, sagte Frau Holch, »zwei Jahre, drei Jahre, dann hat sie aufgehört, von einem Tag auf den andern, wie andre Leute mit dem Rauchen aufhören.«

»Warum hat sie aufgehört, Frau Holch?«

»Sie hat einfach aufgehört. Und ist mit Lotte zusammengezogen. Lotte hatte für sie beide eine Wohnung besorgt, in der Müllerstraße, gleich beim Sendlinger Tor. Da haben sie dann gewohnt. Bis Lotte geheiratet hat und mit Max zusammengezogen ist. Da wohnen sie immer noch. Wir sind sesshafte Naturen, meine Tochter und ich.«

Endlich hatte sich eine kleine Tür geöffnet. Doch anstatt dass die Vergangenheit sich etwas aufhellte, wechselte nur die Form der Schatten.

»Kannten sich Max und Paula zu der Zeit, als sie in diesen Bars arbeitete?«, fragte ich.

»Sie arbeitete nur in einer Bar«, sagte Grete Holch. »Sie kannten sich nicht.«

»Sind Sie sicher?«

»Ja.«

»Warum?«, sagte Sonja.

»Weil Lotte Max erst kennengelernt hat, als sie schon mit Paula zusammenwohnte. Und zwar hat sie ihn in meiner Gegenwart kennengelernt, nämlich beim Hexentanz am Faschingsdienstag auf dem Viktualienmarkt. Max war da mit seinen Freunden, und sie haben uns einen Sekt spendiert, uns dreien. Und da ist Max zum ersten Mal auf der Bildfläche erschienen, das können Sie völlig glauben.«

»Hoffentlich«, sagte sie.

Wir schwiegen.

Fast eineinhalb Stunden waren vergangen. Ob wir eine öffentliche Suche nach Maximilian Grauke einleiten sollten, war mir immer noch nicht klar. Die Hinweise auf einen Suizid waren vage, allerdings nicht vage genug. Welche Tentakel der Vergangenheit hatten Grauke aus seinen Gewohnheiten gerissen?

Grete Holch hatte die Wohnungstür schon geschlossen, und wir waren auf dem Weg zur Treppe, da ging die Tür noch einmal auf. Mit dem Finger am Mund forderte die alte Frau uns auf, leise zu sein und ihr zu folgen.

Wir gingen zurück in die Wohnung. An der Wohnzimmertür mussten wir stehenbleiben. Frau Holch zeigte stumm zum Fenster. Auf dem Fensterbrett pickte eine Amsel die Krumen auf.

»Manchmal kommt der Gatte mit«, flüsterte Frau Holch.

Als wir aus dem Haus kamen, schlugen vom Kirchturm gegenüber die Glocken.

»Fahren wir noch zu Paula Trautwein, dann können wir die Sache erst mal abschließen«, sagte Sonja.

Es war neun Uhr abends. Ursprünglich hatte auch ich vorgehabt, zu Paula zu fahren. Jetzt nicht mehr.

»Ich muss telefonieren«, sagte ich.

Sie sagte: »Sie können mein Handy haben.«

»Nein.«

Wir gingen die Hiltenspergerstraße entlang bis zur Hohenzollernstraße. Vor der Realschule am Eck stand eine Telefonzelle. Gestenreich telefonierte ein junger Mann.

»Das ist doch albern, hier zu warten«, sagte Sonja.

Ich sagte nichts.

Sie sagte: »Ich hör schon nicht zu.«

Der junge Mann schlug gegen die Scheibe, brüllte auf Griechisch und drehte uns, als er uns bemerkte, den Rücken zu.

Nach zwei Minuten hielt mir Sonja ihr Handy hin.

»Sie kriegen schon keinen Kopftumor«, sagte sie.

»Wieso fahren Sie nicht nach Hause?«, sagte ich. »Der Tag ist um.«

»Wir machen die Befragungen fertig.«

»Wo bist du?«, sagte ich ins Telefon. Sonja entfernte sich. Sie ging über die Straße und betrachtete zwecklos das Schaufenster einer chemischen Reinigung. »Hast du was getrunken?«

»Wollt ich grade«, sagte Martin am Telefon. Er war zu Hause.

»Lass es und komm ins Lehel«, sagte ich.

Ich gab ihm die Adresse.

Als Sonja auf mich zukam, hoffte ich, sie würde die Idee mit den gefärbten Wimpern und Augenbrauen vergessen.

Gleichzeitig fiel mir ein, dass ich Ute wieder nicht angerufen hatte.

Später. Jetzt hatte ich die Absicht, jemanden zu besuchen. Jemanden, der damit garantiert nicht rechnete.

Was ich mit unserem Überraschungsauftritt erreichen wollte, war mir allerdings ein Rätsel – wie die Binnenwelt der Familie Grauke.

9

Dann standen wir vor dem Haus gegenüber der Trambahnhaltestelle und warteten auf Martin Heuer.

»So weit ist es doch nicht von Neuhausen bis hierher!«, sagte Sonja.

Ich sagte: »Er hat eine andere Fahrweise als Sie.«

»Wie fahre ich denn?«

»Eher rasant.«

»Haben Sie sich gefürchtet?«, sagte sie.

»Nein.«

Ein Zeitungsverkäufer radelte vorüber, und Sonja hielt ihn auf. Sie kaufte eine Zeitung vom nächsten Tag und nahm den Anzeigenteil heraus. Den Rest gab sie mir.

»Am Mittwoch stehen Wohnungen drin«, sagte sie.

Ich lehnte an der Hauswand und blätterte im Lokalteil. Fast hätte ich das Foto übersehen. Ich war völlig überrascht. Ich zeigte Sonja den Artikel.

»Hätte er uns das nicht mitteilen müssen?«, fragte sie.

Hatte er nicht getan. Auf der ersten Seite stand ein Bericht über Vermisstenfälle der jüngsten Zeit. Solche Geschichten erscheinen alle zwei Jahre, meist im Sommerloch. Dazu Fotos der Gesuchten.

Eines der Fotos zeigte Maximilian Grauke.

Ohne uns ein Wort zu sagen, hatte Thon die Öffentlichkeit eingeschaltet.

»Geben Sie mir noch mal Ihr Handy«, sagte ich.

Sie sagte: »Ein Bitte wäre nett.«

»Den Film kenn ich«, sagte ich. »Bitte.«

Zuerst rief ich im Dezernat an und ließ mir Thons Privatnummer geben.

»Wieso informierst du uns nicht?«, sagte ich zu ihm.

»Guten Abend, Tabor«, sagte er. »Die Reporterin war im Haus, und da hatten wir die Idee, den aktuellen Fall mit einzubauen. Nach deinen Berichten besteht die Gefahr, dass der Mann sich was antut. Was ist los?«

»Ich will vorher gefragt werden«, sagte ich.

»Wie redest du denn mit mir?«, sagte er. Vermutlich nestelte er jetzt an seinem Halstuch.

»Und wenn ich den Mann inzwischen gefunden hätte?«, sagte ich.

Für ein paar Sekunden herrschte Schweigen in der Leitung.

»Ich hab der Reporterin gesagt, wenn sie bis halb sechs nichts von mir hört, kann sie das Grauke-Bild drinlassen.«

Ich hörte ihn rauchen.

»Ich kann das nicht leiden, dass du mich zu Hause anrufst und mich anmachst. Ich hab die Verantwortung, ich muss dich nicht fragen, was ich veröffentlichen lasse und was nicht. Und jetzt muss ich meine Kinder ins Bett bringen.«

»Gute Nacht«, sagte ich.

Er hatte das Gespräch schon beendet.

»Was sagt er?«, fragte Sonja. Ich schüttelte den Kopf.

Endlich schlich Martin in seinem alten braunen Opel heran, einem ausrangierten Dienstwagen. Er parkte direkt vor dem Haus.

»Hallo«, sagte er. »Wie geht's dir?« Er meinte Sonja.

Sie sagte: »Gut. Wissen Sie, warum wir hier sind?«

»Du ist okay, oder?«, sagte Martin. Er war blass. Und er trug einen seiner widerstehlichen Rollkragenpullover. Ein Prozent Wolle, neunundneunzig Prozent Synthetics. Und obwohl er die meiste Zeit fror, rochen diese Dinger immer leicht nach Schweiß.

»Was machen wir hier?«, fragte er mich.

Ich erklärte den beiden, wen wir besuchten und was sie vielleicht sagen sollten. Dann klingelte ich.

»Süden.«

Der Summer ertönte.

»Was wollt ihr denn?«, sagte Bettina Eberl, die auf die Abkürzung Bettsy bestand.

»Wir sind die drei Weisen aus dem Abendland«, sagte ich. »Hast du mit deiner Mutter gesprochen?«

»Was geht dich das an?«, blaffte sie. Ihr Vater kam zur Wohnungstür.

»Stehen Sie doch nicht da draußen rum«, sagte Jürgen Eberl.

Der Familienrat tagte in der Küche. Helle Holzschränke, Chromstühle, weiße Decke auf dem Tisch, eine Flasche Mineralwasser in einem Kühlbehälter aus Kunststoff, in den üblicherweise der Wein gehörte. Dafür tranken sie das Wasser aus Weißweingläsern. Durch das große Fenster fiel Abendlicht. Auf dem Tisch brannte eine weiße Kerze in einem mit Sand gefüllten Glas.

Sibylle Eberl hatte ein gelbes Kleid an, das ihr Gesicht noch blasser aussehen ließ. Sie hob kurz den Kopf, als wir hereinkamen, und starrte dann weiter über den Tisch. Bettsy war im Flur geblieben.

»Was darf ich Ihnen anbieten?«, sagte Dr. Eberl.

»Nichts«, sagte Sonja. Sie beugte sich zu Sibylle hinunter. »Wie gehts Ihnen?«

»Besser«, sagte Sibylle leise.

Ich ging in den Flur.

»Hast du mit deiner Mutter geredet?«, sagte ich.

Das Mädchen blies mir ins Gesicht.

»Komm her«, sagte ich.

»Was?«

»Komm her.«

Sie bewegte sich nicht. Wir standen uns gegenüber, sie in Schwarz, ich in Schwarzweiß. Minutenlang. Dann tauchte Martin auf.

»Das ist Heuer, mein Kollege«, sagte ich.

»Und was macht der nächstes Jahr?«, sagte Bettsy.

Ich lächelte. Sie grinste.

»Dasselbe«, sagte Martin. »Werden Sie bloß nie Beamtin.«

»Echt nicht, Mann, ich mach die Party und sonst nichts. Sonst noch Fragen?«

»Ja«, sagte er, »warum haben Sie Ihrer Mutter erzählt, Sie nehmen Drogen, das ist doch gelogen.«

»Das ist die Wahrheit. Ich nehm seit zwei Jahren Drogen und keiner hat's gemerkt.«

»Was nimmst du denn?«, fragte ich.

»Geheimnis, Südi.«

Ich sagte: »Dann hast du also mit deiner Mutter geredet.«

»Bist du mein Psychiater?«, sagte sie.

Sie nahm keine Drogen. Sie trank Alkohol. Sie wollte

das Spiel am Laufen halten. Die Lügen waren ihr Kick, sie berauschte sich am Lügen.

»Wie geht's deiner Freundin?«, sagte ich.

»Beschissen«, sagte sie laut. »Der Typ hat sie vergewaltigt, das Schwein. Den bring ich um, und du wirst mich nicht dran hindern, Südi.«

»Zu spät«, sagte ich.

Die Nachricht hatte ich vorhin vom Bereitschaftsdienst erhalten.

»Was?«, sagte Bettsy.

»Er sitzt, dein Silvio. Wir haben ihn festgenommen. Du kannst gegen ihn aussagen.«

»Da scheiß ich drauf. Ich kenn den nicht. Ich bring ihn um, kapiert? ›Mein Silvio‹! Spinnst du?«

»Hast du nicht Heimweh, wenn du da draußen bist, wochenlang?«, sagte ich.

»Hä?« Sie tat, als wäre ich nicht der Psychiater, sondern der irrste Patient von allen. »Heimweh? Was is'n das? Ich hab Spaß, kannst du dir das vorstellen in deinem Alter? Die Leute da sind alle geil drauf, die nerven dich nicht, die lassen dich in Ruhe, die wollen feiern, die wollen Party, die wollen gut drauf sein. Ich bin voll da, verstehst du, da geht's um mich, da sagt mir niemand, so jetzt hier lang und jetzt da lang und jetzt das anziehen und dann das sagen, niemand …«

»Machen dir deine Eltern Vorschriften?« Das hatte ich sie schon oft gefragt.

»Ja logisch«, sagte sie und blies mir wieder ins Gesicht. Eine neue Variante in unserer Kommunikation. Vielleicht sollte ich zurückblasen. »Mein Alter, der hat doch

Schiss, dass die ihn in der Schule fertigmachen wegen mir, die sind doch da alle so was von gut erzogen. Gut erzogen. Ich nicht. Pech. Ich bin die Mutation. Noch Fragen?«

»Haben Sie einen Freund?«, sagte Martin.

»Was geht'n das Sie an?«, rief sie.

»Ich mein nicht einen, mit dem Sie schlafen, ich mein einen, mit dem Sie innig befreundet sind, dem Sie vertrauen, der Ihnen näher steht als jeder andere.«

»Hä?«

Sie schaute ihn an. Und alles Lügen war eine durchsichtige Maske.

Beim Abschied sagte Martin: »Suchen Sie ruhig weiter nach ihm. Aber sagen Sie vorher Ihren Eltern Bescheid. Oder uns. Oder wenigstens ihm da.« Er nickte in meine Richtung. »Er sorgt sich sonst.«

»Mir doch egal«, sagte Bettsy.

Es war dunkel geworden. Sonja sperrte ihr Auto auf.

»Gut, dass ich mit Sibylle Eberl gesprochen hab«, sagte sie.

Ich sagte: »Danke.«

Wir schüttelten uns die Hände, sie stieg ein und raste davon.

»So wird Auto gefahren«, sagte ich.

Martin sagte: »Lauf doch hinterher.«

Wir entschieden uns für eine Pilskneipe um die Ecke.

Beim vierten Bier warfen wir unseren Vorsatz, nur drei zu trinken, über den Haufen. Als einzige Speise gab es

Wiener mit Kartoffelsalat, und wir bestellten jeder zwei Paar.

»Bei Eberls trinken sie San Pellegrino aus dem Barrique«, sagte Martin. Sein Teller war leer und er wie immer der Erste.

Nachdem ich fertig gegessen hatte, erzählte ich ihm von Grete Holch.

Aus der Jukebox dröhnte Musik. Mehrere Songs lang sagte Martin nichts. Außer uns saßen noch zwei Männer am Tresen und zwei an einem Tisch. Die Wirtin kannte alle mit Namen.

Dann sagte Martin: »Ich brauch einen Schnaps.«

»Nein«, sagte ich.

»Ich hab einen Klumpen im Bauch.«

Er trank einen Jägermeister, und weil nur Flamingos auf einem Bein stehen können, noch einen zweiten.

»Wann hast du das letzte Mal was gegessen?«, sagte ich.

»Gestern«, sagte er, »gestern früh.«

Er zündete sich eine Salem an und schlug die Beine übereinander.

Plötzlich wusste ich, dass es ein Fehler gewesen war, hierher zu kommen. Wir hätten nach Hause fahren sollen, nichts trinken. Oder nur wenig. Fernsehen. Schlafen. Den Tag abhaken.

Ich hatte Martin überredet. Nein, ich hatte nur einen Vorschlag gemacht. Das war dasselbe.

Auf einmal widerte mich das Bier an. Die Musik. Dieses Lokal, das ein einziger Stammtisch war. Jeder kannte jeden. Wenn sich ein Fremder hereinverirrte, bekam er von der Wirtin sein Bier hingestellt, das wars. Er musste schon vierzehnmal hintereinander kommen, um vielleicht gefragt zu werden, wie er hieß. Solche Lokale hatte ich immer verabscheut. Ich bevorzugte Kneipen, in denen man sich sein Bleiben nicht verdienen musste.

»Lass uns abhauen«, sagte ich.

Martin sagte: »Wohin?«

Draußen ging es mir sofort besser. Martin wollte mich nach Hause fahren, aber ich ging zu Fuß.

Wir redeten über so etwas nicht mehr. Wenn einer von uns beiden abrupt aufbrechen musste, dann entweder allein oder in Begleitung des anderen. Keine Erklärungen.

Ich nahm die Strecke über den Rosenheimer Berg. Auf der Museumsbrücke blieb ich stehen und atmete den Geruch der Grillfeuer ein, die am Isarufer brannten. In den Eisdielen herrschte Hochbetrieb. Es war eine laue, fast schwüle Nacht.

Ich beeilte mich nicht. Ich zog die Lederjacke aus und krempelte ausnahmsweise die Ärmel meines weißen Hemdes hoch. Um mich kreisten die Gesichter des vergangenen Tages. Auch Stimmen meldeten sich, und ich versuchte an nichts zu denken, außer an meinen Weg, die Luft, die Radfahrer, die mich überholten, den Übermut, mit dem sogar die Hunde diese Nacht zu feiern schienen.

Im Hinterhof vor meinem Haus in der Deisenhofener Straße hockte eine Gruppe Jugendlicher im Gras, still, als würden sie meditieren. Aber sie ließen nur andächtig einen Joint kreisen.

Nachdem ich mich in meiner Wohnung ausgezogen hatte, rief ich Ute an.

Sie war wütend. Und ich hatte ihr nichts zu sagen.

»Das muss doch möglich sein, dass du zwischendurch zwei Minuten Zeit hast«, sagte sie.

Ich sagte: »Ja.«

Aus Trotz schwieg auch sie.

Ich hatte alle Fenster geöffnet. Die Luft war abgestanden, und es war stickig. Ich hatte kein Licht gemacht, dafür den Kühlschrank geöffnet. So kam ich gleichzeitig zu einer Abkühlung und einer Beleuchtung. Nackt hatte ich mich auf den Boden im Flur gesetzt. Nun wartete ich darauf, dass Ute etwas sagte.

Sie sagte: »Das geht so nicht.«

Wir wussten beide, dass es so nicht ging.

»Warum hast du nicht angerufen?«, fragte sie wieder.

»Ich hab's vergessen.«

Darauf trank sie einen Schluck, wie ich hören konnte.

»Erklär mir das«, sagte sie dann. »Gibt es so viele Leute, die du anrufen musst? Die dir wichtig sind? Bringst du die alle durcheinander, oder was? Ich warte drauf, dass du mich anrufst, ich warte drauf. Das stinkt mir, ich bin kein Teenager, den man warten lassen kann, ich bin siebenundvierzig …«

»Ja«, sagte ich.

»Was ist los? Du musst mir sagen, was mit dir los ist!«

Sie trank. Sie schluckte noch, während ich etwas sagte.

»Ich hab ein paar Mal dran gedacht«, sagte ich. »Und dann konnte ich mich nur auf eine Sache konzentrieren …«

»Was meinst du mit Sache?«, sagte sie. Sie hatte noch nicht zu Ende getrunken und verschluckte sich und hustete. Dann schrie sie: »Deine Sachen interessieren mich einen Scheiß. Du respektierst mich nicht. Und außerdem bist du ein Feigling. Du läufst vor uns weg. Seit zwei Jahren. Im Grunde seit wir uns kennen. Du bist doch sowieso am liebsten allein, was willst du von mir? Was willst du?«

Ich hatte den Hörer neben mich gelegt, den Kopf an die Wand gelehnt, erschöpft, ratlos bis in die Fingerspitzen.

Sie schrie meinen Namen, und ich tat nichts. Mit der flachen Hand bedeckte ich meinen Penis, als hätte die Wand Augen. Ich sah meinen Bauch, der vom kalten Licht halb beschienen wurde, den Bauch, dem Ute verboten hatte zu schrumpfen.

Dann hörte ich draußen eine Männerstimme. Jemand verscheuchte die Kiffer. Sie lachten und machten Bemerkungen. Und der Teppich schrie.

Ich nahm den Hörer in die Hand. »Heute nicht mehr«, sagte ich.

»Ich möchte, dass wir uns morgen Abend sehen, verstanden?«, schrie Ute.

Ich sagte: »Ja.«

Wir legten auf.

Ich würde morgen Abend nicht da sein. Ich würde mich drücken.

Wie Maximilian Grauke.

Wie all die anderen seinesgleichen.

10

Seit der Auslieferung der Zeitung hatten mindestens vierzig Personen den Schuster gesehen. Auf der Straße, in der U-Bahn, in einem Kaufhaus, im Englischen Garten mit einer jungen Frau, in fünf verschiedenen Supermärkten zur gleichen Zeit.

Noch zu Hause hatte mich Andy Krust angerufen, einer unserer jungen Kommissare, um mir mitzuteilen, die Wirtin einer kleinen Pension in Neuperlach behaupte, Grauke habe Anfang vergangener Woche bei ihr gewohnt. Zwar habe er einen anderen Namen benutzt, aber sie sei sich ganz sicher, dass er es gewesen sei.

Also sagte ich Andy, ich würde später ins Dezernat kommen und gleich nach Neuperlach fahren. Was zeitaufwändig war. Vor allem, wenn man nicht die U-Bahn benutzte. Ich benutzte sie höchstens nachts, und dann auch nur, wenn ich etwas getrunken hatte. Immer wieder hatte ich versucht, tagsüber damit zu fahren.

Ich stieg am Giesinger Bahnhof ein, stellte mich nah an die Tür und beachtete niemanden. Eine Station später stürzte ich wieder hinaus. Ich ertrug die geschlossenen Türen nicht. Die Leute in meiner unmittelbaren Nähe. Die Geschwindigkeit des Zuges. Mir kam es vor, als würde die Bahn nicht waagrecht in den Tunnel einfahren, sondern sich senkrecht immer tiefer in die Erde bohren. Kaum war ich zurück im Tageslicht, hörte mein Herz auf, wie gestört zu schlagen, das Flattern in meinen Beinen verschwand und der Schweiß tropfte mir nicht mehr aus den Achselhöhlen wie Wasser von einer Dachrinne.

Nur die Vorstellung, in einem Flugzeug zu sitzen, war noch furchtbarer.

Dabei war ich schon geflogen. Als Kind. Mit meinen Eltern. Als mein Vater meine Mutter zu einem amerikanischen Schamanen gebracht hatte, damit dieser sie heile. Und nie bekam ich heraus, wie er auf diese Idee verfallen war. Doch meiner Mutter ging es nach dem Besuch tatsächlich besser, einige Zeit wenigstens.

Der Bus verließ die Stadt in östlicher Richtung. An der Haltestelle Neuperlach-Zentrum stieg ich aus und machte mich auf den Weg zum Ostpark. In der Staudingerstraße befand sich die Pension Sonne. Ich brauchte eine halbe Stunde.

Was hatte Grauke in dieser Trabantenstadt zu suchen? Nichts als Hochhäuser, Ausfallstraßen, Einkaufszentren, Beton und Anonymität. Das extreme Gegenteil des Viertels, in dem er seit Jahrzehnten lebte.

Suchte er das extreme Gegenteil? Warum? Sinnlose Frage. Vom Beginn meiner Arbeit in der Vermisstenstelle an hatte ich mich gezwungen, nicht nach dem Warum zu fragen. Jedenfalls diese Frage nicht zum Motor der Suche werden zu lassen. Vielleicht ergab sich das Warum am Ende. Oft jedoch fanden wir einen Vermissten, und die Frage nach dem Warum blieb trotzdem ungeklärt. Genau genommen ging uns die Antwort auch nichts an. Unsere Aufgabe war es, Körper zu suchen, nicht Seelen.

Manchmal erfuhr ich etwas. Weil ich nicht aufhörte zuzuhören. Nichts davon stand je in einer Akte.

Vor dem Eingang der Pension Sonne blieb ich einen Moment stehen. Ich hatte die Lederjacke ausgezogen, das weiße Hemd klebte mir am Körper. Ich schwitzte. Das war eine meiner angenehmsten Empfindungen. Je mehr ich schwitzte, desto anwesender fühlte ich mich. Und aus einem Grund, den noch niemand erforscht hatte, roch ich nicht nach Schweiß. Anscheinend hatte ich eine menschenfreundliche Haut.

»Kommen Sie«, sagte die blonde Frau mit der roten Brille. »Schnell.«

Sie lief mir voraus in den ersten Stock hinauf.

Das Zimmer, das sie mir zeigte, war winzig und hell. Durch das offene Fenster drang laut der Straßenlärm.

»Hier«, sagte Veronika Mrozek, »das ist es.« Sie zog die zusammengeknüllte Zeitung aus der Schürzentasche. Das Foto von Grauke hatte sie mit einem blauen Stift eingekreist. »Er war da. Er hat sich Schuster genannt, Jan Schuster. Und jetzt les ich, dass er von Beruf Schuster ist. So ein Witzbold.«

»Und er wohnt in der Jahnstraße«, sagte ich.

Als einen Witzbold hatte Maximilian Grauke bisher niemand bezeichnet.

»Drei Tage war er da«, sagte sie, »Montag, Dienstag, Mittwoch.«

»Wann genau ist er gekommen?«

Sie sagte: »Am Sonntag, Sonntagnachmittag. Er hat einen Koffer dabeigehabt, keinen großen. Er war sehr nett, er hat gesagt, er war auf einer Beerdigung und möchte noch ein paar Tage hierbleiben. Er hat früher mal hier in der Gegend gewohnt, hat er gesagt.«

»Was für eine Beerdigung?« Ich setzte mich aufs Bett. Der Fernseher sah neu aus. An der Wand gegenüber hing das Gemälde einer Berglandschaft.

»Hat er nicht gesagt«, sagte Frau Mrozek. Sie betrachtete wieder das Foto. »Auf dem Bild hier sieht er jünger aus, in Wirklichkeit wirkt der Mann viel älter, als er wahrscheinlich ist. Er geht ziemlich gebeugt, hat er was mit dem Rücken? Er hat nicht gesagt, was für eine Beerdigung er meinte, klang aber nach Familie. Er trug seinen Namen und die Adresse …«

»Welche Adresse?«

»Hab ich unten.«

Ich stand auf und schaute aus dem Fenster. Im Park spielten vier Jungen Fußball, droschen den Ball übers Feld und rempelten sich ständig an, bis einer hinfiel. Auf beiden Seiten einer Baustelle, nicht weit von der Pension entfernt, stauten sich die Autos, ein einziges Hupen und Schreien.

An der Rezeption zeigte mir die Wirtin das Formular. Jan Schuster, Tinaweg 7, 72831 Eichenlohe.

»Haben Sie ihn gefragt, wo das liegt?«

Sie sagte: »Bei Stuttgart.«

»Ich muss mal telefonieren.«

Ich bat Andy, die Adresse zu überprüfen und mich zurückzurufen.

»Was hat Herr Grauke getan?«, sagte ich. Das Formular steckte ich in meine Jackentasche.

»Nicht viel, am Sonntag … Ich glaube, er hat ferngesehen, ja, am Sonntag ist er, glaub ich, überhaupt nicht rausgegangen. Am Montag ist er früh weg, ohne Frühstück, und mein Frühstück ist nicht aus Plastik, ich leg frische Sachen hin, Käse, Wurst, Vollkornbrot, Marmelade offen. Wenn ich preiswert Orangen krieg, press ich sogar einen Saft für alle. Der Herr ... Grauke ist gleich aus dem Haus, ich hab ihn dann nicht mehr gesehen. Er ist wohl zurückgekommen, als die Evi da war, die Evi kommt am Nachmittag, alle zwei Tage, wenn viel los ist, auch jeden Tag ...«

»Und am Dienstag und Mittwoch?«

»Am Dienstag ist er erst mittags aufgetaucht, er hat das Schild rausgehängt, dass er nicht gestört werden will, und dann hat er gesagt, wir brauchen nicht sauber zu machen, das wär nicht nötig. Er war sehr nett, die ganze Zeit, er hat auch nicht viel geredet, nur das Nötigste, was ich Ihnen jetzt sag, mehr nicht. Ich hab mich nicht getraut ihn auszufragen, ich hab mir gedacht, wenn er über die Beerdigung reden will, wird er das schon machen, von sich aus. Hat er aber nicht. Und wenn sein Name falsch war, dann war wohl auch die Beerdigung falsch. Oder?«

»Vermutlich«, sagte ich.

»Möchten Sie einen Kaffee?«

»Ja«, sagte ich.

Im Frühstücksraum roch es nach Blüten. Die Fenster, die weit offen standen, gingen auf einen Hinterhof mit einem Garten und einem Apfelbaum.

Ich setzte mich aufs Fensterbrett.

»Milch und Zucker?«, fragte Veronika Mrozek an der Tür.

»Unbedingt.«

Der Hof lag im Schatten. In den Zweigen sangen Vögel, übertönten das Geblöke von der Straße.

Gerade kam die Wirtin mit der Kaffeetasse herein, da klingelte das Telefon. Ich nahm ihr die Tasse ab.

»Für Sie!«, rief sie von der Rezeption. Ich stellte die Tasse hin und ging zu ihr.

»Ja«, sagte ich ins Telefon.

»Ich soll dir von Frau Feyerabend ausrichten, sie kommt noch später, sie muss sich dringend eine Wohnung ansehen«, sagte Andy Krust. »Dann zu der Adresse. Ich hab den Namen gecheckt, Vorname, Familienname, gibt's hunderte. Dann: Tinaweg 7, den gibts achtmal in Deutschland, aber in diesen Tinawegen gibts keinen Jan Schuster, weder in Nummer 7 noch in einem anderen Haus. Eichenlohe: Null, diesen Ort gibts nicht. Ich hab auch Österreich durchlaufen lassen, nichts. Die Adresse ist falsch. War der Grauke in Neuperlach?«

»Ja«, sagte ich.

»Da wird sich Herr Thon freuen.«

»Worüber?«, sagte ich.

»Was?«

Ich verabschiedete mich. Dann ging ich zur Haustür, drehte mich um, ging zurück zur Rezeption, vier Meter, warf einen Blick auf die beiden Landschaftsbilder an der Wand, die dem im Zimmer glichen, ging wieder in den Frühstücksraum.

»Herr Grauke hat also nie hier gefrühstückt«, sagte ich.

»Nein.« Frau Mrozek folgte mir.

Ich setzte mich an einen Tisch, auf dem eine raue, mit Tiermotiven bestickte Tischdecke lag.

»Wie ist Herr Grauke auf Ihre Pension gekommen?«

Frau Mrozek zuckte mit einer Achsel.

»Wie lange sind Sie schon hier?«

»Wie lange? Drei Jahre? Ja, drei Jahre, da hatte meine

Mutter einen Schlaganfall, und da bin ich eingesprungen. Ich bin gelernte Apothekerin, aber … aber so richtig Spaß gemacht hat mir die Arbeit sowieso nicht mehr. Ja, und jetzt bin ich hier, und da werd ich auch bleiben. Meine Mutter hat mir die Pension überschrieben, es geht ihr wieder viel besser, aber arbeiten möchte sie nicht mehr. Und mir gefällt das hier. Sind schon kuriose Leute, die da auftauchen, jeder ist irgendwie eigen.«

»Kann ich mit Ihrer Mutter sprechen?«, sagte ich.

»Warum nicht? Sie wohnt gleich nebenan. Ich auch.«

»Was war letzten Mittwoch?«, sagte ich.

Sie setzte sich an meinen Tisch. »Da ist Herr … Grauke, ich kann mich nicht an den Namen gewöhnen … da ist er ausgezogen. Bezahlt hat er schon am Abend vorher. Ganz ordentlich. Hat mir zehn Mark Trinkgeld gegeben. Ich hab ihn natürlich gefragt, ob er zurückfährt nach … wie heißt der Ort?«

»Eichenlohe.«

»Genau. Er hat gesagt, seine Cousine holt ihn mit dem Auto ab, die hätte beruflich in München zu tun und würde ihn mitnehmen. Und am Mittwochmorgen ist er dann gegangen, so gegen acht.«

»Haben Sie seine Cousine gesehen?«

»Nein. Herr … Grauke ist mit seinem Koffer auf die Straße gegangen, wir haben uns hier verabschiedet. Ich geh meinen Gästen nicht hinterher. Ich hätt nicht weiter an ihn gedacht, wenn heut früh nicht das Bild in der Zeitung gewesen wär. So ein Schreck.«

»Die Cousine hat nicht bei Ihnen angerufen?«

»Nein.«

»Hat Herr Grauke erzählt, wo genau er früher in Neuperlach gewohnt hat?«

»Ja, in der … am Adenauerring, hat er gesagt. Wie gesagt, ich wollt ihn nicht ausfragen.«

Er hatte nie in diesem neuen Stadtteil gewohnt. Er wohnte seit Ende der sechziger Jahre in der Innenstadt. Dennoch musste es eine Verbindung zu Neuperlach geben, einen Menschen, der diese Verbindung all die Jahre aufrechterhalten hatte, oder eine Erinnerung daran.

Wir kamen absolut ungelegen. Roberta Lohss war mitten in der Arbeit. In dem Zimmer, dessen zwei Fenster wie in der Pension weit offen standen, gab es nichts außer einer Staffelei, Farbtöpfen und einem weißen Tisch, der überquoll von Pinseln, Lappen, Spraydosen und Zeitungen.

Veronikas Mutter hatte Kopfhörer auf, trug ein bodenlanges rotes Kleid voller Farbspritzer und keine Schuhe. Ihre Zehennägel hatte sie rot lackiert.

Nachdem Veronika geklopft hatte, hatte sie einen Spaltbreit die Tür geöffnet. Nach einer Weile durften wir eintreten.

Roberta klemmte die Kopfhörer um den Nacken.

»Was ist?«, sagte sie. Ihre Stimme war rau. Ich schätzte die Frau auf Mitte siebzig. Sie hatte gebräunte Haut, aber ein blasses Gesicht, das aufgedunsen wirkte. Ihre Augen waren tiefschwarz.

»Der Mann ist Polizist«, sagte Veronika.

Ich nannte meinen Namen.

»Was wollen Sie denn?«, sagte Roberta ungeduldig.

Mit einer schnellen Bewegung wischte sie mit der Hand über die Leinwand, ohne den Pinsel zu benutzen.

Ich wartete an der Tür. Ich wusste nicht, ob es ihr recht wäre, wenn ich das unfertige Bild sah.

»Sind Sie schüchtern?«, sagte sie.

Ich ging zu ihr. Auf der Leinwand war ein Bergmassiv zu sehen, davor Wälder und Wiesen, die aussahen, als würden sie schweben. Das war bestimmt Absicht.

»Kennen Sie einen Mann mit dem Namen Maximilian Grauke?«, sagte ich. Den Zeitungsartikel hatte ich mitgenommen und zog ihn jetzt aus der Tasche.

»Natürlich«, sagte sie.

Ich sagte: »Entschuldigung?« Vermutlich machte ich einen sehr unpolizeimäßigen Eindruck, denn Roberta lächelte, nickte mir zu, wischte an einem der hundert Lappen den Pinsel ab und stellte ihn in ein Wasserglas. Dann nahm sie einen anderen Lappen und rieb sich damit die Hände ab.

»Warum fragen Sie mich das?«

»Er wird von der Polizei gesucht, Mama«, sagte Veronika, »und letzte Woche hat er in der Sonne gewohnt.«

»Ach schade, dass du mir das nicht gesagt hast.«

»Er hat einen falschen Namen benutzt«, sagte ich. Bevor ich noch länger mit der zerknitterten Zeitungsseite sinnlos herumfuchtelte, steckte ich sie wieder ein.

»Wieso denn?«, sagte Roberta. Unter dem Tisch stand ein Kasten Mineralwasser, sie nahm eine Flasche heraus und trank. Anschließend zündete sie sich eine Zigarette an.

»Meine erste heute«, sagte sie zu ihrer Tochter.

»Herr Grauke wurde von seiner Frau als vermisst gemeldet«, sagte ich. »Wir haben ihn öffentlich suchen lassen und Ihre Tochter hat ihn in der Zeitung wiedererkannt.«

»Oje«, sagte Roberta. Sie stippte die Asche auf den rund um die Staffelei mit Zeitungen bedeckten Boden.

»Haben Sie eine Erklärung für sein Verhalten?«, sagte ich.

Sie sagte: »Damals wollte er sich umbringen.« Sie rauchte, betrachtete ihr Bild, ging zum Fenster. Sie ging gebückt und hinkte auf dem rechten Bein. »Das werden Sie wissen, Herr Süden.«

»Nein.«

»Dann sollten Sie ihn schnell finden.«

»Warum wollte er sich damals umbringen? Wann war das? Vor sechs Jahren?«

»Was für ein Jahr haben wir?«, sagte sie. »Ja, vor sechs Jahren. Er war hier, in diesem Zimmer, ich hab ihn mitgenommen, ich weiß sogar noch, wie alt er war. Dreiundfünfzig. Immer wieder hat er gesagt, er sei jetzt dreiundfünfzig und habe nie was gemerkt. Dreiundfünfzig. Er war am Ende. Das war ein Mann, der hatte seinen Glauben verloren. Ganz verloren.«

»Seinen Glauben woran?«, fragte ich.

Roberta aschte auf die Straße hinunter und freute sich darüber.

»Mama«, sagte Veronika.

Roberta hustete, stützte sich mit einer Hand am Fensterbrett ab, legte den Kopf schief.

»Hast du Schmerzen, Mama?«

»Seinen Glauben an die Familie«, sagte Roberta. »An seine Frau, an sein Leben. Er war hierhergekommen, um sich aufzuhängen. Das Seil hatte er dabei, ich hab's gesehen, er hat's mir gezeigt, am Schluss, bevor ich's ihm weggenommen hab. Eine stabile Kordel, die hätt funktioniert.«

»Er wollt sich in der Pension umbringen?«, sagte Veronika erschrocken.

»Nein, nicht in der Pension. Drüben im Park. An einem Baum. Bei mir hat er sich nur vorbereitet … Er hat Kräfte gesammelt. Zum Glück hab ich mitgekriegt, was mit ihm los war.«

»Warum ist er ausgerechnet in Ihre Pension gekommen?«, sagte ich.

»Das weiß ich nicht, ich hab ihn gefragt, ich erinner mich genau, er wollt's mir nicht sagen. Er hat mir auch nicht gesagt, warum er sich umbringen wollt, es hatte was mit seiner Frau und mit der Schwester seiner Frau zu tun, Halbschwester, stimmt's?«

»Ja.«

»Halbschwester. Er hat immer nur gesagt, er sei dreiundfünfzig und habe nie was mitgekriegt. So blöd kann doch kein Mann sein, das waren seine Worte. So blöd kann doch kein Mann sein. Ich hab zu ihm gesagt, haben Sie eine Ahnung, wie blöd Männer sein können. Ich wollt ihn aufheitern. Aber er hat alles ernst genommen. Wahrscheinlich hatte er Recht, das, was da passiert war, musste er wohl ernst nehmen, todernst. Ich hab geredet und geredet, und dauernd hab ich dran gedacht, die Polizei anzurufen. Ich weiß gar nicht … Was macht die in so einem Fall? Kommt die und sperrt so einen Selbstmörder ein? Ist auch gefährlich. Nachher erhängt der sich in der Zelle. Ich hab mir eingeredet, ich krieg das selber hin. Und außerdem, sagte ich mir, meint er es nicht so, er ist einfach am Boden zerstört, er hat einen Schock, er fängt sich wieder. Wir haben Whisky getrunken, ich hab ihn reden lassen, aber je mehr er getrunken hat, desto unklarer wurde alles. Seine Frau, seine Schwägerin … Jetzt fällt mir ein … Hat die mal in Neuperlach gewohnt? Früher? Kann das sein?«

»Ich weiß nicht«, sagte ich.

»Anscheinend wissen Sie nicht sehr viel über ihn«, sagte Roberta. Sie nahm einen letzten tiefen Zug aus der Zigarette, drückte sie auf dem Fensterbrett aus und ließ die Kippe liegen.

»Jeder erzählt was anderes«, sagte ich.

Sie sagte: »Als er wegging, war er guter Dinge. Er hat sogar mal angerufen und gesagt, dass alles wieder in Ordnung ist. Ich hab nicht weiter nachgefragt, ich hab ihm gratuliert und viel Glück gewünscht. Hoffentlich tut er sich nichts an! Haben Sie im Park schon nach ihm gesucht?«

»Nein«, sagte ich.

Diesmal war ich erschrocken. Sofort rief ich von der Rezeption aus im Dezernat an und bestellte mehrere Streifenwagen zum Ostpark.

Nachdem ich den Hörer aufgelegt hatte, ging ich in den ersten Stock hinauf, in das Zimmer, in dem Grauke drei Nächte verbracht hatte. Ich stellte mich ans offene Fenster.

Vielleicht hatten wir einen Fehler gemacht. Den einen Fehler, den wir nicht machen durften. Den einen Fehler, den uns niemand verzieh. Den nie wiedergutzumachenden Flüchtigkeitsfehler, der darin bestand, eine Biografie nicht intensiv genug gelesen zu haben. Der Nase vertraut zu haben anstatt der Erfahrung.

Und die Erfahrung lehrt, dass das Schlimmste jederzeit eintreten kann. Dass wir keinen einzigen Grund haben, von einer Wendung zum Guten, Schönen, Harmonischen, Verständlichen auszugehen.

Manchmal gibt es das Glück. Aber das Glück ist keine kosmische Konstante.

Ich musste aufhören zu spinnen. Mir Sachen einzureden. Fest stand: Grauke wurde von einer Frau abgeholt.

Wer sagte, dass das feststand?

Glaubte ich, bei der Frau handelte es sich um seine Cousine?

Nein. Ich glaubte es nicht. Warum nicht? Wir wussten nichts von einer Cousine.

Vielleicht wurde er von seiner Schwägerin abgeholt. Weshalb auch immer. Hatten sie ein Verhältnis? Nein. Vor sechs Jahren wollte er sich umbringen. Und nicht wegen seiner Schwägerin. Auch das stand fest.

Wer sagte, dass auch das feststand?

Roberta Lohss. Ihre Schilderungen waren eindeutig. Es ging um etwas anderes als um eine Beziehung zwischen Grauke und Paula Trautwein. Um was?

Um was?

Kaum war ich eingestiegen, fuhr das Taxi los, und ich begriff, dass ich einen jener Fahrer erwischt hatte, die enorm stolz darauf waren, Deutsche zu sein. Er hörte sich an wie der Chefkolumnist der Nationalzeitung. Ich war in einem rollenden Reichsparteitag gelandet. Nach einem Kilometer stieg ich aus.

Bis ich endlich im Dezernat war, dauerte es noch vierzig Minuten.

»Die Sitzung fängt gleich an«, sagte Martin. »Thon erwartet dich voller Sehnsucht.«

»Haben die Kollegen aus Neuperlach schon angerufen?«

»Ja«, sagte Martin. »Bis jetzt nichts. Im Park hat niemand was beobachtet.«

Das Telefon klingelte. Martin ging an den Apparat, während ich mir eine Flasche Wasser aus dem Kühlschrank holte. Dann fiel mir auf, dass Martin nichts sagte. Ich drehte mich um. Er sah mich an, winkte mich ungeduldig zu sich.

»Einen Moment bitte«, sagte er ins Telefon, »einen Moment …« Er reichte mir den Hörer.

»Süden.«

Eine Stimme sagte: »Hier ist Maximilian Grauke. Hören Sie bitte auf, mich zu suchen.«

11

»Wo sind Sie, Herr Grauke?«

»Sie dürfen mich nicht suchen, wenn ich das nicht erlaube«, sagte Grauke. Im Hintergrund hörte ich das Rauschen von Autos. Als stünde er an einer Autobahn oder einer viel befahrenen Ringstraße.

»Wo sind Sie, Herr Grauke?«

Pause. Ich versuchte herauszuhören, ob jemand bei ihm war. Das Schaben von Schuhen, das Brummen blieb unverändert, er hielt die Sprechmuschel nicht zu. Er dachte nach. Auf die einfachste Frage hatte er sich keine Antwort überlegt.

»Mir geht's gut, das wollt ich Ihnen nur sagen, Sie haben keinen Grund, mich öffentlich bloßzustellen.«

»Wer hat Sie bloßgestellt?«, sagte ich.

Inzwischen standen drei Kollegen um mich herum und hörten mit. Neben Martin noch Andy Krust und Volker Thon, der sich ständig mit dem Zeigefinger am Hals kratzte. Sein Halstuch war heute silbergrau.

»Sie. Sie«, sagte Grauke erbost. »Sie haben geschrieben, ich würd mich umbringen. Das ist eine Unverschämtheit. Das ist eine Diffamierung.«

»Vor sechs Jahren wollten Sie sich umbringen, Herr Grauke«, sagte ich.

Er rief: »Lüge.«

Wir schwiegen. Jetzt hörte ich nichts mehr. Also war er doch nicht allein. Das war beruhigend. Vorübergehend. Dann nahm er die Hand vom Hörer.

»Ich sag noch mal, es geht mir gut, ich will meine Ruhe und ersuche Sie, das zu respektieren, ich will das nicht, dass die Leute mich wiedererkennen.«

»Rufen Sie bitte Ihre Frau an und sagen Sie ihr, dass es Ihnen gut geht.«

»Das weiß die doch«, rief er.

»Woher weiß die das?«, sagte ich.

Erika war hereingekommen, Thons Assistentin und zugleich Sekretärin der Vermisstenstelle. Mit Block und Bleistift setzte sie sich an meinen Schreibtisch und stenografierte jedes Wort mit. Ich lehnte an der Wand, das Telefonkabel reichte gerade so weit.

»Ja, von mir«, sagte Grauke. »Ich hab die doch angerufen.«

»Wann, Herr Grauke?«

»Ja, vorhin.«

»Wann vorhin?«

»Vor zehn Minuten.«

»Ich würde gern mit Ihnen sprechen«, sagte ich, »für uns sind Sie ein offizieller Fall, Ihre Frau hat eine Vermisstenanzeige aufgegeben, und die müssen wir bearbeiten …«

»Meine Frau hat die nicht aufgegeben, die nicht.«

»Wer dann?«

Er schwieg.

»Ihre Frau war auf der Polizeiinspektion und hat die Anzeige persönlich aufgegeben, gemeinsam mit ihrer Schwester …«

»Ja, genau.«

»Was, genau, Herr Grauke? Ich will das alles nur wissen, Sie können tun, was Sie wollen. Auch das Geld, das Sie abgehoben haben, können Sie nach Belieben ausgeben, niemand kann Ihnen Vorschriften machen …«

»Ja, genau.«

»Ich will nur wissen, wo Sie sind, und ich will mit Ihnen sprechen. Ich bin nicht verpflichtet, Ihrer Frau zu sagen, wo Sie sind. Und das mach ich auch nicht.«

»Natürlich machen Sie das«, sagte Grauke.

»Nein«, sagte ich. »Warum haben Sie gesagt, Ihre Frau hat die Anzeige nicht aufgegeben? Wer dann?« Ich wartete einen Moment. »Paula?«

Schweigen.

Ich sagte: »Erinnern Sie sich an die Pension Sonne, an Roberta Lohss, die Wirtin?«

Schweigen. Das Rauschen von Fahrzeugen. Und dann ein Klopfen. Ich hatte es deutlich gehört. Jemand stand vor der Telefonzelle. Konnte ein zufälliger Passant sein, der dringend telefonieren musste. Aber das glaubte ich nicht.

»Frau Lohss hat mir erzählt, Sie waren vor sechs Jahren bei ihr und wollten sich im Park erhängen. Sie hat Sie davon abgehalten. Sie haben ihr von Ihrer Frau und Paula erzählt, Sie wollten sich wegen den beiden umbringen …«

»Na und?«, stieß er hervor.

»Ich will mit Ihnen sprechen, Herr Grauke«, sagte ich, »unter vier Augen, wir beide allein, wir treffen uns, ich hör Ihnen zu, niemand sonst. Ich sag niemandem, wo wir uns treffen, auch nicht Ihrer Frau, wenn Sie das wünschen. Machen wir's so?«

»Nein«, sagte er. Wieder das Klopfen gegen die Scheibe.

»Warum sind Sie einfach abgehauen?«

Es kam mir vor, als würde er Luft holen. »Fragen Sie *sie* doch. Fragen Sie *sie*. So, und jetzt versprechen Sie mir, dass Sie mich nicht mehr suchen. Das war alles bloß Paulas Idee, mit dem Scheißfoto. Mit dem Scheißfoto.« Er wurde immer lauter. »Jetzt kann ich mich nirgends mehr sehen lassen. Ein Scheiß ist das. Aber egal. Zurück komm ich nicht. So oder so.«

»Kann ich kurz mit der Frau sprechen, die bei Ihnen ist?«, sagte ich. »Sie soll mir bestätigen, dass es Ihnen wirklich gut geht, Herr Grauke.«

»Nein«, sagte er und hängte ein.

Mit erhobenem Bleistift sah Erika mich an.

Mich interessierte, ob Lotte Grauke mittlerweile im Dezernat angerufen hatte.

»Warum haben Sie uns nicht Bescheid gesagt?« Ich hatte bei ihr angerufen.

»Das wollt ich gerade tun«, sagte sie.

»War das die Idee Ihrer Schwester, eine Vermisstenanzeige aufzugeben?«

Sie antwortete nicht.

Ich sagte: »Bleiben Sie bitte zu Hause!«

Während ich meine Lederjacke anzog, Martin beauftragte, mit Paula Trautwein einen Termin zu vereinbaren, und Andy Krust, zur Baustelle in der Staudingerstraße zu fahren und die Arbeiter zu fragen, ob sie die ominöse Cousine eventuell bemerkt hatten, rief mich Thon in sein Büro.

»Es geht noch mal um gestern Abend«, sagte er und zündete sich ein Zigarillo an. »Ich möchte, dass du mein Privatleben von der Arbeit trennst. Noch dazu bei Lappalien wie gestern.«

Ich schwieg.

Er starrte mich an. Und ich schwieg weiter.

Das konnte er am wenigsten ertragen.

»Der Mann hat sich gemeldet, er ist wohlauf, wir können die Suche abbrechen. Wir haben noch vier andere Fälle, bei denen wir nicht weiterkommen und viel eher befürchten müssen, dass sie negativ ausgehen.«

Er hatte Recht.

Ich sagte: »Wir wissen nicht, was mit Grauke los ist. Bevor ich nicht geklärt habe, warum er sich vor sechs Jahren umbringen wollte, läuft die Suche weiter.«

Thon nestelte an seinem Halstuch. Er war fast zehn Jahre jünger als ich und einer der wenigen Kollegen, die ein intaktes Familienleben hatten. Mit seinem kleinen Sohn und seiner kleinen Tochter verbrachte er jede Minute seiner Freizeit, seine Frau hatte wegen ihm ihren Beruf als Möbeldesignerin aufgegeben. Für manche Kollegen war er ein Schnösel und Karrierist, der sich zudem unangemessen kleidete, nämlich teuer und auffällig.

Ich beneidete ihn um seine Garderobe. Nein, ich beneidete ihn natürlich nicht. Thon erschien mir bloß nicht auffällig, ganz gleich, wie viel er in seine Anzüge investierte. Letztes Jahr hatte Martin vorgeschlagen, wir sollten im Fasching als Thon gehen, mit Seidentuch, Seidensocken, Seidenhosen, Seidenhemden. Wir kamen wieder davon ab, weil uns einfiel, wir sähen dann aus wie

Rosen-Fritze, ein Metzgerssohn aus Burghausen, der es zuerst in Rosenheim und dann in München zum Zuhälter gebracht hatte. Was er lange nicht mitkriegte, war, dass er im Milieu eine einzige Lachnummer darstellte und von den Kollegen im Dezernat Gamaschen-Columbo genannt wurde. Soweit ich wusste, hatten seine Eltern ihn dann aber in ordentlicher Kleidung auf dem katholischen Friedhof von Burghausen beerdigen lassen.

Ich fuhr mit der Straßenbahn zu Lotte Grauke.

Thon war sinnlos wütend deswegen.

Wie bei meinem ersten Besuch trug sie ein schwarzes Kleid mit weißem Spitzenkragen. Keine Straßenschuhe, sondern gefütterte braune Pantoffeln, die nicht im Geringsten zum Kleid passten.

Ihre Augen waren verquollen. In der rechten Hand knüllte sie ein Taschentuch zusammen, das sie nicht losließ.

»Ich wollt Sie wirklich anrufen«, sagte sie.

Auf den ersten Blick war mir nicht klar, was sie getan hatte, bevor ich kam. Wir setzten uns, sie auf die Couch, ich auf einen Stuhl. Dann sahen wir uns an, bis sie den Kopf senkte. Und ich schaute zum Schrank, dessen eine Glastür halb offen stand. Sämtliche Fächer waren leer, keine Gläser, keine Tassen, kein Geschirr, nichts. Sie hatte den Schrank komplett ausgeräumt.

»Was war der Grund gewesen, weswegen sich Ihr Mann vor sechs Jahren umbringen wollte?«, sagte ich.

Sie brauchte lange für ihre Antwort. Sie sagte: »Das wollte er nicht.«

»Ich hab mit dem Menschen gesprochen, der es verhindert hat.«

»Ja«, sagte sie, hob die Hand mit dem Taschentuch und ließ sie wieder sinken. »Ja ... Aber er hat es nicht getan. Er hat es angekündigt, aber dann hat er es nicht getan.«

»Warum wollte er das tun, Frau Grauke?«

Sie vermied es, mir in die Augen zu sehen. Ich stand auf und ging zum Schrank. Ohne um Erlaubnis zu fragen, öffnete ich die beiden Glastüren. Es roch nach Politur. Dann schloss ich die Türen und sperrte mit dem kleinen Schlüssel, der im Schloss steckte, ab.

Ich wartete. Verschränkte die Arme, sah auf die Frau hinunter, die zusammengesunken auf der Couch saß, die Faust mit dem Taschentuch unter der anderen Hand versteckt, von ihrem eigenen Schweigen überfordert.

»Ihrer Schwester gab er ebenso die Schuld wie Ihnen«, sagte ich.

»Ja ... Ja ...« Während sie nach dem nächsten Wort suchte, nach dem nächsten Satz, der vielleicht den Damm brach und sie endlich erleichterte, machte ich eine Beobachtung, für die es keine sichtbaren Anzeichen gab.

Von einem Moment zum anderen hatte ich den Eindruck, dass in dieser Wohnung überhaupt kein Ehepaar zu Hause war. Ohne dass ich eine Erklärung dafür hatte, kam mir diese Wohnung plötzlich wie der Haushalt eines alleinstehenden Menschen vor, und zwar einer alleinstehenden Frau. Im Flur, erinnerte ich mich, hingen nur Frauenjacken und Frauenmäntel, die Schuhe, die ich gesehen hatte, gehörten Frauen, und sowohl in der Küche, in der ich gewesen war, als auch im Wohnzimmer deutete nichts auf die Anwesenheit eines Mannes hin.

Woran erkannte man die Anwesenheit eines Mannes in einer Wohnung? Kleidungsstücke. Hobbyutensilien. Bestimmte Zeitungen. Getränke. Bierflaschen. In der Werkstatt hatte ich zwei Flaschen gesehen, in der Wohnung keine einzige.

Gerüche? Was ich roch, war nicht Rasierwasser. Oder Schweiß. Oder die Ausdünstungen von Arbeitskleidung. Was ich roch, waren Möbelpolitur und Parfüm.

Und doch war dies die Wohnung von Lieselotte und Maximilian Grauke. Seit dreißig Jahren.

»Übernachtet Ihre Schwester oft hier?«, fragte ich. Fast aus Versehen.

Bei dieser Frage verkrampfte sie sich noch mehr. Sie krallte die Hände ineinander, atmete mit zusammengepressten Lippen. Und dann hob sie ruckartig den Kopf.

»Nein«, sagte sie. »Und Sie werden von mir auch nicht erfahren, warum mein Mann damals weggegangen ist … und … Das werde ich Ihnen nicht sagen, denn das ist eine Privatsache, eine Sache, die nur unsere Familie betrifft und niemanden sonst, schon gleich gar nicht die Polizei.«

»War der Grund, weshalb Ihr Mann damals weggegangen ist, derselbe wie diesmal?«

Stumm sah sie mich an, die Lippen aufeinandergepresst, die Hände im Schoß.

»Das ist alles, was ich wissen will«, sagte ich.

Mühsam fing sie an zu sprechen. »Er hat gesagt, er tut

sich nichts an. Er hat es versprochen. Heute Morgen am Telefon. Und ich glaub ihm. Und jetzt gehen Sie bitte. Gehen Sie.«

»Der Grund ist also derselbe wie damals«, sagte ich. Und nachdem sie den Kopf weggedreht hatte: »Hat Ihr Mann eine Freundin?«

Noch etwas war ungewöhnlich an dieser Wohnung: Sie wirkte wie die eines alten Menschen. Und tatsächlich wirkte Lotte Grauke in ihrer schwarzen Kleidung, mit ihrer gebückten, gedrückten Haltung, ihrer fahlen Haut und den Ringen unter den Augen Jahre älter, als sie war. Sie war dreiundfünfzig.

»Das ist ja lächerlich«, sagte sie.

Ich sagte: »Mit wem hat er in seiner Werkstatt Bier getrunken?«

»Mit mir nicht«, sagte sie leise.

»Mit Ihrer Schwester?«

»Bestimmt nicht.«

»An einer der Flaschen ist Lippenstift«, sagte ich.

»Bitte gehen Sie jetzt. Und suchen Sie meinen Mann nicht länger. Er ist gesund. Und er wird wiederkommen. Muss ich für die Anzeige was bezahlen?«

»Nein«, sagte ich. »Warum haben Sie den Schrank ausgeräumt?«

»Ich mach sauber, ich spül die Sachen ab.« Sie sah mich nicht an.

Bevor ich die Wohnung verließ, warf ich einen Blick in die Küche. Kein Geschirr, keine Gläser. Im Flur stand ein Karton, und ich stieß behutsam mit dem Fuß dagegen. Es klirrte.

Von einer Telefonzelle aus rief ich Andy Krust in seinem Dienstwagen an.

»Einer der Arbeiter hat echt was gesehen, einen weißen Panda und eine Frau.«

»Und den Grauke?«, fragte ich.

»Der ist eingestiegen in den Panda, sagt der Arbeiter. Falls es Grauke war.«

»Hatte der Mann einen Koffer dabei?«

»Das weiß der Typ nicht mehr, er hat das Auto gesehen, weil er es selber angehalten hat, die haben grad irgendwelche Steine abgeladen, da haben sie die Straße gesperrt. Und in dem Panda saß eine Frau, Mitte zwanzig. Ungefähr. Und die hat dann gewartet und dabei mit ihrem Handy telefoniert. Und als die Sperre aufgehoben war, ist sie zur Pension Sonne weitergefahren und hat da angehalten. Der Arbeiter hat sich dann wieder um sein eigenes Zeug gekümmert. Aber den alten Mann hat er noch rauskommen sehen.«

»Grauke ist neunundfünfzig«, sagte ich.

Andy sagte: »Na ja.« Er gab mir die Beschreibung der jungen Frau. »Übrigens: Herr Thon hat gesagt, die Vermissung ist erledigt, das sind die letzten Recherchen.«

»Unbedingt«, sagte ich.

Anschließend rief ich Martin im Dezernat an.

»Die Frau Trautwein hat heut frei«, sagte er, »die ist zu Hause. Hat aber keine Lust, auf dich zu warten. Ich hab ihr gesagt, dass es weniger Aufsehen macht, wenn sie einfach ruhig auf ihrem Sofa sitzen bleibt und aufs Klingeln wartet. Übrigens: Volker hat gesagt, die Vermissung ist erledigt.«

»Danke«, sagte ich. »Ist Sonja schon zurück?«

»Nein, sie hat angerufen. Vor den inserierten Wohnungen stehen die Leute Schlange bis auf die Straße. Sie wollte sich jetzt noch eine in Milbertshofen anschauen und dann ins Büro kommen.«

»Früher waren die Wohnungsbesichtigungen abends«, sagte ich.

»Abends sind die Schlangen noch länger, sagt Sonja. Was sagt die Gattin?«

»Sie schämt sich.«

»Wofür?«

»Genaueres nach der Obduktion«, sagte ich.

Im Ragazza war ein Fenster geöffnet und ich schaute hinein. In einer Ecke versuchte Sina Frank Plakate aus einer Kartonrolle zu ziehen.

»Hallo«, rief ich.

Sie zuckte zusammen. »Mein Gott«, sagte sie.

»Entschuldigung«, sagte ich.

Sie sagte: »Haben Sie den Schuster gefunden?«

»Ja und nein.«

»Geht mich auch nichts an.« Sie widmete sich wieder der Rolle. Anscheinend hatte sie Schwierigkeiten, die Plakate herauszubekommen.

»Soll ich Ihnen helfen?«, sagte ich.

»Ich schaff das.«

»Dieses Mädchen, das Schuhe zu Grauke gebracht hat, wie heißt die? Ich hab's vergessen.«

»Welches Mädchen?«

»Sie haben es erwähnt.«

Sie klopfte mit der Hand auf ein Ende der Rolle. Die Plakate steckten fest.

»Keine Ahnung. Die Elke?«

»Ja«, sagte ich. »Elke. Wann kommt die wieder?«

»Keine Ahnung.«

Es war komisch mit anzusehen, wie diese kahlköpfige energische Frau mit einem Rohr aus Pappe kämpfte.

»Vielleicht heute«, sagte sie mit gepresster Stimme. »Mittwochs arbeitet sie meistens nicht.«

»Was macht sie denn?«, fragte ich.

»Sie arbeitet bei einer Agentur, das ist weitaus besser als das, was sie früher machen musste. Sie können ihr nichts anhängen.«

»Ich will was über Grauke wissen«, sagte ich, »nicht über das Mädchen. Vielleicht krieg ich die Plakate da raus.«

»Zu spät«, rief sie.

Die Plakate rutschten heraus und verteilten sich auf dem Boden.

Bis zur Wohnung von Paula Trautwein brauchte ich zehn Minuten. Bis ich ihr jedoch in ihrem Wohnzimmer gegenüberstand, vergingen weitere fünfunddreißig Minuten.

Vor der Haustür hatte ich mich plötzlich nicht entschließen können zu klingeln.

12

Was sollte ich noch erfahren? Und wozu? Mit Graukes Anruf, der noch dazu unter Zeugen stattgefunden hatte, waren die Ermittlungen beendet. Er bat darum, nicht gefunden zu werden, und das hatten wir zu akzeptieren. Solche Anrufe erhielten wir oft. Zuletzt von einer Frau, die ihren Lebensgefährten verlassen hatte, ohne ihm ein Wort zu sagen. Er erstattete Anzeige, und als wir nach einer Woche immer noch keine konkrete Spur hatten, ließen wir ihr Bild veröffentlichen. Am nächsten Tag rief sie an und forderte uns auf, sie in Ruhe zu lassen. Ich bat sie, einen Brief zu schreiben, in dem sie erklärte, dass sie gesund sei, und das tat sie dann. Natürlich legte ich den Brief unseren Grafologen vor, die nicht lange brauchten, um sicher zu sein, dass er ohne äußeren Druck geschrieben worden war. Die Frau wollte ein neues Leben beginnen, und niemand hatte das Recht, sie daran zu hindern.

Was wollte Maximilian Grauke? Mit einer jungen Frau in einem weißen Panda durchbrennen? Wohin? Mit zwanzigtausend Mark im Gepäck?

Und wenn es so war, was ging es mich an?

Und wenn seine Frau und seine Schwägerin ein für ihn unerträgliches Verhältnis miteinander hatten, was hatte ich damit zu tun?

Die einzige Erklärung, die ich auf die Frage, wieso ich unbedingt mit Paula Trautwein sprechen wollte, vorbringen hätte können, wäre gewesen: Neugier.

Nein. War ich neugierig? Warf ich gern Blicke durch

Schlüssellöcher, wie bestimmte Journalisten? Nutzte ich meine Autorität als Polizist dazu, Intimitäten zu erfahren und in fremden Kellern herumzuschnüffeln? Verschafften mir all die gestotterten Erklärungen, durchschauten Lügen und armseligen Vertuschungsversuche eine spezielle Art der Befriedigung? Fühlte ich mich gut hinterher? War ich stolz auf mich? Wollte ich gelobt werden?

Nichts davon. Natürlich war ich neugierig. Natürlich erfuhr ich Dinge, von denen nicht einmal der Hausarzt wusste. Natürlich gab es Momente, in denen Menschen mir ihren letzten Rest Hoffnung anvertrauten, Eltern verschwundener Kinder zum Beispiel, und ich war mir dann meiner Wichtigkeit bewusst. Auch meiner Ohnmacht. Aber auch meiner Wichtigkeit.

Und sogar gelobt wurde ich gelegentlich. Und ich freute mich dann und hatte die Freude doch schnell wieder vergessen.

Vor der Haustür in der Fraunhoferstraße Nummer 29, neben dem Friseursalon und der Einfahrt zum Rückgebäude, überwältigte mich der Gedanke, dass alles, was ich tat, ausschließlich mit der Vorstellung zusammenhing, die ich von meinem Leben hatte. Nicht von meinem Beruf. Von meinem Leben. Ich war Polizist, aber das war nur eine Uniform, eine, die man nicht sah, und zum Glück erst recht keine grüne. In dieser Uniform verdiente ich mein Geld, in dieser Uniform hatte ich eine Funktion, eine Aufgabe, eine Verantwortung.

Ich gab mir jedenfalls Mühe.

Doch wenn es totenstill war und niemand meine Nähe belagerte, wusste ich, dass ich nichts war als ein Mann, der sich zu viel auf seine Einsamkeit einbildete und manchmal die Kontrolle über seinen Hormonhaushalt verlor.

Im Grunde diente mir mein Beruf dazu, mich auszuhalten. Das war es, was ich an der Ordnung schätzte, zu der er mich zwang: Solange ich meiner Arbeit nachging, hatte ich einen Weg, wenn auch kein Ziel. Würde ich damit aufhören, blieben nur die Wände.

Warum eigentlich nicht?

Ja, dachte ich, an die Hauswand gelehnt und von Hunden misstrauisch beäugt, bis zu diesem Moment hast du tatsächlich geglaubt, du hättest die Fähigkeit, dich zu trennen: in einen nackten Mann im Zimmer und einen Uniformierten in der Öffentlichkeit.

Und ich musste vierundvierzig Jahre alt werden und an einem vierzehnten Juli eine belanglose Strecke zurücklegen, um zu begreifen, wie lächerlich diese Einbildung war.

I and I, wie der Meister sang, *in creation where one's nature neither honors nor forgives.*

Dann klingelte ich bei Paula Trautwein.

Durch den grün gekachelten Hausflur mit der gelben Deckenverkleidung stieg ich in den ersten Stock hinauf. Die Tür, an der »Trautwein« stand, war geschlossen.

Ich wartete.

Dann öffnete eine Frau. Für einen Moment war ich verwirrt, ich hatte vergessen, wie klein Paula Trautwein war.

Ohne den Kopf zu heben, sagte sie: »Ich lass Sie ungern rein.«

Ich sagte: »Ich will nichts von Ihnen wissen, was mich nichts angeht.«

»Weswegen sind Sie sonst hier?«

»Sie haben Recht«, sagte ich.

Immer noch sah ich zu ihr hinunter, sie aber vermied den Blick. Sie ließ mich eintreten und schloss die Tür. Die Hand auf der Klinke, hielt sie inne, als würde sie überlegen, mich wieder hinauszukomplimentieren. Ich rührte mich nicht.

In der Wohnung war es kühl, sie war dunkel, wirkte aber nicht eng oder muffig. Und das lag nicht nur daran, dass es nur ganz wenige Möbel gab.

Im Flur hingen drei Spiegel, umkränzt von kleinen kugelförmigen Lampen, die hell strahlten. Wenn man hinsah, wurde man nicht geblendet, vielmehr angezogen, sozusagen aufgefordert näher zu kommen.

Also trat ich näher.

Wortlos streifte Paula Trautwein an mir vorbei ins Wohnzimmer.

Ich stand vor einem der Spiegel und sah mein Gesicht und die Hälfte meines Oberkörpers. Für Paula hingen die Spiegel viel zu hoch.

Was ich sah, erschreckte mich nicht.

Ich drehte mich um. Paula saß in einem schwarzen Ledersessel und beobachtete mich. Ich lächelte.

Sie sagte auf die Entfernung: »Von mir aus brauchen Sie nicht abzunehmen.«

Ich ging zu ihr. Das Zimmer wurde von einem teuren Regalaufbau aus Plexiglas dominiert. Auf den Regalen standen vereinzelt Gläser, Vasen, schmale Bücher, Kerzen. Der Raum war niedrig und ging zur Straße hinaus, aber die karge geschmackvolle Einrichtung verlieh ihm eine Atmosphäre, in der der Straßenlärm kaum störte.

Zumindest solange unten nicht zwei Straßenbahnen gleichzeitig vorüberfuhren oder jemand ein Hupkonzert anzettelte.

»Stellen Sie mir Ihre Fragen!«, sagte Paula Trautwein. »Ich werd nur auf das antworten, was Sie mich fragen, sonst nichts. Was Sie nicht fragen, erfahren Sie nicht.«

Ich setzte mich auf die schwarze Ledercouch. Erst jetzt fiel mir der Parkettboden auf, der glänzte. In einer gewöhnlichen Umgebung hatte sich Paula Trautwein ihren eigenwilligen Stil bewahrt.

Wie ihre Schwester bot sie mir nichts zu trinken an.

»Warum ist Ihr Schwager vor sechs Jahren verschwunden?«, fragte ich. Ich hatte Lust, meine Lederjacke auszuziehen, aber ich wollte mich nicht bewegen.

»Er hatte einen Schock«, sagte Paula Trautwein.

Ich sagte: »Der Schock war so groß, dass er sich umbringen wollte.«

Sie schwieg. Konsequent. Ich zog meine Jacke aus und warf sie über die Armlehne. Neben der Tür hing an einem Stuhl aus Plexiglas die weinrote Handtasche, die Paula bei unserer ersten Begegnung getragen und mit der sie dauernd herumgespielt hatte. Die Tasche hing so auffällig da, als habe Paula sie dort platziert, um mich an den Montagnachmittag zu erinnern.

»Sind Sie und Ihre Stiefschwester ein Liebespaar?«, sagte ich.

»Wir lieben uns, und ohne Lotte wär ich vor die Hunde gegangen«, sagte sie. Sie schlug die Beine übereinander und zog ihr blaues Kleid über die Knie. Manche Bewegungen und Gesten ähnelten denen ihrer Schwester. Vielleicht nicht deshalb, weil die beiden Frauen verwandt, sondern weil sie ein Paar und seit Jahrzehnten miteinander vertraut waren. »Wir mochten uns schon in der Schule, wir fühlten uns zueinander hingezogen, beide gleichermaßen.«

»Und die Jungs?«

»Jungs waren auch da. Lotte ist verheiratet, falls Sie das vergessen haben.«

»Warum hat sie geheiratet, wenn sie Sie liebt?«

»Sie liebte Max auch, und das Wichtigste war, dass sie mich nicht verließ. Das hätte ich nicht verkraftet, ich wär anschaffen gegangen, oder was Schlimmeres.«

»Was ›was Schlimmeres‹?«, fragte ich.

Fragen zu stellen, fand ich mühsam. Obwohl genau das ein Pfeiler meiner Ausbildung war: zu lernen, zu welchem Zeitpunkt man die richtige Frage stellt, wie man nicht mehr damit aufhört, Fragen zu stellen, wie man mittels Fragen Verdächtige überführt, sie so verwirrt, dass sie alles zugeben, was wir wissen wollen.

Daran hatte ich mich nie gewöhnt.

Auch einer der Gründe, weshalb Thon mich gelegentlich einen Risikofaktor im Team nannte.

»Es gibt viel Schlimmeres als anschaffen gehen«, sagte Paula.

»Und Max hat nie etwas mitgekriegt von Ihrem Verhältnis?«

»Nach der Hochzeit bin ich erst mal weggezogen.«

»Nach Neuperlach.«

»Woher wissen Sie das?«, fragte sie.

»Ich hab geraten. Haben Sie in der Nähe der Pension Sonne gewohnt?«

»Ja.«

»Und Max und Paula haben Sie besucht.«

»Ja.«

»Was ist vor sechs Jahren passiert?«

»Dasselbe wie jetzt«, sagte sie. Und es klang, als spräche sie von jemand anderem, von etwas, das weit zurücklag, als habe sie die Geschichte nur gehört, als habe sie nichts damit zu tun. Als wäre es ihr sogar lästig, sie weiterzuerzählen. »Er hat uns erwischt. Wie die Kinder. Damals war Winter, Max hatte nichts zu tun, im Winter läuft das Geschäft nicht gut, genauso wie im Hochsommer, ich weiß nicht, wieso. Er hat früher zugesperrt und ist einen trinken gegangen. Und dann kam er zurück, weil die Tochter des Wirts beim Schlittschuhlaufen verunglückt war und das Lokal deshalb sofort geschlossen wurde. Und Max geht nur ins Glockenbachstüberl oder in den Rumpler. An diesem Tag war alles vereist, und er hatte keine Lust, bis zum Stüberl zu gehen. Also kam er aus dem Rumpler direkt nach Hause. Wir haben ihn nicht gehört. Er stand in der Tür, wie in einem Film, wir lagen im Bett, das Zimmer war gut geheizt, fünf Minuten später wären wir sowieso aufgestanden. Nur noch fünf Minuten. Da stand er also und hat uns angesehen, und er hat mir leidgetan. Ich hab gespürt, wie was zerbröselt ist in ihm. Ein Mann Anfang fünfzig, der gerade silberne Hochzeit gefeiert hat, findet seine Frau mit seiner Schwägerin im Bett. Das zum Beispiel, das ist schlimmer als anschaffen gehen.«

Sie hob die Hände, rutschte im Sessel hin und her, sah ausdruckslos zu mir her. Auch sie trug eine unsichtbare Uniform. Aus Schnee vielleicht, der niemals taute in Anwesenheit von Fremden.

»Haben Sie mit ihm geredet?«

»Er hat sich umgezogen und ist gegangen. Und anscheinend kannte er keinen besseren Ort als die Pension Sonne. Es war lang her, dass ich dort gewohnt hatte, ich war nur drei Jahre in Neuperlach, dann bin ich hier eingezogen.«

»Was ist passiert, als er ins Schlafzimmer kam?«

»Nichts.«

»Er hatte keine Fragen an Sie?«

»Bestimmt hatte er Fragen«, sagte sie, »aber er hat sie nicht gestellt.«

»Das ist unmöglich.«

Sie sagte: »Spielt keine Rolle, ob Sie mir glauben.«

»Und vor zwei Wochen hat er Sie wieder erwischt?«, sagte ich. »Wieder im Bett? Wieder zufällig?«

»Nicht im Bett«, sagte sie. »Er war erkältet, er war krank, mitten am Nachmittag kam er aus seiner Werkstatt hoch. Ich hab gebadet, Lotte hat mit mir Tee getrunken. Wir haben nicht zusammen gebadet. Das hatten wir auch nicht vor. Es ist nichts passiert. Aber er hat das gedacht. Er hat mich in der Wanne gesehen und Lotte mit der Teetasse in der Hand, und er kam rein, und wieder ist etwas zerbröselt in ihm. Wie oft kann in einem etwas zerbröseln, bis es ihn selbst nicht mehr gibt? Wie oft?«

»Oft«, sagte ich.

Zum ersten Mal sah sie mir in die Augen. »Kann sein. Kann sein.«

»Deshalb haben Sie auch darauf bestanden, dass wir ihn suchen. Weil Sie Angst haben, diesmal schafft er es, sich umzubringen.«

»Ja«, sagte sie. Und ich wusste sofort, sie log. Diese Antwort war gelogen.

Was bedeutete das?

»Haben Sie immer noch Angst, dass er sich umbringt?«, fragte ich.

»Ja«, sagte sie. Und es klang vollkommen verkehrt. Ihr Tonfall passte nicht zu dem, was sie sagte.

Oder täuschte ich mich? Versteckte sie sich bloß hinter dem Schnee? Dem Schnee, der auch ihre Zunge bedeckte? Ich brauchte dieselbe Antwort zum Vergleich.

Ich sagte: »Lieben Sie Ihre Schwester immer noch?«

»Ja«, sagte sie wieder.

Entweder sie log auch jetzt, oder ich hatte mich verrannt. Beide Antworten klangen identisch. Ich fragte zu viel, ich fragte einfach zu viel.

»Wann ist Max diesmal verschwunden? Montag vor einer Woche?«

Was sollte ich tun außer fragen? Wir hatten eine Abmachung.

»Am Sonntag«, sagte sie. »Am Sonntagnachmittag. Das Wochenende hat er in seiner Werkstatt geschlafen, von Freitag bis Sonntag. Er ist nur hochgekommen, um sich zu waschen und umzuziehen. Am Sonntag wollte er anscheinend mit Lotte sprechen, aber dann hat er es nicht geschafft.«

»Waren Sie dabei?«

»Lotte hat's mir erzählt. Erst hat er gesagt, er will jetzt reden, dann hat sie Tee gekocht, und dann hat er gekniffen …«

»Was meinen Sie mit gekniffen?«

»Was?«

»Woher wollen Sie wissen, dass er gekniffen hat? Vielleicht fielen ihm die passenden Worte nicht ein. Oder er hat erwartet, dass seine Frau was sagt.«

»Fragen Sie ihn, wenn Sie ihn finden.«

Aus dieser Bemerkung hörte ich einen neuen Unterton heraus. Wie schon in dem Geschäft, in dem sie arbeitete, hatte ich den Eindruck, dass sie nicht besorgt war um Maximilian Grauke. Sondern wütend auf ihn.

»Waren Sie bei ihm in der Werkstatt? Haben Sie mit ihm gesprochen?«

»Nein«, sagte sie.

Und sie log wieder. Aber ich war mir nicht sicher, ob sie vielleicht doch die Wahrheit sagte.

»Und am letzten Donnerstag kam er noch mal zurück. Was wollte er da?«

Sie zögerte. »Vielleicht … vielleicht wollte er was sagen. Aber dann … dann hat er nur das restliche Bier aus dem Kühlschrank getrunken. Drei Flaschen. Und er hat keinen Ton gesagt. Keinen einzigen.«

»Waren Sie dabei?«

»Nein.«

»Er hat bei uns angerufen und erklärt, er will nicht gesucht werden«, sagte ich. »Haben Sie …«

Da bemerkte ich ihren Blick. Ihre Schwester hatte ihr

nichts von dem Anruf erzählt. Überrascht, beinah erschrocken sah Paula mich an.

Ich schwieg.

Sie drückte die Hände in den Schoß. Ihr Körper krümmte sich, sie presste den linken Fuß gegen ihren rechten Unterschenkel, und es schien, als würde sie die Luft anhalten. Sie wollte um alles in der Welt nichts mehr sagen. Doch das Stillsein marterte sie.

»Ich werde ihn weiter suchen«, sagte ich.

Sie öffnete leicht den Mund. Als wolle sie abwarten, ob womöglich Worte heraussprudelten.

»Wenn er allerdings mit der jungen Frau das Land verlässt, können wir nichts machen.«

Paula lächelte. Ein schmales, unbeholfenes Lächeln, wie das ihrer Schwester.

»Was für eine junge Frau?«, sagte sie.

»Wir kennen sie nicht, er ist mit ihr gesehen worden.«

»Wo?«

»Vor der Pension Sonne.«

»Er war wieder dort?«

Jetzt war sie es, die fragte. Vielleicht gelang es mir auf diese Weise endlich, die letzten Türen zu öffnen.

»Ein paar Tage«, sagte ich.

Sie zögerte. Dann fragte sie: »Wer könnte die junge Frau sein?«

»Eine Freundin«, sagte ich.

»Das ist unmöglich«, sagte sie.

Ich sagte: »Sie müssen mir nicht glauben.«

Mit einer heftigen Bewegung erhob sie sich. »Mehr gibt es nicht zu sagen.«

Ich fragte: »Warum haben Sie damals aufgehört, in der Nachtbar zu arbeiten?«

Sie stützte sich auf dem Stuhl ab, über dem ihre weinrote Handtasche hing.

»Das ist vorbei, das geht Sie nichts an.«

Ich stand auf, nahm meine Jacke und sah zum Fenster hinaus. Die Luft war warm und staubig. Vor dem überdachten Eingang des Postamts keuchte eine alte Frau. Ihr Rauhaardackel hechelte. Beiden setzte die Sonne zu. Auf der Brücke in der Ferne tauchte eine Straßenbahn auf, blau glänzend. Auf dem Bürgersteig vor dem Antiquitätenladen standen Stühle aus dunklem Holz und eine Kiste mit alten Büchern.

»Worauf warten Sie?«, hörte ich Paulas Stimme hinter mir.

Ich drehte mich um.

»Warum sagen Sie mir nicht alles?«, fragte ich. »Warum sagen Sie mir nicht, warum Max Grauke wirklich verschwunden ist?«

»Ich hab's Ihnen gesagt, und das war's. Und jetzt gehen Sie bitte.«

Im Treppenhaus blieb ich stehen und betrachtete den grünen PVC-Belag auf den Stufen. Niemand, der dieses Haus betrat, würde darin eine Wohnung wie die von Paula Trautwein vermuten.

Niemand, der seine Schuhe in der Schusterei Grauke abgab, käme auf die Idee, dass die Ehefrau des Schuhmachers eine Liebesbeziehung mit ihrer Halbschwester hatte. Grauke hätte so etwas nicht einmal nach dem achten Hellen für möglich gehalten. Bis vor sechs Jahren.

Von einer der Telefonkabinen neben dem Posteingang rief ich im Dezernat an.

»Erinnerst du dich an die Aussage der Zeugin aus dem Englischen Garten?«, fragte Martin.

»Ja.«

»Die Beschreibung der jungen Frau, die die Zeugin zusammen mit Grauke gesehen haben will, stimmt mehr oder weniger mit der überein, die der Bauarbeiter in Neuperlach Andy gegeben hat.«

»Hilft uns das weiter?«, sagte ich.

»Noch nicht«, sagte Martin. »Andy ist im Viertel unterwegs und fragt Leute auf der Straße und im Haus, in dem die Graukes wohnen.«

»Weiß Thon davon?«

»Nicht direkt.«

Ich erzählte ihm, was ich erfahren hatte.

»Damit haben wir nichts zu tun«, sagte Martin.

»Ja«, sagte ich. »Aber wir wissen immer noch nicht, ob Grauke mit den zwanzigtausend Mark nicht doch jemandem ein Geschenk zum Abschied machen will.«

»Zu wessen Abschied?«

»Zu seinem Abschied«, sagte ich.

Wir verabredeten, heute Abend essen zu gehen, eventuell mit unserer neuen Kollegin.

»Ist Sonja zurück?«, fragte ich.

»Grade gekommen, sie hat ernsthaft vor, nach Milbertshofen zu ziehen. Stell dir das vor! Von einer Hundertfünfundsechzig-Quadratmeter-Altbauwohnung in eine Achtunddreißig-Quadratmeter-Absteige für neunhundert Mark in der Kollwitzstraße. Das ist Masochismus.«

»Oder Pragmatismus.«

»Oder Hirnrissismus«, sagte er.

Ich sagte: »Kennst du den Song *I and I?*«

»Von Dylan? Natürlich. Wieso?«

»Ich hab vorhin an ihn denken müssen«, sagte ich.

Dann verabschiedeten wir uns.

Martin Heuer war mein bester Freund, mein einziger Freund. Und ich brachte es nicht fertig, ihm von einem ungewöhnlichen Moment zu erzählen. Und jetzt war der richtige Zeitpunkt verstrichen. Wahrscheinlich hätte ich doch nicht die richtigen Worte erwischt.

Wie Grauke in Gegenwart seiner Frau am vergangenen Sonntag.

13

Wegen der Rinderseuche gab es keinen Döner, also nahmen Martin und ich Lammspieß. Sonja hatte Schwertfisch bestellt, eines der besten Gerichte in der Schwimmkrabbe. Weil ich noch etwas vorhatte, trank ich Wasser, die beiden anderen tranken Bier.

Wir saßen vor dem Lokal auf dem Gehsteig und sahen den Autofahrern dabei dazu, wie sie ebenso verzweifelt wie naiv in der Ickstattstraße einen Parkplatz suchten.

»Kosten?«, fragte Sonja.

»Nein«, sagte Martin schnell. Er konnte es nicht ausstehen, wenn er von einem Nebenteller probieren musste. Denn das bedeutete für ihn, dass er genötigt war, auch von seinem Teller etwas anzubieten, und das mochte er nicht.

Martin Heuer gehörte zu den Menschen, die beim Essen ihre Ruhe haben wollen. Er redete nicht, er hörte nicht zu, er beugte sich vor und legte los. Er aß nicht schnell, aber auch nicht langsam, er aß zügig, als müsse er einen Plan einhalten, als folge er einem Ritual.

»Wart ihr schon mal in Irland?«, fragte Sonja.

»Nein«, sagte ich.

Unerwartet schüttelte Martin den Kopf. Neben ihm lag eine Broschüre, die er aus einem Reisebüro mitgebracht hatte. Nicht dass Martin oft verreiste. Er verreiste nie. Aber er las begeistert Reisebroschüren und Hefte, in denen fremde Länder, seltsame Gebräuche, enorme Abenteuer beschrieben wurden. In dem neuen Heft ging es um ausgefallene Perlenketten aus Neuseeland, Kolibris in Venezuela, Trekking in Tasmanien, Katzenfriseure auf Taiwan. Über Irland stand nichts drin.

»Wir waren im Süden«, sagte Sonja. Dann schaute sie mich an.

Ich sagte: »Wir sind nicht verwandt, die Himmelsrichtung und ich.«

Zur Abwechslung bellte ein Hund.

Anscheinend hatte Sonja den Eindruck, wir würden uns für ihren desaströsen Urlaub mit unserem Dezernatsleiter nicht interessieren. Nach einem schnellen Blick zu Martin und mir widmete sie sich wieder ihrem Essen, ohne den Faden noch einmal aufzunehmen. Ich hätte ihr zugehört.

»Wie spät?«, fragte ich sie.

»Zwanzig nach sieben.«

In einer halben Stunde wollte ich aufbrechen. Ich hatte einen vagen Plan und eine vage Hoffnung. Möglicherweise musste ich diesen Fall in zwei Stunden endgültig abschließen, und wenn Maximilian Grauke allen Ernstes geplant hatte, für immer zu verschwinden, dann würde er das auch schaffen. Aus Erfahrung wusste ich, dass Menschen, die entschlossen waren, ein neues Leben an einem fernen Ort zu beginnen, selten scheiterten. Manche brauchten mehrere Anläufe, bei manchen ging etwas schief, sie kamen zurück, führten ihr vorheriges Leben weiter und erweckten den Anschein, sie hätten sich besonnen und würden ihre Nacht-und-Nebel-Aktion bereuen. Sie sammelten Kraft. Und neue Informationen. Und verfeinerten ihr Konzept, ihre List. Und dann, eines

Tages, lag dieser Brief auf dem Tisch, im selben Wortlaut wie der erste, vielleicht mit dem Zusatz: »Sucht mich nicht, diesmal habt ihr keine Chance.« Und wieder brach für die Angehörigen eine Welt zusammen, eine Welt, deren Risse sie gerade notdürftig gekittet hatten.

»Glaubst du, Grauke ist noch in der Stadt?«, fragte Sonja.

Ich sagte: »Ganz sicher.«

»Hypnotiseur!«, sagte Martin und trank seinen Verdauungsraki.

»Wen hypnotisiert er?«, fragte sie.

»Sich selbst.«

»Ah ja«, sagte sie.

Sie warf mir diesen grünen Seitenblick zu, den ich schon kannte, und winkte dem Kellner, damit er endlich ihren leeren Teller abräumte. Unser Geschirr hatte er längst mitgenommen. Wir hatten wieder zu schnell gegessen.

Meine Form der Selbsthypnose führte nicht zu Bewegungs- und Willenlosigkeit, vielmehr versetzte ich mich in einen Zustand kreativer Sturheit.

»Und woher wissen Sie das so genau?«, nahm Sonja den Faden wieder auf. Sie schwenkte ihr Bierglas, um einen Rest Schaum zu retten.

»Ich stell es mir so vor«, sagte ich.

Danach betrachteten wir das Licht der untergehenden Sonne, wie es sich an die Häuserwände schmiegte und in den Scheiben tummelte. Sonja und ich saßen nebeneinander, Martin uns gegenüber, die Sonne im Rücken, mehr brauchte er nicht.

Den ganzen Nachmittag hatten wir im Büro verbracht, eine Reihe von Daten älterer Vermissungen ausgewertet, Kollegen im Westend telefonisch geholfen, eine ausgerissene Griechin wiederzufinden, deren Fluchtpunkte wir kannten. Schließlich kam Andy Krust von seiner Recherche im Glockenbachviertel zurück, allerdings hatte er niemanden aufgetrieben, der die junge Frau im weißen Panda kannte. Auch im Haus der Graukes führten seine Fragen nur zu zwecklosen Gegenfragen. Trotzdem musste sie jemand schon einmal gesehen haben.

Wo sonst außer in seiner unmittelbaren Umgebung sollte Grauke einer jungen Frau begegnet sein, die er auch noch in seinen Fluchtplan einweihte?

In unserer Fünfzehn-Uhr-Sitzung musste ich auf ausdrücklichen Wunsch von Thon den Fall Grauke noch einmal in allen Einzelheiten darlegen. Ich bemühte mich, als zuständiger Sachbearbeiter so sachlich wie möglich zu bleiben.

Nach Meinung der meisten Kollegen gab es keinen Grund, am Gesundheitszustand des Schuhmachers zu zweifeln, er hatte seine Frau aus freien Stücken verlassen, er hatte glaubhaft versichert, dass es ihm gut ging, und gebeten, ihn in Ruhe zu lassen. Eine Gefahr für Leib und Leben bestehe demnach nicht und somit auch kein polizeilicher Handlungsbedarf. So stand es dann auch im Protokoll.

»Ich muss los«, sagte ich jetzt.

Martin sagte: »Sonja und ich bleiben noch.«

Sie nickte mit geschlossenen Augen. Ich machte einen Schritt zur Seite, um ihr den Blick auf die Sonne nicht zu verstellen.

Vielleicht war es ja umgekehrt, vielleicht sonnte sich die Sonne in Sonjas Gesicht.

Die Jahnstraße kreuzte die Ickstattstraße, ich hatte es nicht weit bis zum Ragazza. Als ich den Frauentreff betrat, unterhielt sich Sina Frank mit einer Frau in einem langen beigen Faltenrock und einer Jeansjacke. Im Gegensatz zu Sina hatte diese Frau eine Mähne, die schwarzen Haare fielen ihr auf die Schulter und sahen auf die Entfernung genauso strähnig aus wie meine.

»Das ist der Typ«, sagte Sina und deutete auf mich.

Die Frau mit der Jeansjacke drehte sich zu mir um.

Auf den ersten Blick konnte ich die Ähnlichkeit nicht erkennen. Was vor allem daran lag, dass die Frau sofort wieder wegschaute und sich nach unten beugte, um eine Zigarettenpackung aus ihrem Jutebeutel zu holen. Doch je näher ich kam, desto mehr entsprach sie der Beschreibung des Neuperlacher Bauarbeiters und der Zeugin im Englischen Garten.

Vor mir stand die einzige Person, die wusste, wo Maximilian Grauke sich aufhielt.

Ich stellte mich vor. »Wir sind dabei, die Sache zu den Akten zu legen«, sagte ich. »Ich bereite gerade den Abschlussbericht vor.«

»Was geht mich das an?«, sagte Elke.

Ich sagte: »Sie kennen Herrn Grauke.«

»Blödsinn.«

»Sie waren in seiner Werkstatt.«

Elke sog den Rauch ihrer Zigarette ein und zupfte sich Tabakkrümel von den Lippen. Wie Martin rauchte sie Filterlose.

»Sie haben bei ihm Schuhe reparieren lassen«, sagte ich.

»Er ist Schuster, stimmt's?«

»Stimmt.«

Sie sah mich an. Ich neigte mich ein wenig vor und begutachtete ihren schmalen Mund.

»Was soll'n das?«, sagte sie.

»Benutzen Sie Lippenstift?«

»Was?«

Sina schüttelte den Kopf, glitt vom Barhocker, auf dem sie gesessen hatte, und ging zu einem Tisch, um eine Flasche Orangensaft und zwei Gläser zu holen.

Ich zog meinen kleinen Block und den Kugelschreiber aus der Tasche, und machte mir Notizen.

»Sagen Sie mir bitte Ihren Familiennamen, Sie sind eine Zeugin, Ihr Name wird nicht gespeichert.«

»Nein«, sagte sie.

»Ich will wissen, ob Sie manchmal Lippenstift benutzen«, sagte ich.

Sina kam zurück und stellte die Gläser auf das Brett, das an der Wand entlanglief und auf dem Prospekte und Illustrierte lagen.

»Wieso ist das wichtig?«, sagte Sina.

»Wahrscheinlich ist es nicht wichtig«, sagte ich. »Ich trag nur Beobachtungen zusammen. Am Anfang mussten wir damit rechnen, dass Herr Grauke sich umbringt, wir wollten ihn rechtzeitig finden. Und vielleicht war der Lippenstift auf einem bestimmten Gegenstand eine Spur.«

»Sie wollten ihn finden, damit er sich nicht umbringt?«, sagte Elke.

»Ja.«

»Das ist doch jedem *seine* Sache, ob er sich umbringt.«

»Es ist unsere Pflicht, ihn zu suchen.«

»Und wenn es nicht Ihre Pflicht wäre?«, sagte Sina. Sie hatte den Saft in die beiden Gläser gegossen und schraubte die Flasche zu.

»Wenn es nicht meine Pflicht wäre, wäre ich nicht hier«, sagte ich.

Elke sagte: »Wieso maßen Sie sich an, jemanden daran zu hindern, Schluss zu machen? Wenn jemand beschlossen hat, es reicht, wieso kommen Sie dann daher und behaupten, es reicht nicht. Wieso zwingen Sie so jemanden, in sein Scheißleben zurückzukehren? Woher nehmen Sie das Recht? Woher?«

Ich steckte den Block und den Kugelschreiber ein und verschränkte die Arme.

»Darüber hab ich nicht nachzudenken«, sagte ich.

»Aber Sie denken darüber nach«, sagte Elke.

»Ja.«

»Und wenn sich jemand umbringen will, und Sie sind der Meinung, er solle das tun, weil es sonst nichts mehr für ihn zu tun gibt in diesem Leben, dann hindern Sie ihn daran. Weil das Ihre Pflicht als Polizist ist.«

»Ja.«

»Es könnte auch Ihre Pflicht als gläubiger Mensch sein«, sagte Elke.

»Als gläubiger Mensch«, sagte ich, »beschäftige ich mich mit meinem eigenen Leben.«

»Jeder hat das Recht, sich umzubringen«, sagte Elke. Sie drückte die Zigarette in einem Glasaschenbecher aus. Ich musste an das Plexiglasregal in Paula Trautweins Wohnzimmer denken, auch dort gab es solche Aschenbecher.

»Kennen Sie die Schwägerin von Herrn Grauke?«

»Wirklich nicht«, sagte Elke.

»Und seine Frau?«

Sie schüttelte den Kopf, grinste und trank.

»Wann waren Sie zuletzt in seiner Werkstatt?«

»Das ist die klassische Frage«, sagte Elke.

Ich sagte: »Das ist die klassische Frage.«

Sie sah Sina an. Zwischen den beiden Frauen mochte eine vertrauensvolle Freundschaft existieren, und so wie Sina über Elke gesprochen hatte, vermutete ich, sie tauschten Dinge aus, die sonst niemand wusste.

Doch von Elkes Beziehung zu Grauke hatte die Ragazza-Chefin keine Ahnung gehabt. Sonst hätte sie bei unserer ersten Begegnung in einem anderen Ton mit mir geredet. Und hätte jetzt nicht derart verwundert auf Elkes Antwort reagiert.

»Ist lang her«, sagte Elke, »drei Monate ungefähr.«

Obwohl Sina nichts sagte, gelang es ihr nicht, neutral zu bleiben. Und da sie den Kopf zu spät zur Seite drehte, konnte ich kurz ihre Augen sehen.

»Danke«, sagte ich.

Zwei Mädchen kamen herein, die meine Anwesenheit erschreckte. Wie Kinder schauten sie hilfesuchend zu Sina.

Ich sagte: »Ich bin am Gehen.« Und zu Elke: »Sie benutzen also selten Lippenstift.«

»Mann«, sagte sie. »Ich nehm nie Lippenstift. Ich brauch kein BSE, ich hab genug andere Probleme.«

»Entschuldigen Sie meine Fragen«, sagte ich. »Wir wissen inzwischen, dass Herr Grauke nicht vorhat, sich umzubringen, und damit ist für uns die Sache erledigt. Seine Frau und seine Schwägerin sind natürlich niedergeschlagen und ratlos.«

In Elkes Gesicht regte sich kein Muskel. Ihr Blick ruhte gleichgültig auf mir, als wäre ich der Wetteronkel.

Die beiden Mädchen, die hereingekommen waren, setzten sich schweigend an den Tisch und ließen mich nicht aus den Augen. Ich verabschiedete mich und bedankte mich ein zweites Mal.

Auf der Straße hätte ich den Wagen beinah übersehen. Ich war schon einige Schritte gegangen, als ich mich noch einmal umdrehte. Schräg vor einem schwarzen Range Rover hatte ich ein helles Heck bemerkt. Ich kehrte um. Das Auto war ein weißer Panda. Ich notierte mir die Nummer. Damit würde für Martin die Aufgabe leichter werden.

Von einer Telefonzelle beim Kinderspielplatz rief ich ihn in der Schwimmkrabbe an.

»Du brauchst nicht zu Fuß zu gehen«, sagte ich. »Sie hat ihr Auto dabei.« Über das Kennzeichen sollte er ihren Familiennamen und ihre Adresse herausfinden und sie dann beschatten, bis ich ihm neue Anweisungen geben würde. Vorher hatte ich noch eine Verabredung, die ich am Nachmittag organisiert hatte.

»Sonja will mit mir kommen«, sagte Martin.

Ich sagte: »Das würde Thon nicht gefallen.«

Daraufhin hörte ich eine Weile nichts in der Leitung.

»Sie besteht darauf«, sagte er dann.

14

Etwas war zwischen den beiden Schwestern passiert, und das Einzige, worin sie sich noch einig zu sein schienen, war: »Wir haben beschlossen, dass wir nicht mit Ihnen sprechen möchten.«

Ich hatte Paula zu den Graukes bestellt, allerdings nicht in die Wohnung, sondern in die Werkstatt. Ich wollte dort mit den zwei Frauen sprechen, zum letzten Mal. Und wenn ich merken sollte, dass sie weiterhin nur auf Lügen aus waren, würde ich die Vernehmung beenden und diese Familie sich selber überlassen. Auch die Beschattung von Elke würde ich dann sofort abbrechen und noch in dieser Nacht den definitiven Vermisstenwiderruf ins System eingeben.

Aber sie konnten nicht schweigen.

In dem Moment, in dem ich das Licht in der Werkstatt anschaltete und die beiden allem Widerwillen zum Trotz den vertrauten Raum betraten, vergaßen sie ihre geheimen Abmachungen.

Wie Paula sich ausgedrückt hatte: Etwas zerbröselte innerlich.

»Es ist nicht meine Schuld, dass Maximilian weggegangen ist«, sagte Lotte, die eine Hand auf der Nähmaschine, in der anderen den Schlüsselbund. »Meine Schuld war das nicht, diesmal nicht und damals auch nicht. Es ist unser beider Schuld. Und diesmal ist meine Schwester allein dran schuld, ganz allein.«

Paula Trautwein lehnte am Tisch. Ihren Strohhut hatte

sie nicht abgesetzt, diesmal trug sie eine graue Hose und ein eng geschnittenes Jackett, das sie zugeknöpft hatte. In der staubigen Werkstatt wirkte sie in diesem Aufzug kurios. Lotte dagegen hatte ein schlichtes dunkles Kostüm an, das sie älter wirken ließ, als sie war. Und sie machte einen müden, unterlegenen Eindruck. Es sah aus, als würde sie sich an die Nähmaschine klammern, um nicht den Halt zu verlieren. Vielleicht fühlte sie sich auch nur von der einzigen Maschine in dieser Werkstatt angezogen, die sie selbst bedienen konnte.

»Tragen Sie eigentlich jeden Tag dasselbe Zeug?«, sagte Paula zu mir.

Ich sagte: »Nein.«

»Kommt mir aber so vor. Immer wenn ich Sie sehe, tragen Sie diese Lederhose mit diesen aufdringlichen Bändeln an der Seite, ein weißes Hemd und diese abgeschabte Lederjacke. Finden Sie das normal?«

»Sie irren sich«, sagte ich.

»Ich nicht. Außerdem haben Sie sich immer noch nicht rasiert. Haben Sie keine Freundin, die Sie da mal zurechtweist?«

»Nein«, sagte ich.

»Kein Wunder. Welche Frau will schon einen Mann, der sich nie umzieht.«

»Warum sind diesmal Sie allein daran schuld, dass Herr Grauke verschwunden ist?«, sagte ich.

»Weil ich ihn hier rausholen wollte«, sagte sie laut.

Lotte sah zu Boden.

»Weil er die Nase voll hatte von diesem Loch hier. Von dieser Plackerei, von allem. Von allem!« Ihre Stimme klang gehässig, fast hämisch.

»Du lügst«, sagte Lotte. Sie warf ihrer Schwester einen Blick zu, den diese erwiderte. Und Lotte brauchte einige Sekunden, bis sie sich von diesem Blick befreite. Dann schaute sie zu mir. Ich stand vor der geschlossenen Tür zum Treppenhaus.

»Sie lügt, Herr Süden. Er hat nicht … er hat seine Arbeit … er hat das …«

»Langsam, Frau Grauke«, sagte ich. »Ich bin da, um Ihnen zuzuhören. Lassen Sie sich Zeit.«

»Ich will aber nicht«, sagte sie und ich wusste nicht, was genau sie damit meinte. »Er wollte nicht weg, das ist … nein … Sie hat ihn … Sie hat ihm den Kopf verdreht, sie hat ihm das eingeredet. Er war nämlich glücklich hier, glücklich. Du hast ja keine Vorstellung, was wir … was ich mit ihm gesprochen hab, wenn er bei mir war, wenn wir allein waren …«

Nur für einen Moment drehte sie den Kopf zu Paula, dann wandte sie sich sofort wieder an mich.

»Obwohl die Geschäfte nicht mehr so gut liefen wie früher, trotzdem hat er seine Arbeit gern gemacht, heute gibt's eben keine Pfennigabsätze mehr und solche Sachen, heute kaufen die Leute billige Schuhe und dann schmeißen sie sie weg und kaufen sich neue. Oder die jungen Leute, die haben Turnschuhe oder diese … diese hohen Schuhe, diese Plateausohlen, die gehen doch nie kaputt. Da verdient man nichts dran. Früher hatten die Leute Maßschuhe, da lohnte die Arbeit, da hatte man nicht zehn oder zwanzig Paar Schuhe wie heute, da hatte man wenig Schuhe und dafür gute …«

Sie holte Luft. Sie sah sich um. Jeder Zentimeter eine

Vergangenheit, die unauslöschlich war. Und die Lotte nicht gewillt war aufzugeben. Hinzuschmeißen. Klein zu machen.

»Urlaub konnten wir uns nicht leisten, und das wollte mein Mann auch nicht. Und ich auch nicht. Wir waren gern hier, das war immer unser Zuhause hier …«

»Aber Sie haben nicht ihn, sondern Ihre Stiefschwester geliebt«, sagte ich.

Sie hob den Kopf. Dann ließ sie die Nähmaschine los. Und sofort schnappte ihre Hand wieder danach.

Paula steckte die Hände in die Hosentaschen.

»Ihr Mann war so geschockt davon, dass er sich umbringen wollte«, sagte ich.

»Ja«, sagte Lotte erschöpft, »ja, das war so. Und wissen Sie … wissen Sie, was das Schlimmste daran war … das Schlimmste?« Ihr Blick irrte durch die Werkstatt, huschte über mein Gesicht, blieb an der roten Ausputzmaschine mit den Polierrädern hängen. »Das war, dass … dass ich mich nicht geschämt hab vor ihm. Ich bin erschrocken und ich hab mich ertappt gefühlt, aber nicht … Aber geschämt hab ich mich nicht. Und das hat mich verfolgt. Deswegen hab ich nicht mehr schlafen können. Nicht weil … weil er sich … Davon wusste ich ja nichts, das hab ich ja erst später erfahren, als er zurückgekommen ist und mir alles gebeichtet hat … das mit dem Seil und der Pension und … Ich hab gedacht, ich muss mich schämen. Und dann ist mir klar geworden, dass ich ihn ja die ganzen Jahre schon belogen hab, schon seit der Hochzeit, und dass … Mein Mann hat ein Problem …«

»Er ist impotent«, sagte ich.

Sie starrte mich an. Ich lächelte und sie sah mich mit aufgerissenen Augen an. Ich hörte auf zu lächeln. Dann ging ich zu ihr und griff nach ihrem Handgelenk. Es war kalt.

»Es hat ihm nichts ausgemacht, dass Sie nicht mit ihm geschlafen haben«, sagte ich.

»Wir haben schon zusammen geschlafen«, sagte sie und verstummte. Ich drückte ihr Handgelenk. Und die Schlüssel klirrten. »Er war gut zu mir, er war zärtlich. Und ich war auch zärtlich zu ihm … Wir haben uns schon verstanden. Aber … als dann … damals an diesem Wintertag …«

»Und diesmal«, sagte ich und ließ sie los. »Und diesmal hat er Sie wieder überrascht, aber der Grund, weswegen er wegging, war ein anderer.«

»Er wollte doch mit ihr weg«, sagte Lotte, und ihre Stimme klang so laut wie die ihrer Schwester vorhin. »Sie hat ein Verhältnis mit ihm.«

»Nein«, sagte Paula. »Nein. Ich hab kein Verhältnis mit ihm …«

»Ich halt das nicht aus«, sagte Lotte und atmete unruhig. »Du bist … du bist meine liebste … meine liebste … Du bist das …«

Sie biss sich auf die Lippen. Hastig legte sie den Schlüsselbund auf die Nähmaschine und fuchtelte mit den Händen. »Ich lieb dich immer noch, und du … Sie hat das damals versprochen … Du hast es versprochen, das war dein Versprechen, du hast es mir bei unserer Liebe versprochen …«

»Was, Frau Grauke?«, sagte ich. »Was hat sie versprochen?«

Ich wich ihr aus, denn sie machte plötzlich einige Schritte, sie deutete sie an, sie hob die Beine, sie beugte ihren Oberkörper nach vorn, sie schwenkte die Arme. Alles auf engstem Raum, und so, als wäre der Raum noch enger als in Wirklichkeit. Als dürfe sie keine falsche Bewegung machen, weil sonst alles durcheinandergeriet, wagte sie keinen Meter zu gehen. Wie ein trauriger unerklärlicher Tanz.

»Ich hab versprochen, nie mehr als Nutte zu arbeiten«, sagte Paula Trautwein. Sie bewegte ein Bein und berührte eine der Bierflaschen unter dem Tisch. Klirrend fiel die Flasche um. Lotte zuckte zusammen.

»Sie hat versprochen, wenn ich bei ihr bleibe, dann hört sie für immer damit auf, mit Männern zu schlafen und sich an Männer zu verkaufen. Ja.« Lotte holte Luft. Sah Paula an, unaufhörlich. Jetzt blickte Paula zu Boden. Unaufhörlich. Und weil sie nicht wieder aufschaute, gab sich Lotte einen Ruck und ging zu ihr. Blieb vor ihr stehen. Paula reagierte nicht. Dann hob Lotte die Hand und legte sie an Paulas Wange.

»Du hast dein Versprechen gehalten, mein Engel«, sagte sie.

Dann war es still.

Die beiden Frauen standen dicht voreinander und sahen sich nicht an. Lotte nahm die Hand nicht von der Wange ihrer Geliebten.

Draußen fuhren Autos vorüber. Durch die heruntergelassenen Rollos war nichts zu erkennen.

Lottes rechte Hand ruhte auf Paulas Wange.

Dann hörte ich einen Seufzer.

Lotte holte aus und schlug Paula mit der linken Hand ins Gesicht. So heftig, dass der Strohhut zu Boden fiel und Paula aufschrie.

Lotte setzte sich auf den Schemel, nahm eines der Ledermesser in die Hand und betrachtete es wie etwas, das sie zum ersten Mal sah. Von ihrer Schwester und mir nahm sie keine Notiz.

»Sie wollten mit ihm weggehen«, sagte ich zu Paula. Ich hatte ihren Strohhut aufgehoben und hielt ihn ihr hin. Sie ließ mich eine Weile mit ausgestrecktem Arm dastehen, ehe sie den Hut nahm, ihn behutsam abklopfte, ihn abpustete und wieder aufsetzte.

»Ja«, sagte sie kühl, »ich wollte mit ihm weggehen. Ich wollte noch mal was Neues machen, so wie er. Ich wollte, dass was Neues beginnt, was anderes, nach Jahren des ... nach Jahren der immer gleichen Dinge ...«

»Und Sie haben aufgehört, Ihre Freundin zu lieben.«

»Das geht Sie so viel an, wie ob ich mir Schuhe aus Kalbsleder oder aus Känguruleder kaufe«, sagte sie.

Ich sagte: »Sie haben aufgehört, sie zu lieben.«

Sie erwiderte nichts.

Lotte spielte mit dem Messer, saß gebückt auf dem Schemel, halb abgewandt von uns beiden.

»Sie haben nie aufgehört, an Männer zu denken«, sagte ich.

Paula stieß sich vom Tisch ab, ging nah an mir vorbei, ich roch ihre frisch gewaschenen Haare, und stellte sich hinter ihre Schwester. Nach einem Zögern legte sie ihr die Hände auf die Schultern.

»Sie haben uns ausgehorcht«, sagte sie, mit dem Rücken zu mir. »Und das reicht jetzt.«

Ich schwieg.

Jemand klopfte von außen an das Türrollo. Wir sahen alle drei hin. Schritte waren zu hören. Wahrscheinlich ein Kind.

Stille.

Dann sagte Lotte: »Ich bin froh, dass wir darüber gesprochen haben. Auch wenn es nichts ändert. Es ist wichtig, dass wir das alles ausgesprochen haben.«

»Ja«, sagte Paula.

»Ja«, sagte Lotte.

Ich sagte: »Mit den zwanzigtausend Mark wollten Sie beide ein neues Leben anfangen.«

»Nein«, sagte Paula.

»Er hat das Geld nicht wegen Ihnen abgehoben?«

»Nein«, sagte sie mit Nachdruck.

»Was will er mit dem Geld?«

Lotte drehte sich zu mir um. »Das möcht ich gern wissen. Ich glaub Paula. Ich glaub dir. Ich möchte wissen, warum er das getan hat. Er hat mir nichts davon gesagt, als er noch mal zurückgekommen ist. Können Sie das nicht herausfinden?«

Ich stellte mich so hin, dass ich ihr ins Gesicht sehen konnte.

»Ja«, sagte ich, »wenn ich Ihren Mann finde.«

Wieder schwiegen wir.

»Sie haben mit ihm gesprochen«, sagte ich zu Paula. »Sie waren hier bei ihm in der Werkstatt. Sie haben mit ihm Bier getrunken.«

»Wer sagt das?«

»Ihr Lippenstift ist an der Flasche.«

Ruckartig stand Lotte auf, überlegte, wo sie das Messer hinlegen solle, und legte es dann auf die Werkbank zu den Klebstoffbehältern.

»Wir wissen nicht, was er mit dem Geld will«, sagte Paula.

»Wo wollten Sie denn mit ihm hin?«, fragte ich. Langsam entwickelte ich mich zu einem jener Fragenmonster, in das die Kollegen vom Mord bei komplizierten Vernehmungen oft mutierten.

»Raus aus der Stadt, vielleicht an die Ostsee.«

»Das ist nicht sehr weit weg.«

»Weit genug«, sagte Paula.

»Du hast dich an mir gerächt«, sagte Lotte. Sie stand bei der Eingangstür, und ich dachte schon, sie wolle das Rollo hochziehen. Den Gurt hatte sie schon in der Hand. »Weil ich dich gezwungen hab, bei mir zu bleiben, hast du heimlich ein Verhältnis mit Maximilian angefangen …«

»Lotte!«

»Du hast ihn rumgekriegt, und ihr habt mich beide ausgetrickst. Er wollte sich auch an mir rächen, so wie du … Du hast …«

Mit drei schnellen Schritten war Paula bei ihr und packte ihre Hände.

»Was für ein Verhältnis denn?«, sagte sie laut. Dann senkte sie ihre Stimme. »Was kann man denn mit Max für ein Verhältnis haben? Ich wollte weg, und er auch. Er wollte auch weg. Er hat nur nie drüber geredet. Aber seit damals, als er uns … als er uns gesehen hat, wollte er weg, das weiß ich. Aber er war zu schwach dazu, zu feige, und jetzt … Jetzt hat er gedacht, er hat uns wieder erwischt, dabei … Es ist doch vorbei, Lotte, es ist vorbei mit uns, schon lang …«

»Nein«, sagte Lotte und biss sich auf die Lippen.

»Doch. Ich hab gedacht, ich muss weg, sonst schaff ich das nie … Wenn ich hierbleib, dann komm ich nie los von dir …«

»Warum willst du denn los von mir?«, rief Lotte. »Warum denn? Das ist doch gut mit uns, ich eng dich doch nicht ein. Du kannst kommen, wann du willst, du kannst machen, was du willst, ich tu dir doch nichts, ich sag dir nicht, was du tun sollst, das kannst du mir nicht vorwerfen …«

»Nein«, sagte Paula, »nein, nein …«

»Alles, was ich tu, ist, dass ich dich liebe.«

»Alles, was schön war zwischen uns, wird immer schön bleiben. Immer.«

Lotte stieß Paula beiseite und kam auf mich zu. »Meine Mutter hat immer gesagt, dass ich mir was einrede, dass das vorbeigeht, dieses … diese Gefühle, dass die eine Phase sind … Meine Mutter hat gewusst, was mit mir los ist, aber sie hat gesagt, das verschwindet wieder, wie eine Krankheit … Wieso denn? Ich tu niemandem was, ich bin sogar verheiratet, ich hab ein ganz normales Leben, das ist vielleicht normaler als das von den meisten Leuten hier im Viertel, das kann gut sein, oder? Ich hab niemanden belästigt damit, und meinem Mann hat das nicht geschadet, ich hab ihn nicht betrogen, ich hab ihn auch gern. Aber lieben ist was anderes, und ich …«

Sie sah sich zu Paula um und schien sie zuerst nicht

zu finden. Blitzschnell drehte sie den Kopf in die andere Richtung. Paula stand vor dem Regal mit den reparierten Schuhen.

»Du kannst jetzt nicht weggehen, das lass ich nicht zu«, sagte Lotte mit zitternder Stimme. »Ich lass mich von euch nicht sitzen lassen. Ich lass mich von euch nicht sitzen lassen.«

Dann machte sie eine seltsame Drehung, verlor die Balance und kippte mir entgegen.

Ich hielt sie fest und legte die Arme um sie. Ihr Körper begann zu zucken, sie versteckte den Kopf unter meiner Jacke. So klein und dünn wie sie war, schien sie zu schrumpfen und unter dem Beben, das sie schüttelte, zu verschwinden.

»Maximilian ist mit einer jungen Frau unterwegs«, sagte ich.

Während Lotte unverändert blieb, hob ihre Schwester den Kopf.

»Vermutlich hat er gemeinsam mit ihr das Geld abgehoben.«

Paula wartete darauf, dass ich weitersprach. Lotte beruhigte sich etwas und machte sich langsam von mir los.

»Wir wissen inzwischen, wie die Frau heißt«, sagte ich, »aber in welcher Verbindung sie zu ihm steht, wissen wir noch nicht.«

»Warum nicht?«, sagte Paula.

Aus tränennassen Augen sah Lotte zu mir herauf. »Was denn für eine junge Frau? Wo kommt die denn her? Das müssen Sie doch wissen!«

»Sie besucht das Ragazza nebenan.«

»Sie lügen«, sagte Paula.

Ich sagte: »Jetzt nicht.«

»Und wie heißt sie?«, fragte Lotte.

»Elke.«

»Ich kenn keine Elke«, sagte Paula. »Und wie weiter?«

»Den Familiennamen haben mir meine Kollegen noch nicht mitgeteilt.«

»Sie lügen«, sagte Paula wieder.

»Sind die beiden zusammen gesehen worden?«, fragte Lotte. Sie sah sich um, sie suchte etwas, mit dem sie sich die Nase putzen konnte.

»Ja«, sagte ich. »Mehrmals.«

»Sie haben doch mit Max gesprochen«, sagte Paula, »wieso haben Sie ihn nicht gefragt?« Sie ging zu Lotte und gab ihr ein Papiertaschentuch.

»Danke«, sagte Lotte leise.

Ich sagte: »Zu dem Zeitpunkt wussten wir noch zu wenig von der Frau.«

Lotte schneuzte sich, tupfte sich die Augen ab und warf das Taschentuch in den Papierkorb.

»Im Moment«, sagte ich zu Paula Trautwein, »sieht es nicht so aus, als wolle er mit Ihnen die Stadt verlassen.«

Sie bemühte sich um ein Lächeln. Es misslang ihr.

Die beiden Frauen hielten sich an der Hand. Man hätte meinen können, sie warteten darauf, abgeholt zu werden. Aber niemand kam. Und sie warteten schon lange. Und ihre Kraft ließ nach. Und ihre Zuversicht.

»Sie hätten damals kein Gelöbnis ablegen müssen«, sagte ich zu Paula.

»Natürlich nicht«, sagte sie. »Ich wollte ja nicht in die Kirche eintreten.«

»Nein«, sagte ich.

Nach einem Schweigen sagte Lotte: »Sie hat es wegen mir getan.«

»Ja«, sagte ich.

Ich stand ihnen gegenüber. Wir sahen uns an. Das trübe Licht machte uns nicht ansehnlicher. Und doch schafften wir es nicht, die Werkstatt zu verlassen. Wir hatten hier nichts mehr verloren. Es roch nach Leder. Vor allem nach Leder. Auch nach Parfüm. Und nach gegrilltem Fleisch. Auch wenn Letzteres unwahrscheinlich war. Aber vielleicht drang der Duft von draußen herein. Risse und Lücken gab es genug.

Reglos standen wir da.

Ich würde den beiden Frauen versprechen, Maximilian zu finden und mit ihm zu sprechen. Und danach?

Die beiden kleinen Frauen hielten sich noch immer an der Hand.

15

Die Gäste in der Hotelhalle trugen kurzärmelige Hemden und Shorts, sie lachten viel und bewegten sich lässig zwischen den schweren Sesseln und niedrigen Tischen. Sie winkten Bekannten zu und wirkten, als würden sie jeden Moment ihre Sandalen abstreifen und in einen imaginären Swimmingpool springen. Das echte Schwimmbad lag im obersten Stockwerk, wo man mit halb geschlossenen Augen das Gefühl hatte, über die Dächer der Stadt zu schwimmen.

Ich legte den Kopf in den Nacken. Die bunte Glaskuppel leuchtete so hell, als würde draußen noch die Sonne scheinen.

In der Bar nebenan spielte eine Band.

Bis vor wenigen Minuten hatte ein Mann an meinem Tisch gesessen, der ein unendliches Gespräch mit seiner Freundin führte, in dem er ihr erklärte, wie brillant und originell er zu Abend gegessen hatte. So wie er das Lokal und die Gerichte beschrieb, war ich froh, dass ich nicht hatte mitessen müssen. Er verabschiedete sich von ihr mit einem routinierten »Ichdichauch«, steckte sein Handy ein, nickte mir zu, stand auf und eilte in die Bar.

Es war gegen halb zwölf, als ich sie aus dem Fahrstuhl kommen sah.

Nachdem Martin mir Bescheid gesagt hatte, hatten er und Sonja weiter ihre Wohnung beobachtet, während ich mit dem Taxi ins Vier Jahreszeiten gefahren war.

»Entschuldigung«, sagte ich.

Sie erschrak nicht. »Was machen Sie hier?«

»Ich will was mit Ihnen trinken«, sagte ich.

»Ich bin müde.«

Elke Schlosser zuckte mit der Schulter, damit der Riemen ihrer Ledertasche nicht runterrutschte, räusperte sich und ging an mir vorbei.

Ich zeigte ihr meinen Tisch. Sie stellte die Tasche auf den Boden, ließ sich in den Sessel fallen und knöpfte ihren schwarzen glänzenden Mantel auf. Darunter trug sie ein rotes Kleid. »Rufen Sie die Agentur an«, sagte sie.

Ich sagte: »Wozu denn?«

»Gibt's hier auch was zu trinken?«, sagte sie.

Der Ober war im Stress, und ich musste eine Zeit lang herumfuchteln, bis er mich bemerkte.

Elke sah mich schweigend an. Dann zündete sie sich eine Zigarette an, wippte mit dem Oberkörper vor und zurück, blickte zur Rezeption, wo niemand sie beachtete, sah wieder mich an, grinste und drehte die Zigarette zwischen den Fingern.

»Von mir erfährt weder die Ehefrau Ihren Namen noch sonst jemand«, sagte ich. »Ich will wissen, wo Maximilian Grauke ist und ob er vorhat, mit Ihnen wegzugehen. Wohin, geht mich nichts an. Ich will wissen …«

»Nein«, unterbrach sie mich.

»Nein, was?«

»Was hätten Sie gern?«, sagte der Ober. Vielleicht war er in Sekundenschnelle aus dem Teppich gewachsen. Eben noch hatte ich ihn an der kleinen Theke im Vorraum Kaffee einschenken sehen.

»Ein Glas Champagner«, sagte Elke.

»Noch ein Bier«, sagte ich.

»Sehr gern«, sagte der Ober. Er ging zum nächsten Tisch.

»Nein«, wiederholte ich.

»Ja«, sagte sie. Grinste wieder, drückte die Zigarette aus und tupfte sich den Mund mit dem Handrücken ab. »Er will nicht mit mir weggehen.«

»Sondern allein.«

»Nein«, sagte sie.

»Er ist jetzt in Ihrer Wohnung.«

Sie antwortete nicht.

»Die zwanzigtausend Mark sind für Sie«, sagte ich.

Sie zog ihren Mantel aus. Ich wollte ihr helfen, aber sie drehte sich zur Seite. Sie legte ihn über ihre Tasche.

Jeder, der uns sah und schon öfter eine bestimmte Zeit in einer Hotellobby verbracht hatte, musste mich für einen Kunden der Dame in Rot halten. Für einen korpulenten, Bier trinkenden Kerl, der sich zu einer bürgerlichen Warteschleife mit Champagner verpflichtet fühlte.

Sie schwieg wieder. Das war mir angenehm. Vielleicht dachte sie an den Freier, bei dem sie gerade gewesen war, vielleicht war er Stammkunde in ihrer Agentur, und sie hatte Freude an ihm.

»Woran denken Sie jetzt?«, sagte sie plötzlich.

Ich sagte: »An Sie.«

»Ein andermal«, sagte sie.

Da war ein heiteres Begehren in ihrer Stimme. Oder das Bier wirkte sich schädlich auf mein Gehör aus.

»Zum Wohl, die Herrschaften«, sagte der Ober.

Elke hob ihr Glas, prostete mir zu und trank einen minimalen Schluck. Anders als ich. Ich trank wie immer.

»Wissen Sie, wo das Paradies des Friedens liegt?«, sagte sie. Betrachtete ratlos die Packung Zigaretten und zündete sich dann eine neue an.

»Im Himmel?«, sagte ich.

Sie lächelte.

»Miriam wollte da hin, sie hat gesagt, Prinzessin Diana war dort und sie will da auch hin. Das war Miriams größter Wunsch. Vielleicht ist sie ja jetzt dort. Kann ja sein.« Diesmal trank sie einen langen Schluck und behielt das Glas in der Hand. Es sah aus, als würde sie daran riechen.

»Wo ist das Paradies des Friedens?«, fragte ich.

Sie sagte: »Auf Moyo Island.«

Schade, dass Martin nicht hier war. Er lernte seine Reiseprospekte immer halb auswendig.

»Und Sie wollen Miriam besuchen«, sagte ich. »Mit dem Geld von Maximilian Grauke.«

»Ganz genau«, sagte sie.

»Und Grauke fährt nicht mit.«

»No«, sagte sie, lehnte sich zurück, strich sich übers Knie. Sie hatte die Beine übereinandergeschlagen, sie waren leicht gebräunt.

»Ich hab doch gesagt, ein andermal«, sagte sie.

»Sind Ihre Beine da, damit ich wegseh?«

»Das auch wieder nicht«, sagte sie.

Wir schwiegen.

Wir tranken.

Die Band nebenan spielte englische Songs aus den

sechziger Jahren. Immer mehr Gäste gingen. An der Rezeption klingelte das Telefon nur noch selten.

Wir bestellten noch eine Runde.

»Ist Grauke ein guter Schuster?«, fragte ich.

»Glaub schon«, sagte Elke. Und jetzt, wenn ich mich nicht täuschte, gab es einen anderen Unterton in ihrer Stimme, ein sanftes Lallen. Garantiert hatte sie oben im Zimmer nicht nur Mineralwasser getrunken.

»Er hat seiner Schwägerin versprochen, mit ihr wegzugehen«, sagte ich.

»Sie glauben aber auch alles, was die erzählt«, sagte sie. »Die bildet sich das ein. Weil sie selber da nicht wegkommt, hat sie gedacht, sie hängt sich an Max dran. Die spinnt. Das ist doch eine Wahnsinnsfamilie.«

»Wissen Sie etwas über die beiden Schwestern?«

»Die interessieren mich null. Und Max hat nie von denen gesprochen, den interessieren die genauso null. Schon früher ... schon ...«

Sie trank und unterdrückte einen Schluckauf.

Ungefähr drei Sekunden später schnellte der Ober wieder aus dem Teppich. Und brachte auf einem kleinen weißen Teller einen Strohhalm. Wortlos stellte er den Teller hin, nickte Elke zu und verschwand. Wie selbstverständlich nahm sie den Strohhalm und rührte damit in ihrem Glas, damit die Kohlensäure entwich.

Auch wenn ich nirgendwo Stammgast sein wollte, in diesem Moment beneidete ich Elke um ein solches Privileg.

Darüber hatte ich vergessen, ein neues Bier zu bestellen.

»Wussten Sie, dass Grauke schon einmal verschwunden war?«, sagte ich.

»Klar«, sagte sie und rührte weiter. »Ich hab damals mal bei ihm in der Werkstatt übernachtet. Ich hab mich verstecken müssen, er hat mir eine Decke gegeben, einen Schlafsack hatte ich selber. Das war mutig von ihm. Die Leute, die mich gesucht haben, waren gefährliche Arschlöcher. Wenn die mich gefunden hätten, hätten sie ihn auch fertiggemacht. Aber er hatte keine Angst.«

»Und vor kurzem haben Sie wieder bei ihm übernachtet.«

»Ja«, sagte sie und trank. »Weil er mich gebeten hat. Weil er selber in seiner Werkstatt übernachtet hat. Keine Ahnung, was die zwei Weiber wieder angestellt hatten. Er wollte nichts von mir, ja? Darum ging's nicht, so einer ist der Max nicht. Ich hätt ihn schon gelassen, ich hab mir gedacht, dass da nichts mehr läuft. Wenn er mich gefragt hätt, hätt ich ihn gelassen. Aber er hat mich nicht gefragt.«

»Vielleicht hat er sich nicht getraut«, sagte ich.

»Kann schon sein.«

Es gelang mir, den Blick des Obers zu erwischen. Ich hob mein leeres Glas.

»Er hat Ihnen nicht gesagt, warum er abhaut? Damals und jetzt?«

»Ich hab ihm gesagt, er braucht mir nichts zu erklären. Ich helf ihm, wenn er das möchte, er hat mir damals geholfen, jetzt helf ich ihm. Er hat mir das Leben gerettet, die Typen hätten mich umgebracht. Und dann bin ich in die Klinik und dann war ich nicht mehr wichtig für die, die brauchten dann Gesündere als mich. Aber davor wäre ich geliefert gewesen. Max ist in Ordnung.«

»Was hat er denn vor?«

»Das geht Sie doch nichts an.«

»Zum Wohl, der Herr.« Der Ober stellte mir das frische Glas hin.

»Ich muss gehen«, sagte Elke.

Ich sagte zum Ober: »Bringen Sie mir bitte die Rechnung.«

Ehe er zurückkam, half ich Elke in den Mantel. Im Stehen trank sie ihr Glas aus. Ich blieb sitzen und gab dem Ober sein Geld.

»Bis bald mal wieder«, sagte er und nickte uns beiden zu.

»Unbedingt«, sagte ich.

Auf der Straße überlegte sie, wo sie ihr Auto geparkt hatte.

»Ich will mit ihm sprechen«, sagte ich.

Sie sagte: »Nein.«

Dann hakte sie sich bei mir unter. Wir gingen in eine Seitenstraße. Vor einem beleuchteten Schaufenster stand der weiße Panda.

»Sie fragen ihn, ob er mit mir sprechen will«, sagte ich. »Wenn nicht, verschwind ich wieder.«

»Sie nehmen ihn bloß mit«, sagte sie und suchte in der Ledertasche nach dem Autoschlüssel.

»Der Mann ist erwachsen«, sagte ich.

»Ich möchte nicht, dass Sie wissen, wo ich wohn.«

»In der Fallmerayerstraße 32.«

»Bullen!«, sagte sie. Sie sperrte auf, warf die Tasche auf

den Rücksitz und setzte sich hinters Lenkrad. Unaufgefordert stieg ich ebenfalls ein.

Beide Türen standen offen. Im Auto war es warm. Und eng. Ich hätte den Beifahrersitz nach hinten schieben müssen.

»Ich bin betrunken«, sagte sie.

Ich sagte: »Ich bin eine Autoritätsperson, wir kommen schon durch.«

»Sind Sie sicher?«

»Nein«, sagte ich.

Sie schlug die Tür zu und schaltete den Motor ein. Ich schloss die Beifahrertür.

Der Motor lief, aber sie fuhr nicht los.

»Er hat mich versteckt, und ich hetz ihm die Polizei auf den Hals«, sagte sie.

Aus Versehen drückte sie auf die Hupe.

»Entschuldigung«, sagte sie.

Dann fand sie endlich den ersten Gang.

Vor dem Haus gegenüber einer Tiefgaragenausfahrt warteten Martin und Sonja im Wagen auf uns. Elke hatte zweihundert Meter entfernt in der Nähe eines Postamts geparkt.

»Ihr könnt fahren«, sagte ich zu Martin.

Sonja, die neben ihm saß, war gerade dabei, das letzte Stück Eiskonfekt aus der Schachtel zu nehmen.

»Kosten?«, fragte sie.

»Nein.«

»Morgen will sie den Vertrag für die Wohnung in Milbertshofen unterschreiben«, sagte Martin.

»Sie kriegen die Wohnung?«, sagte ich.

Sie sagte: »Der Makler rief mich an, ich als Staatsbeamtin sei eine absolute Vertrauensperson, sagt er.«

»Unbedingt«, sagte ich.

»Was jetzt?«, rief Elke von der Haustür aus.

Ich ging zu ihr. Sie wohnte im Erdgeschoß. Vor ihrer Wohnungstür drehte sie sich zu mir um.

»Das ist schäbig, was ich tu.«

Ich sagte: »Ich warte draußen auf der Straße. Sagen Sie ihm, dass ich da bin. Meine Kollegen sind weg. Ich werde ihn zu nichts überreden. Ich misch mich nicht in seine Zukunft ein.«

Daraufhin verließ ich das Haus wieder.

In der Straße gab es ein Restaurant, durch dessen geöffnete Fenster Stimmen und jüdische Musik zu hören waren.

Seltsame Parallelen. Paula Trautwein ging früher anschaffen so wie Elke Schlosser heute, und beide spielten für Grauke eine entscheidende Rolle, beide hatten einen starken Einfluss auf die Wendungen in seinem Leben, und beiden sollte er, auf unterschiedlichste Art, zu einer Veränderung verhelfen, zu einem möglichen Glück. Paula, indem er sie aus ihren verkrusteten Beziehungen befreite, Elke, indem er ihr eine Reise in ein fernes Paradies finanzierte. Und er? Was blieb für ihn übrig?

Ich schaute zur Haustür.

Und da stand er. Breitbeinig, die Hände in den Hosentaschen.

Und er sah völlig anders aus, als ich ihn mir vorgestellt hatte.

Dem Foto nach zu urteilen, das uns seine Frau gegeben hatte, war er ebenso kleinwüchsig wie sie, schmächtig, vielleicht gekrümmt vom unermüdlichen Sitzen auf dem Schemel. Stattdessen war er relativ groß, kräftig, fast dick. Er hatte einen eckigen Kopf mit an den Seiten rasierten Haaren, eine fleischige Nase und hervorstechende schwarze Augen. Er trug ein kariertes Hemd, dessen Ärmel hochgekrempelt waren, was mich an meinen Kollegen Weber erinnerte, dazu eine braune Cordhose und Sandalen.

»Ich bleib hier stehen, dass das klar ist«, sagte er mit heiserer Stimme. Zwischen Tür und Türstock hatte er einen Schuh geklemmt.

Was hätte er benutzt, wenn er Metzger gewesen wäre? Einen Knochen?

»Guten Abend«, sagte ich.

Wir standen uns gegenüber. Mit seiner massigen Statur füllte er den Türrahmen beinah aus.

»Wir haben miteinander telefoniert«, sagte ich.

»Was wollen Sie dann noch?«

Ich versuchte ihn mir vorzustellen, wie er Tag um Tag auf seinem Schemel saß, den Kopf gesenkt, und mit geübten schnellen Handgriffen einen Schuh nach dem anderen reparierte, ungestört, eingebettet in die Bilderwelt von tausend Gedanken.

»Dann richte ich Ihrer Frau aus, dass Sie gesund sind«, sagte ich.

Sein Mund bewegte sich, ohne dass eine spezielle Mimik dabei entstand.

»Ihre Schwägerin wartet darauf, dass Sie sie nachholen.«

»Ist schon recht.«

Vielleicht war seine Stimme nicht davon rau geworden, weil er so viel, sondern weil er so wenig sprach.

»Danke, dass Sie mit mir reden«, sagte ich.

Er schwieg.

Ich wich einer Gruppe junger Leute aus, die aus der Richtung des Lokals kamen. Maximilian Grauke bewegte sich nicht.

»Elke hat mir vom Paradies des Friedens erzählt, auf Moyo Island. Wo ist das?«

»Indonesien«, sagte er.

»Prinzessin Diana war dort«, sagte ich.

Er sagte nichts.

»Werden die zwanzigtausend dafür reichen?«, sagte ich.

Wieder zuckte sein Mund.

»Die offizielle Suche nach Ihnen ist beendet«, sagte ich. »Ihre Schwägerin hat darauf gedrungen, Sie polizeilich suchen zu lassen.«

»Selber schuld«, sagte er. Dann, als wolle er mir einen Gefallen tun, damit ich nicht vollkommen sinnlos mitten in der Nacht auf dem Gehsteig herumstehen musste, fügte er hinzu: »Ich bin freiwillig weg, nicht wegen ihr, sie hat sich das eingebildet. Sie hat gedacht, ich fang mit ihr was an. Sie hat mich bedrängt.«

Wenn ich es im schlechten Licht richtig erkannte, dann gelang ihm jetzt ein Grinsen.

»Sie hat gewusst, ich geh weg. Ich hab die beiden zusammen gesehen, im Bad, wie damals, die Frauen. Davon versteh ich nichts.«

Er verstummte.

»Mich interessiert dieses Paradies«, sagte ich. »Ich verreise nie, aber ich hab einen Kollegen, der sammelt Reiseprospekte, er hat schon ganze Schachteln davon voll. Wir sehen uns die Bilder an und lesen die Texte dazu, das ist alles. Indonesien. Da muss man aufpassen, dass man nicht entführt wird.«

»Blödsinn«, sagte Grauke. Er nahm die rechte Hand aus der Tasche. »Amanwana. So heißt das Dorf. Ist kein Dorf, ein Zeltlager. Weiße Strände, Wasserfälle, alles grün und tropisch. Himmelbetten, Bäder aus weißem Porzellan, da fehlt's an nichts. Das pure Paradies. Und die Böden sind aus Teakholz, die Böden in den Zelten, das hat Stil da, großen Stil. Amanwana. Dschungel des Friedens heißt das. Aber für Elke hätte es das Paradies des Friedens sein sollen.«

»Und für Miriam«, sagte ich.

Er nahm auch die andere Hand aus der Hosentasche.

»Miriam ist tot«, sagte er. »Sie hat's nicht geschafft. Aber Elke hätt's geschafft, ich hätt ihr das Geld gegeben, die zwanzig Mille hätten gereicht, Hinflug, vierzehn Tage Aufenthalt, Rückflug, da sind noch Spesen übrig. Sie wär hier raus gewesen. Vierzehn Tage sind nicht viel, aber … aber wenn Sie von so wo zurückkommen, da braucht Ihnen hier keiner mehr was erzählen von wegen Urlaub und Mallorca und Sylt und so was, mit dem Paradies kann keiner konkurrieren.«

»Sie haben Elke das Geld geschenkt, damit sie an Stelle von Miriam die Reise machen kann«, sagte ich.

»So ist es«, sagte er. Dann wischte er sich über den

Mund. Hinter ihm war ein Geräusch zu hören. Er drehte den Kopf. »Ich komm gleich«, rief er.

»Das ist ein wunderbares Geschenk«, sagte ich.

»Scheiß auf das Wunder«, sagte er laut.

Ich schwieg. Er schaute mich an. Vielleicht wollte er jetzt zum ersten Mal seit unserer Begegnung, dass ich ihn etwas fragte. Aber ich fragte ihn nichts. Er schlug mit dem Knie seitwärts gegen den Türrahmen. Ich verschränkte die Arme vor der Brust. Aus einem Fenster im zweiten Stock schaute ein alter Mann herunter. Er rauchte.

Grauke hob den rechten Arm und stützte sich am Türstock ab.

»Elke hat mich zur Bank gefahren«, sagte er. Er starrte mich an, und sein Blick wurde mit jedem Wort finsterer. »Zu diesem Gangster von Vocke. Ich hab mich bei dem extra angemeldet. Das Geld lag parat. Elke hat mir ihren Rucksack geliehen, in den hab ich's reingepackt. Der Vocke hat mich ausgefragt, aber ich hab ihm nichts gesagt. Gangster! Der erfährt nichts von mir. Ich bin wieder raus und noch ein Stück spazieren gegangen. Wenn mich jemand gesehen hätt, den ich kenn, wär ich einfach weitergegangen. Ich hab Lotte verboten, dass sie eine Vermisstenanzeige aufgibt, ich hab's ihr verboten. Aber ihre Schwester hat sie natürlich rumgekriegt. Scheiß drauf. Ich hab mir gedacht, ich nehm die Straßenbahn, die fährt ja bis nach Schwabing durch. Und ich wollt mal wieder was von der Stadt sehen. Am Hohenzollernplatz bin ich ausgestiegen. War eine schöne Fahrt. So durch die eigene Stadt, hab ich lang nicht mehr gemacht, wahrscheinlich noch nie. Sonnenstraße, gibt's jetzt Fahrradwege, wozu? Die Radler fahren da doch nicht drauf, oder was sagt die Polizei? Das Mövenpick … waren die Baldachine früher nicht rot? Angeblich haben sie dort ein gutes Eis. Ist nichts für mich. Barerstraße, das renovierte Lenbachpalais, macht Eindruck. Pinakothek. Der alte Mehr hat seine Wirtschaft immer noch, manches ist unvergänglich in dieser Stadt. Am Hohenzollernplatz bin ich ausgestiegen.«

Er machte eine Pause. Nahm den Arm runter, blies Luft durch die geschlossenen Lippen, warf einen Blick auf den Schuh unten in der Tür und trat von der Schwelle auf den Bürgersteig.

»Ich hab gedacht, ich setz mich auf eine Bank beim Brunnen und genieß die Sonne. Die kommt ja nicht von selber in meine Werkstatt, so verbiegen kann die sich nicht, die Sonne. Ich sitz also da und dann such ich auf einmal den Rucksack. Ich hab extra noch geübt, wie ich den am besten trag. Und in der Bank hat das nicht geklappt, ich wollt auch nicht, dass mir die Leute zuschauen. Der Rucksack war weg! Ich hab ihn in der Tram vergessen. Zwanzig Mille drin. Mir hing das Herz zum Arsch raus. Ich hab sofort den nächsten Bus abgefangen und dem Fahrer gesagt, er soll in der Zentrale anrufen, damit die dem Fahrer in der Tram Bescheid sagen. Haben die auch gemacht. Geben Sie einen Rucksack zurück, wo zwanzig Mille drin sind? So blöd ist niemand. Was sagen Sie dazu? Was sagen Sie dazu? Ich bin zu blöd, um mit der Straßenbahn zu fahren. Ich bin so lang nicht mehr in einer Straßenbahn gesessen, dass ich den Rucksack da vergess. So blöd ist niemand. Früher sind die Damen Schlange gestanden und haben gewartet, bis ich ihre Absätze fertig hatte, die haben mich immer gefragt, wie ich das schaff, und ich hab gesagt, ich schlaf daheim. In der Meisterprüfung damals hab ich einen Haferlschuh gefertigt mit einer Lederbrandsohle drauf, innen ohne Futter natürlich, damit Sie die Schuhe auch gut barfuß anziehen können. So ein Schuh ist ewig strapazierfähig und elegant dazu. Aber ich bin zu blöd, um mit der Straßenbahn zu fahren. Das kommt davon.«

»Wovon?«, sagte ich.

Er sagte: »Vom Rausgehen. Anstatt dass man da bleibt, wo man hingehört.«

Er starrte mir ins Gesicht. Ich stand höchstens einen halben Meter von ihm entfernt.

»Ich hab mir überlegt, ob ich den Rest auch noch abheb, ich hab noch zwanzig Mille auf dem Konto. Aber das geht nicht. Die gehören Lotte. Das hab ich ihr versprochen. Versprochen. Was nützt das, wenn Sie was versprechen und können es nicht halten? Was nützt das? Gar nichts. Elke hat ihrer Freundin auch versprechen müssen, dass sie statt ihr ins Paradies fliegt, weil Miriam nämlich todkrank war, die hat am Schluss so wenig gewogen, hat Elke erzählt, dass der Storch sie im Schnabel wieder hätt mitnehmen können. Paket zurück. Ha! Es hat sich ausgewundert.«

Er schwieg.

Der alte Mann im zweiten Stock schloss krachend das Fenster.

»Gehen Sie nach Hause zurück?«, fragte ich.

»Kein Kommentar.«

»Was haben Sie vor?«

»Kein Kommentar.«

Er streckte mir die Hand hin. Die Nägel waren abgebrochen, die Finger von Narben übersät.

»Auf Wiedersehen, Herr … Ihren Namen hab ich vergessen.«

»Spielt keine Rolle«, sagte ich.

Er bückte sich, um den Schuh aufzuheben.

»Jan Schuster«, sagte ich. »Straße und Beruf. Und Tinaweg und Eichenlohe?«

Sein verschobenes Lächeln erinnerte mich an das seiner Frau bei unserer ersten Begegnung.

»Tina heißt ein spezielles Messer«, sagte er.

»Und warum Nummer 7?«

»Tinaweg hat sieben Buchstaben.«

Ich schaute zu Boden.

»Mit einer Eichenlohe-Grubengerbung gewinnt man das beste Leder«, sagte er. »Die Postleitzahl 72831 ist die Bestellnummer im Katalog.«

Er wischte sich über den Mund.

»Ich sag Ihrer Frau, dass Sie nicht wieder vorhaben, sich umzubringen.«

»Das ist die Wahrheit«, sagte er und stemmte die Hand gegen die zufallende Tür.

Dann klopfte er leise mit dem Schuh in seiner Hand gegen die Tür. »Damals … ich weiß gar nicht, ob ich mich da aufhängen wollt … Wenn die geduldige Frau Mrozek nicht gewesen wär … Schwer zu sagen … Ich hätt es mir vielleicht trotzdem überlegt … Der Ärger, den die Lotte dann wegen mir gehabt hätte, und … ist ja auch peinlich, so ein ausgewachsener Mann, der tot am Baum baumelt …«

Noch einmal klopfte er mit dem Schuh gegen die Tür, betrachtete ihn, wandte sich ab.

»Ja?«, sagte ich.

Er zögerte, in den Hausflur zu treten. Stattdessen drehte er sich noch einmal zu mir um.

»An dem Sonntag, als ich weg bin«, sagte er, »hat Lotte Tee gekocht, wie immer. Sie hat das Tablett genommen, wie immer. Ich war im Wohnzimmer. Sie kam rein und ich bin erschrocken, weil ich gedacht hab, sie stößt mit dem Tablett gegen den Türrahmen und alles fällt runter und sie ist sauer deswegen und … und schämt sich womöglich … Da hab ich gedacht, wenn wir noch älter sind, wird so was passieren. Und dann bücken wir uns umständlich, und es dauert ewig, bis wir das Zeug aufgewischt haben … Ich hab gedacht, das möcht ich nicht, ich möcht das nicht mit ansehen …«

Ich wartete einen Moment, dann sagte ich: »Aber Sie wollten doch mit Elke gar nicht mitfliegen, Sie wollten ihr die Reise nur schenken.«

»Ja«, sagte er. »Ja, ja.«

Dann drehte er sich um, ging in den dunklen Hausflur und die Tür fiel zu.

Ich stand da, an derselben Stelle wie vor einer halben Stunde, die Arme verschränkt, in der Stille.

Von weitem sah ich die Straßenbahn kommen. Als sie die Haltestelle fast erreicht hatte, winkte ich Ute zu, die an ihrem Platz in der Kabine saß. Sie winkte zurück und drückte auf die Klingel.

Die Türen gingen auf.

»Wir sehen uns morgen«, sagte ich zu ihr.

Sie musste weiterfahren, und ich sah der blauen Bahn hinterher.

Ich ging zu Fuß nach Hause. Quer durch die nachtwache Stadt.

Schmetterlingswinter

Kea von Garnier

KEA VON GARNIER

Schmetterlingswinter

Jugendroman
1.Auflage

Friederike von Garnier
Talstrasse 20
65191 Wiesbaden
mail@hello-mrs-eve.de
Cover: fotolia, BigLike Images

Für alle Schmetterlingsmädchen
da draußen.

Auch, wenn es von außen tierisch anstrengend aussieht: Wenn ein Falter schlüpft, sollte man niemals eingreifen. Er muss sich allein aus seiner Puppenhülle befreien. Egal, wie schwer er es zu haben scheint, er braucht die Anstrengung, damit die Körperflüssigkeit in die Flügeladern gepumpt wird. Ohne diese Anstrengung würde das nicht passieren und der Falter könnte niemals fliegen.

1

Großstadtgrau. Wer jemals an einem Montagmorgen im November in einer Berliner S-Bahn saß und der Sonne dabei zugesehen hat, wie sie erfolglos versucht, gegen die dichte Wolkensuppe anzukämpfen, der weiß, wovon ich rede. Die Stadt quält sich aus einer kalten Nacht. Aus den Bahnhöfen spucken die Züge Menschenmassen aus, saugen neue Passagiere in sich hinein, unaufhörlich, ein ewiger Strom.

Was bin ich froh, dass ich kurz nach den ersten Stationen in die S7 einsteige, dann kriege ich wenigstens noch einen Sitzplatz. In Mitte wird der Zug immer knackevoll. Dicht an dicht stehen die Menschen an den Haltestangen im Gang und wiegen sich bei jeder Kurve bedächtig von einer Seite zur andren. Es stinkt. Der Muff von nassen Wintermänteln vermischt sich mit dem Geruch von Instantkaffee aus Plastikbechern. Die Heizung bollert, was das Zeug hält. Schweißausbruch, die Luft im Abteil dampft, die Fensterscheiben sind beschlagen. Ich rutsche tiefer in meinen Sitz, grabe meine Nase in meinen Schal und drehe den Lautstärkeregler meines Handys nach oben. Die ersten Beats in meinen Ohren vermischen sich mit dem ratternden Geräusch der S-Bahn auf den Schienen. Ich schließe die Augen und lasse mich davontragen. Will einfach weiterfahren, bis irgendwohin. Nur raus, raus aus dieser Stadt, weg von dem Dreck und den Menschen, irgendwohin, wo man atmen kann. Manchmal möchte ich wirklich nur ein paar kleine Flügel haben, stark genug, um allem, was mir wehtut, davonzufliegen.

Die Schule zieht völlig an mir vorbei, wie immer. Die Stimme meines Lehrers vermischt sich mit dem Getuschel und Gekicher meiner Mitschüler zu einem undefinierbaren Geräuschebrei, der mich schläfrig macht. Mein Kopf fühlt sich schwer an, alles wirkt so weit weg, wie hinter Milchglas. Ich bin müde davon, so zu tun, als ob ich zuhören würde. Wieso kapiert eigentlich niemand, dass mich trigonometrische Funktionen überhaupt nicht interessieren? Jede Woche sitze ich hier meine Zeit ab und werde von Stunde zu Stunde gelangweilter. In der Schule erzählen sie mir nichts, was mit meinem Leben zu tun hat, nichts davon hilft mir, die Fragen, die ich habe, zu beantworten. Wenn dein Leben ein einziges Durcheinander ist, was hilft da Geometrie?

In der großen Pause zünde ich mir vorm Schultor eine Zigarette an und atme tief durch. Meistens verbringe ich meine Pausen hier draußen. Dann muss ich mit niemandem reden und stehe auch nicht blöd alleine rum. Wenn wenigstens Kat und Vali hier wären! Aber die gehen auf die Sekundarschule in Kreuzberg. Wobei ich gar nicht sagen kann, wann Kat das letzte Mal überhaupt in der Schule war. Ständig muss sie auf ihre kleine Schwester aufpassen, wenn ihre Mum wieder mal zu lange in der Kneipe war. Mama findet, dass Vali und Kat kein guter Umgang für mich sind. Ihr wäre es bestimmt lieber, ich hätte Freundinnen in meiner Schule. Erst neulich hat sie mich gefragt, ob ich nicht mal eins von den Mädchen aus meiner Klasse einladen will. Sie versteht nicht, dass ich schon die zwei besten Freundinnen habe, die ich mir wünschen kann.

Seit zwei Jahren gehen wir zu dritt durch dick und dünn, seit dem Sommer, in dem wir uns in der Schwimmhalle kennengelernt haben. Morgens, wenn es noch kühl war, sind wir mit den Rädern zum Schwimmbad gefahren, waren die ersten im Becken und haben den Rest des Tages mit Schwimmen, Quatschen und Dösen verbracht. Ich glaube, das war mein bester Sommer. Danach ist Papa gegangen und ab da lief langsam alles aus dem Ruder. Das Blinklicht reißt mich aus meinen Gedanken, ich drücke die Zigarette aus, trotte die Treppen hinauf in den Physiksaal und suche mir einen Platz in der letzten Reihe. Mit den Leuten aus meiner Klasse kann ich nicht viel anfangen. Sie auch nicht mit mir. Julia und Elif blättern neben mir in einer Bravo und kichern über oberkörperfreie Fotos von Justin Bieber. Schließlich widmen sie sich der Beautystrecke. Elif boxt mich in die Rippen.

»Hey guck mal, Mira, grüne Augen, guck, dieser Lidschatten würde voll gut an dir aussehen!« Sie hält mir die Zeitung direkt vor die Nase.

»Kann sein«, sage ich und rolle innerlich mit den Augen. Nur weil es irgendein Bravo-Redakteur witzig findet, werde ich mir sicher keine pinke Farbe ins Gesicht schmieren. Bin ich Barbie, oder was? Passt außerdem nicht zu den knallroten Strähnen, die Kat mir neulich in die Haare gefärbt hat. Mama findet die Farbe schrecklich, aber ich finde, es sieht genial aus.

Der Unterricht beginnt, das Raunen in der Klasse wird leiser. Ich schaue aus dem Fenster. Draußen hat der Wind aufgefrischt. Die Böen biegen die Äste der Bäume weit nach rechts und links, fast sieht es so aus, als würden sie mir winken. Wie viel lieber ich jetzt durch die Stadt streifen würde. Welcher Idiot hat eigentlich festgelegt, dass man sich den Großteil seines Lebens den Hintern in der Schule platt hocken muss?

»Mira! Schläfst du oder krieg ich heute noch eine Antwort?« Vor mir steht Herr Rune. Unterrichtet Physik und Mathe. Ich kann ihn nicht ausstehen, und ich glaube, er mich auch nicht. Er trägt fast jede Woche den gleichen Pullunder. Ich wette, er ist Junggeselle, wohnt mit Mitte vierzig noch zu Hause und kriegt seine Hosen von Mutti gebügelt. Ich kaue eine Weile auf meinem Kaugummi herum und starre auf die Tafel. Keine Ahnung, was wir grade rechnen. Offenbar hatten wir Hausaufgaben. Herr Rune schiebt seine Hornbrille die Nase hoch und schielt mich durch die dicken Gläser ungeduldig an.

»Na, wirds heut noch was?« Die Klasse kichert. Irgendjemand schmeißt mit Papierkugeln. Mich packt plötzlich so eine Wut auf diese verdammte Schule, am liebsten würde ich dem Rune eine in sein blödes Gesicht hauen. Stattdessen packe ich meinen Rucksack mit einem heftigen Ruck, schiebe mich an ihm vorbei und murmele: »Mir ist schlecht, ich geh ins Krankenzimmer.« Weg, nur weg von diesem Mief und raus aus dieser Schule. Schon im Treppenhaus geht es mir besser. Ich stoße die schwere Eingangstür auf und laufe quer über den Schulhof zum Tor. Ist mir scheißegal, ob der Rune mich sieht. Soll er sich doch über mich beschweren!

Möglichst leise schließe ich daheim die Haustür auf. Vielleicht habe ich Glück und Mama hat sich noch mal hingelegt, dann kriegt sie nicht mit, dass ich früher nach Hause komme. Aber schon im Flur höre ich den Fernseher und das Klappern des Bügeleisens.

»Bist du das, Mira?« Widerwillig stecke ich meinen Kopf durch die Wohnzimmertür. Mama kämpft sich durch einen enormen Wäscheberg, nebenher läuft eine Daily Soap. Sie stellt das Bügeleisen ab und schaut mich forschend an. »Warum bist du denn schon zu Hause?« Seit der Brief von der Schule über meine Fehlzeiten eingetrudelt ist, fehlt es nur noch, dass sie mich wieder abholt wie eine Grundschülerin!

»Bio fällt aus«, sage ich knapp, warte ihre Antwort gar nicht ab und verziehe mich in die Küche. Leider kommt Mama hinterher. Offenbar ist sie mit ihrer Predigt noch nicht fertig.

»Du weißt ja hoffentlich noch, was wir für das Halbjahreszeugnis besprochen haben?!«

»Jaaaa, ich weiß.« Ich schnappe mir aus dem Kühlschrank einen Schokopudding und bete ihr unsere Abmachung herunter. »Keine weiteren unerlaubten Fehlstunden und bessere Noten in Mathe und Physik.«

»Findest du das witzig?« Mama stemmt ihre Hände in die Hüften und versperrt mir den Weg aus der Tür. Ich zucke mit den Achseln.

»Keine Ahnung.«

»Keine Ahnung? Das ist alles?« Sie schüttelt mit dem Kopf. »Ich versteh dich nicht! Ist dir plötzlich alles egal? Du warst früher doch so gut!« Ja, früher war mein Leben auch noch in Ordnung! Da waren wir eine Familie und morgens am Frühstückstisch saß Papa und nicht sein Nachfolger, dieser dämliche Mike. Geräuschvoll lasse ich die Besteckschublade zuknallen.

»Was interessiert dich das überhaupt? Du hast doch eh nur noch Augen für Maxi!« Meine Stimme war lauter als beabsichtigt. Mama macht ein betroffenes Gesicht.

»Das stimmt doch gar nicht, Mira. Natürlich bist du mir wichtig! Daran hat doch dein Bruder nichts geändert. Aber er ist halt noch klein. Er braucht mich.« Sag ich doch, seit er auf der Welt ist, bin ich total abgemeldet! Schlimm genug, dass sie Papa einfach so ersetzt hat! Nein, dann musste sie auch noch ein Baby mit Mike bekommen.

Ich glaube, seit Maxi da ist, haben Mama und ich nicht einmal Zeit zu zweit verbracht

»Maxi ist nicht mein Bruder«, zische ich ihr ins Gesicht.

»Das reicht jetzt! Nicht in diesem Ton!«

Als hätte er riechen können, dass wir von ihm sprechen, höre ich Maxi in seinem Zimmer weinen.

»Ganz toll, Mira, jetzt hast du ihn wach gemacht mit deinem Gezeter!« Mama verschwindet aus der Küche, und ich nutze die Chance, mich mit dem Pudding in mein Zimmer zu verkrümeln. Ich stelle meine Anlage an und lasse mich rücklings aufs Bett fallen. Eine Weile liege ich da und starre an die Decke über mir. Warte darauf, dass sich der Knoten aus Wut und Traurigkeit in meinem Bauch auflöst. Aber das klappt nicht.

Ich brauche ein Ventil. Immer, wenn ich glaube, dass ich an dieser geballten Ladung Frust in mir drin ersticke, brauche ich einen Kanal, über den alle diese Gefühle einfach abfließen können. Aus der Schublade unter meinem Bett krame ich mein Tagebuch heraus. Ich habe es noch von Papa geschenkt bekommen, zu meinem dreizehnten Geburtstag. Auf dem Einband sind Pferdemotive drauf, aber das stört mich nicht. Hauptsache, es erinnert mich an ihn. Am Anfang hab ich noch total kindische Einträge gemacht. *Heute gabs Spaghetti, lecker.* Oder: *Waren in der Stadt. Meine neuen Schuhe sind total cool.*

Nach der Trennung von Mama und Papa haben sich die Einträge verändert. Jetzt nutze ich das Buch als meinen Ort, an dem ich frei denken kann. Auf diesen Seiten gibt es niemanden, der mich korrigiert oder anmeckert, keine Zensur, nur mich. Mit jedem Buchstaben, den ich aufs Papier bringe, wird es in mir drin wieder leichter. Aber heute funktioniert es irgendwie nicht, über die Musik höre ich immer noch das Baby weinen. Genervt packe ich das Buch zurück, rolle mich vom Bett, schnappe mir meine Tasche und will mich unbemerkt aus dem Haus stehlen. Klappt aber natürlich nicht. Genau in dem Moment, als ich am Kinderzimmer vorbeischleichen will, kommt Mama mit Maxi auf dem Arm aus dem Tür: Sie wiegt ihn hin und her und singt leise »Schlaf, Kindlein, schlaf«. Maxi ist vor lauter Weinen ganz rot angelaufen.

»Wo willst du denn jetzt hin?«, fragt Mama, während ich mir die Schuhe anziehe. Um meine Ruhe zu haben, flunkere ich nun schon zum zweiten Mal an diesem Tag.

»Ich soll so ein Übungsbuch für Mathe kaufen, hat

der Rune gesagt. Kann ich Geld dafür haben?« Mama sieht nicht ganz überzeugt aus, hat aber mit dem schreienden Kind auf dem Arm auch keinen Nerv für Diskussionen.

»In der Jacke an der Garderobe ist mein Portemonnaie, nimms dir da raus.« Ich fische ihre Geldbörse aus der Innentasche, stecke einen zwanzig Euro Schein in meine Jeans und öffne die Haustür, ohne mich umzusehen.

»Um sechs bist du zu Hause, Mira!«, ruft sie mir hinterher. »Dann gibts Essen!«

Ich springe in die S-Bahn und fahre zum Ku'damm. Dort lasse ich mich durch die Straßen treiben. Das ist das Gute an Berlin: Man kann einfach laufen, auch wenn man kein Ziel hat, man lässt sich einfach von einer Ecke zur nächsten treiben. Wenn ich in der Stadt herumstreune, vergesse ich die Zeit.

Der Wind pfeift durch meinen grünen Parka. Ein Geschenk meiner Cousine, sie hat ihn aussortiert. Kein Wunder, das Ding sieht aus wie ein Mehlsack. Wenn ich mit den Mädels unterwegs bin, leihe ich mir lieber eine Jacke von Vali oder Kat. In dem Parkamehlsack kann man sich echt nicht sehen lassen.

Ich entscheide mich für einen Abstecher in ein Kaufhaus. Stiefele durch die Glasdrehtür und werde empfangen von Parfumwolken und Fahrstuhlmusik. In der Drogerieabteilung sprühe ich mir etwas von dem sündhaft teuren Designerduft auf die Handgelenke, verziehe mich dann aber, weil eine Verkäuferin böse rüber guckt. Ich fahre mit der Rolltreppe rauf zu den

Klamotten, dabei muss immer wieder an meinem Handgelenk schnuppern – mmh, supergut. Wenn ich reich wäre, würde ich darin baden. In der Abteilung für Damenbekleidung ist es ruhig, werktags sind nur ein paar Hausfrauen und Rentner unterwegs. Ziellos streife ich durch die Kleiderrundständer und blättere in den Strickpullis. Dann entdecke ich auf einer Schaufensterpuppe eine graue Felljacke. Kein echtes Fell, natürlich, das würde ich nie tragen! Ich befühle die Jacke am Ärmel – weich ist sie und warm. Wie gut die sich anfühlen würde im Berliner Winter. Ich schnappe mir die Jacke in zwei Größen und verschwinde damit in der Umkleidekabine, schlüpfe hinein und drehe mich vor dem Spiegel – perfekt! Den Blick auf das Preisschild spare ich mir, in meinem Geldbeutel herrscht eh Ebbe. Dabei ist erst Monatsmitte. Ich knipse den Zettel ab, stopfe ihn in den Schlitz hinter dem Spiegel und ziehe den Parka darüber. Die zweite Jacke lege ich zurück ins Regal.

Unter dem grünen Parkamonster sieht man eh nicht, dass da was doppelt drunter ist. Trotzdem schlägt mein Herz schneller. Einen Detektiv habe ich nicht gesehen, aber zur Sicherheit gehe ich unauffällig langsam zur Rolltreppe, bleibe bei den Mützen nochmals stehen. Dann erst fahre ich runter ins Erdgeschoss. Ich bilde mir schon ein, den Druck einer Hand auf meiner Schulter zu spüren, aber heute nicht – alles ruhig. Schwein gehabt. Der Verkäuferin in der Duftabteilung lächle ich noch mal extrafreundlich zu. Dann spaziere ich aus dem Kaufhaus und biege um die nächste Ecke. Nur nicht umsehen jetzt. Ich setze mich in einen leichten Trab und verschwinde in der S-Bahn-Unterführung. Gerade fährt ein Zug ein, mir ist egal, welche Richtung, Hauptsache, erst mal weg von der Einkaufspassage. Mit einem zischenden Geräusch schließen sich die Türen hinter mir. Geschafft! Ich strahle mein Spiegelbild in der Glasscheibe an, unter dem Parka graben sich meine Finger in das weiche Fell.

2

Das einzig Gute am Umzug in die Siedlung ist unser Mädelstreffpunkt am Spielplatz. Ich muss nur an der Tankstelle vorbei, über die Landsberger Alle und schon bin ich in der Platte. »Im Ghetto«, wie Mama sagt. Ihr ist es ein Dorn im Auge, wenn ich rüber gehe. Aber verbieten kann sie es mir sowieso nicht.

Vali ist schon da, sie winkt mir zu, als ich die Treppen zum Spielplatz herunterlaufe. Beim Anblick meiner Jacke fallen ihr fast die Augen aus dem Kopf. »Alter, wo haste die denn her?« Sie stoppt ihre Schaukel, haucht mir zwei nach Lakritzschnecken duftende Küsse um die Ohren und streichelt andächtig über den Ärmel.

»Gefällt sie dir?« Ihre Augen leuchten.

»Total!«

»Die wollte im Kaufhaus unbedingt mit mir kommen«, sage ich und grinse. Vali weiß, dass ich ab und zu mal was mitgehen lasse. Über meinen neuesten Fang schüttelt sie nur ungläubig den Kopf.

»Du bist verrückt, Mira. Ich würd mich das nie trauen.«

Tatsächlich ist das Klauen für mich mittlerweile fast sowas wie ein Spiel geworden. Ich hab da so einen Deal mit dem Schicksal – jedes Mal, wenn es Zuhause richtig mies läuft, belohne ich mich mit einem Beutezug. Die Kaufhäuser merken es eh nicht und mir schenkt es ein paar Minuten Trost. Ich schwinge mich auf die noch freie Schaukel neben Vali. Über die Platte senkt sich die Dämmerung und ich ziehe meine Mütze tiefer über die

Ohren. Die Schaukeln knarzen, abwechselnd werden Vali und ich in den wolkenverhangenen Abendhimmel geschleudert.

»Und, wie läuft's bei dir?« Vali schaut zu mir rüber.

»Ach, das Übliche. Ich hab keinen Bock auf Schule und Mama nervt deswegen andauernd rum.« Vali nickt verständnisvoll. Sie bietet mir Gummitiere aus ihrer Süßigkeitentüte an und einträchtig zerkauen wir rosane Schaumstoffmäuse und Brausebonbons. Ich lasse meinen Oberkörper nach hinten über die Schaukel fallen. Jetzt sehe ich alles verkehrt herum. Die Plattenbauten sind der Himmel und die Wolken der Boden, auf dem wir gehen. Eigentlich würde sich meine Welt so rum viel richtiger anfühlen – weil der Himmel uns eigentlich immer verspricht, dass es über uns grenzenlos ist. Aber wo sollen wir uns schon groß hinstrecken? Über den Betonplattenhimmel kommt eine Gestalt auf uns zu gelaufen. Ich richte mich wieder auf, das Blut rauscht in meinen Ohren zurück in meine Füße. Es ist Kat. Nicht zu überhören, wie immer. Kat ist wie ein Wirbelwind – mit mindestens Windstärke 10.

»Mädels, was geht? Alles paletti bei euch?« Sie hüpft durch den Sandkasten zu uns herüber. Genau in dem Moment, in dem sie uns erreicht, beginnt es urplötzlich zu schütten wie aus Eimern. Als hätte jemand einen Reißverschluss am Himmel geöffnet und obendrüber gerade zufällig eine Badewanne eingelassen. Kreischend rennen wir zu dem kleinen Holzhaus neben dem Klettergerüst und quetschen uns zu dritt hinein. Ein gewaltiges Crescendo trommelt auf das Dach, wir sitzen eng zusammengerückt auf den viel zu kleinen

Bänken und schauen hinaus in den Novemberregen. Vor uns eine dichte Wand aus Tropfen, nur spärlich beleuchtet vom Licht der Laternen. »Krass, was für ein Wolkenbruch!«, sagt Kat und kuschelt sich an mich. Ich schaue hinaus in das Tropfenmeer, man sieht kaum noch den Wohnblock dahinter. Links und rechts um unser Häuschen verwandelt sich der Sandkasten in eine Schlammgrube.

»Vielleicht spült es uns ja gleich weg von hier. Dann hätten wir direkt ein Hausboot und würden uns so lange treiben lassen, bis wir irgendwo ankommen, wo es uns gefällt«, witzele ich.

»Haha, oh ja, steuer bitte die Malediven an!«, seufzt Kat »Aber vielleicht bin ich eh bald berühmt und dann komme ich endlich weg von hier! Wisst ihr, was ich in Zukunft machen werde?« Vali grinst zu mir herüber, wir kennen Kats Tagträumereien – sie hat ständig den Kopf voller fixer Ideen, die jede Woche wechseln. »Ich werde Schauspielerin!«, verkündet sie dieses Mal mit feierlicher Miene.

»Wie kommst du denn jetzt da drauf?«, frage ich verwundert. Schließlich hat sie uns erst letzte Woche erzählt, dass sie bald die Schule abbrechen und im Nagelstudio ihrer Tante eine Ausbildung machen will.

»Gestern hat mich so ein Typ angequatscht, im Einkaufszentrum. Er meinte, ich hab ein total fotogenes Gesicht, der hat direkt ein paar Aufnahmen gemacht. Und am Freitag ist ein Casting für eine neue Doku-Soap, dazu hat er mich eingeladen!« Vali und ich wechseln einen Blick.

»Und deine Mama erlaubt das?«, erkundigt Vali sich

zögerlich. Kat winkt ab.
»Ach, die kriegt das doch eh nicht mit! Das sag ich ihr erst, wenn's im Fernsehen läuft! Was glaubt ihr, was die für ein Gesicht macht!« So plötzlich wie der Regen uns überrascht hat, so blitzartig hört das Geprassel um uns herum wieder auf. Nur ein paar letzte Tropfen fallen von den kahlen Ästen der Bäume ringsherum. Kat hält prüfend ihre Hand nach draußen. Dann zückt sie ihr Handy und dreht einen HipHop-Track auf, so laut, dass er zwischen den Wänden im Hinterhof widerhallt. Mit einem Satz ist sie oben auf das Plateau der Kinder-Rutsche gesprungen. Ausgelassen beginnt sie, zu tanzen, ihre Haare fliegen um ihren Kopf, ihre Bomberjacke rutscht hoch, bis man ihr Bauchnabel-Piercing sehen kann. Ich muss so laut lachen, dass ich mich fast an der Zigarette verschlucke, die Vali und ich gerade teilen.»Kat, zieh dich wieder an, es ist kalt!«

»Uhhh Kathleen, zieh dich gefälligst anständig an! Du klingst wie meine Mutter!« Kat lacht, formt ihre Hand zu einem Trichter und brüllt: »Hört ihr mich, ihr Loser? Ich werde berühmt!«Ihre Stimme gellt durch den ganzen Hof.

»Ruhe da draußen!«, brüllt jemand aus einem Fenster im vierten Stock.

»Fick dich, du Penner! Versauer doch in der Platte, wenn du willst! Ich schick dir ne Autogrammkarte!«, ruft Kat zurück, schliddert auf der nassen Rutschbahn herunter und landet unsanft auf ihrem Hintern. Sie flucht, klopft den Sand von ihrer Hose und hakt sich bei mir unter.

»Gib mal Feuer!« Ich halte ihr das Feuerzeug hin,

das aufflackernde Licht erhellt ihr Gesicht. Sie bläst den Rauch aus ihrem Mund und schaut uns übermütig an.

»Also was ist? Seid ihr dabei?« Wir schütteln den Kopf über ihren unverbesserlichen Optimismus und schlagen in ihre ausgestreckte Handfläche ein. Auch wenn es wahrscheinlich mal wieder einer von Kats völlig schrägen Einfällen ist, natürlich kommen wir mit!

»Abgemacht!« Kat strahlt. »Wie sieht's eigentlich aus mit Abendessen? Ich sterbe vor Hunger! Wer hat Lust auf Pommes?«

Sie zieht uns von der Bank und wir laufen los zum Falafel-Eck. Drei Straßen weiter liegt der kleine Eck-Imbiss, in dem wir oft zusammen rumhängen, die Zeit totschlagen, Leute beobachten und morgens nach der Disco Döner futtern. Can, der Sohn des Inhabers, ist eine echt gute Seele und gibt uns immer eine Runde aus, wenn sein Vater nicht da ist. Auch heute steht er allein hinterm Tresen und schneidet gerade Salat, als wir lautstark durch die Tür reinschneien.

»Can, du musst uns helfen! Wir sind drei ausgehungerte junge Mädchen. Und wir wachsen doch noch!« Kat weiß schon, wie sie ihren Charme einsetzt! Can strahlt uns an.

»Mach ich, mach ich, ihr kriegt gleich was in den Magen! Aber nicht dem Vater sagen!« Verschwörerisch zwinkert er uns zu. Schon seit Ewigkeiten hat Can nur noch Augen für Kat, aber mehr als Pommes will sie nicht von ihm. Dabei ist er eigentlich ein echt lieber Kerl – er würde sie auf Händen tragen, wenn sie ihn lassen würde. Das wäre mal eine willkommene Abwechslung von ihrem eher erfolglosen Beuteschema. Aber bisher hat Kat ihn nicht erhört. Wir krabbeln nacheinander auf die hohe rote Sitzbank am Fenster und schälen uns aus unseren Schals und Jacken.

»Can kann sich ruhig Zeit lassen mit dem Essen«, seufzt Kat. »Ich hab keine Lust, heimzugehen.« Es ist ein offenes Geheimnis, dass Kats Mum ein Alkoholproblem hat. Kat sagt immer: Sie trinkt zu besonderen Anlässen – und besondere Anlässe sind Wochentage und Wochenenden.

»Schlaf bei mir, wenn du willst!«, biete ich ihr an und sie nickt mir dankbar zu. Findet Mama bestimmt nicht in Ordnung – erst komme ich nicht zum Abendessen und dann bringe ich Kat mit, ohne Bescheid zu sagen. Aber rauswerfen wird sie sie auch nicht. Mama weiß nämlich auch, wie es bei Kat daheim zugeht.

Can bringt uns einen großen Teller Pommes mit Dönerfleisch und drei Gabeln. Er will sich grade zu uns setzen, als eine Gruppe Jungs in den Imbiss kommt.

»Ach, immer Arbeit!«, sagt er, seufzt und gesellt sich wieder hinter seinen Tresen. Kat reckt den Hals nach vorne.

»Hey, die kenn ich! Die sind ne Stufe über uns auf unsrer Schule.« Weil Jungs in dem Alter so sind, heben sie nur kurz die Hand, zum Rüberkommen sind sie viel zu cool. Ich weiß auch nicht, was das ist. Eben hat man noch zusammen gespielt und kaum wachsen die Körperhaare an neuen Stellen, ist zwischen Jungs und Mädchen alles anders, quasi über Nacht. Weil sie wissen, dass wir sie beobachten, spulen sich die Typen jetzt mächtig auf. Sie bestellen Döner und sind dabei übertrieben laut und grob. Man könnte ja meinen, wir hätten uns weiterentwickelt seit den Affen, aber wenn's um das eine geht, ist immer noch alles wie in der Steinzeit. Wer einen auf dicke Hose macht, ist der Tollste im Ring. Ab und zu wirft einer verstohlene Blicke zu uns rüber, ob wir ihre Show auch gebührend bemerken. Bevor sie gehen, kommt ein Typ mit Baseballkappe und tiefsitzenden Hosen zu uns und haut einen Flyer aus Kopierpapier vor uns auf den Tisch. »Nachher steigt noch ne Party bei Simon. Wenn ihr wollt, kommt nach Kreuzberg!« Ohne unsere Antwort abzuwarten, dreht er sich um und geht zu seinen Freunden, die ihn grölend empfangen.

Vali rollt mit den Augen, aber Kat ist wild entschlossen und wedelt mit der Einladung.

»Nix da - da gehen wir hin! Ich will heute Abend noch geküsst werden!«

Wir fügen uns in unser Schicksal und machen nach dem Essen noch einen Abstecher zu Vali. Sie hat sturmfrei, ihre Eltern sind bei Bekannten. Weil sie darauf besteht, lasse ich mich von Kat im Badezimmer schminken. Sie fuchtelt mit der Wimperntusche gefährlich nah vor meinen Augen herum und beißt sich vor lauter Eifer immer auf die Lippe.

»Du musst mal wieder jemanden daten, Mira!«, sagt sie, während ich versuche, nicht zu sehr zu blinzeln.

Vali kommt mit einer Flasche Sekt aus dem Wohnzimmer und setzt sich neben uns auf den Rand der Badewanne. Sie nestelt an dem Verschluss herum und pflichtet Kat bei. »Stimmt, seit du damals in Michel

verknallt warst, hast du allen Jungs, die dich gut fanden, einen Korb gegeben.«
Ich zucke mit den Achseln.

»Die anderen interessieren mich halt nicht. Mit Michel war das anders.« Er war der einzig dufte Typ, den ich an meiner Schule bisher getroffen habe. Michel kam während der Neunten aus Hamburg an unsere Schule gewechselt und war schon siebzehn.

»Aber wenn du ihn so toll fandst, warum hast du damals direkt wieder Schluss gemacht, als ihr zusammenkamt?«, fragt Vali. Sie kämpft immer noch mit dem Verschluss der Sektflasche.

»Verdammtes Ding, jetzt geh schon auf!«, murmelt sie vor sich hin.

»Was blieb mir anderes übrig? Seine Eltern haben ihn zum neuen Halbjahr auf dieses scheißteure Internat geschickt. Da hätten wir uns maximal in den Ferien gesehen. Und Fernbeziehungen sind nicht mein Ding – dieses ständige Willkommenheißen und Abschiednehmen. Das fühlt sich an, wie ein Pflaster, das man immer und immer wieder auf seine Haut klebt, um es anschließend wieder abzureißen.« Kat hat ihr Werk vollendet und betrachtet mich zufrieden. Sie gibt mir einen Klaps.

»Sieht gut aus! So nehmen wir dich mit!«Ich schaue mich im Spiegel an. Kat versteht ihr Handwerk. Ich sehe ganz fremd aus, ein bisschen älter und irgendwie punkig mit den schwarz umrandeten Augen. Ich grinse die Mädels durch den Spiegel an.

»Außerdem – wer braucht schon Jungs? Wir haben doch uns!« Vali schaut zu mir hoch und seufzt.

»Klar, aber verliebt sein ist bestimmt toll. Ich will endlich mal wissen, wie das ist!« Sie macht eine kurze Pause und widmet sich wieder der Flasche. »Aber vielleicht finde ich ja heute Abend mal einen!«, sagt sie mit trotzigem Unterton. In dem Moment tut es einen irren Schlag, der Korken schießt aus der Flasche und eine Sektfontäne spritzt quer durchs Badezimmer bis auf Kat's T-Shirt. Einen Moment halten wir erschrocken die Luft an und brechen dann in schallendes Gelächter aus.

Als wir gegen elf vor dem Haus ankommen, in dem die Party steigt, hört man das Wummern der Bässe schon bis auf die Straße. Im Hof steht eine Gruppe Jungs und raucht. Sie mustern uns eingehend, als wir die Einfahrt heraufkommen. Drinnen ist die Luft beschissen und ich muss erst mal husten. Es stinkt nach Gras. Ein paar Mädchen tanzen ausgelassen in der Mitte des Wohnzimmers. Zwei von ihnen knutschen immer wieder wild miteinander und lachen sich danach halb tot – für sie ist das nur ein großer Spaß, aber einige der Milchbubis auf dem Sofa sehen hier wahrscheinlich gerade die heißesten Szenen ihres ganzen Lebens live. Das kennen die sonst nur aus ihren Schmuddelfilmchen. Bestimmt holen die sich nachher aufm Klo einen runter.

Im Keller gibt es eine improvisierte Bar und einen Partyraum mit Billiardtisch und Dartscheiben. Wir organisieren uns was zum Trinken und spielen eine Runde am Tisch gegen die Jungs aus Kats Klasse. Weil Kat sie mit ihren Scherzen ablenkt, gewinnen wir tatsächlich und klatschen triumphierend ab. Immer mehr Leute strömen in die Wohnung und bald herrscht dichtes Gedränge. Ein Mix aus Gesprächen, Gelächter und brüllend lautem Rap dröhnt in meinen Ohren. Wir quatschen, lachen, trinken, tanzen, ich verliere jedes Zeitgefühl. Tauche ein in diesen Abend, in die Musik, in die Sorglosigkeit. Alle Gedanken an gestern und morgen sind unendlich weit weg, sie können mich nicht mehr erreichen. Was zählt, ist jetzt, das Gefühl, tun zu können, was auch immer uns gefällt.

Nach einer Weile verabschiedet sich Kat, sie will nach Simon Ausschau halten, dem Gastgeber, auf den sie schon länger ein Auge geworfen hat. »Ich will mal auf Toilette!«, brülle ich Vali ins Ohr. »Kann ich dich kurz alleine lassen?« Sie nickt und ich und zwänge mich durch eine schmale Gasse zwischen den feiernden Menschen durch die Flure bis zum Klo. Kurz muss ich warten, dann schließe ich die Tür hinter mir. Musik und Lärm machen eine kurze Pause. Das Toilettenpapier ist alle, zum Glück entdecke ich noch eine Box mit Taschentüchern. Ich trinke einen Schluck kaltes Wasser aus dem Hahn und lasse es für einige Momente über meine Handgelenke laufen. Es ist irre heiß hier drin.

Über dem Waschbecken hängt ein großer Spiegel. Ich gehe nah ran und schaue mir in die Augen. Wie unter Hypnose starren sie zurück. Große Pupillen, schwarze Inseln in einem graugrünen Meer. Die glasige Oberfläche fängt die Lichter über dem Spiegel ein, reflektiert sie als helle Punkte, aber dahinter, hinter dem Schwarz, irgendwo da drinnen ist noch etwas anderes. Etwas, das sich nach mir anfühlt. Was aber schon lange niemand mehr finden kann. Es ist zu tief drinnen, eingemauert, hinter Panzerglas. Eigentlich sind meine Augen der Spiegel, denke ich. Andere schauen hinein, aber sie sehen nicht bis auf den Grund. Das Geräusch von hämmernden Fäusten reißt mich aus meiner Trance. Eine Mädchenstimme dringt durch die Tür.

»Ey willst du da drin übernachten, oder was? Wir müssen auch mal!«

»Jaja, ich komm ja gleich!«, brülle ich zurück. Ich atme tief durch, strecke meinem Spiegelbild die Zunge raus und öffne die Tür. Als ich zurückkomme, steht Vali zu meiner Überraschung mit einem Jungen an der Bar. Vermutlich ist sie angetrunken, sonst würde sie die Zähne gar nicht auseinander kriegen. Vali ist schüchtern. In der Schule wird sie gehänselt, weil sie nicht so dünn ist wie die andren Mädchen.

Verwundert beobachte ich aus einiger Entfernung, wie sie ihr Gegenüber anstrahlt und er sich nah an ihr Gesicht beugt, um ihr was ins Ohr zu flüstern. Kat hat die Situation auch schon geblickt und fliegt mir grade um den Hals.

»Mensch Mira, da hat Vali aber zugeschlagen heute, was? Unsre Kleine! Der sieht ja richtig gut aus!« Wo sie recht hat, hat sie recht. Eben tippen die beiden ihre Nummern in die Handys. Dann zieht er zu seiner Clique weiter. Vali kommt wieder zu uns rüber, sie grinst von einem Ohr bis zum anderen. Sie muss gar nicht viel sagen. Dass sie überglücklich ist, das sieht man.

»Wer war denn das?«, fragt Kat wie aus der Pistole geschossen, wir platzen vor Neugier.

»Das ist Dennis«, antwortet Vali. Sie spricht seinen Namen ehrfürchtiger aus, als manche Leute in der Kirche beten.

»Dir kommen ja gleich die Herzchen aus den Augen geschossen!«, lacht Kat. Aber wir gönnen es ihr – scheint so, als hätte die Sektflasche wirklich einen Knoten gelöst!

»Apropos Jungs – was ist mit Simon?«, hake ich bei Kat nach, aber die winkt ab.

»Der knutscht im Obergeschoss mit Miriam aus der Parallelklasse. Wie sieht's aus – machen wir die Fliege?«Wir nicken, Vali umklammert immer noch ihr Handy, als könnte die Nummer sich aus Versehen wieder von selbst löschen. Ich strubbel ihr durch die Haare und schiebe sie sanft Richtung Ausgang. Aus einem Haufen Jacken und Anoraks fischen wir unsere Sachen und machen uns auf den Heimweg.

»Oh man, meine Füße tun so weh. Solche Schuhe gehören verboten!« Kat stöhnt und stützt sich auf mir ab, um in ihren hohen Hacken besser laufen zu können. Vali lächelt immer noch in sich hinein. Ich hake sie an der anderen Seite unter und wir laufen die menschenleere Straße entlang. Es ist kurz vor Drei, die beste Stunde der Nacht. Alles ist Nachtfalterblau. Die meisten Menschen liegen in ihren Betten und schlafen. Oder machen Liebe. Oder sorgen sich über den nächsten Tag. Aber wir nicht. Wir sind zusammen, wir sind hier – wer will uns etwas anhaben? Unsere Absätze klappern über das nasse Pflaster der Oberbaumbrücke. Atemwolken stehen vor unseren Mündern, die Lichter der Stadt liegen uns zu Füßen. Ich

sauge die klare, kalte Luft in meine Lungen. Siehst du uns, Berlin? Wir sind frei, wie der Wind, uns kann keiner was! Das hier hält für immer!
Nachdem wir Vali zuhause abgesetzt haben, schleichen Kat und ich uns nachts ins Haus. Alles ist ruhig. Sehr gut, ein Drama kann ich jetzt auch nicht gebrauchen. Wir putzen uns die Zähne und kuscheln uns in mein schmales Bett. Kat ist noch ziemlich betrunken und kichert pausenlos, sodass ich schon befürchte, dass Mama gleich im Zimmer steht. Aber irgendwann beruhigt sie sich und schläft als Erste ein, immer noch ein Lächeln auf den Lippen. Durchs Fenster scheint das Licht der Straßenlaterne auf Kats Gesicht. Sie ist die Hübscheste von uns Dreien finde ich. Mit ihren Locken und der cappucinofarbenen Haut. Kats Papa ist ein Ami. Obwohl sie nur ‚Erzeuger' zu ihm sagt, weil er sich direkt nach der Geburt ihrer kleinen Schwester verpisst hat.

Kat atmet tief und gleichmäßig. Sie sieht so weich aus, wenn sie schläft. Dann ist gar nichts da von ihrer Härte und dem Galgenhumor, den sie sich aneignen musste, weil sie in ihrer Welt sonst einfach kaputt gehen würde. Zerspringen, wie Glas, in tausend Stücke. Kats Mama säuft schon ewig. War dreimal im Entzug – jedes Mal hat sie wieder angefangen. Und ihre Schwester Maddie klebt Kat ständig an den Hacken. Manchmal glaube ich, Kat hat nur deshalb andauernd neue Typen, weil sie immer stark sein muss. Wenn man immer kämpft, braucht man einfach einen Ort, an dem man ausruhen kann und wenn es nur kurz ist. Aber die Jungs spielen alle nur mit ihr – wollen mit ihr ins Bett, weil sie das hübscheste Mädchen im Viertel ist. Die reichen sie rum wie eine Trophäe. Als ich Kat neulich zum Bummeln abholen wollte, hab ich gehört, wie ihre Mutter sie angeschrien hat. Kat sollte mal wieder auf Maddie aufpassen, ihre Mum wollte zur Kneipe ums Eck. Aber wir waren ja verabredet und dann gab's einen hässlichen Streit, in den ich reingeplatzt bin.

»Dass du mir ja nicht eines Tages mit nem Kind nach Hause kommst – wissen doch alle, dass du mit jedem schläfst! Ich sag's dir, dann schmeiß ich dich raus!«, hat sie Kat ins Gesicht geschleudert. Ich hatte einen Kloß im Hals. Ich wollte meine Freundin verteidigen, aber die Worte sind irgendwie in mir stecken geblieben. Also hab ich sie einfach da rausgezogen. Sie hat dann Witze gemacht über ihr Liebesleben und darüber, dass sie wohl wirklich langsam eine Liste machen müsste, damit sie nicht vergisst, wie die Typen alle heißen. Ich hab nichts geantwortet. Ich wusste nicht, was. Hab nur ihre Hand genommen. Was ist das für ein Leben, in dem meine beste Freundin sowas sagen muss? Ich versteh's nicht, ich versteh's manchmal einfach nicht.

Am nächsten Morgen gibt's ein Megadonnerwetter. Mama scheucht uns aus dem Bett und schickt Kat nach Hause, damit die ihre Schulsachen holt. Jetzt steht Mama vor mir in der Küche mit verschränkten Armen, starrt mich an wie eine Fremde. Sir Michael, unser Kater, kommt herein geschlichen und dreht ein Runde um seinen Futternapf. Ich bücke mich und hebe ihn auf den Arm. Sofort beginnt er, wohlig zu schnurren. Ich kraule ihn zwischen den Ohren, so habe ich wenigstens einen Verbündeten gegen Mamas Schwall von Vorwürfen.

»Ich versteh dich nicht Mira. Was soll das? Wieso treibst du dich mitten unter der Woche bis spät nachts auf der Straße rum? Du hast am nächsten Morgen Schule! Ich war am Montag auf dem Elternabend. Herr Rune hat mich beiseite genommen und gesagt, dass es nicht gut für dich aussieht. Du hast schon fünfundvierzig unentschuldigte Fehlstunden!« Aha, daher weht der Wind. Jetzt haben also Mama und der Mathefuzzi die Köpfe zusammengesteckt und Kriegsrat gehalten, na Prima!

»Warum lasst ihr mich nicht einfach in Ruhe? Ich kann für mich selbst entscheiden!«

»Du kannst für dich selbst entscheiden?!« Mamas Stimme überschlägt sich fast. »Deine Versetzung ist gefährdet! Was willst du denn später mal machen? So kriegst du doch keinen Ausbildungsplatz.« Sie macht eine kurze Pause und setzt dann nach. »Eine Bewerbung mit so vielen Fehlstunden auf dem Zeugnis - damit hast du keine Chancen!«

Ich starre auf Sir Michaels Schnurrbarthaare. Oh man. Hallo Mama, ich weiß das, ich bin doch nicht doof, auch wenn du das vielleicht glaubst oder der Rune oder wer auch immer. Aber wie soll ich denn bitte wissen, was ich später machen will, wenn ich nicht mal einen einzigen Tag vernünftig auf die Reihe kriege? Seit Papa weg ist, ist alles den Bach runtergegangen. Ich vermisse ihn. Nächtelang hatte ich darauf gewartet, dass er den Schlüssel ins Schloss steckt und ruft, »Ich bin wieder da!«. Jeden Abend im Bett hab ich vorm Schlafengehen dafür gebetet. Aber er kam nicht wieder. Und mit ihm ist meine gute Laune durchgebrannt. Er hat sie mit in den Kofferraum seines Alfa Romeos gepackt, als er seine paar Habseligkeiten ins Auto geladen hat, nervös eine letzte Zigarette in unserem Hof geraucht hat, dann eingestiegen ist und Mama und mich allein gelassen hat. Die Erinnerung daran lähmt mich, ich stecke darin fest wie in Treibsand.

Mama ahnt nichts davon, sie redet einfach weiter. »Kannst du dich nicht endlich wieder zusammenreißen? Ich hab wirklich keine Nerven für deine Spielchen! Ab Januar will ich wieder halbtags arbeiten. Glaubst du, mein Chef hat Verständnis dafür, dass ich Zuhause überwachen muss, ob meine fünfzehnjährige Tochter in die Schule geht?« Ich beiße mir auf die Lippen und sage nichts, weil ich sonst anfange, zu heulen. Mama versteht nicht, dass für mich alles anders ist, seit Papa weg ist. Sie will zur Tagesordnung übergehen und ich soll einfach weiter sein, wie ich immer war: Unkompliziert und fröhlich. Aber das bin ich einfach nicht mehr! Mama rauft sich mit den Fingern durch die Haare.

»Fällt dir dazu nichts ein oder wie?« Sie hat hektische, rote Flecken am Hals. Die kriegt sie immer, wenn sie sich so in Rage redet. Ich sehe es richtig in ihrem Blick: das schwierige Kind, diese missratene Tochter. Mama hebt die Arme. Lässt sie wieder fallen. Schnappt nach Luft. Plötzlich habe ich das Gefühl, zwischen uns ist ein kilometerbreiter Graben. Sie schüttelt den Kopf. Mit matter Stimme dreht sie sich um und fängt an, Maxis Kindergartenbrot zu schmieren.» Wer feiern will, muss auch mit den Konsequenzen leben. Mach dich fertig für die Schule. Und schmink dich vorher ab.«

3

In der Klasse ist es so früh am Morgen noch ruhig. Ich setze mich auf meinen Platz in der hintersten Reihe und kämpfe gegen die Müdigkeit an. Gott, fühl ich mich gerädert. Kat schickt mir ein Selfie aus ihrem Bett aufs Handy, ihre Mum schläft noch und sie macht heute Blau. Hat die's gut! Ich friere, rücke meinen Stuhl näher an die Heizung und lege meine Finger auf das warme Metall. Draußen geht langsam die Sonne auf und schenkt der Welt einen hellblauen Tag. Ich könnte immer hier sitzen und den Himmel angucken. Das wird mir nie langweilig. Er hat tausend Gesichter, mal grüßt er mich mit Zuckerwattewolken, mal ist er in bedrohliches Schwarz getaucht und an seinen Flanken wächst Wolkenblumenkohl. Dabei gibt es nichts, was ich lieber hätte, ich bestaune einfach die Bilder auf dieser ewig wechselnden Leinenwand.

In diesem Moment ertönt die helle Stimme von Frau Sonntag, meiner Deutschlehrerin. »Na ihr Schlafmützen, noch müde?« Sie zwinkert uns zu und lässt ihre Sachen aufs Lehrerpult fallen. »Wir gucken uns jetzt gemeinsam einen kurzen Film an – aber nicht, dass ihr mir direkt wieder in die nächste Traumphase fallt, klar?« Die Jungs feixen und täuschen an, sich auf ihren Rucksäcken ein bequemes Kopfkissen einzurichten, setzen sich dann aber doch ordentlich hin. Frau Sonntag schaltet den alten Fernseher neben dem Lehrerpult ein, wir ziehen die Vorhänge zu und eingehüllt in die Dunkelheit lauschen wir der knarrenden Stimme des Sprechers, der uns von den Dichtern der Romantik erzählt. In der letzten Reihe schnarcht irgendwer leise. Aber ich werde langsam wach. ›*In den Gedichten der Romantik sind Liebe und Sehnsucht wichtige Bestandteile. In ihren Gedichten entkamen die Verfasser den alltäglichen Pflichten und Zwängen, auf der Suche nach Freiheit.*‹ Ha! Ich glaube, ich wäre die perfekte Dichterin der Romantik gewesen – einen Alltag, dem ich am liebsten entfliehen will, habe ich jedenfalls schon mal anzubieten. ›*Wiederkehrendes Motiv war die blaue Blume, als Symbol für die Sehnsucht nach der Unendlichkeit und der Suche nach dem eigenen Ich.*‹ Der Film schneidet auf eine Sequenz von Sommerblüten. ›*Oft sind Wanderungen durch die Natur Inhalt der Verse – aber nicht nur als bloße Beschreibung dessen, was man sah. Durch die Natur versuchten die Vertreter der Romantik, sich selbst und die Gefühle des menschlichen Lebens widerzuspiegeln. Dabei war ihnen die Schönheit der Natur eine unerschöpfliche Quelle der Inspiration.*‹ Die Schönheit der Natur… In Berlin ist davon nicht viel übrig. Sardinenbüchsenplattenbauten und Kaugummiteppiche. Was hätten die Dichter der Romantik wohl gemacht, wenn sie in Marzahn gelebt hätten? Auf dem Bildschirm läuft der Abspann. Frau Sonntag klatscht in die Hände. »So, jetzt gibt's eine Viertelstunde Zeit. Versucht euch mal an einem romantischen Gedicht. Welche Charaktermerkmale es hat, habt ihr ja eben gehört.«

Die Jungs stöhnen. Sie hassen Deutsch sowieso und Gedichte sind in ihren Augen was für Mädchen. Aber dann kehrt doch langsam Ruhe ein und die ersten beginnen, in ihre Hefte zu schreiben. Achim und Sebastian lachen sich halb tot, als sie gemeinsam Reimworte suchen. »Frau Sonntag was reimt sich auf: Die Vögel, die picken?« Alles lacht, ich muss mitlachen. Dann konzentriere ich mich aber auf mein eigenes Gedicht. Ich möchte irgendwas schreiben, in dem der Himmel vorkommt. Und in dem ich verpacken kann, was ich fühle, wenn ich ihn heute Morgen ansehe.

In meinen mit Flecken übersäten Ordner schreibe ich die ersten Worte. *Himmel… endlos … blau …*

Nach fünfzehn Minuten bittet uns Frau Sonntag, zum Ende zu kommen. »Na? Wer traut sich und liest vor?» Stille, vereinzeltes Kichern. Die meisten gucken beschämt auf ihre Hände, keiner möchte sich vorne hinstellen und sein Gedicht präsentieren. Der dicke Sven steht schließlich auf und wedelt mit seinem Heft. Er schnauft immer beim Gehen, weil er überhaupt keine Kondition hat. Verlegen steht er vor der Klasse. Das Gedicht klingt ziemlich holprig und seine quietschende Stimme macht es nicht besser. Frau Sonntag lobt ihn trotzdem und wir spenden eine Runde spärlichen Beifall. »Wer ist als nächstes dran?« Sie geht durch die Reihen und legt mir ihren Arm auf die Schulter. »Mira? Was ist mit dir?«

»Ich weiß nicht… Ich mag's nicht selbst vorlesen.«

»Haha, Mira ist zu feige!!«, frotzelt Elif von hinten. Blöde Ziege. Soll sie doch ihren Scheiß selbst vorlesen! Mir schießt vor Wut und Scham die Röte in die Wangen. Frau Sonntag schnappt sich kurzerhand meinen Ordner, setzt sich vorne auf das Lehrerpult und beginnt zu lesen. Das Raunen in der Klasse wird leiser.

Nichts für ewig

So viel Stille in den blattlosen Bäumen
Hält mich gefangen in windstillen Träumen.
Berlin, deine Seele ist grau
Und über dir Himmel, so endlos, so blau.

Alles ist anders und nichts bleibt bestehen
wer gestern erst ankam, wird morgen schon gehen.
Also komm, lieber Winter, frier die Zeit für mich ein
Dann könnte, was gut war, unendlich sein.

Eine Weile lang herrscht Stille und Frau Sonntag schaut nachdenklich auf meinen Ordner. »Cool!«, sagt Sven schließlich. Er beginnt, auf den Tisch zu klopfen und die anderen steigen mit ein. Frau Sonntag nickt und gibt mir den Ordner zurück.

»Ein sehr schönes Gedicht Mira!« Ich rutsche tiefer in meinen Stuhl und traue mich nicht, sie anzusehen.

Nach der Stunde winkt sie mich zu sich. Die andren sind mit dem Blinklicht Richtung Pausenhof abgezogen. Ich stelle mich neben das Lehrerpult, Frau Sonntag macht noch ein paar Notizen ins Klassenbuch. »So, warte… Ich wollte dich etwas fragen Mira.« Sie klappt das Buch zu und lächelt mich an. Ein etwas gestresstes Lächeln, weil sie zu ihrer nächsten Stunde muss. »Am Ende vom Halbjahr gibt es einen Literaturwettbewerb für Jugendliche. Ich kann da aus meinen Klassen ein paar Schüler vorschlagen – was meinst du? Hättest du Lust, dort ein Gedicht vorzulesen?« Ich bin überrumpelt. Gedichte schreiben ist ja schön und gut, das mach ich in meinem Tagebuch - aber vorlesen? So vor Publikum? Ich zucke mit den Schultern.

»Ich weiß nicht«, antworte ich. Frau Sonntag lächelt wieder, nimmt ihre Tasche und steht auf. Sie drückt leicht meinen Arm.

»Na, überleg es dir, Mira. Ich würde mich freuen!«

Nach dem Unterricht trolle ich mich lieber nach Hause, Mama hat mit Handyverbot angedroht. Und das kann ich nicht riskieren, das ist mein Draht zu Vali und Kat. Als ich um zwei die Haustür aufschließe, höre ich die Stimme von meinem Stiefvater. Scheiße, warum ist der denn schon zuhause? Ich werfe meinen Rucksack in den Flur und betrete widerwillig das Wohnzimmer. Mama deckt den Tisch, Mike sitzt mit Maxi auf dem Sofa, sie spielen mit einem orangenen Plüsch-Dino. »Ich bin wieder da«, sage ich lahm und will eigentlich direkt wieder raus, in mein Zimmer. Aber Mike ist schneller.

»Wie war es in der Schule?«, fragt er. Vermutlich hat Mama ihm schon von meinem neuesten Fehltritt Bericht erstattet. Ich zucke nur mit den Schultern. Mike ist der letzte Mensch, dem ich erzählen will, wie es mir geht. Er versucht, irgendwie ein Erziehungsberechtigter für mich zu sein, aber das klappt nicht. Er ist eben nicht mein Vater. Mama kommt gerade mit einer Pfanne Fischstäbchen um die Ecke.

»Mira, setzt du dich bitte, es gibt Essen!«

›Ja, Hallo Mama, ich freu mich auch, dich zu sehn‹, denke ich bei mir und setze mich mit einem Seufzer an den Mittagstisch. Wir fassen uns alle bei den Händen, Mama, Mike und Maxi sagen einen albernen Kinder-Reim auf. Die anderen beginnen zu essen, ich stochere lustlos in meinen Bratkartoffeln. Wahrscheinlich ist es nicht der beste Moment, aber ich muss unbedingt eine Frage loswerden, die mir auf der Seele brennt. »Papa hat gefragt, ob ich an an meinem Geburtstag bei ihm und Saskia sein will.« Mama hebt die Augenbrauen.

»Aha. An den Feiertagen hat er also plötzlich Lust auf Familie.« Sie spuckt die Worte aus wie bittere Traubenkerne. Obwohl es schon drei Jahre her ist, dass Papa uns verlassen hat, verziehen hat sie es ihm nie. Und er – er lebt jetzt ein andres Leben. Seit letztem Jahr hat er eine neue Freundin, Saskia, fünfzehn Jahre jünger als Papa. Anfangs dachte ich, ich kann keine neue Frau an seiner Seite mögen, aber Saskia hat es mir leicht gemacht. Ich glaube, für sie bin ich sowas wie eine kleine Schwester. Sie verbündet sich manchmal mit mir, wenn ich in den Ferien da bin, dann darf ich länger raus, ohne dass es Ärger gibt. Aber da bin ich eben nur ‚Ferienkind'. Ich ignoriere Mamas giftige Bemerkung und hake nach.

»Also, darf ich oder nicht?« Mama und Mike wechseln einen Blick.

»Wir reden darüber nochmal, wenn deine Noten besser werden«, entgegnet Mama. Meine Gabel rauscht mit einem lauten Klirren auf meinen Teller. Was für eine miese Nummer ist das denn? Denkt sie, so kann sie mich erpressen? Ehe wir anfangen können, richtig zu streiten, brabbelt Maxi dazwischen. Er hat den Spinat einmal rund um seine Schnute verteilt und sieht aus wie ein grüner Zwerg. Mama beugt sich zu ihm herunter und wischt seine verschmierten Finger ab. Ich sehe die Wärme in ihrem Blick, als sie ihn ansieht und über seinen Kopf streicht. Und plötzlich gibt mir das einen Stich. Sie ist stolz auf ihn. Wann war Mama eigentlich das letzte Mal stolz auf mich? Ob Mike mich so anguckt oder nicht, ist mir egal. Aber Mama und ich, wir waren mal ein richtig gutes Team. Meine Wangen werden verdächtig warm, ich habe das Gefühl, jeden Moment losheulen zu können.

Um mich abzulenken, füttere ich Sir Michael unterm Tisch mit einem Fischstäbchen. Die Uhr an der Wand tickt leise vor sich hin. Ich will nicht mehr hier sitzen, ich ertrag das einfach nicht.

»Kann ich aufstehen?« Mama füllt gerade den Apfelkompott in die Nachtisch-Schälchen.

»Mira ich möchte, dass du hier bleibst und mit uns zu Ende isst.« Ihre Stimme klingt müde.

»Aber Vali und Kat warten auf mich!«

»Ist gut - kannst gehen«, sagt Mike.

Ich pfeffere die Serviette auf meinen Teller, schnappe mir meine Jacke und ziehe die Tür hinter mir zu. Draußen brennt die kalte Luft in meiner Lunge und treibt mir kurz die Tränen in die Augen. Es ist ein klarer Tag, die Sonne blendet mich und durch die Löcher in meiner ausgewaschenen Jeans pfeift der Wind. Hätte ne Strumpfhose drunter ziehen sollen. Aber egal, noch mal geh ich nicht zurück. Die Hose hab ich auch von meiner Cousine geerbt, wie das Parkamonster. Aber nachdem Vali und ich sie mit ner Schere bearbeitet haben, sieht sie eigentlich richtig cool aus. Mama hat ziemlich große Augen gemacht, als ich mit dem zerrissenen Teil neulich heim kam!

Ich habe eben gelogen. Ich hab keine Ahnung, was Kat und Vali heute machen, hoffentlich haben sie überhaupt Zeit. Ich laufe die Straße runter und nehme die Treppe zur S-Bahn, immer zwei Stufen auf einmal. Kat ruft mich an, sie muss daheim bleiben und auf Maddie aufpassen. Vali versetzt mich auch – sie hat ein Date mit diesem Typen von der Party.
Na super! Ich wünsch ihr viel Spaß, aber mich ärgert es trotzdem. Jetzt hocke ich wieder allein in der Stadt rum. Langsam werde ich echt zur Nomadin. Bei Burger King hole ich mir von meinem letzten Taschengeld einen

Vanille-Milchshake und gehe strohhalmschlürfend weiter. Meine Hände sind taub gefroren, ich hab nur die roten fingerlosen Handschuhe gefunden. Warum ist es um diese Jahreszeit bloß schon so kalt in Berlin? Durch die Häuserschluchten und lange Alleen treibt mich der Wind immer weiter voran. Neben dem Friseur am Einkaufscenter hat eine neue Boutique aufgemacht. *Schmuck- und Modewerkstatt* steht in großen, geschwungenen Buchstaben über der Tür. Weil ich mittlerweile wirklich jämmerlich friere und die Tür einladend offen steht, trete ich ein. Mich umfängt mildes Licht und vor allem Wärme, endlich Wärme!
Eine Verkäuferin bemüht sich vor der Umkleidekabine gerade um eine Kundin, die offenbar auf die glorreiche Idee gekommen ist, ihren Sohn zum Einkaufen mitzuschleppen. Der Knirps sitzt auf dem weißen Flokati vor den Kabinen und trommelt mit zwei Kleiderbügeln auf einem Glastisch herum. »Eine ganz tolle Farbe für Sie!«, lobt die Verkäuferin die Mutter, die sich in einem Strickkleid im Spiegel betrachtet.

Eine zweite Frau steht an der Kasse, die offensichtlich Zicken macht. Sie sieht zu mir rüber und mustert mich. »Guten Tag«, sagt sie. Ich nicke zurück und sauge geräuschvoll das Vanillemilchshake durch den Strohhalm. Bevor sie auf mich zukommen kann, ertönt ein ohrenbetäubendes Klirren, das Geräusch von berstendem Glas. Das Kind hat eine Blumenvase umgeschmissen und heult. Überall liegen Scherben, Wasser läuft über den Flokati und ein paar violette Tulpen haben es bis zum Kassentresen geschafft. Die Mutter beschwichtigt das weinende Kind, während die

Verkäuferin einen Wischmob holt. »Gott ist mir das peinlich!« Während sie ihren Sprößling auf den Armen wiegt, bietet die Kundin an, den Schaden wieder gut zu machen.

»Nein, Nein, ich bitte Sie, das macht doch gar nichts!«. Die Frau von der Kasse hat ihren Posten verlassen und sammelt die Scherben ein. »Scherben bringen Glück, sagt man doch. Das kann ich zur Eröffnung gut gebrauchen!« Offenbar gehört ihr der Laden. Sie tut mir fast ein bisschen Leid. Ausgerechnet am ersten Tag ramponiert hier so eine kleine Ratte das halbe Inventar! Wenn Maxi meine Schminktasche ausräumt und das Puder überall verteilt, könnte ich ihn auch jedes Mal an die Wand klatschen!

Das Gute an dem Durcheinander ist, dass niemand mehr auf mich achtet. In aller Ruhe kann ich mich umsehen, schlendere an den Kleiderstangen vorbei, fahre mit meinen Fingerspitzen die teuren Stoffe entlang. Taft, Seide und Samt schmiegen sich um meine Hände. Ein Durchbruch in der Wand zu meiner Rechten gibt den Blick auf einen zweiten, kleineren Verkaufsraum frei. Ein Vorhang aus Glasperlen trennt ihn vom Rest des Ladens. Ich zögere kurz, gehe dann aber doch hindurch. Die Perlen klimpern leise hinter mir. Der Raum ist bestückt mit Vitrinen, hinter ihren Scheiben glitzern Ketten, Armbänder und Ringe. Überall von der Decke hängen Anhänger aus Kristall. Vorsichtig bewege ich mich durch diesen gläsernen Dschungel. In der Mitte des Raumes steht ein schwerer Tisch, ein altes Möbelstück, mit vielen Narben. Eine Landschaft aus Bruchsteinen ist darauf aufgebaut, sie beherbergt eine Auswahl an sehr zarten Ketten. Im Kontrast mit den Steinen wirken sie noch viel, viel zerbrechlicher. Ich lasse den klebrigen Pappbecher sinken. Mein Blick bleibt an einem Kettenanhänger in Schmetterlingsform hängen. Ich strecke die Hand aus, umfahre den Falter mit meinen Fingern und hebe ihn auf. Die Kettenglieder fallen mit einem hellen Klirren in meine Handinnenfläche und kräuseln sich auf meinem fingerlosen Handschuh zu einem schlangenförmigen Gebilde. Das Metall fühlt sich kühl an in meinen inzwischen gut durchbluteten Fingern. Ich betrachte den Anhänger genauer und halte ihn gegen das Licht. In winzig kleine Goldränder eingefasst, besteht er größtenteils aus farbigem Glas. Haarfeine Fäden aus Silber sind in die Glasflügel des Anhängers eingelassen und wenn ich sie gegen die Sonne halte, leuchten sie zartblau und gelb. Die Sonnenstrahlen funkeln durch das zarte Flügelwerk hindurch, spiegeln sich auf meinem Gesicht. Ja, genau, das kann er! Dieser Falter fängt das Licht ein und speichert es für dunkle Stunden. Ich kneife die Augen zusammen und bin sicher, dass ich in meinem Leben noch nie etwas so Schönes gesehen habe. An der Kette hängt das Preisschild an einem weißen Faden. Drei Zahlen, ohne Komma. Auch wenn ich in Mathe echt mies bin – das hier kann ich mir nicht leisten. Ich lege die Kette behutsam wieder auf ihr Bett aus Stein.

Aber kaum haben meine Finger den Anhänger losgelassen, fühle ich mich seltsam leer. Ich will sie nicht hier zurücklassen, damit sie in ein paar Tagen an dem Hals irgendeiner Zahnarztgattin hängt. Das hier ist meine Kette! Ich würde sie gar nicht draußen tragen, in der Schule oder auf Partys. Dafür ist sie viel zu schade. Nur manchmal würde ich sie umlegen, wenn ich traurig bin und dann würde ich das kalte Metall auf meiner Brust spüren, direkt auf meiner Haut und wüsste, dass der Falter mich beschützt. Ich weiß nicht, warum, aber für mich hat dieser Schmetterling etwas Magisches. Er ist bestimmt gut gegen das Grau da draußen. Etwas so Zartes, das muss dagegen einfach gut sein!Ich sondiere die Lage. Durch den Vorhang sehe ich, dass die Kundin inzwischen einen Beruhigungscappuccino bekommen hat und ermattet auf dem tiefen Ledersofa sitzt. Ihr Sohn schmollt auf ihrem Schoß und die Verkäuferin versucht, die Tulpen wieder so zu arrangieren, dass sie nicht so aussehen, wie vom Laster überfahren.

Es geht schnell. Mit einer katzengleichen Bewegung verschwindet der Falter in meiner rechten Hosentasche. Der Vorhang klingelt wieder, als ich hindurchgehe. Betont lässig durchquere ich den Raum Richtung Tür und sehe schon den rettenden Steinboden der Berliner Einkaufsstraße vor mir. Gerade, als ich den ersten Schritt auf die Fußbodenmatte setze, legt sich eine Hand auf meinen Arm. »Entschuldigung. Ich glaube, du hast was vergessen.« Ich drehe mich um und schaue in ein Paar graublaue Augen.

Es ist die Ladeninhaberin. Sie hält mich fest, ihr Blick bohrt sich in mich hinein. Ich stehe da, wie angewurzelt. Höre die Stimme in meinem Kopf. ›*Mira, hey Mira bist du blöd oder was? Lauf. Lauf! Verdammt noch mal, setzt deinen Arsch in Bewegung!*‹ Aber es geschieht nichts.

Irgendetwas fesselt mich, irgendetwas in dem Blick aus diesen blaugrauen Augen. Möglicher Weise ist es die Begegnung mit dem Schmetterling, die mich so durcheinander gebracht hat. Sie hat meine Mauer durchbrochen, mein Schutzschild, das sonst immer um mich rum ist. Und jetzt finde ich es nicht wieder, zumindest nicht schnell genug. Ich stehe da wie benommen.Vielleicht kann ich mich aus ihrem schraubstockartigen Griff nicht lösen, weil ich versuche, in ihrem Gesicht etwas zu finden, das den Zauber des Amuletts erklären könnte.

»Ich glaube, du kommst mal mit mir nach hinten«, sagt sie bestimmt und seltsamerweise folge ich ihr. Ich werde durch den Laden geführt, vorbei an der Mutter, die mir einen mitleidigen Blick zuwirft. Hinter mir schließt sich die Tür zum Büroraum neben dem Verkaufstresen. Mit einer Geste deutet sie mir an, mich ihr gegenüber an den Schreibtisch zu setzen.

Die kurze Verschnaufpause reicht mir, um wieder hinter meiner Deckung zu verschwinden. Was auch immer es war, das ich da eben gespürt habe – diese Frau hält mich für eine ganz gewöhnliche Diebin. Aber in dieser Rolle bin ich gut, da kenne ich mich aus. Da fühle ich mich wieder sicher. Soll sie doch die Bullen rufen! Wen zur Hölle interessiert das? Mama kriegt wieder einen Anfall, wenn sie mich von der Wache abholen muss. Hatten wir seit den Herbstferien schon zweimal. Wird fast schon mal wieder Zeit.

Ich schwinge mich quer auf den ausgesessenen Stuhl und lasse meine Füße über die Armlehne baumeln. Ich hab keine Lust auf ein Verhör. Die Inhaberin nimmt hinter dem Schreibtisch Platz und legt die Hände in den Schoß. Sie holt einmal tief Luft und lässt ihren Blick auf mir ruhen. Wie ein Vergrößerungsglas sind ihre Augen. Man fühlt sich wie durchleuchtet. So intensiv guckt sie, dass ich fast rot werde und irgendwas sagen muss, weil ich mich geniere. »Und jetzt?«, frage ich.

Sie verschränkt die Arme vor der Brust und sagt ruhig und sehr bedacht: »Jetzt legst du die Kette hier auf den Tisch und ich begleite dich nach draußen oder ich bin gezwungen, die Polizei zu verständigen.«

Ich bin verwirrt. Ich hab eine Wahl? Ist ja ganz was Neues! Damit habe ich nicht gerechnet, ich dachte, jetzt kommt das alte Lied, das kenn ich ja schon. Um Zeit zu gewinnen, mache ich eine Blase mit meinem Kaugummi. Ich soll also den Falter rausrücken. Um ihren Hals hängt ebenfalls eine Kette, ein silbernes Amulett mit blauen Steinen. Schön sehen sie aus, wie Mondsteine. Als wäre einer raufgeklettert und hätte sie eingesammelt, um sie in dieses Medaillon zu legen.

»Na?« Sie wirft mir einen wartenden, fragenden Blick zu. Jaja, die Kette mit dem Falter! Aber irgendwas in mir sträubt sich. Ich will nicht. Ich will, dass er weiter in meiner Hosentasche wohnt. Erstmals lasse ich meinen Blick durch den Raum gleiten. Ein einfaches, kleines Büro, an den Wänden hängen ein Dutzend gerahmter Bilder. Fotografien. Ich staune – es sind alles Schmetterlinge! Die Frau folgt meinem Blick, sie hat immer noch ihren Röntgenblick drauf.

»Schöne Fotos«, sage ich. »Wenn man auch so wegfliegen könnte …« Irritiert schaut sie mich an. »So, wie die Schmetterlinge, meine ich«, setze ich erklärend nach. Ich weiß gar nicht, warum ich das sage. Es kommt einfach so aus meinem Mund geflossen. Und es lenkt ab von meinem Hosentaschenfalter. Ich weiß nämlich immer noch nicht, was ich tun soll.

Sie schaut mich an, halb überrascht, halb nachdenklich. Öffnet den Mund, will etwas sagen, scheint es sich dann aber anders zu überlegen und fragt: »Magst du Schmetterlinge?« Ich nicke. Sie lächelt und ich sehe, wie die Fältchen um ihre Augen dabei einen kleinen Kranz bilden. Dann setzt sie wieder eine professionelle Miene auf und neigt sich zu mir herüber.

»Tja …« Sie seufzt und stützt sich auf den Tisch. »Ich schätze, wir haben ein Problem. Wenn du die Kette nicht rausrückst, muss ich leider die Polizei anrufen. Und ich würde die wirklich ungern an unserem ersten Tag im Haus haben.« Erwartungsvoll richtet sie ihren Blick auf meine Hosentasche. Ich spiele mein Frage-Antwort-Spiel noch weiter, um Zeit zu gewinnen.

»Haben Sie den Schmuck selbst gemacht?« Sie lächelt und nickt. Dann steht sie auf, geht zum Tisch, holt eine Flasche Wasser und zwei Gläser, schenkt mir ein und setzt sich auf die Tischecke vor mir. Sie stellt das Glas vor mich hin. »Wie heißt du eigentlich?«

»Mira«, murmele ich und schaue angestrengt nach unten, auf meine löchrige Jeans. Wenn die blaugrauen Augen so nah sind, sind sie noch intensiver.

»Ich bin Astrid«, höre ich sie sagen. Hinter uns geht die Tür auf und die bebrillte Angestellte steckt den Kopf herein.

»Kann ich dir helfen?«

»Nein, Nein es geht schon, ich bin hier gleich fertig.«

Die Tür schließt sich und wir sind wieder allein.
Astrid mustert mich eine Weile.

»Und wie alt bist du?«.

»15. Aber bald 16«, antworte ich. Was spielt das für eine Rolle?

»Und ist es dir egal, wenn ich die Polizei anrufe? Die werden deine Eltern informieren.«

»Sollen sie doch. Meine Mutter ist es gewohnt.« Jetzt halte ich ihrem Blick trotzig stand. Was soll mir schon groß passieren? Ich hab keine Angst vor den Bullen, kann sie ruhig merken! Astrid schaut mich an, dann lacht sie leise in sich hinein.

»Du bist mir Eine!«, sagt sie, aber ich höre, dass es gar nicht so unfreundlich gemeint ist. Es klingt sogar ein bisschen Respekt in ihrer Stimme mit. Ich bin ihren Augen vielleicht eine kleine Diebin, aber feige bin ich wenigstens nicht. Irgendwie ist sie ist nicht so, wie anderen Erwachsenen. Jeder normale Mensch da draußen hätte doch schon längst die 110 gewählt. Worauf wartet sie noch?

»Kann ich jetzt gehen oder was?«, frage ich. Astrid lacht wieder, dabei funkeln in ihren Augen kleine, silberne Blitze.

»Nein junges Fräulein, du kannst jetzt nicht einfach so gehen! Wieso willst du die Kette denn unbedingt behalten? Willst du sie verkaufen?« Ich schüttele energisch den Kopf.

»Ich will die behalten. Für mich. Für niemanden sonst. Ich würd sie auch nur tragen, wenn ich alleine bin.« Astrid schaut mich mit ehrlicher Verwunderung an.

»Wieso denn das? Was willst du denn mit einer Kette, die niemand sieht?«

Mit einem Mal ist es mir peinlich, dass ich sie an meinen Gedanken teilhaben lasse und ich schweige. Was geht es diese Frau an, nur weil sie mich beim Klauen erwischt hat, muss ich ja hier nicht gleich einen Seelenstriptease hinlegen!

»Na?« Wieder dieser Tonfall. Nachhakend, er duldet kein Schweigen als Antwort.

»Er fängt das Licht ein.«, stelle ich fest, als ob ihr sonnenklar sein muss, was ich damit meine. Sie schaut mich irritiert an.

»Wer?«

»Na, der Falter«, erkläre ich leise. »Er fängt das Licht ein und gibt es dann wieder ab, an Tagen, an denen es dunkel ist.«

Gegen acht Uhr abends schließe ich unsere Haustür auf. Die letzten zwei Stationen bin ich zu Fuß gelaufen, wollte noch ein bisschen in Ruhe meinen Gedanken nachhängen. Ich hab keine Lust auf meine fragende Mutter oder auf Maxi, der mit mir spielen will. Dieser Nachmittag war bestimmt einer der schrägsten in meinem Leben. T-o-t-a-l verrückt. Ich kenne jetzt Astrid. Und ich habe einen Falter, der in meiner Hose wohnt. Die Polizei hat Astrid nicht gerufen – stattdessen hat sie mir ein Angebot gemacht. Zusammen mit ihrem Mann Pit wohnt sie auf einem Hof, außerhalb von Berlin. Dort züchtet sie Schmetterlinge. Und wenn ich an den Wochenenden aushelfe, muss ich den Falter nicht zurückgeben. Sozialstunden light sozusagen. Ich kann mir zwar bedeutend Besseres vorstellen, als samstags früh aufzustehen, aber immerhin schlage ich so zwei Fliegen mit einer Klappe: Mama macht keinen Aufstand und ich kann meine Kette behalten. Wenn ich nicht komme, muss ich den Falter zurückgeben und Astrid sagt meiner Mutter Bescheid. So ist der Deal.

»Bist du sicher, dass wir hier richtig sind?« Vali stolpert hinter uns her, Kat hat ein knackiges Marschtempo drauf. Es ist Freitag, der Tag ihres Castings. Sie nickt energisch.

»Der Typ hat gesagt, hinter dem Backsteingebäude immer links und dann durch das Metalltor.« Wir biegen von der Hauptstraße in ein Industriegelände ein, die meisten Etagen der Fabrikgebäude sehen verlassen aus. Ich habe ein mulmiges Gefühl im Bauch. Gut, dass Kat hier nicht alleine aufgetaucht ist. Kurz bevor wir das Tor erreichen, checkt sie ihre Frisur in einer Fensterscheibe. Unsicher schaut sie uns an.

»Seh ich wirklich gut aus?« Vali und ich nicken und sagen gleichzeitig: »Ja, du siehst super aus!« Wir prusten los. Das Lachen nimmt uns die Anspannung und Kat zieht das quietschende Metalltor auf.

»Dann wollen wir mal!« Sie schaut uns mit funkelnden Augen an und erklimmt als Erste die Treppen. Im dritten Stock klebt ein Zettel an der Tür: *Casting, bitte Ruhe!* ist mit Edding draufgeschrieben worden. Kat zögert kurz, dann reißt sie mit einem beherzten Ruck die Tür auf. Wir stehen in einer Fabrikhalle.

Der größte Teil der Halle ist leer, in der hinteren Ecke ist das Setting aufgebaut, eine Kulisse aus einem zerfledderten Sofa und einer Stehlampe. Dort wuseln Mitglieder der Film-Crew umher. Einige Mädels, die ich aus der Platte kenne, lungern herum und sehen gelangweilt aus. Sie scheinen nicht begeistert zu sein, dass Kat hier auftaucht. Wahrscheinlich wittern sie Konkurrenz. Eine Frau Mitte Zwanzig mit Undercut und Lederleggins kommt auf uns zu. Sie mustert uns von oben bis unten. Mit einem lauten Knall lässt sie eine pinke Kaugummiblase vor ihrem Mund platzen.

»Ihr seid wohl och für dit Casting da oder wat?«, fragt sie in breitestem Berlinerisch. Wir nicken, wobei ich auch nicht wüsste, warum wir uns sonst in diesen entlegenen Winkel der Stadt verirrt haben sollten. Sie zuckt mit den Achseln. »Dann kommt ma mit!« Sie winkt uns und wir folgen ihr.In der Halle ist es kalt und zugig, eine funktionierende Heizung gibt's offenbar nicht. Mit jedem Meter, den wir zurücklegen, wird mir die Sache suspekter. Das ist doch nie im Leben ein seriöses Casting! Auch Valis Gesicht spricht Bände. Ich will Kat gerade vorschlagen, doch lieber wieder abzuhauen, als ein bärtiger Typ in Jeans und T-Shirt mit Comic-Aufdruck sich von seinem Stuhl erhebt und zu uns rüberkommt.

»Hey, ich bin Gianni, der Casting-Director!«

Ich kann förmlich sehen, wie Kat auf einen Schlag mindestens noch drei Zentimeter wächst. Sie gibt ihm die Hand und strahlt ihn an wie den Weihnachtsmann persönlich.

»Ich bin Kat! Ich wurde im Einkaufscenter entdeckt und für heute eingeladen.«Gianni scheint mäßig beeindruckt.

»Aha.« Sein Blick fällt auf Vali und mich. »Und wer sind die da?!«

»Meine Freundinnen, Mira und Valerie. Die wollten gern zuschauen.«

Gianni kratzt sich am Kopf. »Eigentlich mag ich keine Zuschauer. Die lenken nur die Schauspieler ab, verstehste?«

»Aber die stören ganz sicher nicht, stimmt's?« Kat schaut flehend zu uns rüber und wir nicken artig.

»Na gut. Setzt euch da rüber. Und du kommst mit mir und wir schauen mal, was du kannst.« Er legt seinen Arm um Kats Schulter und zieht sie mit sich. Ich finde ihn jetzt schon zum Kotzen. Vali und ich trollen uns neben das Set. Hier steht ein Tapeziertisch mit Kaffeespender und Donuts in Plastikverpackungen. Dazwischen überquellende Aschenbecher. Ich zapfe uns zwei Becher Kaffee und gemeinsam hocken wir uns auf den Sims der fast raumhohen Fenster. Ich nehme einen tiefen Schluck – was für eine widerliche Plörre.

Kat steht mittlerweile in der dürftigen Kulisse, in der Gianni sie abgesetzt hat. Sie nestelt an ihrer Jeansjacke, ihre Augenlider flackern. Gianni nickt ihr zu.

»So Kat, entspann dich und erzähl doch mal was von dir! Wer bist du, was machst du so?«Ich sehe Kat über den Monitor neben der Kamera, in Großaufnahme. Man kann sagen, was man will, aber sie hat ein irre fotogenes Gesicht. Die Kamera liebt sie!

»Also, ich bin Kathleen, aber alle nennen mich Kat. Ich bin 15 und wohne in Marzahn. Ich hab ne kleine Schwester.« Sie fährt sich durch die Haare. »Die meiste Zeit hänge ich mit meinen Freundinnen ab.« Ihr Blick schweift kurz zu uns rüber, sie lächelt verlegen. So kleinlaut hab ich Kat überhaupt noch nie gesehen.

»Okay, cool. Hast du schon mal was gespielt?« Kat schüttelt den Kopf.

»Na, macht nichts. Wir fangen einfach mal an. Du bekommst noch ein Gegenüber.« Gianni dreht sich um und brüllt durch die Halle. »Marco! Wo bleibst du!« Kat's Spielpartner kommt durch die Halle geschlurft. Er ist mindestens zwanzig und trägt trotz der Kälte hier drin nur ein dünnes Shirt, unter dem sich Muskelberge abzeichnen. Seine Arme stehen seltsam vom Körper ab, er erinnert mich irgendwie an Hulk. Gianni dirigiert Kat zu dem ausgesessenen Sofa und drückt sie an den Schultern auf die Sitzfläche.

»Also, wir fangen an mit einer Szene mit Marco. Das ist dein Freund in der Serie, klar?« Kat nickt. »Ihr habt euch grade gestritten, weil er gestern spät nach Hause gekommen ist und du wissen willst, wo er war. Alles verstanden?« Kat wundert sich.

»Krieg ich denn keinen Text?« Gianni schüttelt den Kopf.

»Nee, ist ja kein Spielfilm hier! Das wird ne Dokusoap, alles voll real, kein Drehbuch. Spiel einfach ganz frei! Wir wollen das ganz echt, so richtig nah dran!«Kat sieht verunsichert aus. Sie zwirbelt an ihren Haaren und lächelt jetzt nicht mehr. Gianni beugt sich zu ihr herunter.

»Was ist, kann's losgehen?!«Aus Kat's Mund kommt ein undefinierbares Brummen. Gianni wertet es als Zustimmung und schwingt sich auf seinen Regiestuhl. Er gibt dem Kameramann neben ihm noch letzte Anweisungen, dann klatscht er laut in die Hände. »Aaachtung! Es geht los! Ruhe bitte!« Er dreht sich noch einmal zu Vali und mir um. »Von euch hör ich auch keinen Mucks, verstanden?« Vali nickt beflissentlich,

ich rolle mit den Augen. Dann haut die Hubba-Bubba-Empfangsdame zwei Pappen gegeneinander, für eine richtige Klappe hat's wohl nicht gereicht.

Marco steht vom Sofa auf und stemmt seine Hände in die Hüften. »Ich hab doch gesagt, ich geh zu Freunden ... Jetzt zick hier nicht rum.« Er leiert seinen Satz herunter wie auswendig gelernt. Ungefähr mit so viel Gefühl, wie mein Zahnarzt, wenn er sagt ›Tut mir leid, heute müssen wir bohren.‹ Zum Schauspieler ist der definitiv nicht geboren! Vali kichert neben mir. Gianni wirft uns einen giftigen Blick zu. Kat hat irgendwo zwischen dem Hulk-Imitat und der Film-Crew offenbar ihre Stimme verloren. Als sie ihren Mund aufmacht, kommt nur ein Krächzen heraus. Verkrampft räuspert sie sich. Die Assistentin stöhnt genervt auf.

»Ach Gottchen, für sowat ham wir hier echt keene Zeit.« Kat schaut hilfesuchend um sich. Ihre Augen suchen und finden meine. Ich nicke ihr ermutigend zu. Verdammt, ich weiß, dass sie das besser kann! Vali und ich winken ihr mit unseren Fäusten, in denen wir unsere Daumen gedrückt halten und Kat scheint neuen Mut zu fassen. Sie atmet tief durch und steht langsam vom Sofa auf. Als sie den Kopf wieder hebt, hat sich ihr Gesicht total verändert. Der Blick, der Marco trifft, ist scharf. Und dann legt sie los. Mit einem Monolog, der sich gewaschen hat! Ihre dunklen Augen fassen ihn ins Visier und nageln ihn fest, ihre Hände fliegen umher und mit jedem Satz, den sie Marco entgegenschleudert, wird er kleiner und kleiner, als hätte man ein Ventil geöffnet und die ganze heiße Luft aus ihm rausgelassen.

Wenn man es nicht besser wüsste, man könnte denken, dass er sie wirklich gestern betrogen hat. Gianni und die Assistentin schauen gebannt auf den Screen. Selbst die Mädchenbande aus der Platte hat aufgehört, auf ihren Handys rumzutippen und verfolgt die Szene. Als Kat's Wortsalve verstummt, ist es für einen kurzen Moment völlig still.
Schließlich räuspert sich Gianni und klatscht in die Hände. »Daaanke! Das war's! Nicht schlecht.« Kat grinst und winkt uns zu, ihre Wangen leuchten vor Stolz. Gianni kommt jetzt erst richtig in Fahrt, offenbar hat Kat echte Chancen auf den Job, denn sie soll gleich die nächste Aufnahme machen. »Schön, schön, wir machen gleich noch ein Take. Folgendes Szenario: Ihr habt euch gestritten, jetzt habt ihr euch wieder vertragen, bla, bla, bla ... Setz dich mal wieder aufs Sofa.« Kat nimmt Platz, Marco setzt sich neben sie und betrachtet seinen Bizeps.

»Sehr gut«, lobt Gianni. »Und jetzt möchte ich einen schönen Versöhnungskuss sehen.«

»Muss das sein?« Kat sieht wenig begeistert aus. Marco grinst dümmlich vor sich hin und kratzt sich am Bart.
Wie viele Mädchen der heute wohl schon geknutscht hat?

»Na, du wirst ja wohl deinen Freund auch küssen. Also los jetzt! Alle bereit? 3,2,1!«

»Ohja, küssen tut *die* sicher genug!« Das kam von Jessi, einem Mädchen, die Kat schon lange auf dem Kieker hat, weil ihr damaliger Freund sich in Kat verguckt hatte.

»Halt doch die Klappe!«, zische ich zur ihr rüber.

»Ist jetzt mal Ruhe dahinten!«, brüllt Gianni von seinem Stuhl. Kat hat sich mittlerweile in ihr Schicksal gefügt und lässt sich von Marco an sich ziehen. Gianni nickt. »Also, geht doch. Jetzt legt euch mal hin und zieh mal dein T-Shirt aus, wir sind ja nicht im Kloster hier.«

Hab ich das eben richtig gehört? Ehe ich richtig darüber nachdenken kann, hüpfe ich von der Fensterbank und platze mitten in die Szene.

»Ey spinnst du oder was?!« Gianni reißt sich seine Kopfhörer von den Ohren und springt von seinem Stuhl auf. »Was soll denn der Scheiß?!«

»Hier zieht sich überhaupt niemand aus! Was soll das werden? Der nächste Amateur-Porno?« Kat klebt in einer Art Schockstarre auf dem Sofa fest. Ich kann sehen, wir ihr ganzer Schauspieltraum gerade zerbröselt wie ein Mürbekeks. Ich gehe vor ihr in die Knie und schaue sie an.

»Willst du das machen?« Kat guckt zu Gianni, zu Marco, dann wieder zu mir und schüttelt langsam den Kopf. Gianni, der seine Felle davonschwimmen sieht, macht noch einen letzten Versuch, Kat umzustimmen.

»Ein bisschen Haut kannst du doch ruhig zeigen! Das machen die in Hollywood auch nicht anders.« Ich drehe mich um und zeige ihm einen Vogel.

»Hollywood? In Hollywood sieht's sowieso ganz anders aus! Such dir für deine billige Serie jemand anderen!«

Ich packe Kat bei der Hand. »Süße, los jetzt, wir haben hier nix verloren.« Endlich kommt wieder Leben in sie. Kat lässt sich von mir aus den Armen von Marco befreien und aus dem Set ziehen. Ich schnappe unsere Sachen und wir verlassen unter dem Kichern der anderen Mädchen die Halle. Sollen die sich doch für die Kamera ausziehen! Gemeinsam laufen wir die Treppen hinunter, raus, ins Freie.

»Oh Gott, was war denn das für ein Scheiß!« Ich kann mich gar nicht beruhigen. »Was auch immer die da drehen, das kommt nie im Leben ins Fernsehen!« Kat trottet geknickt hinter mir her, ihr Lippenstift ist von der Knutschaktion verwischt und alles Leuchten, das vorhin noch auf ihrem Gesicht lag, ist erloschen. Vali hakt sich bei ihr unter und zu dritt erreichen wir die Straßenbahnhaltestelle. Wir setzen uns auf das Geländer am Bahnsteig. Zur Kälte gesellt sich jetzt noch leichter Nieselregen.

»Auch das noch!«, murmelt Kat in ihre Kapuzenjacke. Niedergeschlagen starren wir ins Leere. Kat wischt sich mit dem Ärmel die Lippenstiftreste vom Gesicht.

»Das war ja wohl ein Griff ins Klo. Also doch keine Serienkarriere«, seufzt sie.

»Das war ja bestimmt nicht das letzte Casting. Aber für so nen Schmuddelfilm musst du dich echt nicht hergeben! Außerdem warst du gut! Richtig gut!«

»Ja?« Kat schaut uns verunsichert an.

»Total!«, pflichtet Vali mir bei. »Die Ansprache wird Marco jedenfalls so schnell nicht vergessen. Konnte der eigentlich gut küssen?«Kat schüttelt grinsend den Kopf.

»Nee. Der wusste überhaupt nicht, wohin mit seiner Zunge. Bei solchen Küssen muss ich immer an den Schleudergang der Waschmaschine denken!«

Wir fahren zusammen zu Vali nach Hause, ihre Eltern sind wieder mal unterwegs. Wir bleiben daheim, liegen in Schlafanzügen auf Valis Bett und trinken Cola-Rum. Im Fernseher flimmern die neuesten Videos auf MTV.

»Ach, Scheiße.« Kat hat die kalte Dusche der Casting-Realität noch nicht ganz überwunden. Sie starrt auf den Bildschirm. »Wir stecken doch hier sowas von fest. Ich will jedenfalls nicht mit 36 noch hier wohnen, zwei Kinder haben und jeden Tag nach der Arbeit Rateshows im Fernsehen gucken. Ich will was erleben! Etwas, an das man sich ewig erinnert, wovon man noch seinen Enkeln erzählt!« Sie seufzt, steht auf und schnappt sich einen Nagellack von Valis Schminktisch. »Darf ich?« Vali nickt. Kat lässt sich neben mir wieder aufs Bett fallen und zieht sich die Socken aus.

»Wieso lackierst du dir im Winter denn die Fußnägel? Das sieht doch eh keiner.«

»Bei dir vielleicht nicht«, erwidert Kat mit einem breiten Grinsen und ich schüttle lachend den Kopf. Sie öffnet die Flasche und macht sich ans Werk. »Vali, wie läuft's eigentlich mit Dennis? Seid ihr jetzt so richtig zusammen?« Vali druckst herum und zuckt mit den Schultern.

»Ich weiß nicht«, antwortet sie ausweichend. »Wir haben da nicht so richtig drüber geredet.«

»Aber geküsst habt ihr euch schon?« Kat lässt nicht locker. Wenn sie was will, dann kann sie sich so hartnäckig in ein Thema verbeißen, wie ein Pitbull. Vali wird rot. Sie hatte noch nie einen festen Freund. Zweimal war sie bisher verliebt, aber die Jungs waren mit anderen Mädchen zusammen.

»Als er mich gestern nach dem Kino heimgebracht hat, hat er mich geküsst.« Sie lächelt zaghaft. »Und er hat gesagt, wir müssen uns bald wiedersehen.«

»Klingt doch super«, befindet Kat, tief über ihren linken Fuß gebeugt. Aber auf Valis Gesicht ziehen mit einem Mal Gewitterwolken auf. Das selige Lächeln fällt in sich zusammen und missmutig stopft sie sich eine Ladung Popcorn in den Mund.

»Ach, aber es wird eh nix mit uns!« flüstert sie, mehr in die Popcorn-Schüssel, als zu uns. Ich richte mich von den Kissen auf.

»Wieso das denn?«Vali zieht ihre Pulliärmel über die Hände und sagt mit leiser Stimme: »Dennis will morgen mit mir in die Schwimmhalle. Lädt mich sogar ein, weil ich keine Kohle hab.« Sie macht eine kleine Pause. »Aber im Schwimmbad ist man ja fast nackt. Wenn der mich im Bikini sieht, ist eh alles aus.« Ihre Stimme klingt erstickt. »Ich bin eine fette Kuh. So eine will keiner zur Freundin.« Auf ihren Wangen kullern zwei Tränen hinab. Kat beendet abrupt ihre Lackierarbeiten. Sie pustet auf ihre Nägel und setzt sich auf.

»So ein Quatsch! Zeig mal deinen Bikini, Ich bin sicher, der ist super!« Vali ziert sich und will nicht, aber ich springe Kat zur Seite und wir nötigen sie mit dem Bikini ins Bad zum Umziehen. Wenn sie sich nicht mal vor uns raustraut, wie soll das dann am Samstag erst werden? Kat und ich warten eine ganze Weile im Flur. Vali will nicht rauskommen. Wir hören sie im Bad schluchzen.

»Es sieht schrecklich aus, ich kann so nicht rausgehen!«, heult es durch die geschlossene Tür. Jetzt kommt Kat richtig in Fahrt. Sie sagt, wenn Vali nicht aufmacht, dann würden wir direkt hier vor der Badezimmertür campieren, einen Sitzstreik beginnen und uns die Haare abrasieren.

»Stell dir vor, Vali, deine beiden besten Freundinnen laufen dann wegen dir nur noch mit Halbglatzen rum. Kannst du das verantworten? Und dann rufen wir die Zeitung an und du wirst fotografiert, wenn du wieder raus kommst! Dann sieht dich ganz Deutschland halbnackt und vielleicht kommt auch noch ein Fernsehteam und du bist im Bikini live in den Mittagsnachrichten!« Ich muss lachen und auch aus dem Bad kommt schließlich ein Kichern. Das hat Kat super gemacht - manchmal ist ihre große Klappe einfach Klasse! Schließlich dreht sich quietschend der Schlüssel und die Tür springt auf. Heraus kommt Vali, zwar noch mit nassgeweinten Wangen, aber als sie uns in die ausgebreiteten Arme fällt, lächelt sie schon wieder.

Den Rest des Abends ertränken wir in Karaoke und Partylikören, die noch von Valis letztem Geburtstag übrig sind. Wer am schlechtesten singt, muss trinken. Weil ich wirklich keinerlei Talent habe, bin ich nach kurzer Zeit schon ziemlich dicht. Die Mädels haben Mitleid mit mir und wir wechseln zu Hiphop. Bei Rap hab ich wenigstens eine kleine Chance, nicht jedes Mal zu verlieren. Mehrmals kommt Valis Mutter rein, die mittlerweile wieder daheim ist und ermahnt uns, leiser zu sein, aber ohne viel Erfolg. Wir sind viel zu aufgedreht und betrunken, um Rücksicht auf die Nachbarn zu nehmen. Schließlich reicht es ihr und sie schmeißt uns raus. Kat und ich geben Vali einen Gute-Nacht-Kuss, packen unsere Sachen und trollen uns.

In leichten Schlangenlinien laufen wir kichernd das Treppenhaus hinunter. Kat will noch zu Marvin, einem Jungen aus der Siedlung mit dem sie vor ein paar Wochen auf einer Party rumgeknutscht hat und der sie seitdem mit SMS bombardiert. Am Spielplatz trennen sich unsere Wege, ich nehme sie in den Arm und schaue ihr nach. Sie verschwindet aus dem Lichtkegel der Straßenlaterne, bis zur nächsten, unter dem sie wieder kurz inmitten der Dunkelheit aufblitzt, sich umdreht und mir zuwinkt.

Ich mache mich auch auf den Heimweg. Bis auf ein paar Leute mit ihren Hunden und den Alkis an der Trinkhalle sind die Straßen wie leergefegt. Von wegen, in Berlin ist was los. In Marzahn kann man jedenfalls gepflegt versauern. Warum musste Mama sich bloß in Mike verlieben? Den hat sie auf der KFZ-Zulassungsstelle kennengelernt, nachdem sie auf dem Weg vom Scheidungsanwalt eine fette Beule in unser Auto gefahren hatte. Mike findet, sein Häuschen hier draußen sei das Gelbe vom Ei. Jeden Samstag steht er summend im Garten und sprengt den Rasen und aus irgendeinem Grund findet Mama dieses Spießerleben plötzlich attraktiv. Vielleicht liegt es auch daran, dass Maxi so schnell unterwegs war, dass sie plötzlich ihr Faible für Einfamilienhäuser mit Gartenzaun und eigener Garage entdeckt hat.

Mag ja sein, dass es für Kleinkinder hier ganz nett ist – aber für mich ist es einfach eine Katastrophe. Mir kommen Kats Worte wieder in den Kopf. Ich seh es ähnlich. Was auch immer ich mit meinem Leben anstelle, hier bleiben will ich auf gar keinen Fall.

Das Glück liegt in der welt verstreut
wartet, dass ich's mir nehme
ich frage mich wie lang's wohl bleibt
auch wenn ich niemals käme.

5

Am nächsten Morgen klingelt mein Handy-Wecker um Sieben. Penetrant bohrt sich das schrille Geräusch in meinen Gehörgang. Ausgerechnet heute ist der erste Tag auf der Schmetterlingsfarm. Stöhnend ziehe ich mir das Kissen über den Kopf und taste nach dem Handy. Erwische die Snozze-Taste. Nur noch zehn Minuten! Beim zweiten Klingeln gebe ich mich doch geschlagen und schwinge meine Füße aus dem Bett. Ich muss kurz innehalten, weil sich alles dreht. Nach drei Stunden Schlaf ist in meinem Blut noch reichlich Restalkohol. Aber es hilft ja nichts. Wenn ich die Kette behalten und nicht für den Rest meines Lebens Hausarrest bekommen will, muss es eben sein. Noch halb benommen lese ich auf dem Handy eine Nachricht von Kat: ‚*Hat sich nicht gelohnt mit dem nach Hause zu fahren. Ist direkt eingeschlafen.*' Ich schicke ihr einen grinsenden Smiley zurück und tappe barfuß Richtung Bad. In der Dusche lasse ich das Wasser lange über meinen hämmernden Kopf laufen. Gott, ich will einfach nur wieder in mein Bett, ich bin todmüde. Ich schnappe mir meine Lieblingsjeans und meinen Kapuzenpulli aus dem Schrank und steige im Flur in meine Sneaker. Die anderen schlafen alle noch, ausnahmsweise sogar Maxi. Ist mir ganz recht, denen heut Morgen nicht mehr zu begegnen. So fühlt es sich wenigstens an, als ob es nur meine kleine Welt gibt und alles, was stört, hat darin nix verloren. Mama hab ich gestern gesagt, dass wir uns von der Schule mit ner Projektgruppe treffen. Sie hat es geglaubt, Wahnsinn! Mama kriegt echt nix mehr mit, als ob ich freiwillig am Wochenende was für die Schule machen würde! In der Küche schmiere mir ein Nutella-Toast, klappe es zusammen und nehme mir noch eine Flasche Orangensaft mit. Dann schlüpfe ich in meine Jacke, ziehe meine Mütze tief über die Ohren und schließe die Tür hinter mir.

Es ist ein weißer Tag. Weiße Tage nenne ich die Tage im Winter, an denen der ganze Himmel aus Wolken besteht. Die Sonne kommt nicht durch und es gibt nur eine einzige Farbe: weiß. Ich erwische gerade noch so die S-Bahn, sprinte die letzten Treppenstufen auf den Bahnsteig und lande mit einem Hechtsprung im Wagon, gerade, als sich die Türen zischend schließen.

Atemlos schmeiße ich mich in ein Viererabteil. Der Zug ist noch fast leer, bis auf ein älteres Ehepaar. Fahren wahrscheinlich zum Gottesdienst oder was weiß ich. Noch immer nach Luft japsend, lege ich meine Füße auf die Sitze gegenüber und schließe die Augen. Noch ein bisschen schlafen!

»Entschuldige, aber würdest du die Schuhe vielleicht von den Sitzen nehmen?« Es dauert eine Weile, bis mein Hirn verarbeitet hat, dass diese Information an mich ging. Ich öffne die Augen und sehe in das verärgerte Gesicht des Rentners auf der anderen Seite des Abteils.

»Was ist los?!«

»Da wollen doch auch noch andere Leute sitzen! Nimmst du bitte die dreckigen Schuhe da runter?« Seine Frau schaut mich auch schon ganz zerknittert an, mit einem Gesicht, als hätte sie eben in eine Zwiebel gebissen. Zwei Rentner auf Rettungsmission der

Berliner S-Bahn-Polster sind wirklich das Letzte, das ich gerade brauche.
»Haben Sie keine eigenen Probleme oder was?!«, blaffe ich zurück. Damit ernte ich nur entsetztes Kopfschütteln. Ich höre noch irgendwas mit ‚unverschämt', setze mir demonstrativ meine Kopfhörer auf und lasse meine Füße, wo sie sind. In dieser dreckigen Stadt machen ein paar Schuhabdrücke mehr oder weniger ja wohl wirklich nichts mehr aus!
Das Nörgelpaar hat den Zug längst schon verlassen, als ich aussteigen muss. Man, liegt dieser Hof weit draußen! Was gäbe ich drum, jetzt eingemummelt in meinem warmen Bett zu liegen und meinen Rausch auszuschlafen. Ich gehe die Treppe am Bahnsteig runter, über die Ampel an den Gleisen und dann die Straße mehrere hundert Meter geradeaus. Die erste rechts hat Astrid gesagt. Die Straße führt in ein Wohngebiet, sieht ziemlich reich aus, die Gegend. Nach einer Weile taucht linker Hand ein Bauernhaus aus Backsteinen auf. Vorm Eingang stehen zwei Ahornbäume, eine zerzauste Hecke umgibt die Einfahrt. Nummer 11. Das ist es! Ich drücke die Klinke der Gartenpforte hinunter, gehe die Auffahrt hinauf und stehe vor der Tür. Quer über das Holz ist eine Weihnachtsgirlande gespannt, hinter den Stechpalmenblättern erhasche ich einen Blick in den Flur. Warmes Licht fällt auf die Bodenfliesen, von weiter hinten im Haus ist Geschirrklappern zu hören. Ich atme tief durch und drücke den Klingelknopf.

Statt Astrid öffnet ein Mann die Tür. Er trägt ein Holzfällerhemd, eine Brille ohne Rand und hat braunes, an den Schläfen schon leicht angegrautes Haar.

Die Augen hinter den Brillengläsern schauen mich vergnügt an. Fest drückt er meine ausgestreckte Hand. »Du musst Mira sein! Ich bin Pit, Astrids Mann. Komm rein, sie ist schon im Gartenhaus.« Ich trete ein, Pit führt mich durch den Flur in den Wohnbereich – ein großer Raum, der nahtlos in die Küche übergeht. Über die gesamte Länge des Zimmers erstreckt sich eine Fensterfront mit Blick in den Garten. Im Wohnzimmer brennt der Kamin und auf dem Sofa guckt mich ein Dackel aus schläfrig verwunderten Augen an. Ich streichle ihm über den Kopf. »Das ist Arthur.« ,sagt Pit.

»Wir haben auch nen Haustier. Sir Michael. Unsern fetten Kater.« Pit betrachtet mich kurz, lächelt dann und zeigt nach draußen.

»Da geht's in den Garten. Einfach am Teich links vorbei, dort siehst du einen Pavillon. Astrid erwartet dich, wir sehen uns beim Mittagessen.« Ich trete auf die Terrasse, Arthur steckt kurz seine Schnauze neben meinen Knien ins Freie. Ihm scheint es zu kalt zu sein, denn er macht kehrt und trippelt schnurstracks zum Sofa zurück. Ich schließe die Terrassentür hinter mir und laufe die Treppen hinunter.

Gesäumt von hohen Bäumen, erstreckt sich vor mir der weitläufige Garten. Großzügig angelegte Beete ziehen sich durch das Gelände, vom Sommer sind noch viele Stauden und Sträucher stehengeblieben, Raureif hüllt sie in eine zarte Schicht Eiskristalle. Ich bleibe kurz stehen und schaue mich um. Das ist echt mal eine andere Hausnummer als Mikes Rollrasen! Der würde vor Neid erblassen! Ein Schwarm Raben tobt lärmend über den leeren Himmel. Mich fröstelt es, durch die

Baumkronen fegt ein böiger Wind und ich beeile mich, weiter zu kommen. Im hinteren Teil des Gartens erahne ich zwischen den Bäumen ein mächtiges Gewächshaus, aber zunächst steuere ich den Holzpavillon an. An den Fensterscheiben des achteckigen Häuschens kleben hunderte Eisblumen, davor stapelt sich ein Sammelsurium von Pflanztöpfen in allen Größen und Formen. Ich reibe mit meinem Jackenärmel quietschend ein Stück der Glasscheiben an der Tür frei und werfe einen Blick hinein – Astrid kann ich nicht entdecken. Weil mir verdammt kalt ist und drinnen zumindest Licht brennt, trete ich trotzdem ein.

In der Ecke gibt ein Heizstrahler knackende Geräusche von sich. Ansonsten ist es still, es ist niemand hier. Die Wände des Raumes sind mit Regalen bestückt, vollgestopft bis in die obersten Winkel mit Schachteln, Gläsern, Vasen und Deko-Objekten aller Art. Ich gehe an den Regalbrettern entlang und bleibe bei einem Exponat eines Schmetterlings hinter Glas stehen: rotbraune Flügel mit weißen Flecken, am Kopf zwei Puschel, die mich irgendwie an Spülbürsten erinnern. Er ist riesig, größer als meine Handfläche und Finger zusammen. Ich wusste gar nicht, dass es sowas gibt! *Attacus Atlas* steht in geschwungener Schreibschrift auf dem ausgeblichenen Hintergrund aus Pappe. In der linken Ecke des Raums steht eine massive Werkbank mit allerlei Goldschmiedewerkzeug, vermutlich der Geburtsort meines Amuletts.

Ich schwinge mich ächzend auf die schwere Holzplatte und lasse meine Füße herunterbaumeln. Astrid wird sicher gleich hier sein. Ich gähne und schaue auf mein Handy. Keine Nachricht von Kat, die schläft wahrscheinlich noch, die Glückliche! Fünf Minuten vergehen. Dann zehn. Langsam reicht es mir, ich hab mich extra so früh aus dem Bett gequält und jetzt ist gar keiner da und ich sitze hier dumm rum, wie bestellt und nicht abgeholt! Aus meiner Jackentasche fummele ich meine Zigaretten, hänge mir eine lose in den Mundwinkel und versuche, sie anzuzünden. Verfluchtes Feuerzeug! Ich schüttele es kräftig. Endlich entsteht eine Flamme, ich halte sie dicht vor das Ende der Selbstgedrehten.

Über das Licht hinweg blicke ich geradewegs in Astrids Augen. Ich habe sie gar nicht gehört, sie muss vollkommen lautlos hereingekommen sein. Astrid sagt nichts. Sie mustert mich nur lange und fixiert das Feuerzeug vor meinem Gesicht. Ich lasse meine Hand sinken. Nehme die Zigarette, die ich zwischen meinen Lippen klemmt und stecke sie wieder zurück in die Jacke. Astrid nickt, kaum merklich. »Guten Morgen, Mira«, sagt sie, geht an mir vorbei und stellt eine schwere Kiste voller Glasbehälter mit einem lauten Klirren neben mir auf die Werkbank. Das Scheppern dringt mir bis in die Zahnwurzeln, mein Kopf dröhnt.

»Morgen«, nuschele ich in mich hinein und stecke meine Hände in meine Hosentaschen. Mein Blick fällt in einen Spiegel, der mir gegenüber an der Wand lehnt. Meine Augenringe hängen bis in die Kniekehlen, ich sehe noch fertiger aus, als ich mich fühle. Falls das überhaupt möglich ist. Astrid packt zwei Rollen Küchenpapier zu den Gläsern und sagt scheinbar unbeteiligt: »War wohl spät gestern?« Ich nicke. Sie kommentiert das nicht weiter und klatscht stattdessen in die Hände. »Also gut, fangen wir an. Deine Sachen kannst du hier hinlegen.« Ich packe meinen Rucksack aufs Sofa, Astrid steht schon in der Tür. »Na, auf, komm!« Langsam setze ich mich in Bewegung und trotte hinter ihr her. Es geht wieder durch den Garten, dieses Mal in Richtung des Glashauses, das, aus der Nähe betrachtet, noch imposanter wirkt.

»Wohnen da drin die Schmetterlinge?« Astrid läuft voraus, die klappernden Gläser im Korb klingelt vor mir her.

»Genau. Die meisten Falter kommen bei mir noch als Eier an. Nach einiger Zeit schlüpfen aus den Eiern die Raupen. Und wenn die dann groß genug sind, verpuppen sie sich in einem Kokon, aus dem eines Tages die Falter schlüpfen.« Ich stolpere über die Wurzeln einer Weide, die sich mit ihren Ästen tief über den Weg beugt und fluche. Astrid, die schon hinter den Zweigen verschwunden war, ruft nach mir. »Was ist los? Kommst du?«

»Jajaaa, ich komm ja schon.« Humpelnd versuche ich, aufzuholen, biege die Äste beiseite und erspähe Astrid kurz vor dem Glashaus. Ich schließe zu ihr auf, an der kurzen Seite des Gewächshauses befindet sich der Eingang. Durch zwei Glastüren kommen wir in eine Art Vorraum. Mich empfängt ein Schwall schwüler Luft. »Oh man, ist das heiß hier drin!«

»Das hier ist die Klimaschleuse. Lass Pulli und Jacke hier, das wird sonst zu warm. Die Schmetterlinge im Haus sind aus den Tropen. Die brauchen natürlich so gut es geht ihren natürlichen Lebensraum und wir bemühen uns, ihn nachzubilden.« Astrid stellt den Korb mit den Gläsern ab, während ich Jacke und Pulli ausziehe. »Hier drin sind konstant 23-26 Grad, die Luftfeuchtigkeit beträgt 60-80%.«

Ich merke es. Selbst im T-Shirt ist mir noch viel zu warm. In meinen Schläfen hämmert es. Ich hätte gestern früher ins Bett gehen sollen! Astrid verschwindet in einem Nebenraum, ihre Stimme klingt gedämpft zu mir herüber. »Vor ein paar Wochen habe ich Eier aus Thailand bekommen. Actias Selene, das sind indische Mondspinner. Prachtvolle Tiere, mit einer Flügelspannweite von bis zu 16 cm. Mintgrün mit rosanen Punkten. Eigentlich kommen sie aus Asien.« Ich setze mich auf einen herumstehenden Hocker. Mir ist schlecht, die Luft hier drin ist zum Ersticken. Astrid kommt zurück, allerdings ist nicht viel von ihr zu sehen, sie ist hinter einem gewaltigen Bündel Grünzeug verschwunden, das sie auf der Arbeitsplatte neben dem Waschbecken ablädt. »Das ist für die Mondspinner-Raupen, sie brauchen neues Futter. Bald können wir ihnen dann helfen, sich zu verpuppen. Siehst du - hier ist die Puppenstube.« Sie zeigt auf eine Holzvitrine mit einigen Holzstangen, an denen Puppe an Puppe hängt. Gelangweilt werfe ich einen Blick durch die Glasscheibe. Sie sehen aus wie welke Blätter, grünlich-bräunlich, ziemlich unspektakulär, wenn man mich fragt. Nur mühsam kann ich ein Gähnen unterdrücken. Astrid beginnt, die Zweige zu sortieren und winkt mich zu sich heran. »Wir haben zwar auch viele tropische Pflanzen im Haus, aber Mondspinner fressen zum Glück auch irre gerne Rhododendron.« Sie zieht die

Kiste mit den Gläsern zu sich heran und füllt einige davon am Waschbecken mit Wasser. Das Gurgeln des Hahns unterbricht ihre Ausführungen. Ich starre hinaus in den Garten. Ich komme mir vor, wie in der Schule. Man, es ist Samstag und ich sitze hier rum und höre mir Vorträge über irgendwelche chinesischen Schmetterlinge an! Wie viel lieber würde ich jetzt in meinem Bett liegen, meine Lieblingsmusik auf den Ohren und niemanden hören und sehen. »Sag mal, hörst du mir überhaupt zu?«

»Hm, was?« Ich drehe mich um, Astrid schaut mich vorwurfsvoll an.

»Ich will nicht alles fünfmal erklären müssen.«

»Jaja, ich guck ja schon.« Genervt drehe ich mich zu ihr um, stütze meine Ellenbogen auf die Arbeitsplatte und meinen schmerzenden Kopf auf meine Hände. Der explodiert noch, wenn ich nicht bald aus diesem Treibhaus rauskomme! Astrid greift sich ungerührt den Rhododendron und platziert ihn in den Behältern.

»Also, man nimmt ein paar Zweige, siehst du, so … Und oben auf die Glasöffnung packen wir Watte drumherum. Damit die Raupen beim Fressen nicht ertrinken können, wenn mal eine den Halt auf den Blättern verliert.« Astrid schaut mich an, ihre Augen sind jetzt sehr nah. Ich erinnere mich an das Gefühl, das ich hatte, als ich bei ihr im Laden war und sie mir gegenüber saß. Genauso ist es jetzt wieder. Als ob ihre Augen durch mich durchleuchten könnten. Mir wird schwindelig, ich spüre, wie mein Magen sich verkrampft, auf meiner Stirn sammeln sich Schweißperlen. Wieso ist es hier nur so verdammt heiß drinnen?

»Alles klar, Mira?« Astrids Stimme klingt wie durch dichten Nebel zu mir durch, vor meinen Augen tanzen Blitze.

»Tschuldigung, ich muss …« gerade noch rechtzeitig schaffe ich es aus dem Gewächshaus und verabschiede mich im Garten wieder von meinem Frühstück. Mein Magen krampft noch zwei Mal, dann fühle ich mich schlagartig besser. Himmel, war mir eben schlecht da drin! Ich atme tief durch. Nur im T-Shirt ist es zwar ziemlich kalt, aber wenigstens bekomme ich wieder einen halbwegs klaren Kopf hier draußen. Astrid ist mir gefolgt, sie hält mir ein Glas Wasser hin, das ich dankbar annehme.

»Geht's wieder?«, fragt sie. Ich nicke beschämt. Verdammter Alkohol! Astrid steht eine Weile da, schaut mich nachdenklich an und sagt schließlich: »Tut mir leid, Mira, aber so wird das nichts. Ich dachte, du nimmst das hier ernst. So kann ich dich hier nicht gebrauchen, total fertig, wenn du am Abend vorher gefeiert hast bis zum Umfallen und mit einer Fahne ankommst, die man auf fünf Meter Entfernung riechen kann.« Ich antworte nicht, ich weiß nicht, was. Ich starre auf meine Schuhspitzen und fühle mich miserabel. Astrid seufzt leise. »Okay. Ich sehe, das führt zu nichts. Ich zwinge niemanden. Ich gehe jetzt rüber und sage Pit Bescheid, er kann dich sicher nach Hause fahren. Pack deinen Kram zusammen, ich bin gleich zurück. Die Kette kannst du einfach drinnen auf den Tisch legen.«

Ich nicke, ohne aufzublicken. Ihre schwarzen Stiefel machen auf dem Absatz kehrt und verschwinden aus meinem Sichtfeld. Plötzlich spüre ich Wut in mir aufsteigen. Ich weiß nicht, auf wen ich mehr wütend bin – auf mich, die schon wieder alles verzockt hat oder auf sie, die mich einfach so aufgibt. Ehe ich richtig darüber nachdenken kann, rufe ich hinter ihr her: »Ich dachte, du bist anders als die Anderen! Aber du bist doch so, wie Alle!« Das Geräusch der Schritte verstummt. Ich blicke hoch. Astrid ist stehen geblieben und hat sich umgedreht.

»Weißt du was? Das hab ich über dich auch gedacht, Mira.« Sie schweigt kurz. Dann setzt sie hinzu: »Ich dachte, du bist etwas Besonderes.« Sie dreht sich um und stapft den Weg hinauf, hoch zum Haus. Ich gucke ihr hinterher, ihre letzten Worte hallen in mir nach. Mit einem Ruck reiße ich die Tür zum Falterhaus auf, sie fällt krachend hinter mir ins Schloss.

In meinen Augen stehen heiße Tränen. Warum muss ich immer alles kaputt machen? Was ist denn eigentlich los mit mir? Ich schnappe mir meinen Pullover, ziehe ihn über den Kopf und wische mit dem Ärmel die Tränen weg, die mir über die Wangen kullern. Verdammte Scheiße! Ich suche in meiner Hosentasche nach dem Amulett, als mein Blick auf die Puppenstube fällt. In der dritten Reihe von oben auf der linken Seite bewegt sich was. Erst halte ich es für eine optische Täuschung, aber Nein, da ist wirklich was! Ich kneife die Augen zusammen und gehe dichter ran, um besser sehen zu können.Eine der Hüllen, die mit Nadeln an den Leisten befestigt sind, schwankt heftig hin und her. Am unteren Ende ist sie aufgebrochen und ich kann zwei Fühler und den Ansatz von Flügeln erkennen.

Millimeter für Millimeter schält sich ein Falter aus seiner Puppenhaut. Zuerst guckt der Kopf heraus, dann ein Teil der zerknitterten Flügel. Dieser kleine Kerl kämpf sich Stück für Stück in sein neues Leben. Wer weiß, wie lange er in seiner engen, dunklen Hülle gewartet hat. Und nun sucht er sich ausgerechnet diesen Moment aus, um zu schlüpfen! Er zappelt wie verrückt von rechts nach links und schließlich befreit er sich mit einem Mal von seiner Puppenhaut. Noch etwas wackelig sitzt er mit seinen Füßchen auf dem unteren Teil der Hülle, die jetzt durchsichtig ist, wie Pergamentpapier. Vermutlich muss er sich erst mal von den Strapazen erholen. Ich starre fasziniert durch die Scheibe auf dieses winzig kleine Wesen, das so unbedingt aus seinem zu eng gewordenen Zuhause heraus wollte. Koste es, was es wolle! Hinaus, ins Licht!

Als Astrid wiederkommt, bleibt sie abrupt in der Tür stehen, schaut verwundert auf mich und dann auf die Werkbank. Vor mir stehen drei fertige Fresspflanzengläser in Reih und Glied. »Mir ist die Watte ausgegangen«, sage ich mit Blick auf die noch wartenden Gläser. Astrid stutzt kurz, dann tritt sie neben mich, zieht eine Schublade im Schrank unter der Bank auf und fischt eine Packung Watte daraus hervor.

»Die ist hier.« Sie legt sie neben mich, schnappt sich das nächste Glas und befüllt es am Waschbecken mit Wasser. Ich beeile mich, die Zweige zusammenzusuchen und stecke sie in das von Astrid hingehaltene Gefäß. Dichte fachmännisch jede Lücke und den Rand mit Watte ab. Von der Seite trifft mich Astrids Blick. Sie lächelt. Ich grinse über die Blätter hinweg zu ihr herüber und ohne noch ein Wort über unseren missglückten Start zu verlieren, arbeiten wir konzentriert weiter, bis Pit uns zum Mittagessen holt.

Wir sitzen zu dritt in der gemütlichen Wohnküche, Arthur kringelt sich neben mir auf die Bank und Pit stellt eine Schüssel mit dampfender Hühnersuppe auf den Tisch. Genau das richtige für meinen verkaterten Magen, der allmählich wieder knurrt. Die salzige Flüssigkeit tut gut. Die ersten Minuten herrscht genussvolles Schweigen, wir löffeln die Suppe und tunken frisch gebackenes Weißbrot in unsere Teller.

Pit mustert mich über den Tisch hinweg. »Soso und du bist also dieses Mädchen, dass sich in Astrids Laden in einen Schmetterling verliebt hat?« Ich werde tiefrot und verschlucke mich an meiner Suppe.

»Hmhm«, brummele ich. Astrid lacht.

»Ach, nun zieh sie nicht auf. Wir waren auch keine Unschuldsengel als wir jung waren.«

»Na komm, ein bisschen necken kann sie schon vertragen, was Mira?" Pit lächelt mich entwaffnend an und ich grinse zurück. Man kann ihn nur mögen!

Nach dem Mittagessen geht Astrid noch mal mit mir raus ins große Glashaus. Nach der warmen Mahlzeit hat mein Hirn wieder Energie getankt und ist halbwegs aufnahmebereit. Wir schnappen uns die fertigen Gläser und bringen Sie in zwei große Holzvitrinen. »Damit sie ungestört fressen und wachsen können.« Behutsam setzt Astrid die Raupen mithilfe eines weichen

Borstenpinsels um. Sie sind rot und haarig. Schwer vorstellbar, dass daraus mal anmutige Falter werden! »Das wichtigste ist: Stell niemals einen Zuchtbehälter in die Sonne. Bei zu großer Hitze trocknen die Puppen sonst aus. Und in einen Behälter kommen nie Raupen verschiedener Arten - die fressen sich sonst gegenseitig auf. Auch wenn man zu viele Raupen in ein Glas setzt kann es passieren, dass sie Artgenossen fressen.« Ich muss an Kat denken, die in dieser winzig kleinen Wohnung wohnt mit ihrer Mum und Maddie. Da kann man schon mal Platzangst kriegen, da versteh ich die Falter. Nachdem wir den Räupchen ihre Leibspeise vorgesetzt haben, will Astrid mir die Freiflughalle zeigen.

»Bereit für die Hauptattraktion?« Sie schaut mich mit gespannten Augen an.

»Absolut!« Astrid geht vor, erst durch eine weitere Glastür, dann noch durch einen gläsernen Vorhang wie der, der in ihrem Laden hängt. Ich höre das vertraute Klingeln in meinen Ohren. Dann betreten wir das Glashaus mit der hohen Kuppel. »Wow.« Ich bin baff. Ich stehe in einem regelrechten Mini-Urwald! Palmen, Bambus, Farnblätter, blühende Sträucher – durch die grüne Landschaft schlängelt sich sogar ein kleiner Bachlauf! Selbst von der Decke hängen Pflanzen. Alles ist grün und lebendig und die Luft ist voll von Schmetterlingen. Astrid sieht mein staunendes Gesicht und lächelt.

»Schau dich ruhig um. Ich topfe gerade noch ein paar Orchideen um. Pass nur auf den Wegen auf, dass du auf keinen Falter trittst, manchmal ruhen sie sich am

Boden aus." Vorsichtig betrete ich die Pflastersteine, Blüten und Blätter streifen meine nackten Arme. Im Falterreich scheint die Zeit still zu stehen, ich bewege mich automatisch wie in Zeitlupe. Astrid ist verschwunden, ich habe das Gefühl, ganz alleine zu sein. Das einzige Geräusch ist das Plätschern des Wassers über den Steinen. Auf dem Hibiskus zu meiner Rechten saugt ein Falter Nektar. Er lässt sich von mir gar nicht stören, ich kann ihn ganz nah betrachten. Verrückt! Heute Morgen bin ich noch am Alex durch den Müll der Berliner Nachtschwärmer gestapft und jetzt stehe ich mitten im Paradies! Nach einer Weile erhebt sich der Schmetterling, mit zarten Flügelschlägen zieht er weiter zur nächsten Pflanze. Irgendwie macht einen der Anblick dieser Tiere ganz andächtig. Sie sind so filigran, wie aus Seidenpapier. Als müsste man sie nur einmal anpusten und sie würden zu einer Prise Staub zerfallen. Über den Bach führt eine kleine Brücke. Von hier aus hat man einen Überblick über den gesamten Garten. Ich lege den Kopf in den Nacken und schaue nach oben. Die transparente Decke ist mit langen, hellen Stoffbahnen gegen zu pralles Sonnenlicht geschützt. Unter ihrem Dach tummeln sich die Schmetterlinge, ein wildes Durcheinander bunter, schlagender Flügel. So mitten im Winter haben sie etwas Unwirkliches, Magisches an sich. Ich kann mich an dem Anblick kaum sattsehen. Mit einem Mal fühle ich mich ganz leicht, so, als ob sich die Fähigkeit zu fliegen von diesen grazilen Wesen auf mich übertragen würde. Ich breite die Arme aus und blinzele ins Licht über mir. Drehe mich um meine eigene Achse, bis ich nur noch die Sonne sehe, die Falter, schwarzweiße, orangene, grüne, sie flirren vor meinen Augen vorbei.

»Mira? Wo steckst du?« Astrid's Stimme reißt mich aus meinem Falter-Traum.

»Hier, ich komme!« Ich springe die Treppenstufen der Holzbrücke hinunter und finde Astrid neben einem kleinen, künstlichen Wasserfall. Sie betrachte eben zufrieden ihr Werk, ein Meer aus weißen Blüten.

»Dann wären wir fertig für heute!« Ich helfe ihr, ihre Gärtner-Utensilien im Geräteschuppen zu verstauen und wir machen uns auf, zurück zum Haus. Auf der Wiese neben dem Glashaus stehen drahtumwobene, große Käfige. Hab ich noch nie gesehen, sowas. Ich tippe Astrid auf die Schulter und zeige auf die Drahtzäune.

»Und wozu sind die da?« Astrids Blick folgt meinen ausgestreckten Fingern.

»Das sind die Freiflugkäfige. Darin können sich die einheimischen Falter im Frühjahr paaren.«

»Du meinst, du steckst die Schmetterlinge in einen Käfig, damit sie darin Sex haben?« Astrid lacht.

»Sozusagen. Manche Arten kann man auch mit der Hand paaren.«

Ich verziehe das Gesicht. »Oh man. So was Perverses mach ich aber nicht!«

wann bin ich zart genug
und so zerbrechlich,
dass keine Angst auf dieser Welt
mich finden kann?

wann wird es Zeit für meinen ersten Flug?
Jetzt, morgen oder irgendwann?

Anfang Dezember habe ich Geburtstag, zwei Tage vor Nikolaus. Ein Mittwoch. Na toll! Ich finde, Geburtstage sollten generell nur am Wochenende sein – wer will bitte an so einem Tag in der Schule hocken? Zu meinem vollendeten Glück schreiben wir heute auch noch ne Matheklausur. Ich versteh nicht mal die Aufgabenstellung und starre lustlos auf den Zettel vor mir. Ich glaub, ich fall im Sommer durch. Meine Mitschüler sitzen rechnend oder seufzend über ihren Heften, Jens raschelt hinter mir mit seinem Spickzettel. Der Rune sitzt an seinem Pult und liest Zeitung. Manchmal schaut er auf und bittet um Ruhe. Ich lausche dem Geräusch der tippenden Finger auf den Taschenrechnern, während ich meinen eigenen nicht mal ausgepackt habe. Draußen nichts als grau, drinnen scheint kaltes Leuchtstoffröhrenlicht auf unsere gesenkten Köpfe herab. Ich kaue auf meinem Bleistift und schaue aus dem Fenster. Träume mich ins Wochenende zurück. Auf die Farm und zu den Faltern. Aus irgendeinem Grund hat Astrid mir eine zweite Chance gegeben. Sie ist nicht so wie Mama, Mike oder die meisten meiner Lehrer, die nichts anderes zustande bringen, als mir Sätze an den Kopf zu knallen, die sich anfühlen, wie Bowlingkugeln. Jetzt habe ich einen kleinen Hoffnungsschimmer am Horizont. Jetzt gibt es etwas, auf das sich zu warten lohnt, etwas, das mich die Woche überstehen lässt.

Endlich erlöst mich das Blinklicht. Ich gebe ein leeres Heft ab entkomme für heute der Schule. Am Tor steht

Papa. Er holt mich mit ab, das hab ich mir gewünscht. Als er mich sieht, tritt er pflichtbewusst seine Zigarette aus, obwohl er sowieso weiß, dass ich rauche. Papa hat einen Cord-Anzug an, für Stoffanzüge fühlt er sich nicht spießig genug.
Er breitet seine Arme aus und ich falle hinein. »Meine Große! Mein Gott, 16 Jahre! Jetzt bist du schon eine richtige Dame!« Ich lache. Sein Bart kratzt und er riecht nach zu viel Rasierwasser, aber das ist egal.

Ich schmeiße meinen Rucksack auf die Rückbank und wir fahren in die Stadt. Papa hat sich den Nachmittag freigenommen für mich. Wir essen fettige Hühnerschenkel bei KFC und gehen danach ins Kino. Papas Vorschlag, eine Teenie-Komödie anzuschauen schlage ich aus und wir kaufen Karten für einen Thriller. Den findet er viel schlimmer als ich und stöhnt nach der Hälfte des Films, dass er jetzt nie wieder in Ruhe schlafen könne. Ich lache und setze ihm die leer Popcornpackung über den Kopf, damit er nichts mehr sehen muss. Mich alleine zu lassen mit dem Gruselstreifen findet er dann aber auch unverantwortlich. »Ich muss dich doch beschützen!« sagt er und diese Worte versetzen mir einen Stich und sind gleichzeitig irgendwie schön. Nach der Vorstellung sitzen wir noch eine Weile im Café neben dem Kino. Papa fragt nach der Schule und nach Vali und Kat und ob ich auch brav nur Jungs treffe, die ich ihm vorher vorstelle. Er erzählt lustige Geschichten von früher, als er das erste Mal mit einem Mädchen ausgegangen ist und ihr beim Eislaufen aus Versehen den Rock runtergezogen hat, als er gestolpert und hingefallen ist. Wir lachen, bis uns die Cola wieder aus der Nase läuft. Es ist ein wunderbarer Tag. Abends fahren wir nach Charlottenburg in die neue Wohnung, die er vor einem halben Jahr mit Saskia zusammen bezogen hat.Zur Feier des Tages gibt es mein Lieblingsessen, Papa legt Jazzmusik auf und trommelt vergnügt auf dem Tisch. Die Stimmung ist bestens, nach dem Essen spielen wir zusammen an der Playstation und ich wage noch mal einen Vorstoß in Sachen Umzug. Saskia holt Getränke-Nachschub, ich setze eine Runde aus, rücke zu Papa aufs Sofa und tippe ihn auf die Schulter.

»Na, was gibt's?«, fragt er und legt seinen Arm um mich.

»Papa, ich bin doch jetzt schon sechzehn.« Papa hat gerade gepunktet und reißt die Arme hoch. Er grinst mich an.

»Ja ich weiß, ich hab mitgezählt!« Ich rolle mit den Augen und strecke ihm die Zunge raus.

»Haha, sehr witzig. Ja, also mit sechzehn ist man doch fast schon achtzehn, oder? Und eigentlich kann man dann doch schon selbst entscheiden, was man machen will!« Papa lässt den Controller sinken und guckt zu mir herunter.

»Wo drückt denn der Schuh?« Ich nestele an den Bändern meines Kapuzenpullis herum.

»Naja, ich wollt halt noch mal fragen, ob ich nicht vielleicht doch bei euch einziehen darf?« Papa seufzt.

»Ach, Spatz.«, sagt er und es klingt nicht gerade hoffnungsspendend. »Du weißt doch, dass das nicht geht.«

»Was geht nicht?«, fragt Saskia, die eben mit Crackern und Fanta aus der Küche wiederkommt.

»Mira hat gerade gefragt, ob sie nicht doch bei uns wohnen kann.« Saskia gießt uns ein und hält mir ein Glas hin.

»Im Prinzip natürlich gern, das weißt du ja, Mira. Aber wir sind doch den ganzen Tag unterwegs.«

»Ich bin meistens vor 8 nicht Zuhause.«, ergänzt Papa. »Wir könnten uns gar nicht richtig um dich kümmern.« Ich schnaube entrüstet auf.

»Aber ich bin doch kein Baby mehr! Ich komm doch auch allein klar!«

Papa streicht sich über seinen Bart. Er seufzt.

»Das mag ja alles sein, Mira. Aber deine Mutter hat da auch ein Wörtchen mitzureden. Es war abgemacht, dass du bis zu deinem achtzehnten Geburtstag bei ihr wohnst.«

»Als ob sie soviel Spaß mit mir hätte. Wir streiten eh andauernd.« Es ist zum Verrücktwerden! Ich fühle mich bei Mama und Mike Null Zuhause, aber wegziehen darf ich auch nicht!

»Du kannst uns doch an den Wochenenden besuchen.« , sagt Saskia, aber ich höre an ihrem Tonfall, dass sie genau weiß, dass mir das kein großer Trost ist. Um Neun ruft Mama aufm Handy an, sie steht unten vor der Tür. Schweren Herzens verabschiede ich mich. Papa drückt mich im Flur lange an sich und streicht mir über die Haare. Ich spüre eine Welle von Traurigkeit in mir aufsteigen. Weil ich mir keine Blöße geben will, ziehe ich entrüstet den Kopf weg.

»Ach Papa, lass mal, meine Frisur!« Er lacht.

»Jaja, ich weiß, das ist in dem Alter wichtig. Bist eben nicht mehr meine Kleine.«Ich gebe ihm einen Kuss auf die Wange und trete hinaus, ins Treppenhaus.

»Och nee, Mädels, echt nicht! Ich will nicht schon wieder Stress Zuhause!« Es ist Freitagabend und Kat und Vali stehen vor meinem Bett und gucken mich mit vorgeschobener Unterlippe an. Sie versuchen seit geschlagenen zwanzig Minuten, mich zu bearbeiten, mit in einen Club zu kommen. Ich muss zwar morgen erst nachmittags bei Astrid aufschlagen, aber ich will nicht schon wieder Krach zuhause riskieren. Außerdem guck ich grad ne Doku über Schmetterlinge auf meinem Computer und hatte mich auf einen ruhigen Abend eingestellt.

»Aber du MUSST mit, Mira. Ohne dich ist es nicht dasselbe!« Kat springt mit einem Satz zu mir aufs Bett und schaut mich flehend an.

»Willst du außerdem Valis Freund nicht endlich richtig kennenlernen?« Bei diesen Worten leuchtet Vali im Hintergrund förmlich auf. Diesem stolzen Gesicht kann man nichts abschlagen. Ich seufze.

»Na gut, ich komme mit. Du gibst ja sonst eh keine Ruhe!« Ich schließe meinen Laptop und schwinge mich vom Bett.

»Aber ich muss das noch mit meiner Mutter klären.«

»Das übernehme ich!« Kat hüpft freudig voraus, Vali und ich folgen ihr ins Wohnzimmer, wo Mama gerade am Schreibtisch sitzt.»Frau Baumgartner, Sie müssen Mira erlauben, heute Abend mit uns auszugehen. Sie hatte doch Geburtstag und wir wollen nachfeiern!«

Mama nimmt ihre Brille ab und mustert Kat mit zweifelndem Blick.

»Warum feiert ihr nicht ein bisschen bei uns? Hier könnt ihr es euch doch auch nett machen!« Kat schnappt sich einen Stuhl neben Mama, lässt sich rittlings darauf nieder und senkt ihre Stimme dramatisch. »Heute Abend geht es aber um die ganz großen Gefühle! Wir haben Vali versprochen, dass sie uns heute Abend ihren ersten richtigen Freund vorstellen kann. Und der ist in einem Club in Mitte mit Freunden unterwegs. Kommen Sie, Sie wissen doch, wie das ist, die erste große Liebe! Erinnern Sie sich daran? Das muss man doch mit seinen Freundinnen teilen!“ Mama lacht. Sie schüttelt den Kopf und gibt sich geschlagen. Sie weiß, dass Kat sonst eh keine Ruhe gibt.

»Na gut. Aber nur bis Zwölf!«

Im Winter ist die U-Bahn der einzige Ort in Berlin, an dem es warm ist, glaube ich. Über der Erde bahnt sich der Wind seinen Weg durch die Straßen, schneidend kalt. Nur hier unten, in den dicht besetzten Wagons der Züge, in denen sich die Feierwütigen knäulen, ist es warm. Die Luft riecht nach Alkohol, Bierlachen sickern über den Boden und werden bei jedem Anfahren des Zuges weiter durch den Wagen getrieben. Manchmal habe ich das Gefühl, dass immer auch die Hoffnung mitfährt, in den Zügen am Freitagabend. Oder die Verzweiflung, so genau ist das wahrscheinlich nicht zu trennen. Jeder will etwas erleben, etwas, das sich abhebt vom Montag-bis-Freitag-Leben, eine kleine Flucht.

Berlin am Wochenende, das ist ein einziger großer Balztanz. Und wir sind mittendrin.
Im Club angekommen, halten wir Ausschau nach Dennis, aber der ist noch nirgends zu sehen. Vali ist tierisch aufgeregt. Sie hibbelt von einem Fuß auf den anderen und hypnotisiert den Eingang.

»Davon kommt er auch nicht schneller.«, grinst Kat. Wir setzen uns an einen Tisch nahe der Bar und stoßen auf meinen Geburtstag an. »Auf ein supertolles neues Jahr für dich!«, brüllt Kat gegen den Lärm der Boxen an und wir lassen die Flaschen aneinander klirren. Die guten Wünsche kann ich brauchen, aber eigentlich kann es ja fast nur noch besser werden! Wir quatschen eine Weile über Zuhause, die Schule und darüber, wann Dennis wohl endlich hier auftaucht, als sich aus einer Gruppe an der Bar ein junger Mann löst und zielstrebig auf unseren Tisch zusteuert. Er winkt in die Runde und beugt sich dann zu mir herunter. Damit ich ihn verstehen kann, muss er nah an mein Ohr kommen. »Hey, ich hab dich vorhin gesehen und du gefällst mir. Darf ich dich auf was zu trinken einladen?« Ich mustere ihn verstohlen. Er sieht gar nicht schlecht aus. Trotzdem lehne ich dankend ab.

»Nee, lass mal, ich bleib bei meinen Mädels. Aber Danke.« Er macht eine bedauernde Geste, lächelt und verschwindet wieder im Gewühl. Kat und Vali gucken mich mit großen Augen an.

»Wer war denn das?« fragt Kat.

»Keine Ahnung. Der wollte was mit mir trinken.« Kat schüttelt den Kopf, sie kann es kaum fassen, dass ich das Angebot ausgeschlagen habe.

»Aber der war doch richtig süß!«, schwärmt sie. »Mira, manchmal bist du echt komisch. Irgendwann musst du über Michel mal hinwegkommen.«

Ich zucke mit den Achseln. Ich weiß ja selbst nicht, was mit mir los ist. Seit der Sache mit Michel bin ich tatsächlich irgendwie immun gegen die Liebe. Ich möchte gerne mal wieder jemanden auf den ersten Blick so toll finden. Aber es passiert einfach nicht. Mit Michel hatte ich von Anfang an eine besondere Verbindung. Er hatte damals keinen Bock auf Schule, so wie ich. Wir haben oft zusammen abgehangen, die Schule geschwänzt und drüben in dem türkischen Café auf dem durchgesessen Sofa gehockt und Nintendo gezockt. Und darüber geredet, was wir alles sein könnten, wenn wir es uns aussuchen könnten. Wenn uns niemand reinreden würde, keine Eltern, keine Lehrer. Stundenlang konnten wir das machen. Wir haben uns unsere eigene Zukunft ausgemalt.

Aber dann kamen seine Eltern mit ihren bescheuerten Internats-Plänen dazwischen. Ich weiß noch, wie Kat im Sommer die Nase über Michel gerümpft hat. Nachdem er weg war, hat sie ihn nur noch als meinen ‚Sohn aus gutem Hause' betitelt. Ich glaube, eigentlich mochte sie ihn, aber sie wollte es mir leichter machen, ihn zu vergessen. Meine Gedanken werden unterbrochen von einem hellen Quietschen links neben mir.

»Da ist er!« Vali hat Dennis erspäht, der gerade mit ein paar Freunden im Schlepptau reingekommen ist. »Oh mein Gott. Ob wir einfach rüber gehen sollen?« Zögernd schaut sie uns an.

»Aber natürlich!«, sagt Kat, packt ihre Bierflasche und zieht uns von unseren Sitzen.
Wir pflügen uns durch die Menge tanzender Menschen

»Hi!« Kat baut sich vor den Jungs auf und zieht Vali schnell neben sich. Die ist mal wieder knallrot angelaufen und kriegt kein Wort mehr raus. Dennis begrüßt sie mit einem Kuss auf den Mund, uns schüttelt er nacheinander brav die Hand. Er ist einer von diesen Menschen, die das nicht richtig können. Ein Händedruck musst fest sein, nicht zu fest natürlich, dass er einem die Finger abquetscht, aber eben so, dass man merkt, dass da ein Gegenüber ist. Dennis' Hand legt sich in meine wie ein Stück toter Fisch, ein weichgespülter Waschlappen, ohne jegliche Spannung.

Weil Valis Sprachzentrum einen Aussetzer hat und Dennis' Freunde offenbar ebenfalls auf den Mund gefallen sind, übernimmt Kat den Smalltalk, erzählt, dass wir meinen Geburtstag nachfeiern und so prosten wir noch mal alle zusammen auf mein Wohl. Danach stehen wir eine Weile zusammen rum, das Gespräch ist eher zähflüssig. Besonders helle sind seine Freunde nicht. Gerade brüsten sie sich damit, wie sie im Vollrausch eine Reihe Autos vollgekotzt haben. Dennis selber hat irgendetwas an sich, das ich nicht mag. Er ist so nervös, wie unter Dauerstrom, kann einem kaum länger als drei Sekunden am Stück in die Augen sehen.

Vali bemerkt davon nichts, ihr Himmel hängt voller Geigen. Unverhohlen himmelt sie ihn an und er scheint es zu genießen. Nach einer Weile verschwinden die beiden auf der Tanzfläche, wir schauen ihnen nach. Dennis legt seine Hände um ihre Hüfte und zieht sie an sich. Ein ungewohnter Anblick. Ich weiß nicht, ob es daran liegt, dass Valis Gefühle bisher nie erwidert wurden und ich sie noch nie in den Armen von irgendjemandem gesehen habe, aber für mich war sie bisher immer noch so kindlich. Wie ein Rehkitz. Oder ein Kaninchen. Irgendetwas Liebes, Flauschiges, das man einfach gern hat. Und jetzt läuft sie mit großen Schritten auf diese neue Welt zu, eine Welt, die so glücklich machen kann und auch so verdammt weh tun kann. Kat scheint ähnliches durch den Kopf zu gehen.

»Wow. Jetzt wird unsre Kleine erwachsen.«, sagt sie. Ich nicke und Kat legt ihren Arm um mich. Dennis' Kumpels haben wir ganz vergessen, aber jetzt tippen sie mir auf die Schulter.

»Wir haben was zu rauchen dabei. Habt ihr Bock, mit raus zu kommen?« Wir drehen uns um und schütteln den Kopf.

»Nee, lasst mal stecken, Wir wollten eh grad tanzen.« Ich nicke Kat zu und wir lassen die Jungs stehen. Schon bald rinnt uns der Schweiß in kleinen Rinnsalen den Nacken herunter, die Musik ist super, Kat ordert beim DJ meinen Lieblingssong als nachträgliches Geburtstagsständchen. Ab und zu schwebt Vali mit Dennis an uns vorbei und wirft uns glückliche Blicke zu. Nach einer Weile sind wir so verschwitzt, dass wir nach draußen gehen, um durchzuatmen. Kalte Nachtluft begrüßt uns, das Grölen Betrunkener tönt durch die Straßen, irgendwo zerbricht klirrend eine Bierflasche. Wir teilen uns eine Zigarette.

»Und? Wie findest du ihn?«, fragt Kat und bläst den Rauch in einer dichten Wolke aus ihrem Mund.

Ich zucke mit den Schultern.

»Keine Ahnung, schwer zu sagen. Kriegt ja den Mund nicht auf. Seine Freunde sind jedenfalls schon mal echte Flachpfeifen. Und er selber... naja, mal abwarten. Hauptsache, er ist nett zu Vali.«Kat nickt. Ich krame in meiner Tasche nach meinem Handy. Kurz nach Eins. Mama hat schon dreimal angerufen. Ich schalte es aus und stecke es wieder ein, Kat beobachtet mich dabei und grinst. Einige Meter weiter stehen Dennis' Kumpels, inzwischen hoffnungslos breit. Der Türsteher will sie nicht mehr reinlassen, die Stimmen werden lauter. Kat drückt ihre Zigarette an einer Mauer aus.

»Ich glaub, das gibt Ärger.« Irgendwie war das klar, das ist ein Haufen Chaoten.

Dennis kommt jetzt auch raus, seine Freunde haben ihn wohl per Handy zu Hilfe gerufen und er versucht, beschwichtigend einzugreifen. Vali schlüpft hinter ihm durch die Tür, sie hat nur ein dünnes T-Shirt an und friert. Als sie uns sieht, kommt sie erleichtert zu uns rüber.

»Na, alles klar bei euch?«, fragt Kat. Vali nickt heftig. Sie schlingt ihre Arme um ihren Körper gegen die Kälte, ihre Zähne klappern leicht aufeinander, aber ihre Wangen glühen trotzdem.

»Er will, dass ich seine Freundin bin!«, platzt es aus ihr heraus. Wir müssen nach ihrer Antwort gar nicht fragen, die ist sonnenklar! Kat seufzt leise.

»Pass gut auf dich auf! Wenn er dir irgendwie blöd kommt, sag uns Bescheid, ja?« Vali nickt. Sie zögert kurz und guckt verschämt unter sich.

»Da ist noch was... Er will, dass ich heut Nacht bei ihm schlafe.« Kat fängt an, in ihrer Tasche zu kramen. »Pass auf, du hast ja unsre Nummer und wenn was ist, dann rufst du an und wir kommen dich holen, ok?« Sie holt ein kleines silbernes Päckchen raus. »Nimm ein Kondom mit. Nicht dass der sagt, er hätte keins da.« Sie drückt Vali eins in die Hand. Vali kichert und wird rot, steckt das Ding aber ein. Vom Eingang des Clubs dringt wütendes Stimmgewirr zu uns herüber. Dennis kommt uns entgegen.

»Ey die Jungs haben Stress, wir gehen lieber. Kommst du Vali? Ich hab deine Jacke dabei.« Vali umarmt uns zum Abschied, dann legt Dennis ihr die Jacke um die Schultern, nimmt ihre Hand und wir schauen ihr hinterher, wie sie mit ihm und seinen Freunden die Straße herunterläuft.

»Das ist irgendwie doof, ohne Vali heimzugehen.«, sagt Kat und spricht damit aus, was ich denke. Normalerweise sind wir immer zu dritt unterwegs. Jetzt fehlt plötzlich eine.Wir gehen in den Club zurück, um uns aufzuwärmen und noch einen Absacker zu trinken. Neben uns an der Bar taucht plötzlich wieder der Typ von vorhin auf, der mich einladen wollte. Er lächelt zu uns herüber und Kat winkt ihm zurück. Sie zieht mich zu sich ran und raunt mir ins Ohr: »Äh du, Mira? Wenn du nicht interessiert bist... Darf ich dann mal mein Glück bei ihm versuchen?« Ich lache und nicke – das ist eben einfach Kat.

»Ja klar, mach du nur.« Sie drückt mir einen lauten Kuss auf die Wange, fährt sich durch die Haare und tanzt in seine Richtung davon.

7

Mama tobt. Sie reißt die Tür auf, als ich schließlich gegen fünf nach Hause komme und gerade den Schlüssel ins Schloss stecken will. Ich falle ihr förmlich entgegen.

»Wo um Himmels willen kommst du jetzt her?!« Ich zucke mit den Schultern. Ja, ich bin nicht um spätestens zwölf daheim gewesen, aber das hat Mama doch auch nicht wirklich erwartet, oder? Offenbar doch. Sie presst die Luft mit einem zischenden Geräusch zwischen ihren Lippen heraus. »Mira, ich hab dich was gefragt!« Ich bin müde. Ich habe wirklich keinen Bock auf Diskussionen.

»Kann ich bitte in mein Zimmer gehen?«

»Nein, das kannst du nicht! Ich hab es zigmal auf deinem Handy versucht! Wir haben uns Sorgen gemacht – wo bist du gewesen?!« Ich reibe mir meine Augen, sie fühlen sich dick an und brennen. Kann sie eigentlich noch irgendwas anderes als meckern? Wir haben nichts Schlimmes gemacht, verdammt! Nur ein bisschen Spaß gehabt! Warum sieht sie in allem, was ich tue, eigentlich nur noch das Schlechte in Person? Ich hänge meine Jacke an die Garderobe und drehe mich zu ihr um.

»Weißt du, Mama, wir haben eine enorme Menge Gras geraucht, sind dann zu einem Drogendealer gefahren und haben Ecstasy geschluckt. Weil wir auf so einem geilen Trip waren, haben wir uns dann von zehn Typen nacheinander durchvögeln lassen.« Ich mache eine kurze Pause. »Zufrieden?« Mama starrt mich an.

Ihr Blick ist so voller Wut und Fassungslosigkeit, dass ich sie kaum noch erkenne.

»Das ist nicht witzig, Mira! Du gehst jetzt sofort auf dein Zimmer! Das hat ein Nachspiel, das schwöre ich dir!« Mein Schädel pulsiert, es tut weh, aber nicht so sehr wie dieses Gefühl in meinem Bauch. Plötzlich fühle ich mich so kaputt. Ich will, dass sie mich in den Arm nimmt und sagt, dass alles gut wird. Dass es sich genauso gut und tröstlich anfühlt wie früher. Aber Mama dreht sich um und verschwindet wortlos in die Küche. Ich gehe in mein Zimmer, haue mich aufs Bett, keine Lust, die Schuhe auszuziehen, ich will nur schlafen, endlich schlafen.

Gegen Mittag wache ich auf. Dem Töpfeklappern aus der Küche nach zu urteilen, ist schon Zeit fürs Mittagessen. Ich habe keine Lust, Mama zu begegnen, aber mein Durst treibt mich dann doch in die Küche. Mike und Maxi sitzen am Tisch, Mama macht Spaghetti Bolognese. Mir wird schon vom Geruch übel. Die Stimmung ist nach dem Auftritt von heute Morgen auf dem Gefrierpunkt. Ich schnappe mir eine Cola aus dem Kühlschrank und will wieder zurück in mein Zimmer gehen. Aber Mikes Stimme hält mich zurück.

»Du bleibst bitte hier und setzt dich!« Genervt drehe ich mich um, bleibe aber stehen.

»Was gibt's?« In meine Worte lege ich so viel Gleichgültigkeit wie möglich. Die sollen nicht denken, dass sie mich kleinkriegen. Mike deutet auf den Tisch vor sich. Widerwillig setze ich mich auf einen Küchenstuhl und ziehe die Knie vor die Brust. Was auch immer für eine Strafe die sich ausgedacht haben, es ist mir egal. Mike räuspert sich.

»Deine Mutter und ich haben miteinander gesprochen.« Oh, toll. Jetzt übernimmt Mike die Konversation, na klasse! Wenn er versucht, die Vaterrolle zu übernehmen, schalte ich eh auf Durchzug. »Wir hatten dir erlaubt, gestern bis zwölf Uhr weg zu bleiben. Weißt du, wann du zu Hause warst?« Ich zucke mit den Schultern und mustere meinen abblätternden Nagellack. »Mira, wenn du es immer gleich ausnutzt, wenn wir dir mal mehr Freiheiten einräumen wollen, wie sollen wir dir denn da vertrauen?« Trotzig starre ich weiter auf meine Hände und schweige. Ich weiß nicht, was ich dazu sagen soll. Sie wissen nicht, wie es ist, wenn man sich und seine Launen selbst am allerwenigsten versteht.

»Na gut.« Mike sieht ein, dass mehr aus mir nicht rauszubekommen ist. »Ab jetzt keine Partys mehr. Du sagst uns, wo du hingehst und wir holen dich zur vereinbarten Zeit wieder ab. Ist das klar?« Ich starre aus dem Fenster. Als ob sie das durchziehen könnten! Was wollen sie machen? Mich in meinem Zimmer einschließen?

»Heute Nachmittag fahren wir zu Oma. Du kommst mit, um drei geht's los.« Mit einem quietschenden Geräusch schiebe ich den Stuhl nach hinten. Ohne ein weiteres Wort flüchte ich ins Bad, lasse unter der Dusche das heiße Wasser auf mich herabregnen und wünsche mir, dass es all das wegspült, was nicht in Ordnung ist. Dass es mein komisches Gefühl des Verlorenseins einfach mit sich in den Abfluss nimmt und irgendwo in der Kanalisation verschwinden lässt. In meinem Zimmer suche ich mir einen dicken Pullover aus dem Schrank und ziehe Strumpfhosen unter meine Jeans. Zu Oma fahre ich mit Sicherheit nicht mit. Astrid wartet schließlich auf mich. Außerdem habe ich nach der Ansage von eben noch weniger Lust auf happy family als sonst. Astrid hat mich gebeten, mir warme Sachen anzuziehen, weil wir einen Ausflug machen. Schmetterlingseier suchen. Ich habe zwar keine große Lust, mir bei diesem Wetter auf dem Feld den Hintern abzufrieren, aber allemal besser, als mit Oma am Kaffeetisch zu sitzen und auch noch von ihr vorgehalten zu bekommen, dass ich auf allen Gebieten versage. Ich nutze den Moment, als Mama Maxi für den Mittagsschlaf hinlegt, um mich aus dem Haus zu stehlen. Als ich schon auf der Straße bin, höre ich, wie Mike mir hinterher ruft, aber ich renne einfach weiter. Die können mich mal. Ich lass mich doch nicht zu Hause einsperren!

Astrid erwartet mich bereits an der Haustür. Sie zieht mir eine große Pudelmütze über die Ohren und verstaut kleine Schachteln und Dosen in ihrem Wanderrucksack. Pit kommt mit einer Schürze um die Hüften aus der Küche, im Haus hängt Bratengeruch. Er zwinkert mir zu.

»Wenn ihr wiederkommt gibt's Abendessen!« Astrid gibt ihm zum Abschied einen liebevollen Kuss und wir ziehen los. Statt zur Straße, die zur S-Bahn führt, gehen wir hinten ums Haus herum, durch ein kleines Gartentor in der Hecke, das direkt auf einen

Feldweg führt. Bis zum Horizont winterbleiche Graslandschaft, vereinzelt ein paar Häuser, dazwischen Dickicht und ab und zu ein kahler Baum. Ich komme mir ziemlich komisch vor – mitten im Winter auf Eiersuche. Wenn mich Vali und Kat grade sehen könnten … Ich kann mir sowieso nicht vorstellen, dass wir hier draußen bei dieser Eiseskälte irgendwas Lebendiges finden werden. Für mich gehören Schmetterlinge in den Sommer, wenn sie in heißer Augustsonne ihre Kreise am Himmel ziehen oder auf den blühenden Wiesen von Blüte zu Blüte fliegen. Aber hier draußen? Wie kann etwas so Zartes im Winter überhaupt entstehen?

»Was genau suchen wir eigentlich?«, rufe ich nach vorn, Astrid geht vorweg.

»Thecla Betulae!«, antwortet sie über die Schulter. Ich verstehe nur Bahnhof.

»Was für Dinger?« Astrid lacht.

»Thecla Betulae – das ist die wissenschaftliche Bezeichnung für Nierenfleck-Zipfelfalter! Das sind orange-braune Falter, die ihre Eier auf Schlehen ablegen – kennst du Schlehen?« Wir betreten einen etwas breiteren Weg und Astrid drosselt ihr Tempo, damit ich zu ihr aufschließen kann. Schlehen – noch nie gehört.

»Schlehen sind kleine Baumgewächse, sie gehören zu den Rosen. Im März und April blühen sie weiß, noch bevor sie die ersten Blätter bekommen. Die Blüten riechen ganz fein nach Mandeln.« Astrid biegt vom Weg ab und wir stiefeln querfeldein weiter. Meine Schuhe färben sich langsam matschbraun.

»Und woran erkennen wir diese Büsche jetzt? Im

Winter sind die doch kahl!«

»Die Hecken haben spitze Dornen. Die schützen die Schlehen vor größeren Pflanzenfressern.« Astrid zeigt auf den Rand eines kleinen Wäldchens, das zwischen den Dunstschwaden auftaucht. »Schlehen mögen es sonnig – dort drüben habe ich letztes Jahr schon nach 5 Minuten die ersten Eier von den Faltern gefunden.« Am Wäldchen angekommen, erklärt sie mir, dass ich besonders in den Astgabelungen Ausschau halten soll, weil die Falter dort bevorzugt ihre Eier ablegen. Wir verteilen uns in dem dornigen Gestrüpp und machen uns auf die Suche – ich glaube ja nicht, dass ich fündig werde. Wenn es nach mir ginge, könnten wir genauso gut gemütlich im Warmen sitzen und Kakao trinken. Lustlos biege ich ein paar knorrige Äste beiseite, um besser sehen zu können. Das Geäst ist kalt und die Dornen der Hecke bohren sich durch meine Fäustlinge.

»Autsch!« Ich ziehe den Handschuh aus und lutsche an meinem schmerzenden Daumen.

»Vorsicht mit den Dornen!«, ruft Astrid von ein paar Metern weiter. »Die sind verdammt spitz!«

»Ach was«, brummle ich und mache ohne den Handschuh weiter, da hab ich mehr Feingefühl. Ich gehe zwischen zwei Büschen hindurch, tiefer in das Gestrüpp hinein. In der Schlehe vor mir hängen die traurigen Reste eines Vogelnestes.

Ich schüttele den Kopf, hier gibt's garantiert nix, nicht mal Schmetterlingseier im Winterschlaf. Ich will mich grade umdrehen, als mein Blick auf eine helle Stelle im Holz fällt. Von der dunklen, fast schwarzen Rinde hebt sich an einer Astverzweigung ein heller

Punkt ab. Ich kneife die Augen zusammen und stelle mich auf die Zehenspitzen. Es sieht fast aus wie eine kleine weiße Blüte.

»Astrid? Hier ist irgendwas!«

»Warte auf mich, ich komme!« Ihre Stimme klingt von weiter her. Schließlich höre ich es hinter mir rascheln und Astrid duckt sich unter den knorrigen Ästen durch, um zu mir zu gelangen. Ich biege die widerspenstigen Zweige zur Seite und zeige Astrid meinen Fund.

»Wahnsinn, Mira! Du hast die Ersten entdeckt!« Vor lauter Freude drückt sie mich an sich und strahlt übers ganze Gesicht. Aus ihrem Rucksack kramt sie eine Lupe heraus und hält sie mir hin. »Schau mal durch!« Ich gucke durch das Vergrößerungsglas und entdecke eine schöne, ringförmige Struktur, die aussieht wie eine weiße Blüte mit vielen kleinen Kammern.

»Schön, nicht?« Ich nicke.

»Und jetzt?«

»Jetzt …« Astrid sucht in ihrer Jackentasche und zieht ein Messer heraus. »Jetzt müssen wir sie vorsichtig mit der obersten Schicht der Rinde ablösen – siehst du? So …« Konzentriert schabt sie mit dem Messer die oberste Rindenschicht ab und legt die Eier samt Rinde behutsam in ein Glas aus ihrem Rucksack. »Glückwunsch Mira! Das werden hoffentlich deine ersten selbst gezogenen Falter!« Ich halte vorsichtig den Behälter in den Händen und schaue noch etwas skeptisch auf die winzigen weißen Punkte. Ich kann mir noch nicht vorstellen, wie daraus ein Falter werden soll. Astrid sieht meinen zweifelnden Blick.

»Vertrau mir!«, sagt sie. Und erstaunlicherweise tue ich das wirklich.

Auf dem Nachhauseweg wird es bereits langsam dunkel. Wir laufen eingehakt nebeneinander her und beeilen uns, heimzukommen.

»Brrr, ist das kalt!« Vor Astrids Mund steht eine weiße Atemwolke. »Gut, dass wir gleich im Warmen sind! Pit hat bestimmt schon den Kamin befeuert!«

»Wie habt ihr euch eigentlich kennengelernt? Du und Pit?«

»Hach, das war damals auf einer Studenten-Party. Ich hatte ihn schon öfter gesehen, wir hatten einen Bio-Kurs zusammen. Pit hat Lehramt studiert. Aber erst auf dieser Party sind wir ins Gespräch gekommen: Er hat in der Küche gestanden und nachts um zwei das weltbeste Chili con Carne gekocht. Das hat mich beeindruckt – ein Mann, der kochen kann!« Wir erreichen das Gartentor. Schon von Weitem sieht man den Rauch aus dem Schornstein in den dämmrig blauen Himmel aufsteigen. Ich liebe diesen Anblick und halte ihn in mir fest. In meinem persönlichen Erinnerungsspeicher, in dem ich Bilder sammele, die mir das Gefühl geben, auf dieser Welt zu Hause zu sein.

Der Bruch von der Behaglichkeit auf der Farm zur Trostlosigkeit, die mich in meiner Siedlung erwartet, trifft mich jedes Mal wie ein Vorschlaghammer. Sobald ich die S-Bahn-Station verlasse und mir der Großstadtsmog in die Nase steigt, spüre ich, wie mein ganzer Körper schwer wird, als ob ihn unsichtbares Blei zu Boden ziehen würde.

Zu Hause ist richtig schlechte Stimmung. Offenbar haben Mike und Mama gestritten. Mama hat ganz verheulte Augen und verschwindet im Bad, als sie mich sieht. Ich habe ja mit Vorwürfen gerechnet, weil ich mich aus dem Haus gestohlen habe, aber hier scheint mehr in der Luft zu liegen. Unschlüssig bleibe ich im Flur stehen. Mike lehnt im Türrahmen, die Hände in den Hosentaschen seiner Jeans vergraben. »Dein Vater ist da, Mira.«

»Was? Wo?« Ich drücke mich an ihm vorbei ins Wohnzimmer. Tatsache, da sitzt Papa an unserem Tisch, was für ein komischer Anblick! Ich kann mich nicht erinnern, dass er in unserem neuen Haus jemals weiter reinkam als bis zur Fußmatte.

»Papa! Was machst du denn hier?« Papa steht auf und nimmt mich in den Arm.

»Na, meine Kleine?« Ich drücke ihn fest, eigentlich freue ich mich total, ihn zu sehen, aber an seiner ernsten Miene sehe ich, dass das hier ungemütlich werden könnte. Mama kommt aus dem Badezimmer zurück und setzt sich wieder neben Mike an den Esstisch. Eine kurze Weile herrscht angespanntes Schweigen. Mein

Blick wandert von Papa zu Mama zu Mike und wieder zurück. Was wird denn hier gespielt?

»Setz dich mal zu uns, Mira!«, fordert Papa mich auf und zeigt auf den Stuhl neben sich. Verwirrt folge ich seiner Anweisung. Papa nimmt neben mir Platz und holt tief Luft.

»Deine Mutter hat mich angerufen. In der Schule läuft's wohl nicht so gut?« Ich schlucke.

»Hm, ja, es geht so«, antworte ich ausweichend.

»Es geht so?!« Mama schnaubt verächtlich durch die Nase. »›Es geht so‹ ist ja wohl die Untertreibung des Jahres! Sie schafft wahrscheinlich die Versetzung nicht, so sieht's aus!«

»Aber früher war sie doch eine der Besten!« Papa verteidigt mich. Wenigstens er hält mich nicht für eine Totalversagerin, im Gegensatz zu allen anderen am Tisch.

»Ihre letzten Noten waren jedenfalls eine einzige Katastrophe. Wenn sie denn überhaupt bei den Klausuren erschienen ist«, stellt Mama fest. Warum müssen die eigentlich über mich in der dritten Person reden? Immerhin sitze ich mit am Tisch! Wenn sich Mama nur über mich auskotzen will, kann sie das doch auch ohne mich machen! Ich verschränke die Arme vor der Brust und starre auf die Uhr an der Wand. Der Sekundenzeiger wandert mit einem leisen Klick-Klick-Klick im Kreis herum.

»Madame macht eben lieber Party, als morgens aufzustehen und in die Schule zu gehen!« Mamas Tonfall wird immer schriller. Ich hasse es, wenn sie so bissig wird. Papa versucht, die Schärfe aus der

Diskussion zu nehmen.

»Wir waren doch früher auch mal länger weg, als wir durften, Sibylle! Ich war mein halbes Studium verkatert, weißt du das nicht mehr?« Er grinst breit bei dieser Erinnerung.

»Ganz toll, Frank! Denkst du, das ist hilfreich? Deine Tochter gerät auf die schiefe Bahn und du kommst mir mit Anekdoten aus deiner Jugend! Ich glaub, ich spinne!« Oh weia, jetzt ist Mama richtig sauer. Papa rudert zurück.

»Okay, okay. Schwamm drüber, vergessen wir das. Aber Mira ist doch vernünftig!« Er stößt mich in die Seite. »Mit ihr kann man doch reden!«

»Sag mal, was glaubst du, was ich seit Wochen hier mache?!« Mama platzt endgültig der Kragen. Ihre Augen haben sich zu kleinen Schlitzen verengt. »Seit Monaten rede ich auf deine Tochter ein, mit Engelszungen! Ich habe alles versucht! Belohnungen, Verbote, Drohungen! Nichts! Es ist ihr einfach scheißegal! Und dann kommst du hier an und setzt dich an unseren Tisch und sagst, ich soll einfach mal mit ihr reden? Danke, auf die Vorschläge von einem Wochenend-Vater kann ich verzichten! Jahrelang warst du nicht da, Frank, schon vergessen?«

Papa hebt abwehrend die Hände. »Komm mir nicht so! Auf so ein Niveau hab ich überhaupt keinen Bock! Es geht hier nicht um uns, es geht um Mira!»

Mama lacht heiser auf. »Seit wann geht es dir um Mira? Wer hat sie denn die letzten Jahre aufgezogen? Das war ja wohl ich!«

Ehe Papa zurückschießen kann, schaltet sich Mike

ein zweites Mal ein. »Gut, jetzt wollen wir uns alle mal beruhigen, diese Vorwürfe bringen ja niemandem was! Wir hatten doch vorhin besprochen, dass es vielleicht besser wäre, Mira aus dem Gymnasium zu nehmen.

Wie bitte? Und überhaupt, was soll denn das heißen? ›Wir‹ haben das besprochen – seit wann trifft Mike Entscheidungen mit, die mich betreffen? Er hat doch überhaupt nicht über mich zu bestimmen! Ich muss in seinem Haus wohnen und er hat zwischen meine Mutter und mich einen gefühlten Atlantik gelegt. Das ist alles!

»Na und? Dann gehe ich eben auf die Schule von Kat und Vali«, sage ich trotzig, obwohl ich natürlich ganz genau weiß, dass Mama dazu niemals Ja sagen würde.

»Die Schule würden wir für dich aussuchen«, entgegnet Mike. »Eventuell auch ein Internat.«

»Jetzt mal ganz langsam!«, mahnt Papa. Er schaut besorgt zu mir rüber. »Wir wollen nichts überstürzen. Vielleicht reicht es auch, wenn wir uns mit ihr hinsetzen und den Stoff nachholen, den sie verpasst hat.«

Mama schlägt mit der Hand auf den Tisch, dass die Gläser vibrieren. »Ha, na, darf ich raten, wer sich mit ihr hinsetzt? Du sicherlich nicht! Der große Meister ist ja im Büro nicht abkömmlich – oder hat sich da irgendwas geändert?! Und an wem bleibt es dann hängen? An mir!«

Papas Geduldsfaden scheint jetzt ebenfalls am Ende. »Sibylle, es reicht langsam! Ist das hier dein persönlicher Rachefeldzug, oder was? Was soll das, wirst du mir jetzt all die Tage vorrechnen, die ich weg gewesen bin?«

»So viel kann man gar nicht zählen!«, faucht Mama zurück.

Während des ganzen Schlagabtauschs sitze ich zwischen ihnen wie erstarrt. Ich will das nicht! Ich will nicht, dass sie wegen mir streiten! Ich will mir am liebsten die Ohren zuhalten oder laut schreien. Stattdessen krampfen sich meine Finger um das Schmetterlingsamulett in meiner Jeans. Papa trinkt sein Glas mit einem Zug aus, donnert es auf den Tisch und steht auf. Er greift zu seiner Jacke, legt mir die Hand auf die Schulter und beugt sich zu mir herunter.

»Ich ruf dich nachher an, Spatz. Ich muss hier raus, tut mir leid!«

»Jaaa, das kannst du am besten! Einfach weglaufen, wenn es schwierig wird!«, brüllt Mama hinter ihm her. Ich höre die Tür ins Schloss fallen, dieses Geräusch, das ich so sehr hasse. Ich will nicht, dass er geht!

»Ganz toll, Mama!« Ich bin erschrocken über den Klang meiner eigenen Stimme, als ich aufspringe. »Kein Wunder, dass Papa uns verlassen hat! Vielleicht hast du ihn ja auch einfach vergrault mit deinem Scheiß Gemecker!« Jetzt sieht Mama ehrlich bedient aus. Sie öffnet den Mund, sagt aber nichts. Kurz denke ich, dass sie mir eine scheuert, aber dann steht sie wortlos auf und verlässt das Zimmer. Mike bleibt alleine am Tisch sitzen, wie bestellt und nicht abgeholt. Ich renne zum Küchenfenster, vielleicht kann ich Papa noch aufhalten! Ich öffne das Fenster, aber alles, was ich sehe, sind nur noch die Rücklichter seines Autos auf der Straße.

Scheiße, verdammte Scheiße!

Ich flüchte in mein Zimmer, schließe mich ein und verkrieche mich aufs Bett. In der Dunkelheit taste ich nach meinem Schmetterlingsamulett. Ich versuche, mich daran zu erinnern, wie es vorhin bei Astrid war. Warm und liebevoll, ein Rastplatz für meinen ruhelosen Kopf, für dieses Gedanken-Karussell, aus dem ich nicht aussteigen kann. Ich halte den Falter in den schmalen hellen Spalt zwischen den Jalousien, durch den das Mondlicht auf meine Decke fällt, und betrachte die gläsernen Flügel, die wie tausend Sterne funkeln.

Ausgerechnet am Wochenende nach der emotionalen Karambolage mit Papa bei uns zu Hause, steht ein Besuch im Indoor-Freizeitpark an. Mama und Mike haben mir das geschenkt – äh, Hallo? Ist ja nicht mein fünfter Geburtstag. Haben sie sowieso nur gemacht, weil Maxi mitkommt.

Auf der Fahrt setze ich mir Kopfhörer auf und dröhne mir den Kopf voll mit dem neuen Album, das ich von Vali und Kat bekommen hab. Mama beugt sich nach hinten und fragt mich irgendwas, aber ich tue so, als ob ich nichts hören kann. Im Freizeitpark ist es sensationell voll.

Maxi springt vor Freude von einem Fuß auf den anderen und zerrt Mike und Mama an den Händen von einer Attraktion zur andern. Ich dackele teilnahmslos hinter ihnen her. So kurz vor Weihnachten hat der Park ordentlich aufgerüstet mit Weihnachtsschmuck und aus den Boxen tönt von überall Jingle Bells. Je fröhlicher die

Menschen um mich herum sind, umso mehr habe ich das Gefühl, dass ständig eine Regenwolke über meinem Kopf schwebt. Das verläuft quasi antizyklisch. Wenn Mama nicht da wäre, würde ich mich glatt mit Glühwein betrinken. Auf die Hüpfburg muss ich zum Glück nicht mit.

»Warte kurz, Mira, ja? Das können wir deinem Bruder nicht abschlagen!« Ich nicke nur und erspare ihr und mir den Kommentar, dass ich eigentlich so gut wie überhaupt kein Verständnis mehr dafür habe, dass sich die ganze Welt um einen Zweijährigen dreht. Mama, Mike und Maxi ziehen sich also die Schuhe aus und springen gemeinsam in der regenbogenbunten Gummiburg um die Wette. Weil ich glaube, dass ich sonst verrückt werde, verziehe ich mich aufs Klo, um eine zu rauchen. Zum Glück hat die letzte Kabine Zugang zu einem kleinen Fenster. Es quietscht laut, als ich es öffne, und kalte Winterluft strömt hinein. Frierend sitze ich auf dem runtergeklappten Klodeckel und finde, dass das wirklich die abgefuckteste Geburtstagsnachfeier meines ganzen beschissenen bisherigen Lebens ist.

Entschlossen drücke ich mein Kippe aus und hole meinen Zettelblock aus meinem Rucksack. Ich schreibe ein neues Gedicht fertig, das ich neulich Nacht angefangen hatte, als Papa nach dem Streit aus dem Haus geflüchtet war. Ich musste es aufschreiben, weil dieses Gefühl aus mir raus soll, damit mein Herz zumindest für einen kleinen Moment ein paar Gramm leichter wird.

Könnte ich schweben wie die Falter
würde ich lautlos mit dir fliegen.
Mich weg von allem, hoch am Himmel
In einem Meer aus Wolken wiegen
Doch hier ist Winter und der Wind
der unter meinen Flügeln weht
ist kalt und alle Träume sind
zu Eis und Schnee gefroren.

9

Astrid hört in den Falterhäusern immer klassische Musik. Heute will ich mir so was auch zulegen – dann nehme ich ein kleines bisschen Schmetterlingsfarm mit nach Berlin. Nach der Schule mache ich deshalb einen Abstecher in den Saturn. Aus der Klassik-Abteilung suche ich ein paar CDs zusammen und stelle mich an die Vorhörungsbox. Wenn man die großen gelben Schaumstoffkopfhörer aufsetzt, verstummt der Geräuschteppich aus Werbeansagen und Gesprächen. Herrlich ruhig ist das.

Ich lege eine CD ein und drücke auf Play. Während die ersten Geigentöne an mein Ohr dringen, nestele ich den Reißverschluss meiner Jacke auf. Warum müssen die im Winter die Kaufhäuser immer so irre überheizen? Eine ganze Weile teste ich mich durch die verschiedenen Alben, aber ich kann mich irgendwie nicht entscheiden. Kein Wunder, kenn mich da ja null aus. Hiphop wäre leichter. Ich muss Astrid doch noch mal um Rat bitten. Vielleicht kann sie mir auch einfach was brennen. Direkt vor mir am Regal steht ein junger Mann in einer knallroten Daunenjacke. In diesem Moment dreht er sich um und unsre Blicke treffen sich. Ich fasse es nicht! Es ist Michel!

Nach dem ersten Schreck fallen wir uns lachend in die Arme.

»Was machst du denn hier?«, frage ich ihn. Ich kann gar nicht glauben, dass er wirklich leibhaftig vor mir steht!

»Landurlaub«, witzelt Michel. »Ich bin übers Wochenende bei meinen Eltern.« Immer noch ungläubig schüttele ich den Kopf. Berlin ist riesig und jetzt kreuzen sich unsere Wege ausgerechnet hier, in diesem Technikmarkt. Wie verrückt ist das denn? Ich vertage den CD-Kauf und wir beschließen, dass wir das unerwartete Wiedersehen unbedingt feiern müssen. Michel wollte grade Mittagessen und so lädt er mich spontan auf ein Happy Meal ein.

»Wenn du das nicht zu popelig findest für diesen Anlass«, grinst er und ich schüttele nur den Kopf. Weil im Fastfoodrestaurant um diese Uhrzeit kein ruhiger Sitzplatz zu kriegen ist, schnappt Michel sich unsere Bestellung und wir ziehen weiter in die S-Bahn-Unterführung. Hier ist es wenigstens warm und trocken, draußen nieselt es munter vor sich hin. Wir gehen bis zum Rand des Bahnsteigs und hocken uns auf die Plastikstuhllehnen der letzten Wartebank.

»Willst Du meinen Roboter haben?«, fragt er und ich nicke. Er gibt mir die kleine rote Happy-Meal-Figur aus seiner Tüte und ich stecke sie in die Hosentasche zu meinem Falter. Meine Finger fummeln an dem fettigen Burger-Papier herum, weil mich die unerwartete Begegnung tatsächlich ein bisschen nervös macht. Immerhin war ich diejenige, die den Kontakt damals hat einschlafen lassen. Ich hab irgendwann auf seine Mails nicht mehr reagiert. Jetzt will ich aber erst mal wissen, was ihn in die Hauptstadt verschlagen hat.

»Wollten dich deine Eltern wieder hier haben, oder was? Hast du ihnen etwa gefehlt?« Michel lacht.

»Unvorstellbar, was? Tja, scheint aber tatsächlich so. Ich geh jetzt auf ein Internat hier in der Nähe. Und in den Ferien und an den Wochenenden bin ich daheim. Ich glaub, meine Alten hatten ein schlechtes Gewissen. Dass sie ihren Sohn gleich so weit weg geschickt hatten. Oder sie langweilen sich zu zweit, keine Ahnung.« Wir lachen. Unsere Blicke treffen sich. Verdammt, er gefällt mir immer noch! Verlegen gucke ich unter mich, Michel bricht das Schweigen. »Ich werd auf dem Internat jetzt sogar Abi machen.«

»Ach, krass, echt? Wow!« Ich bin beeindruckt. Auch wenn es eigentlich klar war, dass Michel irgendwann die Kurve kriegen würde. Er war auch damals schon gut in der Schule, nur zu faul. Kenn ich ja irgendwoher. Eine Bahn nach der anderen fährt an uns vorbei.

»Irre«, sage ich, »dass wir jetzt hier so sitzen.«

»Das kannst du laut sagen. Du hast ja damals so kaltschnäuzig gesagt, wenn ich weggehe, dann isses vorbei. Fand ich echt schade Mira. Aber da war nix zu machen, da warst du stur.«

»War ich gar nicht«, grinse ich schuldbewusst. Ja, ich weiß, das war damals etwas kratzbürstig, aber das war reiner Selbstschutz. Ich glaube, ich bin ganz gut darin, prophylaktisch Dinge kaputt zu machen, bevor mir das Leben zuvorkommen kann. Das hab ich aus der Sache mit Papa gelernt.

»Und bei dir? Alles klar?« Michel schaut mich fragend an. Ich denke an Astrid und die Farm.

»Abgesehen von dem Stress daheim – ja, eigentlich schon. Ich bin immer noch mit Vali und Kat befreundet, die kennst du ja noch?« Michel nickt. »Und ich helfe auf einer Schmetterlingsfarm aus.« Die Sache mit dem Ladendiebstahl lasse ich mal lieber unter den Tisch fallen, keine gute Eigenwerbung.

»Eine Schmetterlingsfarm? Wo gibt's denn so was?« Ich erzähle Michel von Astrid, den Faltern und den ersten Schmetterlingseiern, die ich selbst gesammelt habe. Er nickt anerkennend.

»Klingt spannend! Vielleicht zeigst du mir das ja mal irgendwann.«

»Ja, das wär toll!«

Michel lächelt mich an, scheint kurz zu zögern, fragt dann aber doch: »Wenn du willst, gehen wir demnächst mal ins Kino? Was meinst du?«

»Klar!«, sage ich. Denn natürlich will ich. Michel ist wieder da! Irgendwie ist mir ziemlich komisch im Bauch. Und ich glaube, das kommt nicht von den Cheeseburgern.

Nachdem ich zwei Wochen brav daheim geblieben war, lassen mich Mike und Mama zur Belohnung zu einem Mädelsabend mit Kat und Vali. Positive Verstärkung nennt sich das, stand in dem Erziehungsratgeber, den Mama neulich aufgeschlagen auf dem Sofa liegengelassen hat. Mir soll's recht sein. Als ich die Treppenstufen zu Kats Wohnung hinauf laufe, grüßen mich ein paar Nachbarskinder, die im Hausflur mit einem zerbeulten Fußball spielen. »Ey Mira, hast du Bock, mitzuspielen? Wir brauchen noch nen Torwart!« Den kleinen Knirps kenne ich, er isst manchmal mit bei Kat und Maddie, weil seine Mama ihm nichts Anständiges kocht. Ich weiß nicht, ob sie kein Geld oder keine Lust hat, aber das ist im Prinzip auch egal – scheiße ist es so oder so.

»Sorry, heute nicht. Aber ein andres Mal wieder, ja?« Ich wuschele ihm über den Kopf, er nickt.

»Okay.« Wir geben uns high-five und ich erklimme die Treppen zum fünften Stock. Zwischen Getränkekästen und geparkten Kinderwagen schlängele ich mich auf dem langen Gang vor bis zu Kats Wohnungstür. Auf mein Klopfen hin öffnet sie die Tür. Sie hat ihre Haare in einem Handtuchturban und riecht nach Shampoo.

»Hey, da bist du ja schon. Oh man, Vali hat grad abgesagt! Dreimal darfst du raten, warum!« Sie wedelt mit ihrem Handy vor meinem Gesicht. »Dieser Dennis hat sie irgendwie völlig im Griff. Sobald er anruft, springt sie.« Sie seufzt, schüttelt resigniert den Kopf und gibt mir einen Kuss.

Wir gehen in ihr Zimmer, das sie mit Maddie teilt, es ist heute ungewöhnlich ruhig. Kat schaltet ihre Anlage ein. »Maddie übernachtet heute bei einer Freundin und Mama … keine Ahnung, wahrscheinlich in der Kneipe.« Ich kuschele mich auf Kats Bett und lehne meinen Kopf an die Wand mit den Lady-Gaga-Postern, die Maddie mit ihren Wachsmalstiften bekritzelt hat. »Magst du einen Weihnachtspunsch? Gab's im Angebot.«

Ich nicke, Kat verschwindet kurz in der Küche und balanciert kurz darauf zwei dampfende Tassen bis zum Nachttisch. Sie öffnet das Fenster, damit unser Zigarettenrauch nicht in der Wohnung hängenbleibt. Ich geb ihr Feuer und sie nimmt einen Zug von ihrer Fluppe: »Ey Mira, ich versteh das einfach nicht. Nur wegen nem Typen lässt Vali uns jetzt hängen. «

»Hey, sie ist halt frisch verliebt.«

»Ja und, deswegen muss man direkt seine Freunde vernachlässigen, oder was?« Kat schüttelt den Kopf. »Dafür hab ich kein Verständnis. Vor allem nicht für diesen Loser.«

Ich stell mich neben sie ans Fenster und stütze meine Ellenbogen auf den Fenstersims. In der Siedlung stehen sie unheimlich auf diese Advents-Deko-Lichter. In vielen Fenstern blinken Tannenbäume, Sterne und Weihnachtsmänner so hektisch von blau zu rot zu grün, dass man beim Anblick fast einen epileptischen Anfall riskiert.

»Wusstest du, dass er Drogen vertickt?« Ich schaue Kat überrascht an.

»Was? Woher hast du das denn?«

»Ah ja, was denkst du, wie der sich diese ganzen schicken Markenklamotten leisten kann?« Krass. Hätte ich ihm gar nicht zugetraut. Wobei das vielleicht auch seine seltsame Art erklärt. Irgendwie kam es mir vor, als ob er sich verfolgt fühlt.

»Das hat mir ein Mädel gesteckt, sie war vor ein paar Monaten mit dem zusammen.« Oh Mann! Das sind keine guten Neuigkeiten!

»Weiß Vali das schon?«

»Ich hab ja vorhin mit ihr telefoniert. Hab sie gefragt, ob sie weiß, dass sie sich in einen Dealer verliebt hat. Und weißt du was? Sie ist voll im Bilde! Hat's total runtergespielt. Das wär ja alles nicht so schlimm, es wäre ja nur Gras. Und dass sie mal mitgehen will auf eine seiner ›Touren‹! Ich konnte es ihr nicht ausreden. Die ist vollkommen blind vor lauter Liebe.«

Wir sitzen eine Weile schweigend da, der Qualm der Zigaretten zieht langsam aus dem Fenster. Kat seufzt. »Lass uns einfach noch mal mit ihr reden, Mira.«

Wir drücken die Kippen aus, wedeln mit den Händen durch die Luft, um den Rauchgeruch zu verscheuchen und schließen das Fenster.

»Ach, Männer sind doch einfach Scheiße«, sagt Kat, befreit ihre Locken aus ihrem Handtuch und krabbelt zu mir aufs Bett. Sie legt ihren Kopf auf meine Schulter und rückt sich gemütlich zurecht. Es ist vielleicht nicht der günstigste Moment gerade, aber ich will Kat unbedingt noch von meiner überraschenden Begegnung erzählen.

»Hm, äh, Kitty Kat?«

Kats Stimme klingt schläfrig.

»Was'n?«

»Ich hab jemanden getroffen.« Kat gähnt und streckt sich.

»Wen denn?«

Ich mache eine kleine Kunstpause, der Name fühlt sich noch so ungewohnt an auf meiner Zunge.

»Michel.« Kurz ist es still, ich kann Kats Synapsen praktisch arbeiten sehen. Dann richtet sie sich auf, wie von der Tarantel gestochen und schaut mich mit riesigen Augen an.

»Moment! Du meinst Michel? Ich meine, DEN Michel?«

Ich kichere über ihren geschockten Gesichtsausdruck und nicke.

»Ja, genau DEN!«

Kat fällt fast vom Glauben ab.

»Was? Wann? Wo? Wieso?« Sie lässt mich gar nicht zu Wort kommen. »Lass dir doch nicht alles aus der Nase ziehen!«

Ich muss über ihren Enthusiasmus lachen.

»Es ist ja noch gar nichts passiert! Wir haben uns durch Zufall beim Einkaufen getroffen. Er wohnt jetzt wieder in der Nähe und ist öfter in Berlin.«

»Und? Wann trefft ihr euch wieder?« Kat hält es vor Spannung kaum noch aus, aber ich muss sie vorerst enttäuschen.

»Keine Ahnung. Er hat meine Nummer und will sich melden. Mal schauen.« Ich will da gar nicht so ein Riesending draus machen. Wer weiß, ob er überhaupt anrufen wird? Kat schüttelnd lachend den Kopf.

»Nee, nee, du bist nicht so cool, wie du grade tust! Seit nem halben Jahr hängst du dem Typen nach! Und jetzt ist er wieder da und das soll dir egal sein? Nie im Leben!« Ich grinse.

»Ja, okay, egal vielleicht nicht grade.«

»Bestimmt nicht! Du erzählst mir sofort, wenn du was hörst! Versprochen?« Gerade als ich feierlich die Hand erhebe und schwören will, ihr alle Neuigkeiten brühwarm zu erzählen, kracht die Wohnungstür lautstark ins Schloss.

»Kathleen!« Die raue Stimme lässt uns zusammenzucken. Scheiße, ihre Mum ist zurück! Kat sitzt kerzengerade auf der Bettkante. Alle Begeisterung ist aus ihrem Gesicht verschwunden. Stattdessen schaut sie mich ängstlich an. Durch das Glasfenster der Zimmertür fällt gelbes Licht.

»Wo bist du, verdammt noch mal?« Die Worte sind

mehr gelallt als gesprochen. Kat ist bleich.

»Ich will nicht da raus, Mira«, flüstert sie. Aber es hilft nichts, wir wissen beide, dass wir nicht ewig in diesem Zimmer sitzen bleiben können. Schließlich nehme ich Kat bei der Hand und gemeinsam treten wir in den Flur hinaus. Meine Knie sind weicher als ich zugeben würde. Ich habe es schon oft erlebt, wie Kats Mum volltrunken nach Hause kommt, mal kläglich und weinerlich, aber meistens frustriert und voller Wut. Auf der Suche nach jemandem, an dem sie sie auslassen kann. Das sind keine guten Momente. Sie kommt uns aus der Küche entgegen. Ihre Haare hängen wirr um ihren Kopf, ihre ganze Schönheit hat sie in den letzten Jahren weggesoffen. Ich hab mal Fotos von ihr gesehen, als sie noch ein junges Mädchen war. Sie hatte damals viel Ähnlichkeit mit Kat. Mittlerweile ist ihr ganzes Gesicht aufgedunsen wie ein Schwamm. Als sie Kat erblickt, verzieht es sich zu einer hässlichen Grimasse.

»Ach! Da ist ja das Fräulein.« Sie stemmt die Hände in ihre Hüften. »Hab ich dir nicht gesagt, du sollst was zu essen einkaufen? Ich hasse es, wenn ich nach Hause komm und der Scheiß Kühlschrank ist leer!« Ehe Kat antworten kann oder wir sonst wie reagieren können, geht ihre Mutter mit einem schwankenden Schritt auf sie zu, packt Kat am Ärmel und holt mit ihrer flachen Hand aus. Trotz des hohen Promillewertes trifft sie schnell und fest. Beim Geräusch der schallenden Ohrfeige zucke ich zusammen. Kats Wimpern beben, ihre rechte Gesichtshälfte glüht. »Es war kein Geld da«, bringt sie schließlich hervor, mehr geflüstert als gesprochen. Kats Mum ist kurz der Wind aus den

Segeln genommen. Sie lässt Kats Sweater wieder los, stützt sich am Rahmen der Küchentür ab und reibt sich die Stirn.

»Mira, warum hast du ihr nichts geliehen? Wo ihr doch solche Busenfreundinnen seid.« Sie brabbelt die Worte undeutlich vor sich hin, ihre Fahne strömt mir entgegen und nimmt mir den Atem. Ich bin wie gelähmt. Ich möchte mich schützend vor Kat stellen, aber ich habe zu viel Angst, dass ihre Mutter dann erst recht ausrastet. Wir stehen da, schweigen, wie festgewurzelt, weil wir nicht wissen, ob wir weglaufen oder dableiben sollen.

Kats Mum atmet schwer. Mit einem Mal sieht sie einfach nur müde aus, müde und unglaublich alt. Ihr Blick heftet sich wieder auf ihre Tochter. »Sieh zu, dass du was zu essen besorgst.« Dann rempelt sie uns zur Seite und verschwindet in der Wohnzimmertür. Hier dreht sie sich noch einmal um und starrt uns an. »Zu nichts seid ihr gut, zu nichts.« Dann schließt sie die Tür hinter sich und wir hören, wie der Fernseher angeht, irgendeine Quiz-Show in ohrenbetäubender Lautstärke. Kaum ist sie weg, kommt wieder Leben in uns und ich ziehe Kat Richtung Wohnungstür. »Komm!«, sage ich, nehme unsere Jacken vom Haken und schiebe Kat sanft aus der Tür. Keine Ahnung, wohin, aber erst mal raus hier, dann werden wir weitersehen.

Im Kiosk an der S-Bahn-Station leiere ich dem Besitzer eine Packung Eis aus den Rippen, er kennt uns und sieht beim Anblick von Kats Gesicht ernsthaft besorgt aus.

»Ich bin gestolpert!«, sagt Kat, aber ich glaube, er

durchschaut die Lage. Wir kühlen Kats Lippe, die mittlerweile deutlich angeschwollen ist, mit der Eistüte.

»Toll, jetzt sehe ich aus wie Quasimodo. Mit nem Date am Wochenende wird's so ja wohl nix«, nuschelt Kat unter der knisternden Eispackung. Es soll ein Scherz sein, aber wir lachen nicht. Ich streichle mit meiner freien Hand über ihre Haare, mit der anderen tupfe ich das Eis vorsichtig auf ihren Mund.

»Autsch.« Sie zuckt zurück und ich mache vorsichtiger weiter. Weil wir nach wie vor kein Geld haben und nicht ewig im Kiosk bleiben wollen, wo alle naselang jemand reinkommt, den wir kennen, verabschieden wir uns und streifen ziellos durch die Platte, versuchen, warm zu bleiben und die Zeit totzuschlagen. Da sind wir, zwei Mädchen ohne Zuhause, übriggeblieben in den Scherben von zwei kaputten Familien. Damit wir zu Hause niemandem mehr begegnen, beschließen wir, noch ein bisschen mit der Bahn durchs nächtliche Berlin zu fahren. Die ist wenigstens beheizt und wir können mit dem Nachhausekommen warten, bis unsere Eltern im Bett sind. In der S-Bahn suchen Kat und ich uns zwei Plätze in einem spärlich besetzten Wagen und halten unsere Füße an die warmen Heizkörper. Draußen fliegt die Stadt an uns vorbei, helle Lichter, Autos, Menschen. Wir fahren in unserem Aushilfswohnzimmer aus Stahl vor unserem eigenen Leben davon. Die Lampen im Waggon flackern leicht, ein Penner steigt am Tiergarten ein, fragt uns nach Geld, aber wir haben selbst keins. Kat setzt sich neben mich und schlingt ihre Arme um mich.

»Hoffentlich ist Mama eingeschlafen, wenn ich wieder komme«, murmelt sie schläfrig in meine Haare. Ich versuche, sie zu beruhigen.

»Die schläft sicher ihren Rausch aus.« Gerade als meine Augen selbst schwer werden, spüre ich den Hosentaschenfalter zwischen Kats Bein und meinem. Weil er sich unangenehm in meinen Oberschenkel drückt, nehme ich ihn aus der Tasche. Im künstlichen Licht der Waggonbeleuchtung glitzert er fast noch geheimnisvoller. Kat staunt nicht schlecht und berührt das Amulett andächtig mit den Fingerspitzen.

»Wow. Der ist ja schön. Wo hast du den denn her?«

»Den habe ich von Astrid«, antworte ich gedankenverloren.

»Astrid? Ist die in deiner Klasse?«. Ich lächle und schüttele den Kopf. Und dann erzähle ich Kat von Astrid und dem Tag, als ich in ihrem Laden die Kette stehlen wollte, von der Farm und Pit und von den Schmetterlingen, die auf den Sommer warten.

Astrid hat mir eine SMS geschickt, dass ich gleich nach der Schule vorbeikommen soll, weil heute neue Falter geschlüpft sind. Als ich aus der Klimaschleuse ins Glashaus trete, fliegen sie schon in weiten Kreisen durch die Luft, schillernd blaue Schmetterlinge, die im Sonnenlicht, das zwischen den Stoffbahnen durch das Dach fällt, leuchten wie Saphire.

»Na, hab ich dir zu viel versprochen?« Astrid taucht hinter einer Bananenplatte auf. Stumm schüttele ich den Kopf. »Sie sind prachtvoll, nicht wahr? Morpho-Falter aus Mittelamerika. Fast vier Monate habe ich auf darauf gewartet, dass sie schlüpfen!« Gemeinsam schauen wir ihren Flugmanövern zu. Erst so kurz auf der Welt und schon sind sie wahre Künstler in der Luft!

»In den Mittagsstunden sind sie besonders aktiv, deshalb wollte ich, dass du gleich nach der Schule kommst.«

Da hat es sich wirklich gelohnt, sich so zu beeilen! Ich setze mich auf die kleine Brücke über dem Teich, lasse meine Beine herunterbaumeln, lege den Kopf in den Nacken und schaue den Schmetterlingen zu. Wie kleine blaue Lichter surren sie um meinen Kopf. Nach einer Weile schiebt sich eine Wolke vor die Wintersonne und das gleißende Licht, das eben noch durch die Fenster schien, wird sanfter. Falter sind Sonnenwesen, sie lieben das Licht. Wenn es im Glashaus schattiger wird, lassen sie sich auf den zahlreichen Blüten und Pflanzen nieder, rasten auf dem Holz der Brücke oder fliegen eine Futterstelle an. Kleine

Schönwetterliebhaber sind das, den Berliner Winter würden sie ebenso wenig mögen wie ich. Ein blauer Morpho nähert sich in taumelnden Kreisen, noch nicht sicher, wo er landen wird. Er macht zwei, drei Hüpfer über den Hibiskus zu meiner Rechten und steuert dann geradewegs auf meine Hand zu, wo er sich auf meinem Zeigefinger, der entspannt in meinem Schoß liegt, niederlässt. Wie zart er sich anfühlt! Die kleinen Beinchen kitzeln leicht auf meiner Haut. So nah kann ich ihn noch besser betrachten, ab und zu klappt er die Flügel auf und zu. Jedes Mal schimmert für einige Sekunden das strahlende Blau hervor. Der Falter ruht auf meinem Handrücken und wartet auf die nächste Wolkenlücke. Sein Anblick beruhigt mich, ich atme ein und aus und für einen Moment ist alles gut, hier, in diesem kleinen Paradies, das so nah an der Stadt liegt und trotzdem so unendlich weit weg scheint.

Als die Sonne wieder durch die Wolken bricht und mich ihr Licht fast schon blendet, pumpt der Morpho ein paar Mal mit seinen Flügeln und schwebt dann davon in den gläsernen, blassblauen Himmel. Astrid setzt sich neben mir auf die Brücke. Sie stützt ihre Hände hinter sich auf die Holzplanken und schaut zufrieden auf ihren Dschungel.

»Was meinst du? Machen wir den Faltern Mittagessen?«

»Was gibt's denn? Pizza Salami?«

»Fast!« Astrid lacht und zieht mich hoch. »Aber auf Obst stehen sie noch ein bisschen mehr als auf die italienische Küche!«

In der Puppenstube bereiten wir den Morphos ihre

Leibspeise zu, gärende Früchte.

»Haha, die flattern bestimmt deshalb so wild hin und her!«, sage ich und muss lachen, als ich die überreifen Bananen und Orangen in fingerdicke Scheiben schneide und mir der süßliche Geruch entgegenströmt. Zwischen den Bananenpalmen und dem Orchideenwald stellen wir die tiefen Teller mit der beschwipsten Obstmahlzeit auf. Wir warten einen Moment, bis die ersten Exemplare sich darauf niederlassen.

»So. Die sind versorgt. Hast du Lust, noch ein paar Puppen in ihre Kinderstube zu bringen?«, fragt Astrid.

»Klar!« Mittlerweile interessiert mich alles rund um die Falter. Genau genommen ist die Arbeit auf der Farm mehr eine Belohnung als eine Strafe. Ich folge Astrid in den kleinen Nebenraum, in dem ich bei meiner Ankunft in der Eile meine Jacke nur lose mit meinen Schulsachen auf den Tisch geworfen hatte. Astrid holt die Päckchen mit der Lieferung, die heute ankam, und ich räume meinen Kram beiseite, damit sie sie abstellen kann. Ich angele nach meinem Rucksack, den ich wohl nicht richtig geschlossen habe, denn plötzlich habe ich nur noch die leere Hülle in der Hand und der gesamte Inhalt meines Zettelblocks ergießt sich über den Fußboden. Ein einziger großer Zettelregen aus meinen Gedichten verstreut sich kreuz und quer überall. »Ach Mist!« Hektisch versuche ich die Ausreißer einzusammeln, aber es sind zu viele. Astrid hat die Puppen-Kartons abgestellt und kniet sich inmitten des Papiermeers neben mir nieder. Sie hebt einige Zettel auf.

»Was ist denn das?«

Ich versuche, so schnell es geht, alles wieder zusammenzuklauben. Die ganze Sache ist mir tierisch unangenehm.

»Ach, nur so Kram, nicht so wichtig«, murmele ich verlegen. Astrid inspiziert neugierig die Zettel in ihrer Hand.

»Sind das Gedichte?« Ich laufe dunkelrot an und leuchte bestimmt mit den Morphos um die Wette.

»Kann sein.« Ich strecke die Hand nach den Zetteln aus, aber Astrid zieht sie weg und liest weiter.

»Zeig doch mal! Das ist ja toll, sind die von dir?« Ich streiche mir verlegen die Haare hinter die Ohren.

»Hm ja, aber die sind wirklich nichts Besonderes. Ich schreib das einfach so auf, wenn mir danach ist.« Astrid liest immer noch, ich könnte im Erdboden versinken. Ich zeige meine Gedichte normalerweise niemandem, nicht mal Vali oder Kat. Gerade als ich ihr die Blätter am liebsten einfach aus der Hand reißen und weglaufen will, schaut Astrid auf.

»Die sind gut.« Sie schaut auf die Zettel, dann auf mich, dann wieder auf die Gedichte. »Doch. Die sind wirklich gut.«

»Ach.« Ich winke ab.

»Nein, wirklich! Da solltest du was draus machen! Hast du sie mal jemandem gezeigt?« Ich schüttele den Kopf.

»Nee, das ist privat. Na ja, neulich hat meine Deutschlehrerin mal eins vorgelesen, das kam ganz gut an. Sie hat mich gefragt, ob …« Ich breche ab.

»Was hat sie dich gefragt?«, hakt Astrid nach.

»Es gibt demnächst so einen Gedichtwettbewerb

mehrerer Schulen. Sie hat gefragt, ob ich da antreten will.«

»Das ist doch großartig! Ich hoffe, du hast zugesagt?« Astrid gibt mir die Zettel und ich stecke sie wieder in meinen Block zurück.

»Ich weiß es noch nicht. Eigentlich ist mir das zu viel, vor so vielen Leuten.« Astrid lächelt und erhebt sich wieder.

»Es wäre aber schade, wenn all die schönen Worte in deinem Kopf bleiben würden. Ich bin sicher, du kannst damit Menschen berühren. Wenn man eine Gabe hat, dann sollte man ihr Raum geben.«

Eine Gabe? Ich habe das Schreiben bisher nie als eine Gabe betrachtet. Es war einfach immer schon da. Nachdenklich schaue ich auf den Stapel vollgeschriebener Zettel auf meinem Schoß. Astrid geht zum Puppenkasten und öffnet vorsichtig die Tür. Mit einer Kopfbewegung deutet sie mir an, näher zu kommen. Ich stehe auf und gehe hinüber. Astrid öffnet eine Pappschachtel, dick eingepackt in Watte liegen darin braune Falterpuppen. Astrid nimmt sachte eine Puppe heraus und befestigt sie an einer feinen Nadel an den waagrechten Leisten in der Vitrine.

»Hier, versuch es auch mal!« Mit leicht zittrigen Fingern hänge ich die nächste Puppe in die Reihe. Astrid nickt zufrieden und ich fahre fort.

»Weißt du, was ich glaube?«, fragt Astrid mit einem nachdenklichen Blick auf die Puppen. »Ich glaube, es gibt noch mehr Menschen da draußen, die sich so fühlen wie du. Ein bisschen verloren. Die ausbrechen wollen und einen Weg in die Freiheit suchen.«

Konzentriert befestige ich einen weiteren Kokon.

»Ja, das kann schon sein«, sage ich leise.

»Denen könntest du vielleicht helfen. Das Schlimmste ist doch das Gefühl, nicht verstanden zu werden. Aber wenn du weißt, dass du nicht alleine bist mit diesen Gedanken, dann wird der Druck ein bisschen erträglicher und das Leben wieder ein klein wenig heller. Meinst du nicht?«

11

Weil ich immer noch befürchte, dass Mama Ernst macht mit dem Schulwechsel, suche ich Rat bei dem einzigen erwachsenen Menschen, dem ich wirklich vertraue: Astrid. Unter der Woche ist sie jeden Freitag persönlich vor Ort in ihrem kleinen Laden in der Stadt. Als ich eintrete, ist Kundschaft im Laden und Astrid signalisiert mir per Handzeichen, dass ich mich einfach ein bisschen umschauen soll. Es ist irgendwie komisch, wieder hier zu sein, wo vor ein paar Wochen alles begonnen hat. Damals wusste ich noch nichts von der Farm und von den Schmetterlingen.

Bei der Erinnerung, dass ich Astrid damals beklauen wollte, wird mir inzwischen richtig unwohl. Das alles kommt mir vor wie ein früheres Leben, eine andere Mira. Als ich die Bekanntschaft mit dem Hosentaschenfalter machte, war mir alles so total egal – das ist inzwischen anders.

Zu Hause ist es immer noch ätzend und Mathe ist für mich immer noch ein rotes Tuch, aber es gibt in meinem Leben eben jetzt auch Dinge, die etwas bedeuten. Für die ich nicht kampflos aufgeben will. Für die es sich vielleicht lohnt, sich aufzuraffen und wieder auf die Spur zu kommen. Mittlerweile ist die letzte Kundin fündig geworden und ich helfe Astrid dabei, die Einkäufe einzupacken. Astrid lobt meine Geschenkbandschleifen und wir legen die Päckchen vorsichtig in eine große Papiertüte.

»Einen schönen Abend noch!« Astrid überreicht der Kundin die Tüte und begleitet sie nach draußen.

»Huh, ist das kalt da draußen!« Sie reibt ihre Hände aneinander und hängt das *closed*-Schild an die Tür.

»So, Schluss für heute!« Astrid schließt ab, holt uns einen Tee aus der Küche und beginnt, die Kasse zu prüfen. Ich setze mich ihr gegenüber an den Verkaufstresen. Draußen strömen die Passanten vorbei, Astrid heftet die Rechnungen in einen Ordner.

»Und? Was führt dich zu mir?«, fragt sie und lächelt zu mir herüber. »Du bist immer willkommen, das weißt du ja. Aber ich hab das Gefühl, du hast was Bestimmtes auf dem Herzen.«

Ich rühre nachdenklich in meiner Tasse.

»Hmja, also mit der Schule lief's in letzter Zeit nicht so. Und zu Hause gibt's ständig Streit deswegen. Jetzt überlegen Mama und ihr Freund, ob sie mich vom Gymnasium nehmen sollen. Und vielleicht sogar in ein Internat stecken.« Astrid stellt den Ordner zurück ins Regal, schnappt sich einen Stuhl und setzt sich mir gegenüber. Sie nimmt einen Schluck aus ihrer Tasse.

»Und was willst du, Mira?« Ich zucke mit den Achseln.

»Ich weiß nicht, jedenfalls will ich nicht ins Internat. Ich will nicht weg von Kat und Vali. Gerade jetzt nicht, wo Vali an diesen seltsamen Typ geraten ist. Und natürlich will ich auf der Farm bleiben.« Astrid nickt.

»Aber ich weiß nicht, wie ich das alles nachholen soll. Ich hab so viel verpasst.« Resigniert lege ich meinen Kopf auf meine Arme. Vermutlich ist es schon zu spät für eine Kehrtwende.

»Wie wäre es, wenn Pit dir hilft?« Ich blicke auf. Pit?

»Meinst du, er macht das?«

»Ich rede mit ihm. Er hat mit seinen Klassen zwar viel zu tun, aber ich bin mir sicher, er hilft dir gerne.« Das klingt nach einer annehmbaren Idee.

»Und was ist mit Mama?« Die muss schließlich irgendwie besänftigt werden, bis die Nachhilfe fruchtet.

»Was hältst du davon, wenn ich mal mit ihr rede?«, schlägt Astrid vor. Ich zögere. Eigentlich wollte ich diesen beiden Welten voneinander trennen – ich habe Angst, dass mein kleiner Rückzugsort dann kaputt geht. Astrid deutet mein Schweigen ganz anders.

»Ich würde deiner Mutter nichts davon sagen, dass du das Amulett damals klauen wolltest.«

»Nein, nein, das hab ich gar nicht befürchtet.« Ich seufze. Ich fürchte, mir fällt außer Astrids Vorschlag nichts ein, was ich tun könnte, um meinen drohenden Schulwechsel abzuwenden. Vielleicht kann sie ja etwas bewirken.

»Okay ist gut. Ich schreib dir ihre Nummer auf.« Astrid legt mir einen Zettel hin und nickt mir ermutigend zu.

Am Dienstagnachmittag haben Kat und ich uns mit Vali im Einkaufscenter verabredet. Seit sie mit Dennis zusammen ist, kriegen wir sie kaum noch zu Gesicht. Weil es draußen schneeregnet wie verrückt, herrscht in der Einkaufspassage reger Betrieb. Tütenbepackte Menschen in dicken Wintermänteln schlendern von einem Geschäft zum anderen und hinterlassen Streusalzspuren auf dem Boden. Eine Gruppe Jungs hängt am Eingang rum, wir hören ihre Pfiffe hinter uns, als wir an ihnen vorbeigehen. Einer ist heute besonders mutig und ruft rüber, ob wir ihm einen blasen wollen. Kat dreht sich um, hebt ihren Mittelfinger und brüllt: »Was willst du denn? Du kriegst dein Mini-Würstchen ja nicht mal hoch!« Als seine Kumpels anfangen, zu johlen und zu lachen, wird der Typ knallrot und schimpft uns hinterher. Wir fahren mit der Rolltreppe in den ersten Stock und Kat lässt sich mit einem Seufzer auf einer der Holzbänke rund um die massiven Blumenkübel nieder. Das ganze Zentrum ist jetzt im Advent über und über mit Lichterketten dekoriert. »Ich hoffe, Vali taucht überhaupt auf!« Ich setze mich neben sie. Kat zeigt mir auf ihrem Handy die letzten SMS von dem Kerl aus dem Club, der mich bei meiner Geburtstagsnachfeier angesprochen hatte.

»Guck mal hier! Was er nach zwei Wochen plötzlich nachts um drei geschrieben hat.« Sie hält mir ihr bonbonfarbenes Handy unter die Nase und ich lese: *Hi Süße, es war wunderschön mit dir neulich, wann hast du wieder Zeit für mich? Hast du vielleicht auch mal Bock auf nen Dreier? Ich hätte da jemanden im Auge.*

»Er hat ja schon jemanden im Auge?!« Wir brechen in Gelächter aus. »Oh Gott, sehr einladend.«

»Ja, sei froh, dass der bei dir abgeblitzt ist! Sonst hätte der noch vorgeschlagen, dass wir uns zu dritt das Bett teilen!«

Endlich kommt Vali durch die Drehtür am Eingang gestiefelt. Wir winken ihr vom Geländer aus zu und kurze Zeit später taucht sie am oberen Ende der Rolltreppe auf und kommt zu uns herüber. Umständlich zieht sie ihren Mantel aus und drückt sich zwischen uns. »Ich kann aber heute nicht so lang bleiben«, sagt sie und Kat verdreht die Augen.

»Lass mich raten: Dennis?« Vali guckt schon jetzt eingeschnappt, das geht ja gut los.

»Immerhin bist du jetzt ja erst mal da«, sage ich und werfe Kat einen warnenden Blick zu. »Leute, wir gehen jetzt ein Eis essen, okay?« Ich zerre die beiden beleidigten Leberwürste von der Bank und wir ergattern gerade so den letzten freien Tisch im Eiscafé. Mein Plan, die dicke Luft mit Zuckerglückshormonen zu beseitigen, kommt ins Stocken, weil es nur eine einzige Bedienung gibt und die mit dem vollen Café völlig überfordert ist.

»Kommt hier auch mal jemand, oder was?« Kat ist genervt und winkt der Kellnerin. Die sieht uns aber nicht oder will schon gar niemanden mehr sehen. Ich versuche, die Mädels abzulenken, erzähle Vali von der Farm und schlage vor, dass wir mal alle zusammen raus zu Astrid und Pit fahren.

Vali nickt. »Ja, warum nicht? Ich muss nur Dennis fragen, ob das okay ist.« Kat, die eh schon mit den Hufen gescharrt hat, platzt bei diesen Worten vollends der Kragen. Sie starrt Vali verständnislos an.

»Du fragst diesen Kerl um Erlaubnis, ob du mit uns wegfahren kannst? Ich glaub echt, du spinnst!« Sie schüttelt ihre Lockenmähne.

»Mir doch egal«, nuschelt Vali in ihren Schal und verschränkt trotzig die Arme vor der Brust. Um zu verhindern, dass sie direkt aufsteht und geht, schalte ich mich ein.

»Vali, wir sind doch die letzten Menschen auf der Welt, die sich nicht mit dir freuen! Aber wir machen uns Sorgen um dich.« Vali schluckt.

»Aber mir geht's doch gut.« Wirklich überzeugend klingt das nicht. Ihre Stimme zittert leicht.

Kat holt tief Luft. »Mensch Vali, Dennis hat mit Drogen zu tun und zieht dich da mit rein. Das ist doch Scheiße! Gut möglich, dass er bald Ärger mit den Bullen hat und dann hängst du auch mit drin, wenn du mit ihm unterwegs bist.« In diesem Moment kommt die Kellnerin an unseren Tisch. Offenbar hat sie den letzten Satz noch mitgehört und schaut uns mit großen Augen an. Vermutlich hat sie Angst, dass wir Kleinkriminelle sind und unser Schokoeis mit der Pistole erpressen wollen.

»Ist was? Oder warum glotzen Sie so?« Kat ist gerade eh in Rage, da kommt ihr die arme Bedienung gerade recht.

»Ist schon gut. Sie meint das nicht so.« Ich lege Kat beschwichtigend die Hand auf den Arm, ignoriere ihre Beschwerde und lächle die irritierte Kellnerin an.

»Wollt ihr jetzt was bestellen oder nicht?«, mault sie beleidigt.

»Wir hätten gerne den Schokobecher mit drei Löffeln.« Die Kellnerin kritzelt die Bestellung auf ihren Block. Sobald sie wieder außer Hörweite ist, macht Kat da weiter, wo sie aufgehört hat. »Ich kann's nicht fassen, Vali, dass du für diesen Idioten sogar riskierst, mit Drogen erwischt zu werden.« Vali stehen die Tränen in den Augen.

»Ich passe schon auf«, schnieft sie, aber diese Worte stoßen bei Kat auf wenig Gehör.

»Du passt auf? Vali, mal ehrlich, wie willst du das

bitte anstellen? Woher willst du wissen, dass sein nächster Kunde kein verdeckter Polizist ist? Oder ob die euch einfach so durch Zufall beim Verticken erwischen? Lass dich von dem nicht in so einen Mist reinziehen!«

Jetzt heult Vali richtig. Sie versucht noch, die Tränen abzuwischen, weil wir in der Öffentlichkeit sind, aber ihr Kinn zittert und sie beißt sich auf die Lippen.

»Ihr versteht das nicht! Ihr könnt jede Woche einen anderen Kerl haben. Ihr wisst nicht, wie das ist, wenn man immer nur daneben steht und keiner sich für einen interessiert. Wenn wir auf ner Party sind, wen sprechen die dann immer an? Kat, du bist doch überall im Mittelpunkt, alle stehen auf dich und ständig fragt mich jemand nach deiner Nummer. Ihr braucht euch doch einfach einen auszusuchen! Und jetzt, wo sich endlich mal einer in mich verliebt hat, wollt ihr mir alles kaputt machen! Wahrscheinlich bist du einfach eifersüchtig!« Für Vali, die sonst so ruhig ist, war das ein richtig langer Monolog. Die letzten Worte brüllt sie Kat schon fast ins Gesicht. Kat schaut mich an, macht eine hilflose Geste und schüttelt den Kopf.

»Dir ist ja nicht mehr zu helfen! Ich will nur das Beste für dich, von mir aus kannst du hundert Freunde haben, solange sie dich gut behandeln. Der hat dir ja völlig das Hirn vernebelt.«

»Ist mir kackegal, was du über ihn denkst! Dennis ist und bleibt mein Freund, verstanden?« Vali packt ihre Tasche, stolpert und ich versuche noch, sie am Arm zu erwischen und aufzuhalten, aber sie rennt, ohne sich umzudrehen, Richtung Ausgang und verschwindet im

Einkaufsgewühl. Ich seufze.
»Na toll. Das ging ja mal komplett daneben!« Kat ist jetzt auch beleidigt und schimpft leise vor sich hin.

»Oh Mann, dass sie echt denkt, ich gönn's ihr nicht! Wir sind doch ihre Freundinnen!«

»Soo. Hier ist der Schokobecher! Wart ihr eben nicht noch zu dritt?« Die Bedienung stellt ihr Tablett ab und serviert uns den Eisbecher. Die Stimmung ist so was von im Eimer. Lustlos stochern Kat und ich in dem Berg aus Sahne und Schokoladeneis herum und gucken auf den leeren dritten Stuhl. Da können wir so viel Eis verputzen wie wir wollen – es ist einfach nicht richtig so. Eine in unserem Kreis fehlt.

Es zeigt sich, dass meine Entscheidung, Astrid mit ins Boot zu holen, richtig war. Erstaunlicherweise hat sie einen total guten Draht zu Mama. Das Thema Schulwechsel ist vorerst vom Tisch, wenn auch nur unter der Bedingung, dass ich zweimal die Woche Nachhilfe bei Pit nehme. Dafür darf ich am Wochenende so lange auf der Farm bleiben, wie ich möchte. Mit Pit ist es ganz anders als in der Schule. Ich kann ihn alles fragen, ohne dass er lacht, selbst wenn ich zum zehnten Mal nicht verstanden habe, wie die Gleichung zu lösen ist. Und er setzt mich nicht unter Druck. Gibt mir nicht das Gefühl, unfähig zu sein, sondern lobt mich für kleine Erfolge. Heute schaffe ich es sogar, eine Aufgabe ganz ohne Hilfestellung zu lösen und Astrid, die kurz von draußen hereinkommt und mir einen Kuss zur Begrüßung in die Haare drückt, freut sich darüber genauso wie ich.

»Klasse, Mira! Das machst du super!«

»Ach, das liegt nur an meinem Lehrer«, murmele ich verlegen, aber Pit und Astrid protestieren. »Na, ihr zwei Fleißigen, ich will euch gar nicht weiter stören! Wenn du fertig bist, Mira, kommst du rüber in den Pavillon, ja?« Astrid verschwindet im Garten und ich widme mich wieder meinem Taschenrechner. Ich will heute noch was schaffen und dann endlich rüber zu den Faltern!

Nach zwei Stunden kann sogar Pit ein Gähnen nicht unterdrücken. Er klappt die Bücher zu. »Das reicht für heute, Mira. Du hast dir deinen Feierabend redlich verdient!« Er verschwindet in der Küche, ich höre Töpfe klappern und kurze Zeit später zieht der Geruch von heißer Schokolade durch das Wohnzimmer.

Ich strecke mich genüsslich, kraule Arthur hinter den Ohren, der sich zu meinen Füßen niedergelassen hatte, und packe meinen Kram zusammen. Ich weiß, es ist noch ein weiter Weg, aber ich habe das Gefühl, dass ich langsam wieder so was wie Kontrolle über mein verkorkstes Leben kriege. Und es fühlt sich ziemlich gut an! Pit kommt mit zwei Tassen in der Hand zurück. »Hier, nimm die ruhig mit rüber, Astrid kann bestimmt auch eine vertragen.« Ich schlüpfe in meine Jacke, nehme die Schokolade entgegen und balanciere meine heiße Fracht vorsichtig durch den Garten. Es ist mittlerweile schon früh dunkel. Ich stapfe durch den Schnee vor bis zum Gartenhaus und klopfe mit meinem Stiefel an die Tür. Astrid öffnet mir und ihre Augen leuchten beim Anblick der Tassen auf. »Oh, wie schön! Das ist gerade genau das Richtige! Herein mit dir!«

Astrid hat Kerzen angemacht, die den kleinen Pavillon mit warmem Licht füllen. Wir stoßen an, die Steingutbecher geben einen dumpfen Laut von sich. »Mmmmh, köstlich!« Astrid leckt sich den Sahneschaum vom Mund. »Ich war gerade dabei, die Fotos vom Wachstum der Raupen zu sortieren. Kannst du mir mal die Klebeschildchen aus der Schublade da drüben geben?«

Ich gehe zur Kommode herüber. Wo meint sie denn? Mein Blick fällt auf ein Päckchen, das auf der Werkbank liegt. In geschwungenen Buchstaben steht mein Name darauf. Ich hebe es auf und drehe mich fragend zu Astrid um. »Was ist denn das?« Sie lächelt.

»Deine Mama hat mir verraten, dass du Geburtstag hattest!« Damit habe ich nicht gerechnet. Ich bin ein bisschen sprachlos. Das Geschenk ist liebevoll eingepackt, Seidenpapier mit einer großen goldenen Schleife. Astrid nickt mir aufmunternd zu.

»Mach es auf!« Behutsam streife ich das Geschenkband ab und wickele das knisternde Papier auseinander. Heraus kommen ein roter Schal aus Wolle und ein Buch. Astrid ist zu mir an die Werkbank getreten, legt mir den Schal um den Hals und ihre Arme um mich. Sie blättert das Buch auf – es hat einen hellbraunen Ledereinband, die Seiten sind leer.

»Das hier ist dein Schmetterlingsbuch – du kannst da alles reinschreiben, was dich beschäftigt. Wenn dich etwas nervt, wenn du dich über etwas freust ... Und deine Gedichte natürlich. Denn schöne Dinge verdienen doch auch ein besonders schönes Zuhause.« Ich schlucke.

»Danke!«, hauche ich und streiche ehrfürchtig über all die leeren Seiten, die es zu füllen gilt.

Ich muss an Frau Sonntag denken. Ich schulde ihr immer noch eine Antwort wegen des Wettbewerbs. Wer weiß, vielleicht schreibe ich in dieses Buch das Gedicht für den Wettbewerb. Sagen, was ich fühle, das kann ich bisher nur den schweigenden Seiten meiner Bücher und Zettel. Möglicherweise wird es Zeit, sich damit aus meinem Schneckenhaus zu wagen.

Tanzt mit der Sonne, in deinen Träumen,
noch wohnst du in deinem engen Raum.
Doch bald, kleiner Falter, da wachsen dir Flügel
Flügel, die tragen, für Flüge ins Blau.
Noch harrst du aus, in wartender Stille
tankst Kraft für den Frühling
wenn es windet und taut.
Aber dann wirst du schweben
in luftigen Höhen,
Drum sag mir Bescheid,
wann fliegst du hinaus?

Am 4. Advent laden mich Astrid und Pit ein, auf der Farm zu feiern. Mama mault, als ich sie frage, ob ich hingehen darf.

»Du bist ja kaum noch zu Hause!«, sagt sie und fast kommt es mir vor, als wäre sie eifersüchtig auf Astrid. Weil sie meinen Blick sieht und weiß, dass ich sonst den ganzen Abend schmolle, lässt sie mich aber gehen. Schon auf der Fahrt nach draußen bekomme ich gute Laune und laufe die Straße mit großen, vergnügten Schritten entlang. Pit öffnet mir dir Tür, mit ihm umarmt mich eine Plätzchen-Duftwolke.

»Astrid telefoniert noch mit ihrer Schwester – magst du mir beim Backen helfen?«

»Klar.« Ich hänge meine Jacke in den Flur und folge ihm in die Küche. Die Arbeitsfläche ist voller Mehl. Pit gibt mir die Plätzchenformen und ich beginne, Herzen und Nikolausstiefel aus den Teigstücken auszustechen, die er mir reicht. Es gibt sogar eine Schmetterlingsform. Die erste Fuhre kommt gerade aus dem Backofen und riecht so köstlich, dass mir das Wasser im Mund zusammenläuft. Wir werkeln friedlich vor uns hin, als plötzlich mein Handy laut dazwischen klingelt. Ich werfe Pit einen entschuldigenden Blick zu, fische mit meinen bemehlten Händen das Handy aus meiner Tasche und hebe ab.

»Hi. Hier ist Michel!« Mein Herz macht einen gewaltigen Hüpfer. Ich räuspere mich, weil mein Hals plötzlich total kratzig ist.

»Hi!«

»Na? Was machste grad?« Ich gucke auf meine Finger voller Teig.

»Plätzchenbacken«, sage ich und ärgere mich gleich über mich. Eine uncoolere Tätigkeit für eine Sechzehnjährige am Freitagabend kann es eigentlich gar nicht geben. Aber Michel scheint das nicht aufzufallen.

»Soso. Bringst du mir dann welche mit, wenn wir uns das nächste Mal sehen?«

Ich fange an, breit zu grinsen.

»Wenn du drauf bestehst, lass ich dir bestimmt ein paar übrig. Wann treffen wir uns denn?«

Pit sieht schmunzelnd zu mir rüber und walzt weiter Plätzchenteig. Ich pule an ein paar Schokoperlen herum und ehe Michel antworten kann, kommt mir eine Idee.

»Du, morgen Abend ist so eine lahme Party an meiner Schule, wo ich hin muss. Magst du mich da abholen?«

»Klar, mach ich. Wann soll ich da sein?« Wir verabreden Uhrzeit und Treffpunkt und dann schickt Michel ein ›Ich freu mich!‹ durch den Hörer. Ich werde rot und murmele

»Ich freu mich auch« und lege auf.

»Worauf freust du dich, Mira?« Astrid kommt die Treppe herunter und weil mein Herz grad fast platzt und so verflucht viele Schmetterlinge in meinem Bauch sind, drücke ich sie so fest ich kann und hinterlasse zwei weiße Mehlhände auf ihrem blauen Kleid.

»Ach. Auf eine Party«, sage ich ausweichend. Dass ich ein Date habe, muss ich selbst erst noch verdauen.

Die Mittelstufenparty findet jedes Jahr kurz vor den Ferien statt. Mama hofft immer noch, dass ich Anschluss finde und mir neue Freunde suche. Sie scheint nicht zu verstehen, dass ich bereits die zwei besten Freundinnen habe, die ich mir vorstellen kann. Am Haupteingang setzt sie mich ab und ermahnt mich, nicht zu viel zu trinken. Habe ich eh nicht vor, bei meinem ersten richtigen Date mit Michel will ich ja nicht hackedicht sein. Aber dass er später vorbeikommt, verrate ich ihr nicht. Ich nicke nur wortlos, schlage die Autotür hinter mir zu und marschiere Richtung Schulgebäude.

In der Aula, die die Schülervertretung für die Party leer geräumt hat, versucht sich der Schulsprecher als DJ. Obwohl niemand tanzt, fühlt er sich offenbar sehr wichtig. Über die vergilbten Vorhänge wandern die Lichtpunkte einer Discokugel, aber dieser Versuch, aus der Schule einen Ort zu machen, an dem man gerne ist, geht auch irgendwie daneben. Eigentlich wirkt das Ganze mit dieser Beleuchtung noch gruseliger. Ich fühle jedenfalls spontan nur meinen Fluchtinstinkt. Was macht eigentlich der Rune hier? An unserer Schule ist es üblich, dass die beliebten Lehrer zu den Schulpartys eingeladen werden. So jemand wie Frau Sonntag wird schon Wochen vorher gefragt. Ich kann mir nicht vorstellen, dass irgendwer den Rune eingeladen hat. Wer hat schon Bock, am Samstagabend an Mathe erinnert zu werden? Jetzt steht er in der Ecke und redet mit ein paar Strebern aus meiner Parallelklasse. Die sind wahrscheinlich froh, einander zu haben. Der Rune, weil sich keiner freut, ihn zu sehen, und die komischen

Vögel, weil sonst keiner mit ihnen redet. Wenn Michel nicht noch kommen würde, wäre ich schon längst wieder gegangen und hätte bei Vali und Kat vorbeigeschaut.

Auf der Toilette schminke ich mir die Lippen nach. Ich weiß nicht, ob dieser neue Lippenstift nicht doch zu viel ist. *Flammendes Herz* heißt die Farbe und Kat fand, ich müsse den bei meinem ersten richtigen Date mit Michel unbedingt tragen. Aber ihr gegenüber habe ich das Ganze eh runtergespielt, ich möchte das erst mal vorsichtig antesten, bevor ich groß darüber rede. Dabei ist es so ein gutes Gefühl, dass er wieder hier ist. Ich weiß genau, dass Michel seit der Begegnung mit meinem Falter und mit Astrid bestimmt das Beste am letzten halben Jahr ist.

Plötzlich hat mein Leben neben all den Grautönen eine ganz neue Farbe bekommen, und wenn ich an ihn denke, dann höre ich mein Herz schlagen – laut, kräftig, lebendig. Ich hoffe inständig, dass ich es mit ihm nicht ein zweites Mal verbocke. Mal sehen, wie der Abend wird. Ob es wirklich flammende Herzen gibt oder doch nur einen etwas zu roten Lippenstift.

Auf dem Gang treffe ich auf Frau Sonntag.. Sie hält Händchen mit einem großen dunkelhaarigen Mann. Die Mädchen aus meiner Klasse tuscheln und kichern. Frau Sonntag winkt, als sie mich entdeckt, ich gehe zu den beiden rüber und sie stellt mich ihrem Begleiter vor.

»Patrick, das ist Mira. Sie geht in meine Zehnte.« Ich schüttele ihm die Hand, sein Händedruck ist kräftig. Gutes Zeichen. Sie plaudert fröhlich weiter. »Mira hat ein richtiges Talent zum Gedichteschreiben! Ich hoffe, sie macht bei dem Wettbewerb in ein paar Wochen mit.« Patrick nickt anerkennend und freundlich zu mir herunter.

»Hast du es dir denn überlegt, Mira? Willst du dabei sein?«, fragt sie.

Ich beiße mir auf die Lippe. Ich will schon, aber da ist auch ein gewaltiger Berg Angst in meinem Bauch. Vor dem dreitagebärtigen Patrick und seiner schönen Freundin will ich mir aber keine Blöße geben. »Klar!«, antworte ich lässig und nicke.

Frau Sonntag strahlt und drückt meinen Arm. »Super! Ich freu mich! Dann besprechen wir die Details am Montag nach der Stunde.«

Wir reden noch kurz über das nächste Buch, das wir lesen, dann ziehen die beiden weiter. Ich stehe eine Weile verloren neben dem Buffet herum, esse einen Schokomuffin. Kein Mensch hier, mit dem ich Lust hätte zu reden, deshalb gehe ich vor die Tür. Ich atme tief ein, schaue in den schwarzen Nachthimmel und warte auf Michel. Hoffentlich kommt er bald. Die Luft ist kalt und ich zittere leicht.

Plötzlich legen sich zwei Schatten von hinten über meine Augen. »Na, junge Frau? Ganz alleine hier?« Michel nimmt seine Hände wieder von meinem Gesicht, ich drehe mich um und lasse mich in seine ausgebreiteten Arme fallen.

»Und?« Michel zeigt auf die Schule. »Erwartungsgemäß furchtbar da drinnen?«

Ich lache und nicke. »Absolut. Lass uns bitte irgendwo anders hingehen.«

»Zu Befehl!« Er bietet mir seinen Arm an und

gemeinsam machen wir uns auf in Richtung Kino. Wir kaufen Karten für die Spätvorstellung. Der Kinosaal ist fast leer, kein Wunder, der Film ist grottenschlecht, aber das macht nichts. Wir sitzen in einer der letzten Reihen und quatschen über Michels Zeit im Internat und seine neue Schule. Nach seinem Abi will er erneuerbare Energien studieren. Ich bin beeindruckt, mit wie viel Elan er jetzt sein Leben anpackt. Es scheint, als ob der Abstand zu seinen Eltern, den die Monate im Internat ihm beschert haben, genau das Richtige gewesen sind. Weit weg von dem altbekannten Trott hat er Wind unter seine Flügel bekommen – eigentlich genau so, wie es mir mit der Farm ging. Ich erzähle ihm von dem Tag, an dem ich die ersten Schmetterlingseier des Jahres gefunden habe und welche Aufgaben jetzt noch auf Astrid und mich warten, bis am Ende die Falter schlüpfen können. Michel beobachtet mich und lächelt.

»Wenn du davon erzählst, strahlst du richtig. Früher warst du oft so traurig. Hast niemanden an dich rangelassen. Ich wusste dann nie, wie ich dir helfen sollte.«

Ich denke zurück an die Zeit, bevor ich Astrid kannte. Als sich das Leben noch angefühlt hat wie ein einziger Spießrutenlauf. Irgendwie bin ich nur noch auf Autopilot von Enttäuschung zu Enttäuschung gesprungen, ohne Land in Sicht.

»Ich glaub, ich hab selbst nicht gewusst, wie man mir helfen kann«, sage ich. Michel legt seinen Arm um mich. Eine Weile lang sagen wir nichts und ich traue mich nicht, zu ihm hochzuschauen. Es ist komisch. Auch wenn Michel und ich uns schon lange kennen, bin ich gerade total nervös bei dem Gedanken, dass wir uns heute eventuell küssen werden. Ich habe lange keinen mehr geküsst. Kurz nachdem Michel weg gegangen ist, habe ich mal mit einem Typen im Club geknutscht, aber da war ich echt betrunken und es hat sich nach nichts angefühlt. Das war was andres. Wenn ich Michel küsse, dann bedeutet es morgen auch noch was. Will ich das wirklich riskieren? Mein Herz öffnen, auch auf die Gefahr hin, dass es dann irgendwann weh tut? Zwanzig Minuten später ist der Film vorbei. Mit wackeligen Knien und süßem Popcorngeschmack im Mund verlassen wir das Kino.

»Soll ich dich heimbringen?«, fragt Michel und trotz aller Zweifel nicke ich. Wir laufen, obwohl wir auch die S-Bahn nehmen könnten, aber dann müssten wir schneller wieder Abschied nehmen und wir wollen uns nicht schon wieder trennen, wo wir uns gerade erst wiedergefunden haben. Dabei ist es wirklich eisig kalt.

»Wir sind wirklich verrückt, bei dem Wetter zu Fuß zu gehen!« Ich reibe meine steifgefrorenen Finger aneinander.

»Na und? Wann, wenn nicht jetzt?«, fragt Michel und plötzlich klingt es nach mehr, dass wir tun sollten, als nur zusammen nach Hause zu laufen. Vielleicht sollten wir eine ganze Weile nebeneinander hergehen?

Michel fasst nach meiner Hand. Seine Finger um meine, das verdoppelt meinen Puls mit einem Wimpernschlag. Ich merke, wie die Stimme in meinem Kopf leiser wird, wie ich keine Lust mehr habe, ihr zuzuhören. Ich will nicht immer nur starr vor Angst in meiner sicheren Höhle sitzen. Ja, ich mag dort nicht verletzt werden, aber es ist so verdammt einsam dort. Jetzt möchte ich mehr, mehr von diesem wohligen Kribbeln, das meinen Körper durchflutet, mehr von dem Gefühl, dass ich das Glück nur mit beiden Händen zu greifen brauche. Kurz vor meinem Zuhause kommen wir an dem Spielplatz in der Platte vorbei, auf dem ich mich immer mit Kat und Vali treffe. Neben dem Sandkasten gibt es eine Autoreifen-Seilbahn. Wenn man den Reifen bis zum Anschlag auf den Hügel hochzieht und ganz viel Schwung holt, kann man damit am ganzen Spielplatz entlang schweben. Michel sieht das Ding und schnappt mich am Arm. »Komm, lass uns das machen!«

»Was? Bist du verrückt? Der kracht doch voll zusammen!« Michel holt sich den Reifen und schiebt ihn zu der Anhöhe zurück.

»Ach was! Der muss ja auch dicke Kinder aushalten, der trägt uns schon.« Ist eh ein Wunder, dass das Ding noch ganz ist, nur ein paar Kritzeleien sind draufgemalt worden: Jana liebt Fatih. Daria war hier. Sarah S. ist eine Schlampe, aber das wurde wieder durchgestrichen. Weil Michel sich nicht abhalten lässt, steige ich auf den Reifen. Er legt eine Hand um meine Taille.

»Fertig?«, fragt er. Ich nicke und er stößt uns ab. Der Anfang geht noch ganz gut, wir sausen los durch die blaue Nachtluft. Aber in der Mitte der Seilbahn hängt der Reifen so tief, dass wir unsanft auf dem Sandboden entlang schleifen und schließlich stehen bleiben. Wir hängen auf dem gestrandeten Reifen und müssen darüber derart lachen, dass ich fast Seitenstechen bekomme.

Im ersten Stock schräg gegenüber öffnet sich ein Fenster und ein Rentner brüllt wutentbrannt herüber: »Seid ihr von allen guten Geistern verlassen, oder was? Andere Leute wollen schlafen! Und der Spielplatz ist für Kinder!«

Ich kichere immer noch. Michel bleibt ganz gelassen. »Ach Quatsch!«, ruft er fröhlich. »Man sollte nie aufhören, zu spielen!« Der Rentner murmelt noch was von Polizei, während er sein Fenster wieder schließt. »Blödmann«, grinst Michel und zieht mich näher an sich heran. Ich bin noch ganz außer Atem, aber wir lachen nicht mehr. Michel schaut mir in die Augen und streicht mir die Haare aus dem Gesicht, bevor er mir den ersten Kuss in diesem Winter gibt.

13

Dank der Nachhilfe von Pit komme ich in der Schule allmählich ansatzweise wieder mit und kann mich besser konzentrieren. Nach langer Zeit gibt es mir wieder das Gefühl, dass ich doch was schaffen kann, wenn ich mich dahinter klemme. Natürlich gibt es immer noch jede Menge Tage, an denen ich morgens denke, dass ich lieber wieder die Decke über meinen Kopf ziehen und weiterschlafen würde, aber meistens quäle ich mich dann doch aus dem Bett.

Nach der Sportstunde bin ich heute mit Kat verabredet. Sie muss Maddie aus dem Kindergarten abholen, weil ihre Mutter mal wieder betrunken ist. Ich beeile mich, aus den Sportsachen rauszukommen. In der Umkleidekabine fühle ich mich nicht wirklich wohl, meine Klassenkameradinnen quatschen alle wild durcheinander, ich beteilige mich kaum am Gespräch. Auch wenn ich jetzt öfter da bin als früher, so richtig anfreunden kann ich mich mit den Leuten in der Schule immer noch nicht. Ich packe meine Sportschuhe in meinen Rucksack, schlüpfe in meine Jacke und verlasse die Sporthalle, vor der Kat schon auf mich wartet. Sie sieht mich herausfordernd an.

»Na? Was gibt's, was du mir so dringend erzählen wolltest?« Kat hängt sich bei mir ein und wir laufen im Pfützenslalom gemeinsam zum Bus. Sie hat sich nach meiner nächtlichen Nachricht, die ich ihr nach dem Date mit Michel geschickt hatte, natürlich eh schon gedacht, woher der Wind weht. »Ach!« Ich seufze. »Kitty-Kat, ich glaub ich bin verknallt.« Kat grinst von einem Ohr zum andren. »Was du nicht sagst. Das hab ich dieses Mal ja noch vor dir gemerkt.« Ich grinse zurück.

»Und wie geht es weiter mit euch?«, fragt sie. Wir biegen um die Ecke zum Bushaltestellenhäuschen und suchen dort Schutz vor dem Wind, der heute scharf um die Ecken pfeift. Auf der graffitibeschmierten Wartebank rücken wir eng zusammen.

»Ich denke schon, dass er es ernst meint. Er wollte ja letzten Sommer auch nicht einfach so aufgeben.« Kat nickt.

»Stimmt, der war richtig hartnäckig. Selbst, als er schon in Hamburg war.« Der Bus hält mit quietschenden Bremsen, wir steigen ein und suchen uns einen Sitzplatz. In der letzten Sitzreihe sind noch zwei Plätze frei. Draußen malt der Bindfadenregen Muster an die Scheibe. Es ist schon verrückt, diese Sache mit Michel verursacht in meinem Kopf das reinste Chaos. Angst und vorsichtige Hoffnung sind immer abwechselnd am Ruder.

»Was spricht denn eigentlich gegen einen Versuch mit ihm, Mira? Wenn es nicht passt, kannst du doch auch wieder Schluss machen.« Typisch Kats Logik. Ihre Beziehungen sind ja meistens oberflächlich, da besteht auch keine so große Verletzungsgefahr. Aber Michel meint es ernst, er will Mira zu 100 Prozent. Zweifelnd schaue ich sie an.

»Aber was mach ich, wenn ich mich grad an ihn gewöhnt habe und er es sich dann anders überlegt?«

»Süße, das kann dir immer passieren. Aber wenn man nie was ausprobiert, kann man auch nix gewinnen.« Der Bus hält vor der Kita und wir steigen aus. »Außerdem«, sagt Kat, bevor wir die Tür aufstoßen, »hast du doch noch uns. Auf uns kannst du dich immer verlassen. Das mit Vali kriegen wir auch wieder hin und du weißt doch, wir sind dein Airbag für schlechte Tage.«

Nachdem ich Maddie und Kat zu Hause abgesetzt habe, schlendere ich heim. Michel schickt mir ein Foto aufs Handy, er ist beim Handball-Training. Als sein Name auf meinem Display auftaucht, macht mein Bauch einen Purzelbaum. Das kann ich gar nicht verhindern. Ich setze mich auf einen Mauervorsprung und schieße im Dämmerlicht ein schwummeriges Selfie, das ich ihm zurückschicke. Kurz vor unserem Haus vibriert das Handy in meiner Jacke. *Jetzt hab ich Sehnsucht,* steht da. Ich muss lächeln. Warum sagt er eigentlich immer genau das Richtige? Ich biege an der Tankstelle rechts ab und gehe die Auffahrt zum Haus hinauf. Kaum schließe ich die Tür auf, strömt mir der übliche Stress entgegen. »Mira, da bist du ja endlich, du wolltest doch um fünf da sein!« Mama läuft hektisch durch den Flur und redet aus der Küche heraus weiter.

»Du sollst doch auf Maxi aufpassen, wir fahren gleich los.« Ach ja, stimmt ja, Mama und Mike fahren heute zum Bowling. Hatte ich total vergessen.

»Ja Mama, es war schön, Danke der Nachfrage, ich hatte einen tollen Tag«, murmele ich. Mamas Kopf erscheint in der Küchentür.

»Hast du was gesagt?«

»Nee.« Ich schüttele den Kopf. Ich hab überhaupt

keinen Bock auf Babysitting. Viel lieber würde ich in meinem Schmetterlingsbuch an meinem Gedicht für den Wettbewerb schreiben. Maxi stampft in den Flur und haut mir seinen Spielzeugbagger gegen das Schienbein.

»Kannst du nicht aufpassen?«, fauche ich ihn an und reibe mir das schmerzende Bein. Mama ermahnt mich im Vorbeigehen.

»Mira, sei nett zu deinem Bruder. Bitte mach nicht den ganzen Abend den Fernseher an, ja? Und es wäre toll, wenn du den Geschirrspüler ausräumst.« Sie zerrt die Jacken von der Wandgarderobe und eilt hinter Mike zum Auto. Die Haustür fällt ins Schloss und eine Weile stehe ich unschlüssig im Flur. Dann schalte ich Maxi die Muppet-Show-DVD an und stecke eine Pizza in den Ofen. Während der Herd auf Umluft vor sich hin brummt, unterbrochen vom fröhlichen Kindersingsang aus dem Wohnzimmer, schaue ich aus dem Fenster auf die Siedlung. Wie wäre es wohl, wenn Papa noch hier wäre? Dann würden wir gar nicht in dieser beschissenen Gegend wohnen. Wir würden in einer gemütlichen Altbauwohnung in Mitte abends zu dritt auf dem Sofa sitzen und alte Filme angucken. Mama hätte wieder Zeit für mich und ich könnte mit ihnen vielleicht sogar über meine Probleme reden. Oder ich hätte gar keine, wer weiß? Ich kann's mir gar nicht mehr vorstellen, wie das geht, eine richtige Familie. Mama und Papa, dass die sich mal geliebt haben müssen. Dass Mama mal Schmetterlinge im Bauch hatte wegen meinem Vater … so wie ich bei Michel … unvorstellbar irgendwie. Das ist alles so lange her, wie aus einem anderen Leben. Im Wohnzimmer krame ich ein altes Fotoalbum aus der untersten Schublade und nehme es mit in die Küche. Maxi nimmt dabei kaum Notiz von mir, er ist hypnotisiert vom Fernseher. Am Küchentisch öffne ich das Album, die Trennblätter knistern beim Umblättern. Es sind Fotos aus der Zeit, als Mama mit mir schwanger war. Mama mit dickem Bauch und schrecklicher Föhnfrisur. Der erste Urlaub meiner Eltern – auf Kreta. Papa trägt Schnauzbart und eine dicke Sonnenbrille. Vorsichtig blättere ich die Seiten um, als könnte ich sie kaputt machen, als würden sie augenblicklich zu Staub zerfallen. Die Hochzeit meiner Eltern, Mama mit dem weißen Umstandskleid, Blumen im Haar. Ich gehe ganz nah heran und schaue in ihre Gesichter. Papa strahlt Mama an, sie lacht übers ganze Gesicht und hält stolz ihren Brautstrauß mit gelben Freesien in die Kamera.

Nichts davon ist übriggeblieben. Energisch klappe ich das Album zu. Ich stütze meine Ellenbogen auf die Fensterbank und warte auf das Piepzeichen des Backofens. Draußen spült der Regen den Tag weg, es ist, als ob er alles wegwaschen will, was war. Und mich mit.

Plötzlich ist Weihnachten. Das ging irgendwie so schnell dieses Jahr, ich war an den Wochenenden ja fast immer bei Astrid draußen. Die ganze Stadt ist voller Glitzer und Tannengrün und Last-Minute-Geschenkekäufern. An Heiligabend treffe ich mich nachmittags mit Vali und Kat zum Schlittschuhlaufen und hoffe, dass es heute einigermaßen friedlich bleibt. Seit dem Fiasko in der Eisdiele habe ich die beiden nur noch getrennt gesehen, aber an Weihnachten habe ich darauf bestanden, dass wir uns wieder versöhnen. An der Eisbahn leihen wir uns Schuhe aus und staksen im wackeligen Storchengang zur Bande. Kat muss dauernd lachen, weil wir so bescheuert aussehen in unserem Gänsemarsch, aber schließlich betrete ich als erste die glatte, glitzernde Fläche. Es ist nicht allzu viel Betrieb, die meisten Menschen schmücken den Baum oder formen Kartoffelklöße fürs Festtagsmahl. Nach ein paar Runden laufen wir einigermaßen sicher, an den Armen ineinander gehakt, übers Eis. Schön ist das, die Lichter, der Schnee und meine beiden Freundinnen, endlich wieder vereint. Zwischen den Runden trinken wir heißen Apfelsaft und quatschen über die Jungs, die auf dem Eis mit waghalsigen Sprüngen angeben. Irgendwann lassen wir uns am Rand der Eislaufbahn auf eine Bank plumpsen, mit vor Freude und Kälte rot glühenden Wangen.

»Uh. Mir ist schwindelig.« Kat lacht und legt ihre Arme um uns. »Ach Mädels! Herrlich ist das! Warum haben wir uns überhaupt gestritten? Wir drei, das gehört doch zusammen!« Vali guckt unter sich.

»Ich weiß ja«, sagt sie etwas beschämt. »Ich weiß ja … Aber das wird bestimmt anders, ich versprech's euch!« Sie lächelt uns an. Ich weiß nicht, ob sie selbst dran glaubt, ich hab jedenfalls so meine Zweifel daran. Für sie ist Dennis die erste große Liebe. Auch wenn wir nicht verstehen, was sie an ihm findet. Im Moment ist er nun mal das Größte für sie. Ehe ich noch was sagen kann, klingelt ihr Handy. Es ist Dennis. Er will vor heute Abend noch zu ein paar Freunden und Vali soll mit. Sie zieht ihre Schlittschuhe aus und umarmt uns mit einer Entschuldigung.

»Seid nicht böse, ja?«, sagt sie mit Hundeblick und Schmeichelstimme. »Wir treffen uns doch ganz bald wieder!« Kat knurrt, zieht sie aber an sich heran und gibt ihr einen Schmatzer auf die Wange.

»Mach dich schon ab!«, sagt sie und gibt Vali einen Klaps auf den Po.

Seit wir eine Scheidungsfamilie sind, ist Weihnachten für mich ein Fest, das ich am liebsten aus dem Kalender streichen würde. Irgendwas fehlt immer. Die letzten Jahre war ich abwechselnd bei Mama, dann bei Papa und an den Weihnachtsfeiertagen auch noch bei Oma. Dieses Jahr ist ein Mama-Jahr. Da hat sie auch nicht mit sich reden lassen, obwohl meine Fehlstunden weniger geworden sind und ich einige passable Noten nach Hause gebracht habe. Trotzdem hat sie drauf bestanden, dass wir unseren jährlichen Pendel-Rhythmus beibehalten. Missmutig füge ich mich in mein Schicksal, den Abend bekomme ich auch noch irgendwie rum.

Wie immer gibt es um fünf Bescherung, danach spielt Maxi mit seinen Geschenken und um sechs essen wir Kartoffelsalat mit Würstchen. Mama hat eine alte Weihnachtsmusik-CD aufgelegt, die für besinnliche Stimmung sorgen soll. Ich bringe gerade die Nachtisch-Schälchen aus der Küche, als aus dem Wohnzimmer Maxis spitzes Geschrei ertönt – er ist über Sir Michael gefallen. Der Kater wollte Maxis neue Eisenbahn fangen, dabei ist Maxi über ihn gestolpert und hat sich an der Lokomotive die Stirn aufgeschlagen. Maxi schreit wie am Spieß, als er das Blut bemerkt, das aus der Platzwunde tropft. Der Kater ist vor Schreck unterm Weihnachtsbaum verschwunden. Mike versucht, den Kleinen zu beruhigen und begutachtet die Wunde an der Stirn. »Mist, ich glaube, das muss genäht werden.« Mama nimmt Maxi auf den Arm und hält ihm ein Küchenhandtuch an den Kopf.

»Mach die Kerzen aus, Mira, ja? Wir rufen aus dem Krankenhaus an!« Sie schnappt sich ihre Handtasche und rennt mit noch offener Jacke hinter Mike zur Garage. Ich stehe unschlüssig im plötzlich ganz ruhigen Haus. Mache die blöde CD aus und genehmige mir erst mal zwei Schälchen Nachtisch. Bis die wieder da sind, ist das Eis eh geschmolzen. Die Kerzen am Baum brennen noch und Sir Michael kommt nach einer Weile aus seinem Versteck und lässt sich von mir trösten. Ich kraule den Kater hinter den Ohren und gebe ihm als Trostpflaster die Würstchenreste. Gerade als ich überlege, was heute wohl im Fernsehen kommt, piept mein Handy. Es ist eine Nachricht von Michel. *Na? Hast du auch genug von Familie? Noch Lust, was zu unternehmen?*

Mama ruft kurz an, dass es im Krankenhaus länger dauert. Die Notaufnahme ist an Heiligabend offenbar brechend voll. Familienfeste bergen eben Verletzungsgefahr, hab ich ja immer gesagt. Ich bitte Mama um Erlaubnis, Michel zu treffen und weil der Abend sowieso im Eimer ist, willigt sie ein. Im Bad sprühe ich mir was von Mamas gutem Parfum an den Hals, lösche die Kerzen im Wohnzimmer und ziehe die Haustür hinter mir zu. Auf dem Weg zur Bahn sind die Straßen fast leer. Die meisten Menschen sitzen noch zu Hause unterm Weihnachtsbaum. Im Dunkeln tauchen links und rechts die hell erleuchteten Wohnzimmerfenster auf, hier und da erhascht man einen Blick auf erleuchtete Weihnachtsbäume. Aus der Distanz ist mir die Besinnlichkeit deutlich lieber. Auch in der Bahn ist wenig los. Ich bin ein paar Minuten zu früh am vereinbarten Treffpunkt auf dem Bahnsteig. In meinem Bauch tanzt eine ganze Ladung Schmetterlinge. Ausgewachsene würde ich sagen. Nervös zuppele ich an meinen Haaren herum, ich hasse Winter – Mützenfrisuren sind einfach null attraktiv. Endlich biegt ein roter Parka um die Ecke und Michel kommt die Treppen herauf gejoggt. Kurz bin ich unsicher, wie wir uns jetzt am besten begrüßen, aber er nimmt mir die Entscheidung ab und drückt mir einen fröhlichen Kuss auf den Mund.

»Fröhliche Weihnachten!«, sagt er und ich glaube, ab jetzt dürfte das sogar stimmen. Ich hake mich bei ihm unter und erzähle ihm von der Lokomotiv-Karambolage. Bei ihm gab es das klassische Programm – Mittagessen mit Oma und Opa, alle total schick gemacht, zusammen zur Kirche und obendrauf noch gemeinsames Liedersingen. Wenigstens darauf haben wir daheim verzichtet! »Was machen wir jetzt eigentlich?«

Wir bleiben an der Kreuzung stehen und Michel überlegt. »Hm, Kino hat zu, schätze ich. Was hältst du davon, wenn wir an der Tankstelle Chips holen und uns nen Film ausleihen? Meine Eltern sind in Mitte im Kabarett.«

»Ach, du willst mich mit zu dir nehmen, weil du sturmfrei hast, oder was?«, frotzele ich. Michel lacht und wuschelt mir über den Kopf.

»Du spinnst! – Also beschlossen?« Ich nicke.

»Aber nur, wenn ich den Film aussuchen darf!«

Auch wenn Michel und ich vor einem Jahr viel Zeit zusammen verbracht haben, bei ihm zu Hause bin ich irgendwie noch nie gewesen. Wir stoppen bei der Tankstelle und der 24h-Videothek und fahren raus nach Lichterfelde. Michel warnt mich vor. »Mein Alter ist vor 6 Monaten befördert worden – jetzt sind wir in ein ziemlich nobles Haus gezogen. Meine Mutter gibt überall an damit. Mir ist das egal, ich bin ja eh nur in den Ferien und an den Wochenenden da.«

Er hat nicht übertrieben – als wir den Bus verlassen, biegen wir in ein Wohnviertel ein, in dem sich die Einfamilienhäuser gut betuchter Berliner aneinander reihen. Gepflegte Gärten, teure Autos und schicke Fassaden geben sich die Klinke in die Hand.

Vor einem dieser modernen Architektenhäuser mit Alarmsicherung und Gittern vor den Fenstern bleibt Michel stehen, öffnet das Tor und fordert mich mit einer angedeuteten Verbeugung auf, einzutreten. Ich kichere und erklimme die Stufen zur Eingangstür. Im Erdgeschoss betrete ich vorsichtig den Marmorfußboden. Alles ist so sauber und blankpoliert. Als würde hier niemand wirklich wohnen, sondern das Ganze wäre nur ein Musterhaus, in dem sich samstags Familien mit quengelnden Kindern durch die Räume führen lassen. Ehe ich mich weiter umschauen kann, werde ich lautstark und freudig von einem braunen Labrador begrüßt, der uns entgegenspringt.

»Das ist Hektor.«

»Hi Hektor!« Ich streichle den Hund zwischen den Ohren. Michel holt Gläser aus der Küche, hängt meine Jacke auf und wir stapfen auf Socken über die teppichbezogene Treppe ins Obergeschoss. Am Ende des Flurs gehen wir durch die letzte Tür.

»Das ist mein Zimmer.« Michel gibt der Tür hinter sich einen Schubs und ich trete ein. Für ein Jungszimmer ist es echt gemütlich. An den Wänden hängen Fotos von seiner Handballmannschaft.

»Schön hier!«, sage ich und nehme vorsichtig auf der Bettkante Platz. Michel, der am Schreibtisch steht und Cola-Bier mixt, schaut kurz hoch und lächelt.

»Danke!« Er füllt die Erdnussflips in eine große Schüssel und pult die DVD aus der Leihhülle. Dabei lacht er und schüttelt den Kopf.

»Dann wollen wir mal schauen – Terminator 3. Du bist schon ne Marke, echt!«

»Ich hatte eben Lust auf Kontrastprogramm zu Weihnachten!« Michel schiebt die DVD in den Player und zündet eine Kerze an, die neben dem Bett steht.

»Machst du die bei jeder an, die dich hier besucht?« Ich kann mir die bissige Bemerkung nicht verkneifen. Michel hält kurz inne. Dann schaut er mich an.

»Du weißt genau, dass hier nicht jedes Wochenende eine andre liegt, Mira.« Ich schweige und nicke nur. Manchmal würd ich mir gern auf die Zunge beißen. Was erzähle ich auch so was? Hoffentlich hab ich's jetzt nicht versaut. Aber Michel kümmert sich nicht weiter um meinen kleinen Aussetzer – er legt entschieden seinen Arm um mich, drückt den Playknopf der Fernbedienung und zieht mich an sich ran. Unsere Finger sind voll Erdnussflipskrümel, Arnold und seine Maschinengewehre sind in Höchstform und ich fühle mich sehr geborgen. Kann bitte jemand die ganze Welt anhalten? Ich will Terminator Teil 4, 5 und wenn es geht auch 10.

15

Als ich das Gartenhaus betrete, stehe ich unerwarteterweise im Dunkeln. »Astrid?« Nach der hellen Wintersonne müssen sich meine Augen erst mal an das Dämmerlicht hier drin gewöhnen. Ich blinzele und sehe mich um – langsam nimmt der Raum wieder Konturen an. Astrid ist nirgends zu sehen. Ich bin ein bisschen zu früh, wir sind eigentlich erst um 15 Uhr verabredet, aber Pit hat mir aufgemacht und mich ins Gartenhaus geschickt. Wo steckt sie denn? Die Jalousien an den Fenstern sind heruntergelassen, in der Mitte des Raumes steht ein Dia-Projektor. Er wirft ein Bild auf die Wand gegenüber dem Fenster, am unteren Rand legt es sich über die zahlreichen Glasflakons und Behälter für die Falter. Darauf zu sehen ist eine junge Frau mit lockigem Haar, inmitten einer Wiese. Das Gras um sie herum steht hoch, warmes Licht flutet durch die Kronen der umliegenden Bäume. In der Luft tanzen Schmetterlinge. Den Kopf in den Nacken gelegt, lächelt sie den Fotografen hinter der Kamera an, ein weiches, gelöstes Lächeln. Die linke Hand ruht auf ihrem deutlich gerundeten Bauch, eine Momentaufnahme einer werdenden Mama. Ich schaue und schaue. Kann meinen Blick nicht lösen von dem Bild, es ist so friedlich und ruhig. Staubkörner fliegen durch den hellen Strahl des Projektors. Der Schallplattenspieler neben der Werkbank knackt leise vor sich hin. Ich weiß nicht, wann ich bemerke, dass es ein Bild von Astrid ist. Erst langsam dringt in mein Bewusstsein, dass das Kind auf diesem Bild nicht hier ist, dass Astrid und Pit alleine wohnen. Bevor ich die Fragen in meinem Kopf ordnen kann, höre ich hinter mir die Tür gehen. Ich zucke zusammen. Ich war so versunken in diesen Anblick, dass ich mich wie ertappt fühle. Es ist Astrid, die hereinkommt. Sie hält inne. Ich fühle mich unwohl, wie ein Eindringling, habe das Gefühl, in einen Bereich vorgedrungen zu sein, der nicht für mich bestimmt ist. Meine Stimme gehorcht mir nicht, sie klingt mühsam kratzig.

»Astrid, es tut mir leid.« Mir fehlen die richtigen Worte. »Ich dachte, du bist hier am Arbeiten.« Astrid geht ein paar Schritte in den Raum hinein, bis sie fast neben mir steht. Sie schaut mich nicht an, ihre Augen haften an dem Bild. Langsam tritt sie neben mich und lehnt sich neben mir an die Fensterbank. Sie atmet tief ein.

»Wir haben damals so lange auf sie gewartet. Pit und ich haben nicht mehr mit einem Wunder gerechnet. Jahrelang haben wir unseren Freunden zugesehen, wie sie wunderbare Kinder bekamen, nach und nach. Nur unser Haus blieb leer. Die Ärzte haben uns gesagt, wir dürfen uns nicht viel Hoffnung machen.« Astrid hält kurz inne. Sie sieht mich an und lächelt. »Und dann, als wir schon Pläne machten, für ein Leben ohne Kind, mit einer großen Weltreise – da hat sie sich angekündigt. Sie hat sich angefühlt wie ein leichtes Zittern in meinem Bauch, wie die ersten Flügelschläge von frisch geschlüpften Faltern. Als die Zitronenfalter im Frühjahr in den Garten kamen, erfuhren wir, dass sie auf dem Weg zu uns war. Du kannst dir nicht vorstellen, wie wir uns auf sie gefreut haben! Pit war ganz aus dem

Häuschen und behütete mich wie seinen Augapfel.« Ich kann ihn mir lebhaft vorstellen, wie er um Astrid herumwuselt und sie umsorgt. Ich habe mich nie gefragt, warum die beiden keine Kinder haben, eigentlich ist die Farm ein Paradies für eine Familie. Astrid verschränkt die Arme vorm Körper und schaut nachdenklich auf das Foto.

»An dem Tag, an dem dieses Bild entstand, habe ich ihr einen Namen gegeben. Da wusste ich, dass sie Tecla heißen wird.« Tecla, Tecla – das kommt mir doch bekannt vor!

»Du meinst wie Thecla Betulae? Wie die Falter?« Astrid nickt.

»Ja, wie die Schmetterlinge.« Ich schlucke.

»Was ist dann passiert?«, frage ich leise.

»Am nächsten Tag war Pit den ganzen Tag in der Schule, es war Wandertag. Ich war allein im Garten und habe Fotos gemacht von den fliegenden Faltern. Ein Schwarm von Tagpfauenaugen war gerade geschlüpft, ich hatte sie an diesem Morgen aus der Puppenstube entlassen. Ich habe mit Tecla gesprochen und ihr von den Schmetterlingen erzählt und wie sehr wir uns darauf freuen, ihr den Garten und seine Bewohner zu zeigen.« Astrid räuspert sich. Ihre Stimme klingt belegt, das Lächeln in ihrem Gesicht ist jetzt ein trauriges.

»Ich stand im Gras und die Sonne flimmerte vor meinen Augen und plötzlich spürte ich sie nicht mehr. Ich kann es dir nicht erklären, Mira, aber ich wusste sofort, dass Teclas Herz aufgehört hatte, zu schlagen. Das hat der Arzt im Krankenwagen, den ich gerufen habe, dann auch bestätigt. Bis er eintraf, saß ich noch eine Weile im Garten. Vielleicht klingt es komisch für dich, aber es war sehr friedlich. Ich sah den Faltern nach, die in die Freiheit flogen und dachte, dass sie gut aufgehoben sein wird. Da, wo sie jetzt ist.« Astrid verstummt. Es ist mit einem Mal sehr still im Gartenhaus. Ich habe einen Kloß im Hals.

»Aber … Aber hat man denn nicht irgendetwas tun können? Konnten denn die Ärzte nicht helfen?« Astrids Blick löst sich von dem Bild, sie schüttelt den Kopf.

»Nein, die Ärzte konnten nichts mehr für uns tun. Es war Teclas Entscheidung, es war ihr Weg, verstehst du?« Nein, ich verstehe nicht, ich will nicht verstehen. Wieso bekommen andere Paare fünf Kinder und Pit und Astrid war nicht eines vergönnt? Eine Frau wie Astrid, bei der es ihre Tochter so gut gehabt hätte!

»Aber warum muss so was passieren? Warum gehen Menschen einfach so?« Ich weiß gerade nicht, ob ich damit nur Astrids Schmetterlingskind meine oder ob ich es nicht auch so heftig sage, weil ich dabei an meinen Papa denken muss.

»Die Menschen um uns, die wir lieben, sind immer frei, Mira. Sie sind nicht für uns da, nicht dafür, um uns glücklich zu machen. Sie haben ihren eigenen Weg und ihre eigene Zeit. Wir können mit ihnen all das teilen, was sie uns schenken. Aber wir haben keinen Anspruch auf sie, sie gehören uns nicht.« Ich zögere kurz, stelle meine Frage dann aber doch.

»Hast du dir nie Vorwürfe gemacht? Hast du nie gedacht, wenn du etwas anders gemacht hättest, dass sie dann geblieben wäre?« Meine Stimme erstickt. Ich blinzele, um die Tränen noch unter meinem

Wimpernkranz zu halten, aber sie fallen heraus und ich wische sie verstohlen mit meinem Pulloverärmel ab. Astrid legt ihren Arm um mich.

»Nein. Weißt du, nachdem das damals passiert ist, haben mir viele Freundinnen erzählt, dass sie selbst Fehlgeburten erlitten haben. Wie sie danach in einer erneuten Schwangerschaft versuchten, alles richtig zu machen und vor Sorge fast verrückt wurden. Aber es steht nicht in unserer Macht, einen Menschen festzuhalten. Es ist nicht unsere Aufgabe. Wir müssen uns daran erinnern, dass der andere nicht geht, um uns zu strafen oder weil er uns allein lassen möchte. Wir brauchen nicht an uns zu zweifeln. Unsere Aufgabe ist nur, den Menschen zu lieben. Und seine Liebe zu spüren. Das ist eine Energie, die immer bleibt.« Ich schaue das Bild wieder an und bekomme eine Ahnung davon, was sie meint. »Teclas Energie ist immer noch hier. Ich spüre sie jeden Tag.« Astrid lächelt mich an. »Das, was sie mir hier gelassen hat, ist so viel größer als der Schmerz darüber, dass sie gegangen ist.« Ich nicke langsam.

»Und noch mal versuchen wolltet ihr es nicht?«

»Nach Tecla konnte ich kein Kind mehr bekommen. Sie bleibt unser einziges leibliches Kind.« Astrid schaut mich von der Seite an. »Aber vielleicht bleibt sie nicht ganz alleine. Vielleicht bekommt sie eine Herzens-Schwester dazu.« Ich lächle ein wenig schief und ziehe die Nase hoch.

»Ja, vielleicht.«, murmele ich zaghaft und Astrid zieht mich an sich, lehnt ihre Stirn an meine und hält mich fest.

Michel hat mich zu einem Turnier seiner Handball-Mannschaft eingeladen, sie spielen am Samstagabend gegen ein Team aus Steglitz. Er hat nichts dagegen, dass ich die Mädels mitbringe und so stehe ich gemeinsam mit Kat im Nieselregen vor der Turnhalle und warte auf Vali, die sich verspätet. Mein Handy piept. Kat hält sich ihre Jacke über den Kopf. »Ist das Vali? Sag ihr, sie soll sich beeilen, wir werden sonst noch nass bis auf den Schlüpper!« Ich gucke auf das Display.

»Nee. Die ist von Michel. Er schafft's nicht mehr, uns vor dem Spiel zu sehen.« Schade. Ich hätte ihm gerne noch einen Kuss als Glücksbringer gegeben. Um uns herum strömen Eltern und Freunde in die Halle, ins Trockene.

»Lass uns doch drin warten!«, mault Kat. Der Regen wird heftiger, unsere Schuhe sind schon halb aufgeweicht. Wir wollen grade reingehen und Vali per SMS Bescheid sagen, als sie doch noch auftaucht. Allerdings nicht alleine. Sie hat Dennis im Schlepptau.

»Och nee, was macht der denn hier? Kann sie jetzt keinen Schritt mehr alleine machen oder was?!« Kat ist mächtig genervt.

»Na komm, Hauptsache, sie ist da!« Vali kommt auf uns zu und umarmt uns, Dennis lässt seine Hände in den Hosentaschen und nickt uns zur Begrüßung zu. Ich hake mich bei Kat unter, die schon die Augen verdreht und ziehe die Mädels hinter mir her, in die Halle. Das Spiel geht gleich los und wir wollen noch gute Plätze erwischen.

Gerade als die Mannschaften einlaufen, schaffen wir es, noch ein paar freie Sitze in der dritten Reihe zu ergattern. Michel entdeckt uns und winkt uns zu.

»Steht ihm, das Trikot!« , sagt Kat und stößt mich grinsend in die Seite. Ein Pfiff schrillt durch die Halle, das Spiel beginnt. Die Ränge der Tribünen sind gut gefüllt, offenbar haben an diesem trüben Nachmittag einige Fans und Freunde den Weg hierher gemacht. Die Schule, in der wir zu Gast sind, hat eine laute Fanbase. Sobald Michels Mannschaft am Ball ist, wird gepfiffen, was das Zeug hält. Die Stimmung überträgt sich auf uns, wir klatschen und brüllen gegen den Lärm an. Selbst Kat, die sonst für Sport überhaupt nicht zu begeistern ist, hat vor Aufregung ganz rote Wangen, springt immer wieder von ihrem Sitz auf und findet es großartig. Nur Vali wird im Laufe des Spiels immer stiller. Ich werfe zwischenzeitlich einen Blick zu ihr herüber, offensichtlich gibt es Streit mit Dennis, aber es ist zu laut um uns rum, als dass ich sie fragen könnte, was das Problem ist. Kurz vor der Halbzeit steht er plötzlich auf und geht.

»Alles klar?«, brülle ich Vali ins Ohr.

Die zuckt nur traurig mit den Schultern und sieht ihm nach, wie er die Treppen zum Ausgang herunterläuft. In der zehnminütigen Pause versuchen wir, aus ihr herauszubekommen, was los ist, aber sie druckst nur herum und flüchtet schließlich regelrecht auf die Toilette. Sie kommt erst wieder zu uns zurück, als das Spiel wieder läuft und die Geräuschkulisse jede weitere Unterhaltung unmöglich macht. Am Ende verliert Michels Mannschaft mit 22:25. Ich laufe runter zur Bande und spende ihm eine Trostumarmung. Er ist enttäuscht und schlagkaputt.

»Sorry, ich hätte dir lieber einen Sieg präsentiert bei deinem ersten Spiel«, sagt er.

»Ach Quatsch, das macht gar nichts!« Ich gebe ihm einen Kuss. »Wir hatten trotzdem Spaß, es war superspannend! Du hast sogar Kat zu einem echten Fan gemacht!« Michel lacht.

»Dann hat es sich ja schon gelohnt! Ich geh jetzt in die Kabine, duschen und umziehen, wir sehen uns draußen?« Ich nicke und laufe hoch zu den anderen. Alle strömen jetzt zum Ausgang, aus irgendeinem Grund geht es aber nur stockend vorwärts. Kat stellt sich auf die Zehenspitzen und späht nach vorne.

»Was ist denn da los? Warum geht's nicht weiter?« Ich sehe viele ratlose Gesichter, Unruhe breitet sich aus. Eine Mutter mit zwei Kindern, die neben uns steht, beugt sich zu uns herüber.

»Draußen steht die Polizei. Angeblich hat irgendwer in der Halbzeit auf dem Schulhof Marihuana an Minderjährige verkauft. Jetzt werden alle beim Rausgehen gefilzt.« Vali neben mir wird kreidebleich. Ich gucke zu Kat rüber, sie hat den gleichen Gedanken: Dennis! Damit wir keinen Verdacht auf uns lenken, bleiben wir ruhig in der Schlange stehen und warten geduldig bis wir dran sind. Vali steht hinter uns, sie hat ihre Arme um sich geschlungen und starrt ins Leere. Drei Beamte stehen am Ausgang, durchsuchen Hand- und Jackentaschen und tasten die Besucher ab. Wir geraten an eine junge Polizistin, sie checkt meinen Rucksack und unsere Jacken.

»Was ist denn passiert?«, fragt Kat. Die Beamtin öffnet Kats Tasche.

»Wir haben einen Hinweis bekommen, dass während des Spiels Drogen an Kinder verkauft wurden. Ist euch irgendwas aufgefallen?«

Kat zuckt mit den Achseln. »Nee, wir waren voll aufs Spiel konzentriert. Haben Sie denn schon irgendwas gefunden?«

»Leider nein.« Ich sehe Vali neben mir erleichtert ausatmen. Die Beamtin beendet die Durchsuchung und winkt uns weiter. »Ihr könnt gehen!« Wir packen unsere Taschen, nehmen Vali an der Hand, die teilnahmslos hinter uns her läuft und gelangen schließlich ins Foyer der Sporthalle, vor den Umkleidekabinen. Hier' treffen wir Michel wieder – selbst in der Kabine hat die Polizei Spieler befragt und die Taschen gefilzt. Auch wenn es keinen Sieg zu feiern gibt, beschließen wir, noch zusammen was essen zu gehen, Michel hat wohlverdienten Kohldampf.

Zum Glück hat es aufgehört zu regnen. »Wo ist eigentlich Valis Freund?«, fragt Michel, als wir das Gelände verlassen.

»Nicht so laut«, knurrt Kat. Michel wirft mir einen verwunderten Blick zu.

»Warte, wir besprechen das gleich«, raune ich ihm zu. Wir laufen zur Bahn-Station zurück, zum Döner-Imbiss, in dem wir zu viert an einem Tisch in der Ecke Platz nehmen.

Michel parkt seine Trainingssachen auf der Bank neben uns, wir geben unsere Bestellung auf und warten, bis die Bedienung wieder außer Hörweite ist.
Vali hat kein Wort mehr gesprochen, seit wir die Halle verlassen haben. Jetzt tippt sie wie wild auf ihrem

Handy herum, vermutlich eine Nachricht an Dennis. Kat starrt sie wütend an.

»Ich hoffe, dir ist klar, wer diesen Scheiß gebaut hat!«, zischt sie über den Tisch. »Drogen an Kinder zu verticken, sag mal, hackt's? Hast du davon gewusst? Ging's darum bei eurem Streit?« Michel versteht nur Bahnhof und schaut verwirrt von Vali zu Kat.

»Das war DEIN Freund?«, fragt er, halbwegs entsetzt und eine Spur zu laut.

»Schhhhht!« Ich fasse ihn am Arm. »Nicht so laut, muss ja nicht jeder mitkriegen!« Der Kellner bringt uns unsere Getränke, aber nach Anstoßen ist gerade niemandem zumute.

»Ich hab gesagt, er soll das lassen« , verteidigt sich Vali. »Dass das Zeug in der Schule nix zu suchen hat.« Sie putzt sich geräuschvoll die Nase.

»Ich hätte nicht übel Lust gehabt, ihn auffliegen zu lassen!«, schimpft Kat. »Wenn du mir dann nicht bis zum Ende aller Tage böse gewesen wärst, hätte ich den sofort verpfiffen!«

»Er hat mir versprochen, dass er damit aufhört, wenn er wieder Arbeit hat«, sagt Vali, aber ich weiß nicht einmal, ob sie ihm das selbst glaubt.

Das Essen kommt. Vali stochert nur in ihrem Teller und starrt im Minutentakt auf ihr Smartphone. Offenbar ist Dennis bereits über alle Berge gewesen, als die Bullerei eintraf. Schließlich legt sie ihre Gabel beiseite, zieht sich ihre Jacke an und verabschiedet sich. Wir wissen alle, wo sie hingeht. Als sie an der Tür ist, steht Kat mit einem Ruck von ihrem Stuhl auf.

»Ist das jetzt echt dein Ernst? Du gehst zu diesem

Idioten?« Alle Köpfe drehen sich zu uns um. Vali sagt nichts, sie hat den Türgriff in der Hand und dreht sich um. Sie schaut Kat in die Augen. Beide stehen da, ganz still. Für einen kurzen Moment habe ich das Gefühl, dass Vali schwankt. Dass sie vielleicht endlich zur Besinnung kommt und zu uns zurückkehrt. Aber dann öffnet sie die Tür, die Glocken am Türrahmen bimmeln und sie ist weg. Kat steht noch einen Moment da – wie erstarrt. Dann seufzt sie und zieht ihren Stuhl wieder ran.

»Ihr könnt ruhig weiteressen! Die Vorstellung ist vorbei!«, ruft sie den übrigen Gästen im Imbiss zu, die die Szene verfolgt haben und ihre Mahlzeiten unterbrochen haben. Kat setzt sich wieder an unseren Tisch und schaut auf den leeren Platz neben sich.

»Mira, ich versteh sie nicht!« Die Wut ist aus ihrer Stimme gewichen, jetzt klingt sie nur noch resigniert.

»Und wenn ihr doch zur Polizei geht?«, fragt Michel vorsichtig. Ich schüttle den Kopf.

»Dann verlieren wir Vali vermutlich endgültig. Solange sie noch so an ihm hängt, wird sie das nur weiter von uns wegtreiben.«

»Aber was muss denn noch passieren, damit sie merkt, dass der nicht gut für sie ist?«, fragt Kat verzweifelt. Ich habe keine Ahnung. Ich will, dass wir wieder ein richtiges Team sind, so wie früher. Aber egal, was wir tun, Vali treibt immer weiter weg von uns. Um ehrlich zu sein, hab ich das Gefühl, sie gleitet uns langsam aus den Fingern.

Michels Hand streichelt über meinen Rücken.

»Sorry«, sage ich zu ihm. »Das sollte eigentlich ein

schöner Abend werden und nicht so ein Desaster.« Wir essen und zahlen, dann gehen wir gemeinsam zur Bahn.

Kat verabschiedet sich, sie will noch nach Mitte, was einkaufen gehen. Sie umarmt uns und lässt, bevor sie in die S-Bahn Richtung Friedrichsstraße einsteigt, noch mal einen Schlachtruf für Michels Mannschaft ertönen. Wir lachen und winken ihr, bis die Bahn anfährt.

Schließlich kommt auch unser Zug. Michel hat mich eingeladen, bei ihm zu übernachten und ich hab dankend angenommen. Mama schicke ich eine SMS, dass ich bei Kat schlafe. Sie muss ja nicht alles wissen.

Als wir bei Michel ankommen, fahren gerade seine Eltern mit dem Auto in die Garage. Sie waren tagsüber auf der Beerdigung einer entfernten Verwandten und haben deshalb auch das Spiel verpasst. Michels Mutter steigt im schwarzen Kostüm und Bleistiftstilettos aus dem Wagen, selbst auf einer Trauerfeier erscheint sie offenbar in der neuesten Mode. Ich gebe seinen Eltern die Hand und spreche ihnen mein Beileid aus. Michels Vater schließt die Haustür auf und hilft mir aus der Jacke. Ich glaube, in diesem Haushalt muss ich mich an alle meine guten Manieren erinnern. »Schade, dass wir uns ausgerechnet an so einem Tag kennenlernen, Mira«, sagt er. »Wir freuen uns aber trotzdem, dass du da bist!« In der Küche trinken wir gemeinsam noch einen Kaffee, Michels Eltern fragen nach dem Spiel. Von der Polizei-Aktion erwähnen wir lieber nichts, stattdessen erzählt Michel, wie knapp das Ergebnis war.

»Na, ist ja nicht schlimm, wer spielt, kann auch mal verlieren. Hauptsache, man macht weiter, stimmt's?« Michels Vater klopft ihm auf die Schulter. Ich finde die beiden ganz in Ordnung. Nachdem sie Michel damals weggeschickt haben, bemühen sie sich mittlerweile mehr um ihn. Wir sitzen noch eine Weile zusammen am Tisch, dann entschuldigt sich Michels Mutter.

»Seid mir nicht böse, ich bin müde. Das war ein harter und langer Tag. Nächstes Mal kommst du zum Essen, ja, Mira?« Ich nicke.

»Ja, natürlich, gern!«

Michel holt noch eine Packung Eiscreme aus der Tiefkühltruhe und wir verkrümeln uns in sein Zimmer. Sein Vater hat sich im Wohnzimmer einen Sportkanal angemacht. Er winkt uns zu.

»Gute Nacht, schlaft gut, ihr beiden!« Offenbar sind seine Eltern mit spontanen Übernachtungsgästen entspannt. Mama hätte das sicher nicht erlaubt.

Wir machen es uns gemütlich, Michel leiht mir eins seiner Trikots zum Übernachten und hat sogar an eine Zahnbürste für mich gedacht. Die liegt einsatzbereit auf dem Nachttisch und mir wird bei ihrem Anblick ganz warm ums Herz. Schnell krabbele ich zu ihm unter die Decke und rücke mich in seiner Armbeuge zurecht. Er riecht gut nach irgendeinem Sport-Duschgel. Abwechselnd tauchen wir unsere Löffel in die Familienpackung Stracciatella. Langsam fallen Stress und Ärger der vergangenen Stunden von mir ab. Ich will jetzt nicht mehr an Vali denken und an den Polizei-Einsatz.

»Kannst du diesen blöden Tag bitte wegkraulen?«

»Das lässt sich sicher machen«, antwortet er und stellt das Eis nebens Bett. Seine Hand beginnt in meinem Nacken zu kraulen und ich schmiege mich genüsslich an ihn.

»Schöööön«, murmele ich in seine Brust hinein.

»Ist er noch da?«, fragt er grinsend nach einer Weile.

»Wer, der blöde Tag?« Ich tue so, als ob ich konzentriert nachdenken muss. »Hmmm, ich glaube, da links ist noch ein bisschen was.«

Ich glaube, du liebst mich
du bist da und du siehst mich
ich lieg hier ganz still
und dein Himmel umgibt mich. -

Der Duft von Braten und Rotkohl strömt durch die hohen Räume der Altbauwohnung. Ich verbringe den vorletzten Tag des Jahres bei Saskia und Papa. Weil wir uns an Weihnachten nicht gesehen haben, feiern wir einfach ein zweites Fest, wenn's auch eigentlich schon ein bisschen zu spät dafür ist, aber über die Feiertage waren die beiden bei Saskias Familie. Also gibt es Gänsebraten und jede Menge Kerzen und Geschenke. Papa fragt nach der Schule und ist sehr stolz, als er hört, dass sein Töchterchen in Mathe neuerdings Dreien schreibt. »Na, gut ne Drei minus. Aber immerhin! Ohne Pit hätte ich das aber nie gepackt! Du musst ihn mal kennenlernen. Und Astrid natürlich und die Falter.« Papa lächelt und nickt.

»Auf jeden Fall, Mira. Das machen wir im neuen Jahr, ganz fest versprochen!« Außerdem erzähle ich Papa, dass es neuerdings einen Mann in meinem Leben gibt.

»Wohl eher ein Junge«, knurrt Papa und macht ein typisches Papagesicht. »Wenn er dich nicht gut behandelt, dann erzähl ich ihm was!«, droht er mit einem Augenzwinkern. Ich grinse.

»Ist schon gut, Papa! Da musst du dir keine Sorgen machen.« Und ich weiß, dass das stimmt. Michel macht es mir leicht. Er hat ein gutes Händchen dafür, wie viel Nähe ich zulassen kann und wann ich meine Ruhe brauche – als ob er ein Mira-Handbuch gelesen hätte. Und so sehr ich auch Angst davor habe, dass er eines Tages verschwinden könnte und all die schönen

Gefühle mit sich nimmt, ich kann mich einfach gegen seine entwaffnende Art nicht wehren – und eigentlich will ich es auch nicht. Auch wenn es keiner so richtig ausspricht, ist irgendwie allen ums uns herum klar, dass wir jetzt zusammen sind. Deshalb ist es auch keine große Sache, dass er bei der schon lange geplante Silvester-Party mit von der Partie ist. Schwieriger ist es fast, Kat und Vali wieder an einen Tisch zu bekommen. Kurz nach der Sache beim Handball-Spiel ist Vali bei mir daheim aufgetaucht – Dennis hat sich für den Vorfall entschuldigt und natürlich hat sie ihm verziehen. Dass er an Silvester deshalb auch dabei sein wird, findet Kat, gelinde gesagt, zum Kotzen. Sie hat noch eine ganze Weile rumgebockt, sich dann aber doch von mir breitschlagen lassen und hat mir versprochen, den Abend über friedlich zu bleiben.

Zwei Mädchen aus Kats Klasse feiern eine Party zu Hause, weil deren Eltern über die Feiertage weggefahren sind. Ich freu mich dieses Jahr richtig auf Silvester. Sonst finde ich das ganze Spektakel um den Jahreswechsel ziemlich übertrieben, aber ich hab ein gutes Gefühl fürs neue Jahr. Es soll viel besser werden als das alte! Kat lacht über meine plötzlich so optimistische Ader und schiebt es auf meine Hormone. Aber ich bin sicher, Astrid und die Falter sind daran auch nicht ganz unschuldig.

Offenbar wollen eine ganze Menge Leute die vergangenen zwölf Monate wegtanzen und das neue Jahr begrüßen, denn als wir am Ort des Geschehens – einer Maisonette-Wohnung über zwei Etagen im

Kreuzberger Hinterhof – ankommen, summt es bereits im Treppenhaus wie im Bienenstock. Wir zwängen uns an den Partygästen vorbei, die auf den Treppen sitzen und rauchen. Kat kommt uns entgegen, sie ist schon eine Weile hier und empfängt uns mit dem Begrüßungscocktail, kleine grüne Shots, die ziemlich giftig aussehen. Ich schaue Michel zweifelnd an. »Na, dann mal runter damit!« Ich lege den Kopf in den Nacken und kippe das Zeug herunter. »Brrr!« Es brennt in der Kehle und ich schüttel mich. »Das ist ja widerlich!« Kaum hat sie uns begrüßt, zeigt Kat verstohlen auf einen dunkelhaarigen Typ mit Bart, den sie offenbar schon für sich gewonnen hat, denn er winkt zu uns rüber.

»Der ist echt süß!«, raunt sie mir ins Ohr und Vali und ich schütteln nur lachend die Köpfe. Sie stellt ihn uns vor, aber es ist so laut, dass ich seinen Namen nicht verstehe. »Er ist Barkeeper!«, ruft sie mir über den Lärm zu. Wir schmunzeln über ihr Eroberungs-Tempo – aber dass Kat ohne Flirt ins neue Jahr startet, war auch nicht zu erwarten gewesen. In der Küche besorgen wir uns was zu essen, ich lade eine Portion Nudelsalat und Baguette auf meinen Teller. Zum Glück ist Dennis heute einigermaßen friedlich, vermutlich einfach breit, aber das ist mir egal, Hauptsache es gibt nicht wieder Stunk und er kann sich benehmen. Wir treffen ein paar Mädchen aus Kats und Valis Klasse und setzen uns zusammen in den Flur, um zu essen und zu quatschen. Die Mädels erzählen total begeistert von einem Impro-Theater-Kurs, den sie in den Ferien machen. »Hey, das wär doch was für dich!« Ich stoße Kat in die Seite.

»Haha, ja auf jeden Fall besser als die Schmuddel-Soap!«, sagt sie und lacht. Weil die anderen nur Bahnhof verstehen, erzählt Kat von ihrem missglückten Versuch, Schauspielerin zu werden.

Die Mädchen sind entsetzt und bekräftigen ihre Einladung an Kat, doch mal beim Improtheater vorbeizuschauen.

»Ja, cool, das mach ich auf jeden Fall! Dann macht es auch nix, dass ich mir Texte so schlecht merken kann!« Nach dem Essen entern wir alle zusammen die Tanzfläche, Vali und Dennis, Kat und ihr Barkeeper und Michel und ich. Die improvisierte Tanzfläche in dem weitläufigen Wohnzimmer füllt sich mehr und mehr. Eine schwitzende Masse aus Mädchen in funkelnden Paillettenkleidchen, knutschenden Paaren und gangstamäßigen Möchtegern-Rappern mit tief hängenden Hosen. Der ganze Raum erzittert vom Bass der Boxen, beim Refrain strecken alle die Arme in die Höhe und das ganze Zimmer ist ein einziges wogendes Meer aus Händen.

Nach einer Weile bin ich völlig außer Atem und verschwitzt und brauche eine Pause. Michel und ich tauchen einmal quer durch die Menge und drücken uns dann an den Rand auf ein Sofa, auf dem neben uns ein Pärchen rummacht. Ich lasse mich tief in das Polster sinken und rücke näher an Michel heran. »Alles gut?«, fragt er.

»Ziemlich gut!«, antworte ich und bekräftige das mit einem Kuss. Nach einer Weile schneit Kat vorbei und will mich nochmal zum Tanzen überreden, aber wir sind mit Knutschen und Reden ziemlich gut ausgelastet.

»Ihr seid ja nicht mehr sozialverträglich!«, sagt sie, aber ich sehe ihr an, dass sie sich für mich freut. »Jetzt wird nicht geturtelt, jetzt wird das neue Jahr begrüßt!« Es ist schon kurz vor Mitternacht, die ganze Meute packt Jacken, Sektflaschen und Feuerwerk ein und begibt sich nach draußen. Auf der Straße ist gut was los, überall werden Raketen in die richtige Position gebracht und Korken knallen. Im Getümmel greift Michel nach meiner Hand. *10, 9, 8, 7, 6, 5, 4, 3, 2, 1!* Um uns bricht wildes Gejohle aus, Menschen fallen sich um den Hals, die ersten Böller krachen ohrenbetäubend durch die nächtlichen Straßen. Michel zieht mich zu sich und das neue Jahr beginnt mit dem Geschmack von Sekt und Zuversicht und ganz vielen Schmetterlingen.

»Hey, ich bin dran!« Kat schiebt Michel sanft zur Seite und schlingt mir die Arme um den Hals. »Wir werden ein Superjahr haben, Mira, das schwör ich dir!« Ich drücke ihr eine Kuss in ihre Locken und umarme dann Vali, die sich endlich mal für einen Moment von Dennis loseisen kann.

»Mach mal ein Bild von uns!« Kat gibt Michel ihr Handy, wir umarmen uns und schneiden wilde Grimassen fürs Silvester-Erinnerungs-Foto.

Je fortgeschrittener der Abend, desto mieser wird die Musik. Manche fangen an zu pöbeln, weil der Pegel inzwischen allgemein hoch ist. Ich ziehe Michel die Treppe rauf in den ersten Stock. »Komm, lass uns mal irgendwo hingehen, wo's ruhig ist.« Oberhalb der Treppe sind die meisten Zimmer abgesperrt, wahrscheinlich, damit niemand nachher auf irgendeinen Teppich kotzt. Am Ende des Gangs ist aber doch ein kleiner, schmaler Raum offen, offenbar eine Art Haushaltszimmer. Neben Bügelbrett, Staubsauger und einem Schrank mit Putzmitteln gibt es in dem Zimmer noch ein schmales Dachfenster und eine ausrangierte Couch. Ich quetsche mich neben Michel in die geöffnete Dachluke und gucke in den Nachthimmel. »Ganz schön kalt«, sagt Michel und legt mir seinen Pulli um die Schultern. Draußen fängt es ganz allmählich an zu schneien. Die ersten Flocken fallen auf das Dach und bleiben liegen, langsam färbt die Welt sich weiß. »Wusstest du, dass Zitronenfalter bei minus 20 Grad überleben können? Die können den Gefrierpunkt ihrer Körperflüssigkeit senken. Sogar, wenn sie eingeschneit sind.« Michel streicht mir durch die Haare.

»Echt?« Er lächelt. Ich schaue in seine Augen, die ganz nah an meinen sind.

»Mhmh, und wenn sie dann wieder aufgetaut sind im Frühling, dann treffen sie Ihren Partner und machen Liebe.« Ich muss dabei grinsen. Michel grinst zurück.

»Was du nicht sagst«, antwortet er. Dann küsst er mich. Seine Hände halten meinen Kopf, er zieht mich näher an sich. Schön ist das alles, das Küssen, der Schnee, es macht atemlos und warm. Nach einer Weile löse ich mich einige Zentimeter von ihm und schaue ihn an.

»Willst du mit mir schlafen?«, flüstere ich leise. Michel guckt fragend zurück.

»Was, hier? Ich weiß nicht, Mira. Wir müssen das jetzt nicht tun. Wir haben Zeit.«

»Ich will aber nicht warten, bis der Frühling kommt«, sage ich und ziehe ihn zu mir auf das Sofa.
Zwischen Michels Küsse dringt eine ängstliche Stimme zu mir durch. Erst nur einzelne Fetzen, dann verstehe ich die ersten Worte. *Lass das! Lass mich los … Hilfe!* Mir gefriert das Blut in den Adern. Ich erkenne diese Stimme unter tausenden! Auch Michel hat es inzwischen gehört. Ich stemme seinen Oberkörper mit beiden Armen von mir weg.
»Michel! Das ist Kat!« Wir springen auf und reißen die Tür zum Flur auf. Im Zwielicht erkenne ich zunächst nur die Umrisse von zwei Personen, die in der Ecke stehen. Kat ist in der Umarmung von dem Barkeeper gefangen, er hält sie an den Handgelenken fest. »Lass mich los, du Arsch, hör auf, ich will das nicht!« Kat windet sich in seinem Griff, versucht, sich zu befreien. Ehe wir die beiden erreicht haben, fliegt von unten eine dunkle Gestalt die Treppen hinauf. Mit einem Satz ist sie bei ihnen, reißt den Kerl zurück und schmettert ihn gegen die gegenüberliegende Wand. Ich höre eine Stimme, die ich von irgendwoher kenne, die ich aber noch nie brüllen gehört habe. »Hast du sie nicht gehört, oder was? Du sollst sie loslassen!« Michel sucht und findet den Lichtschalter. Wir blinzeln, stehen geblendet im hellen Licht der Flurlampe. Derjenige, der Kat zu Hilfe geeilt ist, ist Can! Ich nehme Kat in die Arme, ihr Körper zittert wie Espenlaub.

»Oh Gott, Mira, Scheiße, ich hab so Angst gehabt.« Der Angreifer fasst sich ans Kinn, er ist betrunken und wankt leicht, Can hat ihn ziemlich getroffen.

»Ey man, was soll'n der Scheiß? Die Schlampe hat

mich doch selbst hier hochgeschleppt.« Kat zittert immer noch in meinem Arm.

»Ich wollte das nicht, ich hab gesagt, er soll aufhören!« Der Barkeeper schnaubt verächtlich und dreht sich zur Treppe um.

»Die macht's doch eh mit jedem! Ist ja wohl nicht meine Schuld!« Ich lasse Kat los und will mich auf ihn stürzen, aber Michel packt mich und hält mich fest. Ich tobe vor Wut.

»Sie hat Nein gesagt! Hast du was an den Ohren, oder was? Sieh zu, dass du Land gewinnst!«

Er schüttelt den Kopf, murmelt irgendwas von ›Frigide Tussen‹ und stolpert die Treppe runter.

»Fick dich, du Penner«, schreie ich ihm hinterher. Can kümmert sich inzwischen um Kat.

»Alles klar? Hat er dir weh getan?« Sie schüttelt den Kopf.

»Nein, nein, es geht schon.« Sie hat langsam wieder etwas Farbe im Gesicht. Michel und ich haken sie links und rechts unter und machen uns auf, Vali zu suchen. Höchste Zeit, hier zu verschwinden. Bevor wir die Treppen heruntersteigen, dreht sich Kat noch mal um zu Can.

»Danke! Das vergess ich dir nie!«, sagt sie. Er lächelt und nickt.

»Nicht dafür!«

Berlin liegt immer noch im Winterschlaf. In drei Tagen ist der Wettbewerb. Je näher der Abend kommt, desto nervöser werde ich. Ich bin immer noch unsicher, ob es nicht eine saublöde Idee von Frau Sonntag gewesen ist.

Vor so vielen Leuten zu reden und dann auch noch etwas derart Persönliches wie ein Gedicht – das ist ungefähr so, als würde ich mich auf dem Alexanderplatz nackt ausziehen. Oder schlimmer. Aber heute Nachmittag will ich daran nicht denken. Ich bin auf dem Weg zu Michel, nehme fröhlich zwei Treppenstufen auf einmal rauf zur Eingangstür. Die Nachbarin winkt mir zu, heute ist irgendwie die ganze Welt nett und lacht mich an. Michel hat sturmfrei, seine Eltern sind mit Freunden auf Madeira, Golf spielen. Das ganze Haus gehört uns und wir genießen es, einfach für uns zu sein. Wir machen Fertiglasagne, füttern uns gegenseitig, bis wir nicht mehr können und lieben uns auf dem Teppich im Wohnzimmer. Hinterher muss ich grinsen. »Wenn das deine Eltern wüssten! Auf dem guten Flokati!« Michel lacht, er bedeckt meinen Hals mit lauter kleinen Küssen, seine Bartstoppeln kitzeln. Ich kichere.

»Ist mir egal, Mama kauft eh in der nächsten Saison einen neuen, weil türkis dann plötzlich ›in‹ ist.« Unsere Hände liegen ineinander, ich ziehe sie vor mein Gesicht und studiere Michels Handfläche.

»Und? Siehst du was? Irgendwelche Diagnosen?«, fragt er amüsiert. Ich fahre scheinbar fachmännisch und mit Kennerblick die Linien auf seiner Haut nach. Dann lege ich seine Hand auf meinen Bauch.

»Sieht ziemlich gut aus. Nähere Auskünfte erhalten Sie unter der im Kleingedruckten angegebenen kostenpflichtigen Hotline.« Michel lacht. Er fasst nach meinem Kinn, sodass ich ihm in die Augen schauen muss.

Mein Herz klopft ein bisschen zu laut gegen meinen Brustkorb.

»Ich lieb dich, Mira«, sagt er leise. Er scheint nicht zu erwarten, dass ich direkt etwas erwidere und das ist gut, denn mein Mund ist grade zum Sprechen nicht mehr in der Lage. Zum Küssen aber schon.

Am Sonntagmorgen reiße ich mich schweren Herzens von ihm los. Wir frühstücken noch gemeinsam, dann bringt er mich zur Tür. Barfuß friert er tapfer im frühen Morgenlicht, winkt mir nach, bis ich um die Hausecke biege. Ein Teil von mir will am liebsten sofort zurückrennen und den Rest des Tages mit ihm auf dem Sofa herumlümmeln. Aber das geht heute nicht! Auf diesen besonderen Tag freue ich mich schließlich schon lange – heute wachsen zwei Teile meines Lebens zusammen: Astrid und ihre Schmetterlinge und meine Freundinnen. Ich nehme Kat und Vali mit auf die Farm. Ich bin total gespannt, was sie zu meiner kleinen Oase abseits von Berlin sagen werden.

Wir steigen in Mitte gemeinsam in den Zug und lassen das sonntäglich verkaterte Berlin hinter uns. Kat zeigt uns auf ihrem Handy Videos von den ersten Proben ihrer neuen Impro-Gruppe. Sie hat die Einladung der Mädels auf der Silvesterparty angenommen und verbringt neuerdings jede freie Minute im Jugendclub, in dem sie einen Proberaum haben und an ihrem Programm arbeiten.

Als wir die Auffahrt zum Haus hinaufstapfen, steht Astrid bereits in der Tür und winkt uns. »Ich freu mich, euch kennenzulernen!«, sagt sie und strahlt. »Mira hat schon so viel von euch erzählt!«

»Andersrum war das genauso, das können Sie mir glauben!«, antwortet Kat. Astrid lacht.

»Bitte sagt doch Astrid, sonst fühl ich mich so alt. Kommt rein, kommt rein!« Wir lassen unsere Stiefel voller Schneematsch in der Garderobe stehen und gehen rüber ins Wohnzimmer. Arthur freut sie wie verrückt über so viel Besuch und springt und tollt ums uns herum wie ein Flummi. Schließlich pfeift Pit ihn zu sich und besänftigt ihn mit einem Kauknochen. Im Wohnzimmer ist der große Tisch gedeckt. Bevor es raus geht zu den Faltern, frühstücken wir zusammen. Es gibt Blaubeerpfannkuchen. Wir nehmen Platz und häufen uns Blaubeeren und Ahornsirup und Pfannkuchen auf unsere Teller.

»Oh Gott, sind die lecker, das könnte ich jeden Sonntag haben!«, seufzt Kat mit einem Lächeln voller Puderzucker. Pit lächelt.

»Das freut mich! Lasst es euch schmecken, es sind noch genug im Ofen!«

»Wie habt ihr euch eigentlich kennengelernt, ihr drei?«, fragt Astrid, während sie uns Tee in die Tassen gießt. »Auf dieselbe Schule geht ihr ja nicht, oder?« Wir schütteln die Köpfe und erzählen den beiden von dem Tag im Schwimmbad, an dem es zwei halbstarke Typen in der Schlange am Imbiss auf Vali abgesehen hatten. Kat und ich haben uns gleichzeitig auf ihre Seite geschlagen, als die beiden zu aufdringlich wurden und zum Dank hat sie uns auf ein Eis eingeladen. Das war der Anfang. Seit diesem Tag gibt es uns fast nur noch im Dreierpack. Nach dem Essen geht es endlich rüber, ins Falterhaus. Im Gänsemarsch laufen wir durch den Garten, Astrid vorneweg, dahinter Vali und Kat, ich bilde das Schlusslicht. Ich kann's kaum erwarten, dass sie endlich meinen liebsten Ort auf der Welt kennenlernen! Gemeinsam durchqueren wir die Klimaschleuse, hängen unsere Pullover auf, dann treten wir durch den gläsernen Vorhang. Eine kurze Weile ist es mucksmäuschenstill. Astrid schaut sich erwartungsfroh zu uns um.

»Und? Was sagt ihr?« Kat fängt sich als Erste.

»Oh wow! Mensch, Mira, wieso hast du uns das so lange vorenthalten? Das ist ja der pure Wahnsinn!« Sie macht ein paar Schritte ins Haus hinein, breitet ihre Arme aus und tanzt die Wege entlang. »Das ist wie Sommer mitten im Winter! Ach, was sag ich, das ist wie Urlaub in den Tropen!« Valis Freude ist etwas leiser als Kats überschäumendes Temperament, aber sie ist genauso begeistert, ich seh's am Strahlen in ihren Augen. Wie immer, wenn Astrid in ihrem Dschungel arbeitet, läuft im Falterhaus klassische Musik. Heute ist es ein Klavierstück, die einzelnen Töne perlen hinauf und hinab, plätschern fröhlich vor sich hin. Kat steht eine Weile auf der Brücke, sie lässt ihre Arme sinken und lauscht.

»Gar nicht übel, diese Musik«, stellt sie fest.

»Das ist Frédéric Chopin. Magst du ihn?«, fragt Astrid.

»Frédéric wie? Noch nie gehört! Aber klingt so, als ob er Klavier spielen konnte.« Astrid lacht und nickt.

»Ja, so kann man es auch sagen.« Geduldig führt sie uns weiter durch den Garten, zeigt Vali und Kat die

Eier, Raupen und Puppen und beantwortet ihre Fragen
»Warum sind Schmetterlinge eigentlich so bunt?«, will Kat wissen.

»Das hat verschiedene Gründe. Meistens hat die Natur aber tief in den Farbkasten gegriffen, wenn es darum geht, potentielle Partner anzulocken!«

»Ah, verstehe.« Kat lacht. »Wie Lippenstift! Und warum heißen Schmetterlinge überhaupt Schmetterlinge?«,

»Das kommt von dem alten Wort Schmetten – ein anderes Wort für Schmand oder Rahm. Einige Arten werden davon angezogen, deshalb heißen sie im Englischen auch butterfly, weil sie vom Butterschlagen angelockt wurden. Mir gefällt aber noch viel besser, was die alten Griechen über sie sagten: Das altgriechische Wort für Schmetterling bedeutet Atem oder Seele. Für die Griechen waren sie eine Verkörperung der menschlichen Seele. Wie sieht es aus, habt ihr Lust, ein paar Faltern den Weg zu ihrem ersten Flug zu zeigen?«

Vali und Kat nicken, sie hat das Falterfieber genauso gepackt wie mich! Wir gehen gemeinsam rüber zur Puppenstube. In der Vitrine warten bereits einige frisch geschlüpfte Falter darauf, ihre Flügel auszuprobieren. Es sind die Mondfalter! Ich erinnere mich noch gut daran, wie ich vor einigen Wochen die ersten Futterpflanzen für die damals noch so unscheinbaren grünen Raupen zubereitet hatte. Mein erster Tag auf Astrids Farm war das. Wie viel ist seither passiert!

Behutsam öffnet Astrid die Türen der Puppenstube. Einige Schmetterlinge fliegen direkt in die Freiheit, andere brauchen ein bisschen Starthilfe. Astrid hält ihnen ihre Hand hin. Die Falter steigen auf, dann hält sie die Finger nach oben, die Schmetterlinge klappen ein-, zweimal mit den Flügeln und heben dann ab in die Luft.

»Wollt ihr es auch mal versuchen?«, fragt Astrid.

Natürlich wollen wir! Vorsichtig halten wir unsere Finger an die Falter, die noch auf den nun leeren Puppenhüllen sitzen. Einer nach dem anderen streckt seine Beinchen aus und nimmt auf unseren ausgestreckten Händen Platz. Ich halte ganz ehrfürchtig den Atem an. Kaum zu glauben, dass etwas so Schönes aus diesen gefräßigen Raupen geworden ist, für die wir damals die Rhododendren im Garten geerntet haben! Valis Falter hat es nicht eilig, er lässt sich Zeit und sitzt eine ganze Weile auf ihrem Daumen, sodass wir ihn in aller Ruhe betrachten können. Die lindgrünen Flügel sehen so zart und zerbrechlich aus! Auf den unteren, langen Ausläufern färben sie sich rosa, als wären sie leicht errötet und münden in zwei langen, geschwungenen Flügelspitzen. Die Mitte der großen Flügel ziert ein rosafarbener Punkt mit schwarzem, mondsichelförmigem Fleck. Richtige kleine Kunstwerke sind das.

»Und die hast du mit großgezogen?«, fragt mich Vali beeindruckt und ich nicke. »Ist ja irre!« Schließlich besinnt sich der Schmetterling doch noch auf seine Flugkünste und flattert los. Wir schauen ihm nach, wie er seine Kreise zieht, größer und größer, hinein in sein neues Leben.

Ich liege zwischen Kat und Vali auf der Holzbrücke über dem gurgelnden Bachlauf. Nachdem Astrid ihren Rundgang beendet hat, haben wir den Schmetterlingsgarten noch ein Weilchen ganz für uns. Wir liegen rücklings auf dem warmen Holz und blinzeln in die Sonne über uns. Hoch am Falterhaushimmel fliegt und flattert es in bunten Farben. Kat lässt einen zufriedenen Seufzer hören und streckt sich wohlig.

Für einen Moment frage ich mich, wie unser Leben wohl verlaufen wäre, wenn wir an einem Ort wie diesem groß geworden wären. Wenn wir gar nichts gewusst hätten von Dunkelheit und Kälte, wenn Kats Mum Schmetterlinge züchten würde, statt Cognacflaschen zu leeren. Wenn es genauso viel Spaß machen würde, in der Schule zu sitzen, wie es macht, Astrid über die Falter sprechen zu hören. Wie wäre es gewesen, wenn das Einzige, dem ich Lebewohl hätte sagen müssen, die Falter gewesen wären, die in die Freiheit fliegen? Vali scheint etwas Ähnliches im Kopf herumzugehen, denn mit andächtiger Stimmer sagt sie.

»Das ist voll das Paradies hier, oder?« Wir nicken und ich wünschte, wir könnten einfach so hier liegen bleiben, für immer, niemals zurückkehren ins betongraue Berlin. Neben uns auf dem Geländer landen zwei blassblaue Falter, die aufgeregt herumflattern und in immer kleiner werdenden Kreisen umeinander fliegen. »Machen die das, was ich denke?«, fragt Kat. Ich grinse.

»Ich glaub schon.«

»Pfft, die haben wohl kein Problem damit, wenn

jemand zuschaut. Müssen die Hormone sein! Apropos – wie läuft es eigentlich bei euch so?«

»Was, du meinst im Bett?« Vali kichert.

»Na, mittlerweile ist hier wohl keine mehr Jungfrau, oder?« Kat dreht sich zu uns um und wir grinsen nur vielsagend.

»Wusste ich's doch!«, sagt sie triumphierend. »Und? Wie war's?«

Vali zuckt mit den Schultern. »Hm, ach, na ja, es war schon okay. Aber ich hab's mir, ehrlich gesagt, schöner vorgestellt.« Sie seufzt ernüchtert. »Es war ziemlich schnell vorbei. War mir aber auch recht, es hat ganz schön weh getan.«

»Echt?« Ich stütze mich auf meinen Ellenbogen und schaue zu ihr rüber.

»Ja, aber nur beim ersten Mal. Danach wurd's dann besser.«

»Und was ist mit deinem Sohn aus gutem Hause?«, zieht Kat mich auf. »Hat der im Bett auch so gute Manieren?«

»Blöde Kuh«, sage ich lachend und haue ihr meinen Ellenbogen in die Rippen. »Sagen wir es so: Ich kann mich nicht beschweren. Ich würde es immer wieder genau so machen.«

Die beiden Schmetterlinge kreisen immer noch umeinander. Von unseren Blicken lassen sie sich nicht stören.

»Meine Güte, was für eine Ausdauer«, staunt Kat.

»Ach, das ist noch gar nichts! Astrid hat mir erzählt, dass manche Arten sich bis zu vierundzwanzig Stunden lang paaren.«

»Was? Vierundzwanzig Stunden? Oh mein Gott!« Kat ist bedient.

»Ja, echt! Am Besten sind die Passionsfalter – die können währenddessen sogar zusammen fliegen, die Männchen ziehen ihre Weibchen durch die Luft!«

»Krass!«, staunt Vali und klingt fast ein bisschen neidisch. »Das ist mal ein echter siebter Himmel! Da können die Jungs nicht mithalten!« Wir prusten los und unser Lachen klingt durch das ganze Falterhaus.

17

Irgendwie liegt etwas Gutes in der Luft. Ich spüre das. Inmitten dieses kalten Winters habe ich eine Glückssträhne gefunden. An dem Tag, an dem ich Astrids Kette das erste Mal in der Hand gehalten hatte, fingen die Dinge an, sich zu verändern. Manchmal überkommt mich nachts im Bett das Gefühl, dass all das nicht bleiben kann. Dass einfach irgendeine Katastrophe passieren muss, weil's einfach zu schön für mich ist. Dann suche ich mein Amulett und tröste mich an seinem Anblick, so lange, bis alle Zweifel und Schatten aus meinem Herzen verschwunden sind. An manchen Tagen geht es auch ohne Falter, dann ist Michel da und er ist es, der mir Kraft und Halt gibt. Er küsst meine Sorgenfalten weg und er kann dabei verdammt hartnäckig sein! Ich darf mich an ihm wärmen, seine Haut dicht an meiner, spüre sein Herz schlagen. Und wenn ich ihm von den Dämonen erzähle, die mir einflüstern, dass das alles nicht halten kann, dass ich immer auf der Hut sein muss, fluchtbereit, dann legt er mir seinen Zeigefinger auf den Mund. Schüttelt seinen Kopf und lässt mich nicht ausreden. »Mira«, flüstert er dann. »Hör auf mit diesem Unfug! Alles ist gut! Alles!«

Endlich ist Freitag, der Tag des Wettbewerbs. Ich bin unterwegs nach Charlottenburg, laufe durch die frische Luft der ersten Januartage. Eigentlich wollte ich aus meiner Familie niemanden beim Gedichtwettbewerb dabei haben. Aber jetzt möchte ich spontan doch noch

Papa und Saskia für heute Abend einladen. Ich biege nach einem kurzen Fußmarsch von der Bahnstation in die Straße mit den Altbaufassaden ein. Meine Schritte sind beschwingt, die werden ein Gesicht machen! Papa ist bestimmt megastolz. Seine Tochter ausgewählt für einen Gedichte-Wettbewerb! Ich grinse in mich hinein und schlüpfe in der Nummer 4 mit dem Briefträger durch die Tür. Was muss Papa auch ganz oben wohnen. Vor allem, wenn man es so eilig hat. Endlich oben angekommen, drücke ich außer Atem auf den Klingelknopf. Hoffentlich sind sie auch zu Hause! Ich höre es rumoren, Schritte kommen zur Tür. Papa macht auf und schaut mich erstaunt an. »Mira! Was machst du denn hier! Waren wir verabredet?«

»Nee, ich wollte euch nur kurz was erzählen! Kann ich rein?« Ich schlüpfe durch die Tür und merke erst jetzt, dass Papa einen alten Jogginganzug trägt und barfuß im Flur steht.

»Wie siehst du denn aus? Trägt man das jetzt so?«, necke ich ihn. Papa lächelt, aber er wirkt irgendwie steif. Er fährt sich durch die Haare und macht keine Anstalten, sich zu bewegen. Langsam bin ich irritiert, aber ich will mir meine gute Laune und die Überraschung nicht kaputt machen lassen. Vielleicht haben sie grade gestritten?

»Wo ist denn Saskia?« Ich höre es im Arbeitszimmer rumpeln und gehe zusammen mit Papa den Flur lang. Saskia steht in Papas Büro, sie hat eine alte Latzhose an, ihre Haare sind unter einem karierten Bandana verschwunden, Farbspritzer zieren ihre Arme.

»Mira!« Dasselbe angestrengte Lächeln. Was ist hier

überhaupt los? Das ganze Zimmer ist ausgeräumt und die Hälfte des Raumes ist bereits blau gestrichen.

»Ich wusste gar nicht, dass ihr renoviert!« Saskia und Papa gucken sich an. Irgendwas ist hier faul. »Was ist denn los? Was macht ihr denn für Gesichter?«, frage ich und werfe erstmals einen genaueren Blick in das Zimmer. Sehe den Tapeziertisch, auf dem allerlei Farbeimer, Kleister und eine Bordüre ausgebreitet sind. Eine hellblaue Bordüre. Kleine Mäuse, die in blauen Rennautos sitzen, mit coolen Fliegerbrillen auf den Mäusenasen.

Langsam dämmert es mir. Noch passen diese Puzzleteile nicht recht zusammen, meine Synapsen sind überfordert, ich versuche, das, was ich sehe, zu verarbeiten. Saskia wirft Papa einen hilfesuchenden Blick zu. Sie stößt ihn in die Seite. »Frank ...« Papa kratzt sich am Kopf. Ich stehe da, meine Arme hängen seltsam taub an mir herunter, wie zwei Fremdkörper, meine ganze Energie ist mit einem Mal wie weggeblasen.

»Mira, wir wollten dir das eigentlich in aller Ruhe sagen.« Papas Stimme klingt wie ganz weit weg. Ferngespräch an Mira, bitte melden. Aber was soll er noch sagen? Ich hab schon verstanden, das hier wird ein Kinderzimmer.

»Ich bin schwanger, Mira«, setzt Saskia nach. Überflüssig, das zu sagen. Rennmäuse wollte Papa sicher nicht im Arbeitszimmer haben.

Ich bin so dermaßen schockiert, dass ich unfähig bin zu irgendeiner Reaktion.

»Das war so nicht geplant Mira, das ist einfach

passiert«, sagt Papa schließlich, weil wir die Stille alle nicht mehr aushalten. Mir ist übel. Es rattert nach wie vor in meinem Kopf. Ich fühle mich ungeheuer dämlich. Wie sie da vor mir stehen, wie zwei schuldbewusste Verräter. Die blaue Wand strahlt mich hämisch an. Wieso? Wieso haben sie plötzlich Platz für ein Baby? Papa weiß doch, dass ich mich mit dem kleinen Raum auch zufrieden gegeben hätte, ich hätte sogar in der Badewanne geschlafen, wenn es nötig gewesen wäre, oder hätte in der Speisekammer gewohnt! Er hat doch gesagt, es geht nicht, weil sie so viel arbeiten, weil er keine Zeit für mich hätte. Auch wegen Mama, klar, aber der würde ich doch gar nicht fehlen! Vernünftig sollte ich sein und einsehen, dass für ein Kind im Leben der beiden gerade kein Platz ist, so gerne sie das auch wollen würden.

Ich schlucke. Ich werde nicht heulen. Ich werde jetzt nicht anfangen zu heulen! Mein Gehirn sendet jetzt nur noch die Signale für den Notfallplan: Evakuieren. Weg von hier! Ich mache langsam ein, zwei Schritte rückwärts und registriere verärgert, dass sich meine Knie anfühlen wie Wackelpudding. »Mira. Warte, bleib hier. Ich mach uns einen Tee und wir reden in der Küche, ja?« Saskias Tonfall hat etwas Flehendes. Aber ich will keinen Tee. Ich will kein Gespräch und ich will kein Baby. Ich wollte dieses Zimmer. Ich!

Mit einem Mal kommt wieder Leben in meine Beine, ich stolpere, drehe mich hastig um und renne zur Tür. »Mira!« Papa läuft hinter mir her. Mein blöder Anorak verheddert sich in der Tür, Papa erwischt noch meinen Ärmel, aber dann reiße ich mich los. »Lass mich!«, brülle ich und rase die Treppe herunter, alle fünf Stockwerke, rempele die alte Dame aus dem Weg, die eben aus der Wohnung in der dritten Etage kommt, weil ich blind vor Tränen bin. Halb rennend, halb fallend schaffe ich es irgendwie nach unten, höre Papas nackte Füße auf den Treppen klatschen, aber ich bin schneller, ich bin zu schnell für ihn. Mit einem ohrenbetäubenden Knall fällt die schwere Haustür ins Schloss. Dieses mal bin ich die, die weg will. Dieses Mal ist es anders als die vielen, vielen Mal davor.

Draußen renne ich, als wenn der Teufel hinter mir her wäre. Papa wird mir barfuß sicher nicht durch das halbe Viertel folgen, aber ich wage es nicht, mich umzugucken und laufe, bis meine Lungen nichts mehr hergeben und ich mich keuchend auf einer Mauer niederlassen muss. Mir ist schwindelig, die Luft beim Einatmen brennt. So beschissen wie in diesem Moment habe ich mich seit hundert Jahren nicht gefühlt. Ich flehe, diese Stadt möge mich einfach verschlucken, in ihrem Lärm und Schmutz begraben. Schließlich nehme ich irgendeinen Bus, der aus der Stadt fährt und lasse mich von dem ratternden Geräusch des Motors, der mächtig unter den Sitzen dröhnt, davon tragen. Der Bus rumpelt durch den trüben Nachmittag, mittlerweile ist sicher schon 16 Uhr vorbei. Draußen hängt dichter Nebel vor den Fenstern. Wir fahren die Landstraße entlang, die Sicht reicht nur noch bis zu den Reflektorpfeilern am Straßenrand. Dann gibt es nur noch weiße Suppe. Ein bisschen sieht es so aus, als ob es außerhalb dieser Straße keine Welt gäbe. Kein pulsierendes Berlin, keine Schule, keine Familie und vor allem keine kleinen Brüder. Nur diese weiße Nebelwelt. Ein seltsamer Gedanke – wie es wäre, wenn man einfach aussteigen könnte und in den Nebel gehen würde. Den Schritt über den Straßenrand wagen und vom Nebel verschluckt werden. Aus der Welt gehen, in die ich nicht passen will. Auf der es keinen Platz gibt für mich. Ich lehne meinen Kopf an die Fensterscheibe und schließe die Augen.

Um halb acht komme ich wieder in der Stadt an. Die hellen Strahlen der Berliner Straßenlaternen begrüßen mich zurück in der Zivilisation. Ich bin immer noch unter Schock, funktioniere nur noch auf Autopilot. Da ist sie wieder, meine alte Vertraute: Mein innerer Ort, den niemand erreichen kann. Astrid ruft an. Sie fragt, ob ich schon in der Schule bin, in der der Wettbewerb stattfindet, die Aula sei schon fast ganz voll. Ich sage ihr, dass ich gleich da bin. Meine Füße tragen mich weiter, sie laufen ganz von selbst bis zum Schultor, ins Gebäude, die Treppen zur Aula hinauf. Ich weiß gar nicht, wieso ich hierher gegangen bin. Vielleicht, weil ich nicht wusste, wo ich sonst hätte hingehen sollen.

Kat ist da. Sie begrüßt mich plappernd. »Mensch Mira, da bist du ja endlich! Wir dachten schon, du kneifst! Vali kommt auch gleich, sie hat mir eine SMS geschickt. Bist du aufgeregt? Oh man, die haben echt so ne richtig große Bühne aufgebaut, mit Scheinwerfern und so, voll krass!« Sie hakt sich bei mir unter und erzählt noch eine ganze Menge anderen Kram, der vollkommen an mir vorbeirauscht. »Du bist bestimmt nervös, aber du musst keine Angst haben, Süße, wir sind doch bei dir. Guck, da sitzen wir!« Kat zieht mich ungeduldig durch die Aula, in der sich eine Menge Menschen eingefunden hat. In einer Sitzreihe im letzten Drittel warten Astrid, Pit, Frau Sonntag und Michel. Er küsst mich, mein Mund küsst mechanisch zurück. Merkt hier eigentlich jemand was? Astrid umarmt mich, mein Körper ist ganz steif. Sie schaut mich mit besorgten Augen an.

»Geht es dir gut, Mira?« Ich nicke. Klar. Klar geht es mir gut. Meine ganze Welt liegt in Schutt und Asche, aber ja, mir geht es blendend, mein Vater kriegt ein Baby und es gibt ein hellblaues Zimmer, was gerade gestrichen wird, aber für Mira ist es nicht erreichbar, dieses blaue Zimmer, das ist nur für kleine Brüder. Kleine Brüder scheinen der Trend schlechthin zu sein. Hast du eine missratene Tochter, leg dir schnell einen kleinen Sohn zu und schenk ihm all deine Liebe. Ich nehme Platz in meinem Stuhl und das Licht wird gedimmt. Auf dem Podium erscheinen nach und nach die Kandidaten. Sie lesen ihre Texte vor, mal mit brüchiger Stimme, mal stotternd, mal betont gelassen. Ich höre kein einziges Wort. In mir drin sehe ich nur die Farbe Hellblau und die schluckt alles, alles, alles.

Der Moderator kommt wieder auf die Bühne, mitsamt seiner unglaublich hässlichen Fliege. Er ist Deutschlehrer an der veranstaltenden Schule, und sitzt auch in der Wettbewerbs-Jury.

»Und als nächstes darf ich Mira auf die Bühne bitten.« Es gibt eine Rückkopplung und alle halten sich die Ohren zu. Aus den Boxen kommt ein fieser Pfeifton. Ich sitze da, wie festgeklebt. Meine Beine können einfach nicht aufstehen. »Mira: Kommst du zu uns auf die Bühne?« Die Leute fangen an, unruhig auf den Sitzen herumzurutschen und sehen sich suchend um.

»Hey, du bist dran!« Michel gibt mir einen sanften Schubs. Irgendwie schaffe ich es, mich von meinem Sitz zu erheben und zum Pult vorzulaufen. Ich werde von den Scheinwerfern so geblendet, dass die ganzen Menschen im Saal in einem einzigen Schwarzen Loch verschwunden sind. Vor mir liegt der Zettel mit meinem Gedicht. Stumm schaue ich auf die Zeilen …

Und der Falter breitet die Schwingen aus
und macht sich bereit für den ersten Flug …

Ich schlucke. Jemand räuspert sich lautstark. Nein, denke ich. Nein, in dieser Welt können einem keine Flügel wachsen. In dieser Welt kann ich nicht fliegen lernen, hier gibt es keinen Himmel, der auf meinen ersten Flügelschlag wartet. Durch das Publikum geht ein Raunen. Der Moderator nestelt an seiner Fliege. Ganz ruhig nehme ich meinen Zettel vom Pult, falte ihn in meiner Hand. Einmal in der Mitte, 90 Grad drehen, wieder falten. Dann steige ich die Treppe von der Bühne herunter und gehe den langen Gang durch die Aula zur Tür. Ich bin völlig ruhig, stoße sie auf und gehe einfach hindurch, ohne mich umzusehen. Gehe aus der Schule, lasse die zurück, die mich begleitet haben und die mit ziemlich großer Sicherheit völlig verdattert da oben sitzen. Die nicht verstehen, dass es einfach nicht die richtige Zeit war, um die Tür zu meiner Seele aufzumachen.

Ich tue, was ich immer tue, wenn ich nicht denken möchte. Ich laufe. Laufe durch halb Berlin. Michel ruft ein paarmal auf dem Handy an, aber ich drücke ihn weg. Michel hat sein Happy End, seine Eltern haben ihn zurückgeholt, seine Familie ist wieder ganz. Ich hingegen habe nur eine vollendete Katastrophe zu bieten. Von ihm kann ich mich nicht trösten lassen, er würde es einfach nicht verstehen. Astrid spricht auf meine Mailbox. Will, dass ich sie anrufe, macht sich Sorgen, sagt mir, dass sie sich trotzdem auf morgen freut, auf unseren Faltertag und dass wir dann reden können. Ich will nicht reden. Nicht einmal mit Astrid. Was sollen wir auch reden? Reden ist doch kein Allheilmittel. Es schenkt Astrid und Pit kein Baby und es ändert auch nichts an dem hellblauen Zimmer. Nichts. Es gibt Dinge, die einfach so sind, wie sie sind. Egal, was man dazu sagt. Irgendwann spricht Papa auf die Mailbox. Seine Stimme ist belegt. »Mira … wo bist du? Wir machen uns Sorgen. Mama sagt, du bist nicht nach Hause gekommen. Ich hab die halbe Welt abtelefoniert, um dich zu finden. Wir machen uns Sorgen. Bitte ruf mich an.« Die halbe Welt abtelefoniert. Kann sein Papa, aber auf dieser Welt ist Mira heute nicht zu finden.

Als ich genug gelaufen bin, damit das Knäuel aus Wut sich in einen dumpfen, wattigen Kloß in meinem Bauch verwandelt hat, merke ich, dass ich friere. Ich weiß nicht, ob es die Kälte um mich herum ist oder die Einsamkeit, aber ich zittere plötzlich am ganzen Körper und fühle mich klein, so klein und erbärmlich. Ich bleibe stehen und schaue mich um. Registriere das erste Mal nach zahllosen Kreuzungen, wo ich überhaupt bin. An der nächsten Ecke entdecke ich einen Kiosk und bestelle mir eine Tasse heißen Kakao. Warm und tröstlich rinnt mir die Flüssigkeit die Kehle hinab. Der Kloß darin geht davon aber auch nicht weg.

Auf dem Weg zur U-Bahn klingelt wieder das Handy, es ist Michel. Ich sehe seinen Namen in meinem leuchtenden Display, habe eigentlich keine Lust, zu reden, gehe dann aber doch ran. Michel bittet mich, an der U-Bahn-Station auf ihn zu warten. Weil ich so müde bin, so kaputt und leer, widerspreche ich nicht, auch wenn ich nicht weiß, was das bringen soll. Ich hocke mich auf einen der orangenen Plastiksitze und warte. Kaue auf dem Rand des Kakaobechers herum. Nach dem ersten Schmerz bin ich mittlerweile schon völlig stumpf innen drin. Mir entfährt ein verächtlicher Seufzer. Ich hatte wirklich geglaubt, alles würde anders werden. Ich hatte wirklich zu glauben begonnen, dass es sich lohnen könnte, den Menschen um mich herum zu vertrauen. Ich habe sie teilhaben lassen, habe meinen Schutzpanzer heruntergefahren und was bekomme ich? Einen Arschtritt vom Leben. Siehst du Mira, so läuft es: Wenn du Menschen vertraust, werden sie dich verletzen. Am besten, man verwahrt seine Gefühle nur für sich, hübsch abgeschlossen in einem inneren Tresor. Zu dem niemand Zugang hat. Entschlossen atme ich durch. In diesem Moment öffnet die Bahn ihre Türen mit einem zischenden Geräusch und Michel kommt über den Bahnsteig auf mich zugelaufen. Keine

Ahnung, wie ich auf ihn wirke, aber offenbar einschüchternd genug, sodass er, mit Händen in den Hosentaschen unschlüssig vor mir stehen bleibt. Er spürt, dass es eine unsichtbare Mauer zwischen uns gibt, hinter die ich ihn nicht lassen will. Schließlich setzt er sich auf den Platz neben mir, schaut auf den Boden und knetet seine Finger.

»Was war denn vorhin los, Mira?« Ich zucke die Achseln.

»Ist doch egal«, sage ich tonlos.

»Wenn du mir nicht sagst, worum's geht, kann ich dir auch nicht helfen!« Michel schaut mich traurig an. Ich weiß, ich bin ungerecht, aber mich packt schon wieder die Wut.

»Helfen?!«, echoe ich. Ich lache und schüttle den Kopf. »Helfen kann mir eh keiner.« Michel sagt nichts. Züge fahren in den Bahnhof ein und wieder heraus. Ich will das nicht mehr. Will keine Rechenschaft ablegen, will mich nicht mehr erklären, reden, immer nur reden, aber im Grunde ändert sich nichts. Ich kann strampeln so viel ich will, alles, was ich anfasse, geht früher oder später kaputt. Alles. Michel kennt dieses Gefühl nicht. Und am schlimmsten ist, dass ich ihn trotzdem wirklich gern habe. Was, wenn er dann auch eines Tages andere Pläne hat? Ich ihm zu schwierig bin? Was dann? Ich will weg, nur noch weg, ich will jetzt alles kaputt machen, will ihm zuvorkommen. »Michel, ich glaube es hat keinen Sinn mit uns.« Ich versuche, die Worte so gefasst wie möglich zu sagen. Meine Stimme zittert ein bisschen. Michel starrt mich an. Ich sehe, wie fassungslos er ist. Langsam schüttelt er den Kopf.

»Das meinst du nicht ernst!« Ich nicke.

»Doch. Doch, das meine ich ernst.« Er fährt sich mit der Hand über das Gesicht und atmet lange aus.

»Aber warum? Warum auf einmal Mira? Was soll das?« Ich bleibe stumm. Zwischen uns entsteht eine schmerzhafte Stille, ich spüre sie fast körperlich. Michels Blick fixiert mich, verstört und irritiert. Ich weiß, dass ich ihm wieder weh tue und ich kann ihm nicht erklären, warum. Das ist mein Problem: Mir fehlen die Worte. Sie kommen einfach nicht raus. Bleiben in meinem Hals stecken, auf halber Strecke zwischen meinem Kopf und meiner Zunge. Ein Teil von mir will ihm alles erklären, will es herauslassen, es in großen roten Buchstaben an alle Mauern der Stadt schreiben! Für einen kurzen Moment möchte ich mich in seine Arme fallen lassen, damit er mich auffängt. Aber irgendetwas hält mich davon ab. Michel weiß nicht, wie es ist in meiner Welt.

Vor ein paar Wochen, kurz vor der Sache mit dem Diebstahl, hat Vali mal zu mir gesagt, dass ich auf andere immer so kühl wirke. Als ob mich niemand wirklich berühren kann. Sie hat recht. Mich hat lange nichts mehr wirklich berührt. Ich hab da eine Schranke eingebaut, seit der Sache mit Papa. Weil ich weiß, wie es dich innerlich zerfetzt, wenn ein geliebter Mensch durch eine Tür geht, aus freiem Willen, obwohl er bleiben könnte – aber er findet nicht genügend Gründe. Und du bleibst zurück. Übrigbleibsel, Treibgut auf einem offenen Meer. Michel kann es nicht sehen, dass ich ein Stück Treibgut bin, er kann nicht sehen, wie mutterseelenallein ich war auf hoher See. Ich weiß nicht, was er sieht, aber von den Stürmen über dem Ozean weiß er nichts, so viel ist klar. Dazu ist seine Welt zu heil.

Nun sitzen wir da, nebeneinander, und sind wortlos. Es hat so viel Kraft gekostet die letzten Wochen. Kraft und Vertrauen, jemanden hinter die Fassade zu lassen. Nähe ist wie ein Drahtseilakt für mich. Es ist ein Hochgefühl, aber ich sehe beständig den Abgrund zu meinen Füßen. Ich bin hin und hergerissen. Will eine neue Zukunft, weiß, irgendwann muss ich damit anfangen, aber jetzt, jetzt gerade, da stehen alle Alarmglocken in mir auf Habachtstellung und mir fehlt die Kraft. Mir fehlt einfach die Kraft.

Michel schaut mich stumm an. Große Augen. Traurige Augen. Ich ertrage es nicht mehr, ich muss hier weg. »Es tut mir leid!«, murmele ich, stehe auf und flüchte. Was sonst bleibt mir – im Flüchten bin ich wirklich gut. Wenigstens etwas, das ich kann. Ich bin sauer. Sauer auf mich. Sauer auf Papa, der weggegangen ist. Sauer, dass damit die ganze Scheiße angefangen hat. In der S-Bahn muss ich heulen. Ich kann irgendwie gar nicht mehr aufhören. Erst ist es mir peinlich und ich wische die Tränen weg, aber dann lasse ich es einfach laufen. Weich tropfen die Tränen in meinen Schal. Ich erinnere mich, dass Astrid mir erzählt hat, dass es Schmetterlinge gibt, die sich von der Tränenflüssigkeit anderer Lebewesen ernähren. An mir würden die sich dick und rund fressen, bis sie nicht mehr fliegen könnten. Das steht mal fest.

Weil ich auf Mamas Gemecker keine Lust habe, fahre ich nicht nach Hause. Womöglich hocken auch noch Saskia und Papa bei uns im Wohnzimmer, die letzten Menschen, die ich im Moment sehen will. Spontan schlage ich deshalb den Weg zu Vali ein – hoffentlich ist sie da! Valis Mama macht mir auf und schickt mich in ihr Zimmer. Ich klopfe an die Tür und öffne sie. Vali sitzt auf dem Bett, sie schaut von ihrem Handy auf und guckt mich überrascht an. »Mira! Was machst du denn hier? Was war denn los vorhin?«

»Lass uns nicht davon reden, bitte. Ich brauche einfach nur Ablenkung«, sage ich und lasse mich neben ihr auf die Decke plumpsen. Vali drückt mich an sich und streicht mir über den Kopf.

»Ach, ich auch«, seufzt sie. »Mein Abend ist total im Eimer. Ich wollte mit Dennis was machen, wir haben ja Zweimonatiges. Aber er sagt, er ist schon mit den Jungs verabredet.« Wir kuscheln uns aufs Bett und fangen an, eine schnulzige Serie anzugucken, in der eine Schülerin sich in ihren Lehrer verknallt hat. Es tut gut, nichts zu denken und mich vor niemandem rechtfertigen zu müssen. Das Schwirren der Gedanken in meinem Kopf wird allmählich ruhiger. Fast döse ich ein, als plötzlich die Tür wieder aufgeht und Valis Mum mit verkniffener Miene hereinkommt

»Valerie, es wäre nett, du könntest deinen Freundinnen mal sagen, dass sie sich bitte vorher ankündigen, wenn sie dich besuchen wollen.« Hinter ihr schiebt sich Kat durch die Tür. Sie rollt mit den Augen und kichert in sich hinein. Die Tür fällt wieder zu und sie springt zu uns auf die Bettdecke.

»Mensch Mira! Was war denn das für ne Aktion? Alle machen sich tierisch Sorgen!« Ich zucke die Achseln.

»Tut mir leid. Ich hatte einfach nen Blackout.«

»Hattest du die Hosen voll, oder was?«

»Keine Ahnung, so ähnlich.« Kat merkt, dass da noch mehr ist, spürt aber, dass ich keinen Bock habe, jetzt ausgiebig darüber zu reden.

»Ja und was hängt ihr hier rum wie zwei Tränensäcke? Was ist denn das da für ein Mist?« Kat guckt eine Weile auf den Fernseher, dann schüttelt sie energisch den Kopf. »Heute wird nicht Trübsal geblasen. Wir gehen jetzt aus!.»

»Och nö, wieso'n das?«, murmelt Vali.

»Weil ich euch das jetzt verordnet habe!« Kat setzt sich auf und guckt uns herausfordernd an.

»Wir treffen uns um 22 Uhr an der Bahn. Und keine Widerrede!«

Eigentlich hat Kat recht. Ausgehen ist eine gute Idee. Ich hole mir beim Falafel-Eck einen Döner, ich hab seit heute Mittag nix mehr gegessen und mein Magen knurrt. Can hält sehnsüchtig Ausschau, aber ich muss ihn enttäuschen, Kat ist nicht mit dabei. Er erkundigt sich, wie es ihr geht und trägt mir auf, ihr Grüße auszurichten. Ich verspreche es und mache mich mit meinem Döner auf den Weg zur Bahn. Ich hab mich nicht groß umgezogen, nach Hause will ich vor morgen früh bestimmt nicht. Heute Nacht will ich alles vergessen. Den beschissenen Wettbewerb. Und vor allem Papa und sein Baby.

Ich bin die erste an der Haltestelle. Der Wind zerrt mir an den Haaren und lässt die Wolken schnell über den dunklen, weiten Himmel jagen. Für eine Weile sitze ich auf der Metallbank im Wartehäuschen. Trage zum Glück die neuen Boots, die Mama und Mike mir zu Weihnachten geschenkt haben, so riskiere ich wenigstens keine abgefrorenen Zehen. Gelangweilt schiebe ich mir noch einen Streifen Kaugummi in den Mund. Wo bleiben denn die Mädels, verdammt?

»Mira! Hey, Mira!« Das ist doch Kats Stimme! Ich drehe mich um und sehe Kat, die wie verrückt vom Gehweg hinter den Bahngleisen herüberwinkt. Sie formt mit den Händen einen Trichter und brüllt: »Komm hier rüber!« Ich laufe zum Ende des Bahnsteigs, überquere die Schienen und gucke ungläubig auf das Auto, auf das Kat zusteuert.

»Was ist denn das?« Kat hüpft aufgeregt neben mir her.

»Das ist der Wagen von meiner Cousine! Den hab ich mir geliehen! Ist das cool, oder was?« Sie strahlt mich an wie die aufgehende Sonne. Zweifelnd gucke ich auf den Wagen.

»Weiß sie, dass du das Auto hast?«

»Nee, aber das merkt sie gar nicht – die ist bei ihrem Freund übers Wochenende und ich hab ihren Wohnungsschlüssel. Außerdem hätte sie nix dagegen, wir sind schon oft auf irgendwelchen Feldwegen zusammen gefahren. Komm, steig ein!« Vali sitzt schon im Wagen auf der Rückbank und macht ein etwas ängstliches Gesicht. Ich öffne die Tür und nehme auf dem Beifahrersitz Platz. Kat schmeißt sich neben mir

hinters Steuer und lässt den Motor an.
»Und was, wenn uns die Bullen anhalten?«, fragt Vali von hinten. Ein berechtigter Einwand. Kat ist sechzehn und weit entfernt von einem Führerschein. Aber Kat sieht das gelassen.

»Ach, die halten uns schon nicht an! Schnallt euch an Mädels, es geht los!« Sobald wir die verkehrsstarke Innenstadt hinter uns gelassen haben, begleitet von Hupkonzerten und ausgestreckten Mittelfingern, entspanne ich mich allmählich. Wir fahren zur Neueröffnung eines Clubs. Kat kennt den DJ, der heute auflegt und der uns spontan noch auf die Gästeliste gesetzt hat. Er denkt, wir sind achtzehn. Kat hat vor Stolz ganz rote Wangen.

»Mensch, Kinder, ist das nicht der Wahnsinn?« Ich muss über ihren Eifer lachen. Vali hat sich hinten in ihre Jacke gekuschelt und spricht nicht viel, sie zackert per WhatsApp immer noch mit Dennis wegen der ausgefallenen Jubiläums-Verabredung herum. Ich beuge mich rüber und schalte das Kassettendeck an. Der Golf von Kats Cousine ist steinalt. Als der angesagt war, waren Kassetten wohl noch der neueste Schrei. Auf dem Band ist Rockmusik, eigentlich aber gar nicht schlecht. Die ersten Gitarrenakkorde tönen knarrend aus dem Lautsprecher. Über mir huschen die Lichter der Straßenbeleuchtung vorbei, die Straßen sind fast leer hier. Ich könnte plötzlich ewig in diesem Auto sitzen. Einfach mit Kat und Vali abhauen, durchbrennen. Irgendwie schlagen wir uns schon durch! Kat lächelt zu mir herüber, ich glaube, sie fühlt ähnlich. Ich greife nach ihrer Hand. »Einfach weiterfahren, das wär's, oder?«, fragt sie mich. Ich nicke. Nach Paris. Oder ans Meer. Dorthin, von wo der Wind weht. Aber es gibt zu viel, das uns hier hält. Kat würde Maddie niemals alleine bei ihrer Mutter lassen, Vali klebt an Dennis fest und ich, tja, an was hänge ich eigentlich?

Nach einer Weile erreichen wir den Club, Kat parkt den Wagen in einer Seitenstraße. Als ob es in Berlin nicht genug Nachtleben gäbe, ist es bei unserer Ankunft bereits rappelvoll. In dieser Stadt, in der sich jede Nacht tausende Partywütige in die Bars und Clubs stürzen, hat sich die Eröffnung wie ein Lauffeuer herumgesprochen und ist so gut besucht, dass draußen ein paar Mädels nicht mehr reinkommen. Kat tippt auf unsere Namen auf der Gästeliste, kichernd schieben wir uns an ihnen vorbei, lassen unsre Mäntel an der Garderobe und stürzen uns ins Getümmel. Über drei Etagen verteilen sich die Dancefloors, auf den Treppen strömen die Gäste hoch und runter. Wir kämpfen uns durch bis zu Kats DJ-Bekanntschaft, er gibt uns die Hand und widmet sich dann wieder seinem Plattendeck. Tatsächlich macht er seine Sache ziemlich gut! Kat zieht uns auf die Tanzfläche. Für eine ganze Weile gibt es nur die Musik, die Lichter und uns drei. Die Bässe vibrieren in meinem Bauch, im Boden, in meinem Kopf. Ich sehe Vali und Kat in den zuckenden Lichtern aufblitzen wie Sterne in einem dunklen Wasser. Ich habe das Gefühl, wir könnten uns einfach in die Menschenmenge hineinfallen lassen, wir würden nicht zu Boden fallen. Ein einziger großer, sich bewegender

Pulk, der um uns herumwabert und eine Mauer zur Welt da draußen bildet. Ich strecke meine Arme in die Höhe und schließe die Augen, nur noch Körper um mich herum, gesichtslos, versunken in einen gemeinsamen Traum. Als ich sie wieder öffne, strahlt Kat mich an, zieht Vali und mich an sich und brüllt uns über den Lärm der Musik in die Ohren: »Ich hab euch lieb, man!« Ich drücke ihr einen Kuss auf ihre verschwitzte Wange, wir machen ein Erinnerungsfoto mit der Handy-Kamera und sind kurz geblendet vom Blitzlicht. An der Bar stehe ich eine ganze Weile an, schließlich übernimmt Kat das Kommando. Sie lehnt sich über den Tresen und macht den Barkeepern so schöne Augen, dass wir unsere Getränke schneller bekommen als die Jungs neben uns, die sich maulend beschweren. Kat lacht, streckt ihnen die Zunge raus.

»Auf uns!«, rufe ich und klirrend stößt das Glas aneinander. Der Alkohol steigt mir schnell in den Kopf, die Gedanken an das blaue Zimmer werden weniger. In mir breitet sich eine angenehme Taubheit aus. Zusammen ziehen wir in Richtung der Toiletten weiter, von der Tanzerei sind wir ziemlich im Eimer. Unsere Gesichter blicken uns bleich im Spiegel entgegen, vom Schweiß ist das Make-up in alle Richtungen gelaufen. Ich leihe mir von Kat ihre Bürste und etwas Lippenstift und bringe meine Frisur wieder in Ordnung. Immer wieder müssen wir uns unseren Platz am Spiegel zurückerobern, es herrscht ein reges Kommen und Gehen. Männer- und Frauentoiletten sind im Club gegenüber voneinander angeordnet, die Waschbecken trennt nur ein großer Spiegel. Darunter ist ein

Hohlraum, in dem wir die Hände, die sich gegenüber mit Seife einreiben, von unserer Seite aus sehen können. Kat macht sich einen Spaß draus, nach den Fingern auf der anderen Seite zu schnappen. Wir kichern ausgelassen vor uns hin. Endlich schiebt sich ein Pulk Studentinnen aus der Tür und es wird etwas leerer und leiser. Vali bittet mich, ihren Lidstrich nachzuziehen und konzentriert mache ich mich an die Arbeit. Von der anderen Seite des Spiegels dringen jetzt männliche Stimmen zu uns herüber. »Alter, was geht? Was machst du denn hier? Wo ist dein Anhang?«

»Ach, die hab ich zu Hause gelassen, hatte heute echt keinen Bock drauf.« Valis Lid fängt an zu zittern, ich rutsche mit dem Stift ab und male daneben.

»Boah, jetzt halt mal still, sonst wird das die reinste Kriegsbemalung!«, schimpfe ich. Kat kichert. Vali aber öffnet abrupt die Augen und hält mir mit der Hand den Mund zu.

»Ssscht!«, flüstert sie leise. Ihre Pupillen direkt vor meinem Gesicht sind vor Aufregung riesig. Ich halte den Atem an und lausche den Stimmen, die vom Waschbecken zu uns herauf dringen. Kat lässt ihren Lipgloss sinken und wir hören, wie im hinteren Raum die Klospülung geht und das Gespräch wieder lauter wird.

»Ich kann die Tante echt nicht mehr sehen. Sie jammert andauernd rum, will andauernd was mit mir machen. Eigentlich wollte ich sie ja eh bloß als Anhängsel – mit Mädchen am Arm fällt man bei den Bullen weniger auf.« Die andere Stimme lacht.

»Na, deinen Spaß hattеste doch bestimmt mir ihr?«

»Ach, Jungfrau halt. So spannend sind die ja eh nie!« Auf der anderen Spiegelseite wird der Wasserhahn aufgedreht, kurz dröhnt wieder die Musik herein, dann fällt die Tür ins Schloss und es ist still. Valis erschrockene Augen füllen sich mit Tränen an und ihre Hand lässt langsam meinen Mund los. Sie macht keinen Laut, nur ihre Schultern zucken.

»Vali?«, fragt Kat leise und berührt sie vorsichtig am Arm.

»Das war Dennis«, flüstert sie leise, auch wenn uns das natürlich längst klar war. Wir schließen unsere Arme um sie und halten sie fest. Stehen eine ganze Weile dort, zwischen Seifenspender und Papierhandtüchern, und trösten Valis ersten Liebeskummer.

Als das heftigste Schluchzen aufgehört hat und Vali wieder einigermaßen durchatmen kann, beschließen wir, dass für heute die Party zu Ende ist. »Lasst uns die Jacken holen und heim fahren!«, sage ich und öffne die Tür. Vor dem Klo empfängt uns das dumpfe Dröhnen der Boxen, es ist nochmal voller geworden. Überall tanzende Menschen, aneinander geschmiegte Paare, alkoholgetränkte Luft. Vorhin habe ich mich noch so wohl gefühlt – jetzt ekelt mich das alles an, die verschwitzten leeren Gesichter, glasige Augen, die Menge, die sich wie ferngesteuert zur Musik bewegt. Wir müssen quer durch den Raum, um zum Ausgang zu gelangen. Als wir in der Mitte der Tanzfläche ankommen, wird es mit einem Mal taghell. Die Lichter brennen in meinen Augen. Auf einen Schlag verstummt die Musik. Angestrengt blinzele ich in die hellen Scheinwerfer.

»Was ist denn jetzt los?«, ruft Kat hinter mir. In dem Moment ertönt auch schon eine laute Stimme.

»Polizei, Personenkontrolle.«

»Oh no, auch das noch!«, stöhne ich. Aus allen Ecken tauchen Bullen in Zivil auf. Die Clubbesucher zücken ihre Ausweise, Hosentaschen werden durchsucht. Wir geraten kurz vorm Ausgang an einen breitschultrigen Polizisten Anfang vierzig, der uns anhält und nach unseren Ausweisen fragt. Haben wir natürlich nicht dabei. »Soso, keine Ausweise?« Kat schüttelt den Kopf und zieht eine unschuldige Schnute. Der Bulle mustert uns zweifelnd. Plötzlich dringt lautes Gebrüll zu uns herüber.

»Da! Da, sie kennt mich! Vali, Valerie!« Wir drehen unsere Köpfe und sehen Dennis, der gemeinsam mit den Jungs aus seiner Clique an der Wand steht, die Hände nach oben gestreckt. Zwei Polizisten durchsuchen ihre Taschen. Auf seinem Gesicht ist pure Verzweiflung zu lesen.

»Vali, sag denen, dass mir das Zeug jemand zugesteckt haben muss!« Er fleht sie an. »Wir waren doch die ganze Zeit zusammen, Baby! Sag es ihnen!« Vali schaut ihn an. Ihr Gesicht ist völlig regungslos. Ihr Blick wandert zu Kat und mir, zu Dennis und schließlich zu der Polizistin, die zu uns herüber gekommen ist und auf Valis Antwort wartet.

»Sorry. Ich kenne den nicht«, sagt sie schließlich und zuckt so dermaßen lässig mit den Schultern, dass Kat fasst der Mund offensteht. Auch Dennis stutzt kurz.

Dann flippt er völlig aus, flucht und schimpft und beginnt, zu randalieren. Der Polizist, der ihn eben noch durchsucht hat, hat alle Mühe, ihn festzuhalten. Der Kollege, der unsere Ausweise sehen wollte, eilt zur Verstärkung hinzu und wir nutzen den Moment des Tumults, um mit einem Pulk anderer Mädchen unbemerkt den Club zu verlassen.

Draußen kriegt Kat sich gar nicht mehr ein, sie umarmt Vali in einer Tour.

»Sorry, ich kenne den nicht?« Sie kichert mehrmals vergnügt in sich hinein. »Du bist der Hammer, Kleines! Den Abend wird er seinen Lebtag nicht vergessen!«

Ich gebe Vali high five. Offenbar war das Erlebnis im Waschraum genau der Weckruf, den sie gebraucht hat. Nach der ersten Euphorie über ihren Befreiungsschlag setzt Ernüchterung ein. Wie kommen wir jetzt am schlauesten nach Hause? Kat beteuert, sie hätte nur Bier getrunken, trotzdem finde ich die Idee, in ihrem Zustand Auto zu fahren, beschissen. Eine Alternative habe ich allerdings auch nicht parat. Ich bin noch ziemlich betrunken und das einzige Mal, dass ich hinter einem Steuer saß, war auf dem Traktor meines Onkels in den Sommerferien, als ich sieben war. Also fügen wir uns in unser Schicksal. Ich krabbele neben Vali auf die Rückbank des alten Golf. Kat hat doch noch genug Restalkohol im Blut und fährt noch schlimmer Auto als nüchtern, falls das überhaupt möglich ist. Im Stop-and-go juckeln wir im Schneckentempo durch Berlins Straßen.

Valis Kopf liegt auf meiner Schulter und die Lichter der Straßenlaternen tauchen uns abwechselnd in

Schwarz und Gold. Wir tauschen einen Blick. In ihrem verschmitzten Grinsen ist so etwas wie Stolz zu sehen. »Keine Tränen mehr?«, frage ich sie und sie schüttelt den Kopf.

»Keine Tränen mehr!«

»Ich wird nie vergessen, wie der geguckt hat!«, ruft Kat von vorne und dreht sich zu uns um.

»Guck auf die Straße, man!«, brülle ich lachend. Jetzt, wo wir Vali endlich wieder haben, muss uns Kat ja nicht gleich in die nächste Mauer lenken!

Wir bringen Vali nach Hause, die im eigenen Bett schlafen will und uns verspricht, morgen vorbeizukommen, wenn wir alle ausgeschlafen sind. Sie schiebt sich müde aus dem Auto, schlüpft durchs Gartentor und winkt uns auf der Einfahrt noch einmal zu. Übermutig drückt Kat mehrmals auf die Hupe und wir lassen eine Art Indianergeheul los, mit hochgereckten Fäusten. Vali lacht und winkt zurück. Im Nachbarhaus gehen die Lichter an und Kat drückt schnell aufs Gas, bevor uns noch jemand in der Karre erwischt. Wir fahren weiter und holen uns bei der Tankstelle die ersten Croissants des Morgens. Sie sind warm und süß und schmelzen klebrig im Mund. Der Himmel färbt sich in ein blasses Morgenrot. Wir sitzen auf der Motorhaube des Wagens, über unseren Köpfen fliegt ein Schwarm Möwen. Kat beißt in ihr zweites Croissant.

»Mein Gott, was für eine Nacht! Ich bin so froh, dass wir diesen Arsch endlich los sind!« Ich nicke und fische die letzten Krümel aus der Tüte.

»Und was mache ich jetzt mit dir? Soll ich dich noch irgendwo hinbringen?«, fragt Kat. Ich überlege. Heim will ich nicht. Mama würde ausrasten, wenn ich nach meinem Verschwinden morgens um sechs mit ner Fahne heimkomme.

»Kommste mit zu mir?« Ich nicke. Gute Idee. Wir schwingen uns wieder ins Auto, stellen den Wagen vorm Haus ihrer Cousine ab und laufen kurz darauf kichernd die Treppenstufen im Wohnblock hoch. Wir sind müde und völlig überdreht.

»Das wird sicher eine lange Nacht für Dennis auf der Wache«, frohlockt Kat.

»Er hat's nicht anders verdient! Vali hat jedenfalls echt den perfekten Moment gefunden, um Schluss zu machen.« Wir lachen und erreichen den langen Flurbalkon. Kat kramt in ihrer Tasche nach ihrem Schlüssel.

»Wo ist denn das Scheißding …« Ich höre Maddie in der Wohnung weinen. Kat wird fündig und öffnet endlich die Tür. Ihre kleine Schwester kommt uns im Flur entgegen, sie hat tränennasse Wangen und ihr ganzer Schlafanzug ist vollgesaut mit nassen Flecken.

»Maddie, was ist denn los?« Kat nimmt sie auf den Arm. »Man, kann sie sich nicht einmal richtig kümmern, oder was?«, murmelt sie sauer. Sie gibt mir Maddie und hängt unsere Jacken im Flur auf. »Mama? Mama! Hast du Maddie nicht gehört, oder was?« Sie ruft ins Wohnzimmer, bekommt aber keine Antwort. »Oh man, die ist bestimmt hackedicht eingeschlafen.« Ich setze Maddie in ihren Stuhl in der Küche, beschäftige sie mit ein paar trockenen Cornflakes und will uns gerade

Kaffeewasser aufsetzen, als aus dem Wohnzimmer ein Schrei erklingt, der mir durch Mark und Bein geht. Ich lasse den Kaffeefilter fallen und renne aus der Küche, über den Flur und durch die offene Wohnzimmertür. Auf dem Boden vor dem Sofa hockt Kat vorm leblosen Körper ihrer Mutter. Sie starrt mich mit riesigen Augen an. Mir stockt der Atem, ich fühle, wie meine Finger ganz kalt werden.

»Mira«, flüstert sie. »Mira, ich glaube, sie ist tot.«

19

Ich weiß nicht, wie lange es dauert, bis ich reagiere und Kat von ihrer Mutter wegziehe. Sie fällt in meine Arme, weich wie ein Daunenkissen. Als hätte sie keinen einzigen Knochen im Leib. Ich rufe den Notarzt, auch wenn es schon längst zu spät ist, aber ich weiß nicht, wen ich sonst anrufen soll. Meine Finger zittern, es kommt mir vor wie eine halbe Ewigkeit, bis ich es schaffe, die 112 in mein Display zu tippen und der Frau in der Notfallzentrale erklären kann, was passiert ist und wo wir sind. Kat sitzt neben mir auf einem Stuhl, wie erstarrt. Sie weint nicht. Sitzt einfach nur da und schaut in den Raum, ohne irgendetwas zu fokussieren. Ich setze mich zu ihr und nehme ihre Hand in meine.

Alles, was danach passiert, kommt mir vor wie ein tonloser Film. Die Rettungssanitäter klingeln und stürmen ins Wohnzimmer. In der Tür steht plötzlich die Nachbarin, sie kümmert sich um Maddie. Vorm Wohnblock steht der Krankenwagen mit blinkenden Lichtern. Kat, immer noch in ihren halbnackten Discoklamotten, bekommt vom Notarzt ein Beruhigungsmittel. Für ihre Mutter kann er nichts mehr tun. Die Polizei kommt dazu, stellt mir Fragen, ich höre mich antworten, ohne zu wissen, was ich sage. Fremde Menschen kommen ins Wohnzimmer, decken Kats Mum zu, ich stehe dauernd im Weg rum. Ich möchte bei Kat bleiben, aber die Ärzte sagen, dass sie sie jetzt mit Maddie zusammen in die psychologische Betreuung mitnehmen. Ich protestiere, will mitkommen, aber die Beamtin lässt nicht mit sich reden.

»Wir fahren dich jetzt nach Hause, deine Eltern machen sich bestimmt schon Sorgen. Du kannst deine Freundin morgen besuchen, ja?« Sie schieben mich mit sanftem Druck aus der Wohnung, laden mich in ihren Wagen und bringen mich bis vor unser Haus. »Bitte kommen Sie nicht mit rein, meine Mutter würde sich schrecklich aufregen. Sie hat ein schwaches Herz.« Die Beamtin wechselt einen Blick mit ihrem Kollegen und zögert. Ich setze nach. »Wirklich. Sie sehen doch, dass ich da jetzt reingehe.«

»Na gut.« Sie zückt eine Karte aus ihrer Jacke. »Wenn du doch noch reden willst, hier kannst du immer anrufen, ja?« Ich nehme die Karte entgegen. Psychologischer Krisendienst, lese ich. Ich nicke.

»Alles klar, Danke!« Ich öffne die Autotür, steige aus und gehe unter dem wachsamen Blick der Polizisten ins Haus.

»Mira. Wo warst du? Astrid hat angerufen.« Mama steht in der Küche und räumt das gespülte Geschirr in die Schränke. Ich starre sie entgeistert an. Astrid. Siedend heiß fällt mir ein, dass heute Faltertag ist. Völlig vergessen. Völlig weg. Wieviel Uhr ist es überhaupt? Mama wirft mir einen kurzen Blick zu. Sie hält inne. »Mira?« Ich gucke zurück. »Ist alles in Ordnung?« Für einen kurzen Moment habe ich das Gefühl, dass Mama mich das erste Mal seit Jahren wirklich ansieht. Das erste Mal seit ewiger Zeit spüre ich eine Verbindung zwischen ihr und mir. Wir begegnen uns für ein paar Sekunden. Ich nicke.

»Ich war bei Kat. Ich fühl mich nicht gut. Ich glaub

ich krieg Fieber. Ich leg mich hin.« Mama nickt langsam. Ich weiß, dass sie eigentlich eine Menge Fragen hat, aber irgendwas muss in meinem Blick sein, dass sie mich gewähren lässt. In meinem Zimmer lege ich mich in meinen Klamotten einfach aufs Bett. Lasse die Jalousien herunter, bis es im Zimmer beinahe vollkommen dunkel ist, rolle mich eng zusammen wie ein Baby und ziehe die Decke über mich. Die Bilder von Kats ausdruckslosem Gesicht, der leblose Körper ihrer Mutter, all das zieht durch meinen Kopf, in rasender Geschwindigkeit und gleichzeitig irre langsam. Als hätte es sich auf meine Netzhaut gebrannt. Ich taste in meiner Tasche nach meinem Falter. Schließe zärtlich meine Finger um das Amulett. Aber heute ist sein Licht schwächer als sonst. Es ist nicht so tröstlich, es macht nicht alles wieder gut. Die Dunkelheit umfängt mich ganz. Gott, sage ich still zu mir, Gott, wenn es dich irgendwo gibt: Das hier ist zu hart, verstehst du? Wir können so viel ertragen, so viel, aber das hier – das ist zu hart, verstehst du? Dieser Winter ist zu kalt, das kann man nicht überleben. Die Kälte dauert zu lang, die Falter erfrieren.

Nach einem traumlosen Schlaf quäle ich mich am Nachmittag unter die Dusche. Mama hat einen Zettel auf den Küchentisch gelegt, sie sind beim Einkaufen. Melde dich, wenn was ist, steht ganz unten. Und ob etwas ist, Mama, denke ich. Aber wie soll man das in eine SMS packen? Ich schreibe ihr also, dass ich zu Astrid raus fahre und packe meine Sachen. Noch keine Nachricht von Kat, ihr Handy ist aus. Ich verlasse das

Haus, auf der Einfahrt suche ich in meiner Jacke nach meinen Kopfhörern und finde in meiner Tasche die Karte vom psychologischen Krisendienst. Erst will ich sie in die Mülltonne kloppen, aber dann stecke ich sie bei unserem Nachbarn in den Briefkasten, der immer rumnörgelt, wenn ich nicht anständig zurückgrüße. Ich fahre den ganzen Weg raus auf die Farm mit Kopfhörern auf den Ohren. Ich will nichts hören, die Realität kann ich gerade nicht ertragen. Auf meinem Handy läuft ein Sample aus klassischer Musik, die Astrid mir neulich geschickt hat. Sie erinnert mich an den Tag, an dem ich mit Kat und Vali auf der Farm gewesen bin. Einem Tag, an dem alles gut war. Mir kommt er vor wie ein anderes Leben. Vor meinem inneren Auge tauchen Bilder auf, Kat, die durch den Dschungel tanzt. Sie vermischen sich mit der vorbeifliegenden Winterlandschaft vorm Fenster.
Es ist schon nach fünf, als ich auf der Farm aufschlage. Ich grüße Pit nur kurz, der auf der Terrasse Blumenzwiebeln setzt. Ist der Frühling wirklich schon so nah? Mir kommt es vor, als ob er Lichtjahre entfernt wäre. Ich gehe durch den Garten; zum Falterhaus. Astrid ist schon da, ich höre sie räumen. Meine Hand legt sich auf die Klinke, ich zögere kurz. Ich bin viel zu spät. Sie wird sauer sein. Vorwürfe kann ich jetzt aber nicht ertragen. Ich fühle mich innerlich wund. Meine Schutzhülle hat Risse, ich spüre das, noch kann ich sie notdürftig flicken, aber wie lange noch? Wieder zurück und an Pit vorbei will ich aber auch nicht, der lässt mich doch niemals einfach so abhauen.

Also atme ich tief durch, öffne die Tür und stehe

direkt vor Astrid. Langsam legt sie die Schaufel beiseite, mit der sie gerade einen großen Glaskasten mit Erde befüllt. Scheiße, stimmt ja, wir wollten heute die Nachtfalterraupen für die Verpuppung vorbereiten. Nachtfalter tun das meist auf oder sogar in der Erde.

Astrid schaut mich an. »Wo warst du heute Morgen, Mira?« fragt sie. Ich könnte so vieles sagen. Aber nichts, was das Chaos an Gefühlen in mir beschreiben könnte. Ich will den Mund aufmachen, aber es geht nicht. Die Sonne scheint stumm durch die Glasscheiben. Mein leerer Blick fällt in den Garten. Nach einer halben Ewigkeit zucke ich mit den Schultern, vergrabe meine Fäuste tief in meinen Hosentaschen und starre auf meine Stiefel. Astrid schüttelt den Kopf.

»Mira, so geht es nicht. Du weißt, was wir vereinbart haben. Ich will mich auf dich verlassen können. Warum hast du nicht angerufen? Eine SMS geschickt? Nachdem du gestern einfach aus der Schule abgehauen bist, hab ich alles versucht, um dich zu erreichen! Mensch, ich hab mir Sorgen gemacht!« Ich schlucke. Ich will am liebsten heulen. Irgendwo anders sein. Wie soll ich ihr erklären, dass in mir drin ein Staudamm ist, hinter dem die ganze Wut und Traurigkeit und Ohnmacht darauf wartet, in einer gewaltigen Sturmflut durchzubrechen? Dass ich Angst habe, dass sie mich niederreißt, wenn ich auch nur einen Tropfen hindurchlasse. Was könnte ich sagen? Ach Astrid, weißt du, Kats Mutter ist in ihrem Erbrochenen krepiert und ich hab Angst, weil ich nicht weiß, wo sie Kat und Maddie hinbringen. Was mache ich, wenn sie weg ist? Papa hat seine neue Familie. Dann wird niemand mehr da sein. Wie soll man so etwas aussprechen, ohne kaputt zu gehen dabei? Manchmal ist Sprache eben einfach nicht genug. Nicht einmal für mich. Astrid kann meine Gedanken nicht lesen. Sie steht vor meiner Wand aus Schweigen und wird langsam ungeduldig.

»Mira, wenn du mir nicht mal erklären kannst, warum du wegläufst, kann ich es auch nicht verstehen. Ich dachte, du vertraust mir.« Sie macht eine bedauernde Geste mit ihren Armen. Ich will, dass sie aufhört. Lange hält der Damm nicht mehr stand, ich spüre es. Mein Blick fällt auf die Glaskästen. Selbst die verdammten Schmetterlinge haben ein warmes Zuhause! Selbst die Falter. Nur wir nicht. Wir sind verkackt alleine! Langsam steigt eine wahnsinnige Wut in mir hoch. Ich hab mir diesen ganzen Scheiß nicht ausgesucht, versteht sie das nicht? Astrid hat ihre Arme vor ihrem Körper verschränkt und schaut mich durchdringend an. Schließlich atmet sie tief ein und sagt: »Gut, du willst es mir offensichtlich nicht erklären. Dann will ich meine Kette zurück. Du weißt, das ist der Deal.« Ich gucke sie fassungslos an. Sie will mir meinen Falter wergnehmen? Ist sie völlig verrückt geworden?

»Den geb ich nicht her!« Meine Stimme ist viel schroffer als beabsichtigt, ich erschrecke mich selbst über ihren Klang. Astrid guckt mich irritiert an.

Meine Finger schließen sich so fest um die Kette in meiner Tasche, dass sich die Falterflügel schmerzhaft in meine Haut bohren.

»Doch, Mira, den gibst du mir zurück.«

»Den kriegst du nie zurück. Nie!« Ich brülle inzwischen richtig. Astrid schwankt. Ich merke, dass sie mit so einer Reaktion nicht gerechnet hat. Und jetzt bekommt sie es ab, es ist mir egal, wenn sie eh nichts versteht. Wenn sie mir das letzte nehmen will, das mir was bedeutet, dann kriegt sie eben die den ganzen Mist ab! »Wenn du mich nicht mehr brauchst, dann bleib mit deinen Scheißschmetterlingen halt alleine!« Selbst mir tun diese Worte weh wie Nadelstiche. Astrid sagt nichts. Sie guckt mich nur mit großen Augen. Und ich kann nicht mehr aufhören.

»Du verstehst überhaupt nichts, hörst du – nichts!« Es ist doch alles egal – wenn ich es mir jetzt versaut habe mit Astrid und der Farm, dann habe ich alles verloren, dann ist es egal … Es ist egal, egal, egal! »Wieso wollt ihr mich alle alleine lassen? Ich scheiß auf euch, verstehst du? Ich brauch euch nicht. Dich nicht, und die Falter nicht und niemanden!« Mir laufen Rotz und Wasser über das Gesicht, es sieht mit Sicherheit jämmerlich aus. Astrid macht einen Schritt auf mich zu und will mir beschwichtigend die Hand auf den Arm legen, aber ich lasse sie nicht. Weiche zurück, wie eine Katze in der Ecke. Ich kann nicht aufhören, ich kann einfach nicht. Ich bin so in Rage, jetzt muss es raus, sonst platze ich auf der Stelle!

»Mira, es ist doch alles gut, wir können das doch klä…« Ich falle ihr ins Wort, schlage ihre Hand weg und stoße sie zur Seite.

»Nichts wird gut, verstehst du, gar nichts wird wieder gut. Es wird immer alles nur schlimmer. Alles geht kaputt, alles. Und ihr guckt einfach zu!« Sie versucht noch mal, mich zu besänftigen, aber ich will jetzt nur noch weg. »Lass mich, lass mich!« Ich will an ihr vorbei, bin blind vor Tränen und stoße gegen den Tisch, auf dem die frischen Aufzuchtgläser stehen. Ein stechender Schmerz schießt in meinen Ellenbogen und lässt mich aufjaulen, ich stolpere und falle, will mich festhalten, an der Tischplatte, und reiße die ganzen Tabletts mit mir runter auf den Boden, die Terrarien, die Erde, die Gläser, sie zerspringen in Milliarden von Scherben, überall feinste Splitter aus Glas. Noch als ich auf dem Boden aufschlage, spüre ich Astrids Arme um mich.

»Lass mich!«, heule ich, mein letzter Widerstand, aber Astrid lässt nicht los.

»Nein!«, flüstert sie. »Nein, ich lass dich nicht.« Ich sehe durch den dicken Tränenschleier die zerstörten Gläser und schluchze auf.

»Jetzt hab ich alles kaputt gemacht!« Ich heule wie ein Baby, Astrid schließt ihre Arme noch fester um mich, wir liegen inmitten von einem Haufen Erde und Glas auf dem Boden des Gewächshauses und sie hält mich fest, wiegt mich in ihren Armen.

»Ruhig Mira, alles wird gut, alles wird gut, ich bin da!« Sie streicht mir das Haar, hält meinen Kopf. »Ich bin da, Mira, ich bin da!« Sie murmelt es in meine verklebten Haare und ich drücke mein Gesicht an ihren Hals, meine heißen Tränen tropfen auf ihre Haut und ich weine und weine und weine.

Meine Augenlider fühlen sich an wie zwei dicke Gummireifen. In meinen Schläfen hämmern heftige Kopfschmerzen. Ich liege im Gästezimmer von Astrid und Pit auf dem Gästebett. Astrid hat eine Decke über meine Beine gelegt, sie kommt herein und bringt mir Aspirin. »Trink das. Und dann schlaf ein bisschen.« Ich richte mich etwas auf, trinke die sprudelnde Flüssigkeit und lege meinen Kopf wieder zurück in die Kissen. Ich merke, wie erschöpft ich bin und wie ein schwerer Schlaf meinen Körper befällt.

Als ich wieder wach werde und die Augen öffne, ist das erste, was ich wahrnehme, das Gezwitscher einer Meise, die direkt im Baum vorm offenen Fenster sitzt. Habe ich wirklich die ganze Nacht durchgeschlafen? Das muss noch das Schlafdefizit von letzter Nacht sein. In der Küche klappern Töpfe, Kaffeeduft zieht durchs Haus. Ich setze mich auf dem Bett auf und strecke meine Arme aus. Nach dem langen Weinen und dem Schlaf fühle ich mich gerade ganz leer. Aber auch seltsam friedvoll, weil ich endlich all die Tränen rauslassen konnte, die ich so fest in mir verschnürt hatte und voller Anstrengung zusammengehalten habe, bis sie mich fast erstickt haben.

»Na? Hast du ausgeschlafen?« Astrid kommt zu mir, stellt mir einen Teller dampfender Rühreier hin und setzt sich auf die Bettkante. Ich nicke, meine Stimme gehorcht mir noch nicht wieder. Ich weiß nur noch schemenhaft, wie ich ins Haus gekommen bin. Eine schwammige Erinnerung an zerbrochene Gläser, an Pits Arme, die mich hier hochgetragen haben. Daran, dass ich eine Menge wirrer Wörter gestammelt habe über meinen Papa und das Baby und über Michel und über Kat und ihre Mama … Kats Mama! Plötzlich bin ich hellwach und richte mich auf dem Bett auf.

»Wo ist Kat?« Astrid lächelt und drückt mir sanft den Arm.
»Du isst jetzt was. Kat und Maddie sind bei deiner Mutter. Sie kommen nachher vorbei.« Ich lehne mich wieder zurück und beginne, mit der Gabel die ersten Bissen zu mir zu nehmen. Mein Magen knurrt wohlig auf.

Astrid sieht mir zu, sie lächelt immer noch, aber ich sehe auch, dass sie besorgt ist und sich noch keinen rechten Reim darauf machen kann, warum ich so ausgeflippt bin. Im Garten wandert eben die Sonne ums Haus und flutet die Terrasse mit hellem Morgenlicht. Hier ist alles so friedlich. Warum kann es nicht immer so sein?

»Kann ich nicht einfach hierbleiben?«, frage ich. Astrid schaut mich an, mit einem milden Blick.

»Können schön, Mira, aber dann wäre deine Mutter sehr traurig.« Ich lache auf.

»Traurig? Die? Nie im Leben.« Ich weiß, dass das so auch nicht stimmt, aber ich habe einfach keine Lust mehr auf die ständigen Kämpfe mit ihr.

»Hier ist es aber viel schöner als zu Hause. Ach, als in Berlin überhaupt. Hier ist es egal, dass Papa jetzt mit Saskia ein Baby kriegt. Dann können Mama und Mike und Maxi doch alleine glücklich sein und Papa auch mit seiner neuen Familie. Verstehst du, dass da für mich gar kein Platz ist?«

»Mira, wir sind immer da für dich, du kannst immer herkommen! Aber deine Familie braucht dich auch. Weiß deine Mama überhaupt, was in dir vorgeht?« Ich stocke. Wie könnte sie es nicht wissen? Wir leben doch zusammen unter einem Dach, wenn auch mehr nebeneinander her als miteinander. Eine Mutter muss das doch merken, wie es ihrer Tochter geht. Oder nicht? Ja, ich weiß, ich hab mich zurückgezogen und nichts mehr von mir erzählt. Aber sie hat es doch auch gar nicht hören wollen! Wieder sehe ich Mama vor mir und Papas neue kleine Familie. Und mich, die irgendwo dazwischen steht, aber nirgendwo wirklich hingehört.

»Ich möchte einfach hierbleiben. Bei den Faltern. Kann ich nicht einfach im Gartenhaus wohnen?« Astrid seufzt leise und nimmt meine Hand.

»Ich weiß, was es heißt, wenn man nicht die Familie hat, die man sich wünscht.« Ich denke an Tecla und nicke. Astrid weiß, was ich meine. Sie kennt diesen Schmerz, der tief drinnen in einem so weh tut, dass man denkt, man packt das nicht. Wie ein Stachel, der ewig bohrt.

»Ich will das nicht mehr«, sage ich mit Nachdruck. »Ich will einfach, dass mir niemand mehr weh tun kann.« Astrid lächelt.

»Ja, das verstehe ich. Aber du wirst dich nicht schützen können. Wenn du das versuchst, wirst du von innen langsam erfrieren. Du kannst nicht den Rest deines Lebens davor weglaufen. Wo willst du hin, Mira? Wie lange willst du laufen?« Ich weiß es nicht. Und ich bin auch so verdammt müde. Mir laufen ein paar trotzige Tränen die Wangen herunter. Komisch, ich dachte, die wären alle nach gestern Abend. Astrid streicht mir ein paar Haare aus meiner Stirn.

»Es geht im Leben nicht darum, möglichst ohne Kratzer durchzukommen.«

»Nicht?«, frage ich kleinlaut.
»Nein. Weißt du, was das wichtigste Wort ist, das ich kenne?«

»Welches?«

»Trotzdem. *Trotzdem* hat unglaublich viel Kraft. Es ist nicht so wichtig, wie oft du verletzt wirst. Oder verlassen. Es geht darum, *trotzdem* am Leben zu sein. Sich lebendig zu fühlen, sich nicht für alle Ewigkeit einzuigeln wie in einen Kokon und niemals wieder herauszukommen. Da drin ist man vielleicht sicher, aber man kann niemals fliegen. Nie den Abendwind fühlen. Nie die gleißende Wärme der Sonne. Dann ist man schon tot, lange bevor man stirbt.« Astrid macht eine kurze Pause und schaut aus dem Fenster. Dann wendet sich wieder zu mir.

»Wusstest du, dass es Schmetterlinge gibt, die neun Monate brauchen, um sich zu verpuppen und zu schlüpfen? Die ganze Zeit lang sammeln sie Kraft, verwandeln ihre Gestalt und warten auf den Tag ihres Schlupfes. Und weißt du, wie lange sie dann leben? Eine Woche! Sie warten ganze neun Monate auf ihr Leben, dann schlüpfen sie aus ihrer Hülle, um in ihrem vollen Glanz und ihrer Schönheit sieben Tage lang auf der Welt zu sein. Was sagst du dazu? Ist es das wert?«
Ich verstehe nicht ganz.

»Aber was hat das mit meiner kaputten Familie zu tun?«

»Ich meine damit, dass es zu nichts auf der Welt nicht auch die andere Seite gibt – wenn das Leben nicht endlich wäre, würden wir es gar nicht zu schätzen wissen. Und wie ist das? Würdest du lieber nicht wissen, wie schön es sein kann, geliebt zu werden, um dann nicht die Angst haben zu müssen, dass du die Liebe wieder verlieren kannst? Wäre das die bessere Wahl?« Vor meinem inneren Auge tauchen die Falter auf, die ich den Schmetterlingshäusern habe fliegen sehen. Wie einzigartig und atemberaubend schön sie sind.

»Hm«, sage ich. Langsam dämmert mir, wie Astrid das meint.

»Deshalb ist *trotzdem* für mich das wichtigste Wort im Leben – *trotz* der unfassbar langen neun Monate, die ihrem kurzen Leben gegenüberstehen, am Ende fliegen sie. Und wenn ihr kurzes Dasein vorbei ist, dann waren sie vorher wenigstens richtig lebendig! Auch wenn ihr Leben nur drei Sekunden dauern würde, es wäre nichts anders daran. Vielleicht hält eine Liebe nicht für immer. Aber solange sie da ist, so lange lohnt es sich, sie zu einhundert Prozent zu genießen. Beziehungen entstehen und zerbrechen, Menschen kommen und gehen. Trotzdem sind sie es wert, gelebt und geliebt zu werden.«

Ich schlucke. So habe ich das nie gesehen. Dass die Dinge kostbar für uns werden, *weil* sie so zerbrechlich sind. Astrid drückt meine Hand, steht auf und geht zur Tür.

»Astrid?«

»Ja?«, sie dreht sich an der Tür nochmal um.

»Danke«, sage ich. Sie lächelt.

»Im Bad liegen Handtücher bereit für dich. Ich muss noch mal telefonieren, wir sind unten, wenn du uns brauchst.« Ich nicke und lächele zurück.

Am Nachmittag kommt Mama auf der Farm an, mit Kat und Maddie im Schlepptau. Sie konnte den psychologischen Beratungsdienst und die Betreuerin vom Jugendamt überzeugen, dass die beiden bei ihr vorerst am besten aufgehoben sind. Kat hatte Mamas Nummer angegeben, weil sie sonst keine Verwandten mehr haben, die sich kümmern könnten. Kat sieht blass aus, Maddie ist auf Mamas Armen eingeschlafen und wir legen sie in Astrids großes Bett, damit sie sich ausruht. Maddie versteht das ja alles noch gar nicht. Sie weiß nicht, dass ihre Mama nie mehr wiederkommt. Nachdem sie Maddie abgelegt hat, nimmt Mama mich wortlos in den Arm und ich kann es zulassen, ohne sie wegzustoßen. Sie streicht mir über den Kopf und ich denke, wie es wäre, wenn es meine Mama gewesen wäre, die gestorben wäre.

Für Gespräche über uns ist im Moment aber kein Platz, das vertagen wir, jetzt möchte ich mich endlich um Kat kümmern. Während Astrid, Pit und Mama sich in der Küche zusammensetzen, gehen Kat und ich in den Garten. Wir schauen bei den Faltern vorbei. Die meiste Zeit reden wir nicht viel. Astrid hat neulich eine neue Bank im Falterhaus aufgestellt, dort setzen wir uns schließlich hin, schauen den Schmetterlingen zu und halten uns an den Händen.

»Bin ich ein schlechter Mensch, Mira?«, fragt Kat nach einer Weile und guckt dabei ins Leere.

»Was? Wieso denn das?« Sie zuckt mit den Schultern, ihre Stimme ist leise.

»Weißt du, was ich gestern gedacht habe? Da hab ich gedacht, dass es fast gut ist, dass sie tot ist, weil sie dann nie wieder saufen kann.«

»Aber deswegen bist du doch kein schlechter Mensch! Du hast dir doch nicht gewünscht, dass sowas passiert!« Kat schüttelt den Kopf. Sie putzt sich umständlich die Nase und zerfriemelt das Taschentuch zwischen ihren Fingern.

»Was ist, wenn Maddie und ich jetzt in ein Heim kommen? Vielleicht trennen die Maddie und mich. Oder wir müssen in irgendeine Pflegefamilie und ich seh dich und Vali nie wieder.« Der Gedanke, dass Kat vielleicht ans andere Ende von Deutschland zieht und wir nie wieder in der Platte zusammen auf dem Spielplatz sitzen … unvorstellbar. Das darf einfach nicht passieren! In meiner Tasche taste ich nach meinem Hosentaschenfalter. Ich ziehe die Kette heraus, öffne Kats verkrampfte Hand und lege sie hinein.

»Die ist für dich. Damit du weißt, dass ich immer für dich da bin. Egal, wo du bist.« Kat guckt mich ungläubig an.

»Aber an der Kette hängst du doch so, Mira. Das kann ich nicht annehmen!«

»Doch. Kannst du!« Ich bleibe dabei und öffne den Verschluss, um ihr den Falter um den Hals zu legen. Kat sträubt sich noch ein bisschen, lässt mich dann aber gewähren.

»Ich brauche den nicht mehr so dringend zur Zeit«, sage ich. Kat dreht sich zu mir um, ihre Finger umfassen den Falter.

»Danke«, sagt sie leise. Ich weiß nicht, wie lange wir

da sitzen, Kat, ich und der Hosentaschenfalter, der nun an ihrem Hals ein neues Zuhause gefunden hat. Die Stille im Falterhaus wird vom Geklingel des gläsernen Vorhangs unterbrochen.

»Mira? Kat?« Das ist Valis Stimme!

»Wir sind hier drüben!«, rufe ich und winke ihr zu. Sie läuft zu uns herüber und breitet ihre Arme aus. Kat steht auf und lässt sich in die Umarmung fallen. Die beiden stehen da, einige Momente lang, eng umschlungen, ohne etwas zu sagen. Schließlich setzen sie sich zu mir. Vali ist immer noch ganz außer Atem.

»Deine Mama hat mich angerufen, Mira, ich bin so schnell gekommen wie ich konnte.« Ich nicke. Es ist gut, dass sie da ist. Zu dritt bilden wir eine kleine Insel der Sicherheit. Die Sonne steht inzwischen tiefer. Im Falterhaus wird es langsam dämmrig, die Schmetterlinge werden ruhiger und suchen ihre Rastplätze auf.

Irgendwann stehen wir steifbeinig auf und gehen wieder nach oben ins Haus, wo die Erwachsenen immer noch sitzen, Kaffee trinken und mit ernster Miene reden. Als wir eintreten, hellen sich ihre Gesichter auf.

»Da seid ihr ja! Setzt euch doch zu uns!«, sagt Astrid. Sie hat Maddie auf dem Schoß, die ein Stück Marmorkuchen über ihr ganzes Kleid gekrümelt hat. Ihr gegenüber sitzt eine Frau mit kurzen Haaren und Hornbrille. Vor ihr auf dem Tisch türmen sich Papiere und Mappen.

»Das ist Frau Senft vom Jugendamt«, sagt Mama. Kat, Vali und ich geben ihr nacheinander unsere kalten

Hände und nehmen Seite an Seite am Tisch Platz, ein bisschen wie die Hühner auf der Stange.

»Die war gestern schon da in dieser Betreuungseinrichtung«, murmelt Kat. Ich fummele nervös an der Tischdecke herum. Was, wenn die Kat und Maddie jetzt einfach mitnehmen? Ich nehme unterm Tisch Kats Hand. Frau Senft lächelt und zieht ihre Brille ab.

»So, Kathleen.« Seltsam, wenn jemand ihren ganzen Namen sagt. Das klingt ganz fremd.

»Wie geht es dir denn mittlerweile?« Kat ist ganz blass.

»Na ja«, murmelt sie. »Geht so.« Frau Senft nickt freundlich.

»Wir haben uns ja hier zusammengesetzt, um zu überlegen, wie es jetzt weitergeht. Wo du und Maddie es am besten haben und natürlich auch, wo ihr gerne bleiben möchtet. Euren Vater konnten wir nicht ausfindig machen.« Kat nickt. Damit hatten wir eh nicht gerechnet, außerdem würde Kat wohl lieber auf dem Mond wohnen als bei einem Mann, der sie und ihre Mutter sitzengelassen hat.

»Mehr direkte Familie habt ihr in Deutschland ja nicht. Deshalb haben wir uns in eurem Umfeld umgesehen.« Hier hakt Mama ein.

»Natürlich können du und Maddie noch eine Weile bei uns bleiben und ihr seid uns immer willkommen! Aber auf Dauer wird das einfach zu eng mit fünf Personen. Ich könnte mich gar nicht so gut um euch kümmern, wie ihr es braucht und Mike ist tagsüber auch nicht da.« Na toll! Und jetzt? Ich hätte mit Kat jederzeit mein Zimmer geteilt, Hauptsache sie kann in der Nähe bleiben. Ich fange fast schon wieder an zu heulen, beherrsche mich aber. Kats Hand schraubt sich fester um meine. Mama wechselt einen Blick mit Astrid und nickt ihr zu.

»Also, vorausgesetzt du und Maddie fühlt euch wohl bei uns – dann könntet ihr bei Pit und mir wohnen. Mira darf euch natürlich jederzeit besuchen. So könnt ihr drei auf jeden Fall zusammenbleiben. Was meinst du dazu?« Astrid schaut Kat fragend an. Eine Weile ist es still, die Küchenuhr tickt leise vor sich hin. Kat guckt zu Vali und mir. Dann zu Maddie und schließlich wieder zu Astrid.

»Ja«, sagt sie leise. Sie räuspert sich und nickt. Ihre Stimme klingt jetzt fester. »Ja, das finde ich gut.« Mama, Astrid und Pit und die Frau vom Jugendamt sehen erleichtert aus und auch ich spüre, wie langsam wieder Wärme in meine Fingerspitzen fließt. Wir werden nicht getrennt! Maddie und Kat dürfen bleiben!

Vor dem Tag der Beerdigung von Kats Mum dürfen Vali und ich bei Kat auf Astrids Farm übernachten. Maddie schläft bei Astrid und Pit mit im Bett und wir nehmen Kat in unsere Mitte. Wir reden nicht viel. Vor den Fenstern tobt ein Schneesturm. Die Flocken fallen so dicht, dass man kaum einen Meter sehen kann. Dazu pfeift ein schneidender Wind ums Haus, wir hören ihm zu, wie er seine traurige Melodie spielt. Manchmal weint Kat, dann legen wir unsere Arme um sie. In den Morgenstunden wird es draußen ruhiger und wir schlafen endlich ein.

Als es draußen hell wird, schlage ich als Erste die

Augen auf. Kat und Vali liegen Arm in Arm im Bett, vorsichtig hebe ich die Bettdecke ein Stück an und gehe auf Zehenspitzen rüber zum Fenster. Draußen ist alles weiß. Die Äste der Bäume sind tief gebeugt unter ihrer schweren Last, es sind mindestens fünfzehn Zentimeter Neuschnee gefallen. Ich öffne das Fenster und atme die kalte Morgenluft ein. Nach dem Sturm ist es schon fast unheimlich still. Der Schnee hat die Welt zugedeckt wie unter einem weichen Federbett. Bis zum Horizont erstreckt sich das Weiß, der Himmel ist klar und die Sonne scheint. Nur die Kälte ist noch da. Ich fröstele und schließe das Fenster. Unten in der Küche begegne ich Astrid, sie hat warme Milch für Maddie gemacht und schenkt mir auch eine Tasse ein. Kat hat mich gefragt, ob ich in der Trauerhalle ein paar Worte sprechen kann, damit nicht nur der Pfarrer seinen üblichen Text abliest. Ich setze mich auf die Holzbank am Esstisch und schlage mein Schmetterlingsbuch auf. Nachdenklich kaue ich auf meinem Bleistift herum. In so einer Situation die richtigen Worte zu finden, ist schwer. Aber schließlich fallen mir die ersten Sätze ein, eins nach dem anderen findet seinen Platz auf den geduldigen Seiten.

Am Nachmittag fahren wir zum Friedhof. Kat und Vali sitzen bei Mama und mir im Auto. Wir halten an der Friedhofsgärtnerei und suchen Blumen aus, die wir mit zur Urne legen wollen. Kat entscheidet sich für weiße Nelken. Vor der Trauerhalle treffen wir Astrid und Pit, auch Papa und Saskia sind da. Außerdem Kats Nachbarin und zwei Mädchen aus Kats neuer Impro-

Theatergruppe. Als wir vollzählig sind, gehen wir in das alte Backsteingebäude, Astrid bleibt mit Maddie vor der Tür. Die beiden machen einen Rundgang über den Friedhof, der unter all den Schneebergen gar nicht mehr aussieht wie eine letzte Ruhestätte, eher wie ein endloser weißer Park.

In der Trauerhalle sitzen Vali und ich links und rechts von Kat. Ein Pfarrer begrüßt uns und spricht einige Worte, dann gibt es ein Orgelspiel. Schließlich bleibt noch Zeit für persönliche Worte und Kat nickt mir zu. Mit weichen Knien gehe ich den schmalen Gang zwischen den Bänken entlang nach vorne, zum Pult. Das Mikrophon knackt, ich schlage mein Schmetterlingsbuch auf. Jemand hustet verhalten. Ich brauche das Buch eigentlich nicht, ich kenne jede Zeile. Ich habe sie geschrieben, ich weiß, wie jedes Wort auf der Zunge schmeckt, wie es sich anfühlt, wie es klingt. Ich schlucke. Schaue hinab auf die Trauergemeinde, auf Mama und Mike, Papa und Saskia, auf Pit … Und dann sehe ich Vali und Kat an, meine beiden Prinzessinnen, meine beiden schönsten und zartesten unter den Faltern. Ich erinnere mich daran, was Astrid bei unserem ersten Treffen gesagt hat: Schmetterlinge zu züchten ist nicht einfach, Mira. Es sind so zerbrechliche Wesen mit ganz besonderen Bedürfnissen. Dann beginne ich, zu lesen.

Schmetterlingszeit

Helles Licht der Sonne
Spürst du, wie es erstmals wärmt?
Sanftes Strahlen und milder Duft,
macht Platz für die lauen Winde!
Bald sind wir am Leben in blauer Luft
und die kalte Nacht ist vorbei.
Wohlan kleines Herz unterm Flügelschlag
der Winter atmet noch einmal aus,
es ist Zeit für die große Reise.
Und der Falter breitet die Schwingen aus
und macht sich bereit für den ersten Flug.
Komm, wir fliegen nach Hause.
Denn schau, der Himmel ist weit.
Jetzt ist Schmetterlingszeit.

21

Die grimmige Kälte lässt nach. Berlin seufzt auf, löst sich aus seiner vereisten Starre, die alles eingefroren hatte und die nun Stück für Stück die Stadt wieder freigibt. Ich war eine Woche nicht in der Schule, Mama hat mir eine Entschuldigung geschrieben. Am Montag fährt sie mich hin. Ich zögere kurz, bevor ich aus dem Auto steige. Es ist irgendwie seltsam, wieder hier zu sein. Nachdem sich meine ganze Welt um gefühlte 360 Grad gedreht hat.

»Ist alles okay?«, fragt Mama. Ich schaue zu ihr rüber. »Ja. Ja, ich denke schon.« Mama drückt mir etwas unbeholfen den Arm.

»Es wird schon!«, sagt sie aufmunternd und dann steige ich aus und nehme die Stufen rauf zum Eingang. An der Tür drehe ich mich noch mal um. Mama steht noch da, sie kurbelt das Fenster runter und winkt mir zu. Ich winke zurück, gebe mir einen Ruck und mache mich auf den Weg zum Klassenzimmer. Etwas mulmig ist mir schon. In der Klasse grüßt mich Sven, unbekümmert wie immer.

»Hey, Mira, bist du wieder da? Warste krank, oder was?« Ich nicke.

»Na, hast nicht viel verpasst!« Ich grinse. Das glaube ich sogar!

»Wenn du willst, neben mir ist ein Platz frei!« Annalena zeigt auf den Stuhl neben sich und ich setze mich neben sie. Noch ein bisschen unbeholfen fühlt sich das an, in Kontakt zu kommen mit den Menschen um mich herum. Ich werde hier vielleicht keine

Freundschaften fürs Leben finden, aber zumindest eine Chance, vorübergehende Weggefährten zu werden, haben sie verdient. Annalena holt ihr Matheheft raus. »Ich hab für dich mitgeschrieben.« Sie reicht mir einen Haufen Zettel mit Gleichungen herüber.

»Und wenn du nicht durchsteigst, wir haben ne Lerngruppe gegründet für die Prüfung im Sommer. Komm doch nachher mit in die Bibliothek!«, ruft Sven mir zu, als der Rune den Raum betrifft und wir uns auf unsere Plätze setzen. Ich lache und nicke. »Okay! Ich bin dabei.«

Auch Astrid freut sich mit mir, als ich freitags auf der Farm von meiner ersten Woche in der Schule berichte. »Dann ist Pit ja bald arbeitslos, wenn ihr jetzt in der Schule zusammen lernt«, meint sie grinsend und kämpft mit dem Klebeband. »Blöder Fummelkram!« Sie flucht, erwischt den Anfang des Tesastreifens aber dann doch und nestelt ihn vorsichtig ab. An der Wand hinter dem Sofa wollen wir Fotos aufhängen, die wir seit November von den Faltern in all ihren Stadien gemacht haben. Ich stehe auf einer knarrenden Holzleiter und Astrid reicht mir die Bilder nach oben. Es tut mir gut, dass Astrid und ich unsere gemeinsame Zeit haben. Auch wenn es schön ist, dass Kat und Maddie jetzt hier zu Hause sind, haben wir immer noch unsere Zeit zu zweit, die uns gehört.

»Was ist eigentlich mit Michel?«, fragt Astrid. Sie schneidet neue Klebestreifen zurecht und ich zögere mit meiner Antwort. Michel. Der Klang seines Namens ruft in meinem Bauch ein wehmütiges Gefühl hervor.

Die letzten Tage habe ich ihn einfach verdrängt. Die Erinnerung heruntergeschluckt, das schlechte Gewissen. Seit dem Tag des Wettbewerbs habe ich nichts mehr von ihm gehört. Wundern tut es mich nicht. Ich habe es tatsächlich geschafft, ihn ein zweites Mal vor den Kopf zu stoßen.

»Ich weiß nicht, was mit Michel ist«, sage ich leise, klebe das letzte Foto an die Holzpaneele und setze mich auf den obersten Tritt der Leiter.

»Willst du dich nicht mal bei ihm melden?«, hakt Astrid nach. Ich kaue auf meiner Lippe. Klar, der Gedanke kam mir auch schon ein paar Mal, aber dann … ich wüsste nicht, was ich sagen soll.

»Vielleicht hat er gar keine Lust, von mir zu hören.« Astrid lächelt.

»Das findest du nur heraus, wenn du es versuchst.«

»Ich weiß nicht. Ich bin nicht so gut in so was.«

»In was?«

»Über Gefühle reden.« Astrid schmunzelt.

»Aber drüber schreiben kannst du doch umso besser. Wieso schreibst du nicht was auf und gibst es ihm?« Ich lasse den Gedanken kurz wirken. Gar nicht mal so übel. Wenn er keine Lust hat, zu reagieren, muss er nicht.

»Ich denk drüber nach.« Ich springe von der Leiter, trete einen Schritt zurück und betrachte unser Werk. Von links nach rechts lässt sich jetzt an der Wand die gesamte Metamorphose der Falter nachvollziehen. Die ersten Bilder der Eier, die haarigen Raupen in ihren Kinderstuben, das lange Warten, während der Zeit, in der sie in ihrem Kokon stecken. Und schließlich die erwachsenen Tiere, die Schmetterlinge in ihrer ganzen

Pracht. »Schön geworden, findest du nicht?« Astrid nickt.

»Ja. Sehr.«

Abends liege ich zu Hause im Bett, habe das Fenster geöffnet und denke nach. Der Geräuschteppich der Siedlung schallt durch den Fensterspalt. Ich mag das. Im Bett liegen, in den Himmel schauen und den Menschen beim Leben zuhören. Früher war ich oft traurig dabei. Hatte das Gefühl, nur daneben zu stehen und zuzusehen, unbeteiligt, ausgeschlossen. Heute Abend ist das irgendwie anders. Ich fühle mich wie ein Teil des Ganzen, lausche dem Geschirrklappern, dem laut aufheulenden Motorrad auf der Straße und dem Kläffen eines Hundes auf dem Weg zwischen den Hintergärten. Ich muss an Astrids Worte denken und weil ich eh nicht schlafen kann, knipse ich meine Nachttischlampe noch mal an und schreibe in mein Schmetterlingsbuch einen Brief an Michel.

Michel.
Es tut mir leid. Ich habe Zeit gebraucht, um alles klar zu kriegen und ich weiß nicht, ob du überhaupt noch mal von mir hören möchtest. Aber falls du noch willst, dann würde ich dir gerne in Ruhe alles erklären, was passiert ist. Ich weiß, ich hab Scheiße gebaut. Ich wusste es in dem Moment nicht besser. Aber jetzt weiß ich es. Du fehlst mir. Lass uns mehr sein als ein Falterflügelschlag. Du und ich, länger als ein Winter lang. Melde dich, wenn du magst. Jederzeit.
Mira

Mama bemüht sich sehr um mich. Sie hat einen Mira-Mama-Abend eingeführt. Jeden Freitag bringt sie Maxi zu Oma und ich darf entscheiden, was wir unternehmen. Manchmal gehen wir in die nahegelegene Therme, liegen im Whirlpool, lassen uns von den Blubberblasen tragen und ich erzähle Mama, was mir durch den Kopf geht. Oder wir besuchen Astrid im Laden und bummeln durch die Stadt. An den Wochenenden fahren wir oft mit der ganzen Sippe raus zu Astrid und Pit, kochen zusammen, erzählen Geschichten und spielen bis spät in die Nacht Rommé. In der Wohnküche ist es dann warm, laut und fröhlich. Alle sind da: Astrid und Pit, Kat und Maddie, Vali und Mama, Mike und Maxi und ab und zu sogar Papa mit Saskia. Manchmal halte ich zwischendurch inne und schaue mich um. Dann denke ich, dass das hier meine Familie ist. Eine, die ich mir nicht ausgesucht habe, vielleicht anders als das, was ich mir früher vorgestellt habe. Aber sie ist so, wie sie ist, und sie wächst zusammen. An einem dieser Abende bekomme ich Michels Antwort auf meinen Brief. Es ist eine vorsichtige Nachricht auf mein Handy, in der er ein Treffen vorschlägt. Alle am Tisch unterbrechen ihre Gespräche und sehen, wie sich ein Lächeln auf meinem Gesicht ausbreitet, als mein Handy vibriert und ich den Text lese. Astrid zwinkert mir zu. »Ich glaube, ich weiß, von wem die ist!«, ruft sie übermütig. »Pit, wir haben schon wieder Schmetterlinge bei uns!« Astrid lacht und die anderen stimmen mit ein.

»Ach hört auf!«, knurre ich verschämt, aber dann lache auch ich mit und erhebe mein Glas für einen gemeinsamen Toast.

»Auf die Schmetterlinge!«, sagt Pit und unsere Gläser stoßen mit lautem Klirren aneinander.

»Auf die Schmetterlinge!« Vielleicht sitzt auch Michel bald wieder mit uns zusammen. Dann wäre alles beieinander, was mir am Herzen liegt.

Über Berlin senkt sich ein milchig weißer Sonnenuntergang. Die Nacht leckt an den letzten tageshellen Flecken am Himmel und eine Brise kommt auf. Kat, Vali und ich sind auf das größte Hochhaus im Block geklettert, sind mit dem Aufzug nach oben gefahren und haben einen geheimen Weg aufs Dach genommen, den wir im letzten Sommer entdeckt hatten. Unter uns liegt die Stadt, der Verkehr rauscht durch die Straßen, von hier oben sind es nur langsam vorankommende silberne Autoschlangen, die sich durch die Straßen und Kreuzungen quälen. Von Osten weht der Wind und trägt Fliederduft zu uns hinauf. Mainächte riechen immer nach Flieder und nach einem silbrigen Mond, wie der, der jetzt langsam am Ende der Stadtsilhouette aufgeht und hinter einem öligen Wolkenfilm halb verschwindet. Wir liegen auf der Dachpappe, haben uns der Länge nach hingestreckt und schauen in den Himmel über uns. Kat spielt an ihrem Bauchnabelpiercing und schaut nach, ob sie schon Bikinistreifen vom ersten Sonnenbad bekommen hat. Sie wird vom Zwitschern ihres Handys unterbrochen.

»Wer schreibt?«, fragt Vali. Kat lächelt und wir werden hellhörig.

»Spuck's schon aus!«, fordere ich sie auf.

»Ich geh am Samstag ins Kino. Mit Can«, sagt sie und grinst.

»Ist nicht wahr! Oh Halleluja, ein Wunder ist geschehen!« Vali wirft die Hände zum Himmel.

»Dann behandle ihn ja gut, sonst gibt's nie mehr Gratis-Pommes!« Wir lachen, das Echo klingt durch den Hof. Ich lege meinen Kopf in den Nacken und atme tief ein. Das erste Mal seit langer Zeit fühle ich mich frei. Und ich meine, wirklich frei, nicht dieses trotzige Mir-ist-alles-egal-Gefühl. Sondern wirklich frei. Über das Hochhausdach fliegen drei Zitronenfalter. Ich sehe ihnen nach, wie sie sich ihren Weg in die Dämmerung bahnen, mal hier, mal dort, kreisen sie umeinander. Der Anblick der gelben Flügelwesen macht mir das Herz leicht. Da sind sie. Sie haben den Winter überlebt. Sie fliegen wieder.

Über die Autorin

Kea von Garnier, Jahrgang 1985, ist selbstständige Grafikdesignerin und lebt mit ihrem Mann und ihren zwei Katzenmädchen in Wiesbaden.
Sie studiert Literaturwissenschaften und Philosophie und veröffentlicht auf ihrem Blog hello mrs eve eigene Texte, Essays und Gedichte.

Schmetterlingswinter ist ihr Roman-Debüt.
Besonderes Herzensanliegen der Autorin ist es, junge Frauen in ihrer Einzigartigkeit zu bestärken und sie zu ermutigen, selbstbewusst ihren Platz in der Welt zu finden und einzunehmen.

Platz für Ideen, Gedanken, Notizen

Platz für Ideen, Gedanken, Notizen

Platz für Ideen, Gedanken, Notizen

8047193R00155

Printed in Germany
by Amazon Distribution
GmbH, Leipzig